edition atelier

VICKI BAUM

Makkaroni in der Dämmerung

Feuilletons

Herausgegeben von
Veronika Hofeneder

EDITION ATELIER WIEN

Inhalt

Die Feuilletonistin Vicki Baum

Mit Romanbestsellern wie *Menschen im Hotel* (1929), *Liebe und Tod auf Bali* (1937) oder *Hotel Shanghai* (1939) schrieb sich die als Weimarer Superfrau und Zugpferd von Verlagsgiganten wie Ullstein oder Doubleday massenmedial perfekt vermarktete Vicki Baum (1888–1960) in die Herzen ihrer Leserinnen und Leser sowie die internationalen Literaturcharts. Die gefeierte Starautorin hat jedoch nicht nur ein gleichermaßen umfang- wie erfolgreiches Romanwerk vorzuweisen, das sie nach ihrer Emigration in die USA auch souverän auf Englisch verfasste, neben Dramen und Novellen zählen insbesondere zahlreiche feuilletonistische Texte zu ihrem schriftstellerischen Werk. Baum verstand sich zeitlebens bestens darauf, aktuelle Trends zu erkennen und symptomatische Zeitphänomene literarisch zu verarbeiten. So hat sie auch Alfred Polgars programmatisches Plädoyer für »die kleine Form« verinnerlicht, die »der Spannung und dem Bedürfnis der Zeit gemäß [sei], gemäßer jedenfalls, als [...] geschriebene Wolkenkratzer«[1] es seien. Der von Polgar in seinem Prosaband *Orchester von oben* eingemahnten »episodische[n] Kürze«[2], also seinem Gebot, in schriftstellerischen Erzeugnissen die »kürzeste Linie von Punkt zu Punkt«[3] zu suchen, kommt Baum in über 160 Kurztexten nach. Auch in dieser Gattung gelingt es ihr, sich den wandelnden Produktions- und Publikationsbedingungen anzupassen; ab den späten 1920er-Jahren schreibt sie auch für den amerikanischen Zeitschriftenmarkt mit dementsprechend erweitertertem Themenspektrum.

Baum waren Polgars Feuilletons und dessen flammendes Eintreten für die kleine Literaturgattung der »fliehenden Stunde«[4] nachweislich bekannt, rezensierte sie doch in ihrer Eigenschaft als Redakteurin der Modeillustrierten *Die Dame* den Prosaband *Orchester von oben* (1926) in deren Literaturbeilage. Polgars Texte vergleicht sie hier mit sehr nahrhaften, lange eingekochten »Krankensuppen« aus »ururalten Kochbüchern«: Polgar presse »ein Leben aus – das leidensvolle von allen Erkenntnissen, Skeptizismen und Resignationen des Geistigen beschwerte Leben – und er [presse] einen Fingerhut voll essentieller Ergebnisse daraus«. Dabei bewahre er aber eine Leichtigkeit und (sprachliche) Geschicklichkeit, die es mit der Kunstfertigkeit eines Jongleurs aufnehmen könnten: »Er jongliert mit den Dingen der Welt und der Seele, er jongliert mit Worten und Begriffen, alles steht am Kopf, fliegt davon, kehrt zurück und kommt in Ordnung. Es gibt keine Schwerkraft mehr.«[5]

Im ebenfalls ursprünglich in der *Dame* veröffentlichten Text *Vergessenes Parfüm* greift Baum das Thema der kleinen Form auf und verhandelt es im Kontext einer konkret zu schreibenden Erzählung, der Text trägt dann auch den bezeichnenden Untertitel *Eine ungeschriebene Novelle*. Als Auslöser für die schriftstellerische Produktion wird – in guter literarischer Tradition – ein starker sinnlicher Reiz genannt, nämlich das parfümierte Taschentuch der Gesprächspartnerin des Dichters. Klassischerweise ist die kleine Form, das Feuilleton, eng mit der Reproduktion von Sinneseindrücken verbunden, insbesondere die visuelle Wahrnehmung gilt als prototypisch für diese literarische Form: So bedient sich auch Baums Erzähler für seine Geschichte immer wieder der beinahe schon leitmotivisch verwendeten Formulierung »ich sehe«. Ein weiteres Kriterium für die äußere Form eines zeitgemäßen Textes ist bei Baum dessen Umfang, den auch Polgar als zentral ansieht: »Das Leben ist zu kurz für lange Literatur, zu flüchtig für verweilendes Schildern und Betrachten«[6]. Demgemäß wirft Baum das »überflüssige[] Gepäck«[7] des lang(atmig)en

Fabulierens ab und verlegt sich auf knappes Berichten, prägnantes Feststellen und kurze Übergänge. Alternative narrative Techniken sieht sie im Film, wo beispielsweise Zeitsprünge probate Erzählstrategien darstellen. Die von Polgar zum Paradigma der der aktuellen Zeit entsprechenden kleinen (Literatur-)Form erhobene Flüchtigkeit versinnbildlicht Baum zusätzlich noch durch den Parfumduft und dessen Bedeutung für ihren Protagonisten, der trotz einer Lungenkrankheit mit ursprünglich schlechter Prognose ein langes und erfülltes Leben lebt und auf dessen vorläufigem Höhepunkt von dem »vergessene[n] Parfüm«[8] eingeholt wird.

Poetologische Äußerungen dieser und allgemeiner Art von Vicki Baum sind rar und in erster Linie in ihrer kleinen Prosa zu finden, die sie im Lauf von über 45 Jahren[9] für über 35 unterschiedliche Zeitungen und Zeitschriften schrieb. Obwohl Baum in der Forschung schon lange keine ›vergessene Autorin‹ mehr ist, werden ihre feuilletonistischen Texte nach wie vor eher sporadisch und selektiv rezipiert. Es werden vor allem jene Texte wahrgenommen, die Baum zur Zeit der Weimarer Republik im Kontext des Ullstein Verlages verfasst hat und die die Themen Mode, Kosmetik sowie weibliche Geschlechterrollenbilder verhandeln.[10]

Dabei veröffentlichte Baum bereits vor Beginn ihrer schriftstellerischen Karriere in den ausgehenden 1910er-Jahren Texte in österreichischen und deutschen Zeitungen und Zeitschriften wie z.B. *Erdgeist*, *Ost und West*, *Der Merker*, *Jugend*, *Ton und Wort*, *Licht und Schatten*, *Bunte Stadt*, *Bergstadt* sowie *Die Gegenwart*. In den 1920er- und frühen 1930er-Jahren schrieb sie neben ihrer Redaktionsmitgliedschaft im Ullstein Verlag, bei dem sie für die *Dame*, den *Uhu*, die *Berliner Illustrirte Zeitung*, die *Vossische Zeitung*, *Ullsteins Blatt der Hausfrau* und die *Grüne Post* tätig war, auch für weitere Wiener Tageszeitungen und Zeitschriften wie zB. die *Wiener Allgemeine Zeitung*, die *Neue Freie Presse*, das *Neue Wiener Journal*, das *Neue Wiener Tagblatt* und das sozialdemokratische *Kleine Blatt* sowie für die amerikanischen Magazine *Good Housekeeping, Ladies' Home Journal, The Living Age* oder *Pictorial Review*. Und nach 1932, dem Jahr ihrer Emigration in die USA, schrieb sie für die Exilpresse, die *Pariser Tageszeitung* oder die Basler *National-Zeitung*, vorwiegend jedoch für amerikanische Blätter wie die *Saturday Evening Post, The Reader's Digest, The Magazine of Short Story*, die *Los Angeles Times* oder *Woman's Home Companion*, aber auch nach wie vor für europäische Zeitungen wie die *Schweizer Illustrierte Zeitung* und den *Wiener Montag* sowie die überseeischen Journale *Sydney News* oder *Nippon*.

Da Baum außerdem unter Pseudonymen publizierte bzw. nur ihre Initialen zur Zeichnung ihrer Arbeiten verwendete, sind viele dieser Texte auch nicht als ihrer Autorschaft zugehörig bekannt. So veröffentlichte Baum bereits in ihrer frühen Schaffensperiode nicht nur unter ihrem eigentlichen Namen, sondern auch unter »Viki Prels« oder »Viki Baum-Prels« bzw. dem Namen ihres ersten Ehemannes Max Prels. Und während ihrer Zeit als Redakteurin bei Ullstein verwendete sie ein Pseudonym: Zahlreiche ihrer Texte in der *Dame*, im *Uhu* und der *Vossischen Zeitung* zeichnete sie mit »Mix«[11], darüber hinaus sind viele ihrer Texte, insbesondere Rezensionen, nur mit ihren Initialen »V. B.« gezeichnet. Der vorliegende Band versammelt nun erstmals Vicki Baums Beiträge für Zeitungen und Zeitschriften in Buchform.[12] Die chronologische Anordnung der Texte erlaubt einen unverstellten Blick auf Baums umfangreiches feuilletonistisches Schaffen, das ein weites Themenspektrum abdeckt: Neben den bereits genannten als »frauentypisch« angesehenen Sujets wie Geschlechterrollenbildern sowie Mode- und Schönheitsfragen schreibt Baum auch über Mode und Kosmetik für Männer, die zeitgenössische Beziehungspraxis, pädagogische Fragen, aktuelle sozialpolitische Themen (wie z.B. die Gesetzeslage zum Schwangerschaftsabbruch), ihre Reiseerfahrungen, amerikanischen Lifestyle, Hollywood und die Filmbranche, moderne Kunstformen sowie ihr poetologisches Selbstverständnis.

Moden aller Art hinterfragt Baum kritisch, diese sieht sie als Spiegel zeitgenössischer Entwicklungen in Kultur und Gesellschaft. So bezeichnet sie beispielsweise die in der neusachlichen Photographie so beliebten Verfremdungstechniken alltäglicher Gegenstände pointiert als »Makkaroni in der Dämmerung« – ein Begriff, der im Ullstein Verlag schnell zu einem geflügelten Wort wurde. Baums Kritik richtet sich jedoch nicht allein gegen die künstlerisch einfallslosen Photographen, denen offenbar vor allem daran gelegen ist, ihre technischen Fertigkeiten vorzuführen, sondern auch gegen die prinzipielle Simplifizierung und Nivellierung intellektueller Fähigkeiten »im Wesen des modernen Erwachsenen«[13].

Die Neue Frau – ein alter Hut?

Den zeitgenössischen Diskurs über Schönheit und Mode nützt Baum, um die gewandelte Rolle und das neue Selbstverständnis der Frauen in der Zwischenkriegszeit unter die Lupe zu nehmen. Selbst von klein auf von der Kränkung »nur ein Mädchen« zu sein geprägt,[14] kämpft sie zeitlebens gegen diese Minderbewertung von Frauen an; nicht zuletzt durch ihre eigene erfolgreiche Karriere als Neue Frau, die emanzipiert und selbstständig ihr Leben meistert. So formuliert sie in *Kleine Ansprüche an die Frau 1930* aus männlicher Perspektive einen Anforderungskatalog an die moderne Frau, in dem sie auch den Topos der weiblichen Unfähigkeit zur Kreativität bemüht, der nicht nur in den zeitgenössischen misogynen Diskursen Furore feierte, sondern zum Teil auch von den Frauen selbst kolportiert wurde. Baums fiktiver Postulant fordert zwar weibliche Bildung und Intellekt, aber nicht, damit sich die Frau selbst aktiv produktiv-künstlerisch entfalten kann, sondern damit sie dem Mann passiv als adäquate Inspirationsquelle zu dienen vermag[15] – »Es enterotisiert nämlich, wenn eine Frau zu klug ist«[16].

Wie viele ihrer Zeitgenossen erkennt Baum auch die Kleidermode als wichtiges Element zur Etablierung des sozialen Habitus und begreift Veränderungen in der Frauenkleidung als optische Positionsbestimmungen der Rolle der Frau. So betrachtet sie beispielsweise die Rückkehr überladener Reifröcke und üppiger Hutmoden kritisch. Sie sieht die fortschreitende Demokratisierung der Gesellschaft in der funktionalen, praktischen Mode der kurzen, einfachen Kleider und Röcke widergespiegelt, die sich den Anforderungen einer arbeitenden Frau anpasst: »Heute sind wir alle vierter Stand, mit wenigen Ausnahmen. Weder werden wir in Sänften getragen, noch steht jeder von uns ein Auto zur Verfügung. Die Demokratie der Zeit bedingt eine Demokratie der Mode.«[17] Als Lifestyle-Journalistin betrachtet sie Frau und Mode als untrennbare Einheit, aus der auch Schlüsse auf gewandelte Gesellschaftsstrukturen zu ziehen sind. So gilt ihr beispielsweise die Beschaffenheit eines Huts nicht nur als wichtiges Indiz für die Gemütsverfassung einer Frau, sondern auch für deren sozialpolitische Situation: »Seit die letzten zwanzig Jahre die Frau an die richtige Stelle gesetzt haben, sitzt auch der Hut an der richtigen Stelle. Überhaupt scheint es so, als ob gesunde Kulturzeiten schöne Hutmoden mit sich zu bringen pflegten«[18]. Für die Herrenmode kann sie diese Zusammenhänge allerdings nicht beobachten: Baum mokiert sich über die Umständlichkeit und Antiquiertheit der Herrenmode, die sich sämtlichen Neuerungen und Verbesserungen widersetzt: »Was der Mann trägt, ist kein Kleidungsstück seinem Körper und seinen Bedürfnissen angepaßt, sondern eine architektonische Fassade, und zwar eine von schlechtem Geschmack.«[19] Dasselbe gilt übrigens auch für Männer, die ihre Körperpflege vernachlässigen – ein ungepflegtes und vernachlässigtes Äußeres ist einfach nicht zeitgemäß, bei Frauen wird das schon längst nicht mehr toleriert. Außerdem steht diese Verweigerung gegenüber Entwicklungen im modischen und kosmetischen Bereich in völligem Widerspruch zum sonstigen Verhalten der Männerwelt, die sich auch sonst nicht dem Fortschritt und technischen Neuerungen versperrt.

Baums Artikel über Mode, Kosmetik und Schönheit sind mehr als bloße Lifestyle-Kolumnen, sie nutzt diese geschickt, um den zeitgenössischen Diskurs über ein neues Geschlechterrollenverständnis kritisch zu beleuchten. So anerkennt sie zwar die vielfältigen Errungenschaften und Freiheiten, die durch die neue Frauenrolle etabliert werden konnten, sieht aber auch gleichzeitig die erneute Vereinnahmung dieses Potenzials durch männliche Denkweisen, die die Neue Frau wieder als Konstrukt einer patriarchalischen Gesellschaftsordnung missbrauchen. Die Parameter für weibliche Intellektualität, Kreativität, Schönheit, Selbstwahrnehmung und Bewusstseinsbildung werden nach wie vor durch Männeraugen bestimmt.

Hinter den Kulissen der schönen Künste

Baums feines Gespür für kulturhistorisch und -soziologisch bedingte Umbrüche erweist sich auch in ihren Texten über künstlerische Ausdrucksformen wie Musik, Tanz oder Film.

Als selbst ausgebildete und einige Jahre lang praktizierende Harfenistin hat Baum zur Musik über Interesse und Begeisterung hinaus auch ein sehr professionelles Verhältnis. Zu ihren frühesten Publikationen gehören Konzert-, Opern- und Theaterkritiken in der von ihrem ersten Ehemann Max Prels gegründeten Musikzeitschrift *Ton und Wort*. In dieser veröffentlicht sie Gedichte, Erzählungen sowie Reportagen, und darüber hinaus schreibt sie auch noch den Großteil der mit dem Namen ihres damaligen Ehemanns gezeichneten Texte, der unter einer Schreibblockade leidet.

Das Forum als Musikkritikerin nützt Baum auch für gesellschaftliche Analysen und das Aufzeigen sozialpolitischer Missstände, wie im Bereich der schlecht besoldeten und sozial unzureichend abgesicherten Orchestermusiker, die auch »die Freude an der Musik verlernt«[20] hätten. Ebenso weist sie in ihren Texten über Hollywood aus den frühen 1930er-Jahren auf die in der Filmbranche zum Teil übliche ausbeuterische Beschäftigungspraxis von Schauspielern und Schriftstellern hin, die wie »Sklaven des Kinos«[21] behandelt werden. Wie in einigen ihrer Romane und Kurzgeschichten sowie später in ihrer Autobiographie rechnet Baum in ihren essayistischen Texten mit den wenig Positives verheißenden Titeln *Unglücklich in Hollywood!* und *Zwangsarbeit in Hollywood*, die sie basierend auf tatsächlichen eigenen Erfahrungen im Filmgeschäft verfasst, rigoros mit der ›Traumfabrik‹ Hollywood ab und demontiert die dort geschaffenen Illusionen schonungslos. Neben der Austauschbarkeit und Oberflächlichkeit, dem Zwang zu (Selbst)Inszenierung und Rollenspiel sowie den trügerischen Möglichkeiten des sozialen Aufstieges durch eine Filmkarriere übt sie auch Kritik an der in Hollywood üblichen Praxis der Teamarbeit, was oftmalige Ab- und Umänderungen von Entwürfen zu Folge hat sowie ein Ausgeliefertsein an die Launen von Regisseuren, Produzenten und Schauspielern bedingt – für die selbstbewusste und an eigenständiges Arbeiten gewöhnte Schriftstellerin, die den Eigenwert kreativer und intellektueller Leistungen nicht hoch genug einschätzen kann, ein absoluter Albtraum.

Der Tanz ist für die begeisterte Tänzerin und zeitlebens der Tanzszene eng verbundene Vicki Baum ebenfalls ein wichtiges Medium der Gesellschafts- und Kulturbeobachtung. Befreundet mit vielen Protagonisten der zeitgenössischen (modernen) Tanzszene wie Mary Wigman, Harald Kreutzberg und Max Terpis, zeigt sie sich – nicht nur auf literarischer Ebene – interessiert an alternativen und (spi-)rituellen Tanzformen.[22] Im Wandel des Balletttanzes vom strengem Drill und militärischer Hierarchie hin zu einem kameradschaftlichen Miteinander sieht Baum auch ein Potenzial, das abseits des Balletts nützlich sei, nämlich den Erwerb sozialer Kompetenzen: »Und so lernt man im Ballettsaal das, was auch im Leben schwer ist, und was man trotzdem können sollte: Das Ernste so zu tun, als wenn es ein Spiel wäre ...«[23]. Das ›Spielerische‹, die ›Leichtigkeit‹ und die ›Beweglichkeit‹ gelten auch als formale Kennzeichen des Feuilletons, das damit eine spezifische Weise der Anschauung einer sich definitivem Erfassen entziehenden Wirklichkeit generiert und nach Alfred Polgar und Hermann Bahr als deren einzig mögliche Erkenntnisform firmiert.[24]

Neusachlicher Kitsch und sprachliche Präzision

Das Genre der ›kleinen Form‹ eignet sich daher besonders für die Beobachtung und Analyse des »Phänomens Vicki Baum«[25], denn hier treffen Diskurse über das Schreiben von Frauen, den Trivialitätsvorwurf, kommerzielle Aspekte des Schreibens und die massenhafte Verbreitung von Literatur aufeinander. So bietet die kleine Form, in welcher der handwerkliche Aspekt des Schreibens den Genie-Gestus überlagert und welche Themen aus der Alltagsrealität verhandelt und weniger ästhetischen denn funktionellen Maximen verpflichtet ist, insbesondere Autorinnen die Möglichkeit, literarisch aktiv zu werden und ihre Produkte auch öffentlich zu präsentieren. Da diese Texte in (zum Teil sehr auflagenstarken) Zeitungen und Zeitschriften veröffentlicht und dort von einer breiten Leserschaft rezipiert werden, rücken die Verfasser allerdings in die Nähe der wenig prestigeträchtigen Unterhaltungsliteratur, deren Qualität ob ihrer Erfolge bei einem Massenpublikum angezweifelt wird. Rezeptionsästhetische Aspekte bei der Produktion von Literatur miteinzubeziehen, ist jedoch nicht nur als Kennzeichen von Unterhaltungsliteratur, sondern vor allem als Bestandteil neusachlicher Programmatik zu sehen.[26] Literatur wird zunehmend in den Zirkel des Warenangebots integriert, das gekauft und gelesen werden sowie gleichzeitig denen, die sie hervorbringen, den Schriftstellern – ganz profan – finanziellen Gewinn bescheren soll. Diesen kommerziellen Anspruch löst auch die als ›merkantil‹ geltende Textsorte des Feuilletons ein, das seinen Ursprung als Werbebeiblatt des *Journal des Débats* hat, also vornehmlich aus wirtschaftlichen Überlegungen, weniger aus innerliterarischen Entwicklungen entstanden ist.[27] So weiß auch die stets kommerziell erfolgreiche Vicki Baum, die neben dem künstlerischen Anspruch auch den finanziellen Ertrag ihrer Literatur als wesentlich erachtet, ihre schriftstellerische Produktion professionell mit den ähnlich gelagerten Interessen der ihre Texte publizierenden Zeitungen und Zeitschriften zu vereinen. Das Schreiben gilt ihr als berufliches Handwerk, mithilfe dessen sie ihren Lebensunterhalt verdient: »Übrigens ist es schwieriger, so zu schreiben, daß es einem breiten Lesepublikum gefällt, als so, wie man's selbst mag. Gut lesbare Erzählungen verfassen ist eine Frage handwerklichen Könnens, was die Franzosen *le mêtier* nennen.«[28]

Nicht nur in ihrer posthum erschienenen Autobiographie versucht Baum ihren literarischen Ruf als »erstklassige Schriftstellerin zweiter Güte«[29] zu rehabilitieren, schon zu Lebzeiten macht sie aus ihrer pragmatischen Schreibhaltung keinen Hehl und verteidigt das eigene Schreiben gegen die Vorwürfe von Kitsch und Kommerz. Vor dem Hintergrund des Erfolges ihres Romans *Menschen im Hotel* und dessen missverständlicher Rezeption als trivialem Kolportageroman gesteht sie unumwunden in der *Dame*: »Romane schreiben, ist ein sauberes, schönes Handwerk; muß ich mich schämen, zu gestehen, daß ich verliebt in dieses Handwerk bin?«[30] Ein Text im kritisch-intellektuellen Zeitgeistmagazin *Uhu* einige Monate später trägt dann den provokatorischen Titel *Angst vor Kitsch,* in dem sie die als modern geltende distanzierte Einstellung gegenüber Gefühlen kritisch hinterfragt: »Kitsch ist jedes Gefühl, das man äußert, zeigt oder sonstwie betätigt. Nur wenn man's runterwürgt, daß keiner etwas davon merken kann, geht es bei den Leuten durch, die Angst vor Kitsch haben. Kitsch vor allem ist alles und jedes, was die Liebe betrifft.« Das Kennzeichen der Unsentimentalität gilt als modern und erfolgversprechend, auch im Bereich der Literatur. Ein »guter, konjunkturkräftiger Lustspielschreiber« rät Baum auf keinen Fall ein ›Happy End‹ beim Schreiben zuzulassen, denn »[d]ie Leute wollen keinen Kitsch. Sie möchten so etwas Unbefriedigendes mit nach Hause nehmen«[31]. Baum, deren mit sentimentalen und märchenhaften Formeln durchzogener Roman *stud. chem. Helene Willfüer* im Jahr 1928 einen sensationellen Erfolg feierte, sieht das differenzierter: »Angst vor Kitsch – das ist schlechtes Gewissen vor Dingen, die man schön findet.«[32] Sie plädiert dafür, der ihrer Ansicht nach zutiefst menschlichen Sehnsucht nach Harmonie nachzugeben, Emotionen zuzulassen und keine Scheu zu haben, Gefühls- und Geschmacksempfindungen zu artikulieren. Und wie in vielen ihrer Kurztexte, die um die Themenkomplexe Wohlbefinden und Lebensglück kreisen, schließt Baum mit der Aufforderung, sich selbst »nicht so wichtig« zu nehmen, »[k]ompliziert euch das Dasein nicht unnütz. Habt nur Courage. Spürt nur. Lebt nur.«[33] Baums Eintreten für ein gewisses Maß an Bescheidenheit, für die Wertschätzung der ›kleinen Dinge des Lebens‹ ist durchaus auch im poetologischen Sinne zu verstehen, wenn sie – Polgars Postulat folgend – sich von »überflüssigem Gepäck« und »Ballast«[34] zu befreien sucht und die Konzentration auf das ›Wesentliche‹ einfordert. Diese Suche nach dem ›Essenziellen‹ vollführt Baum auch auf der Ebene der Sprache, wo sie sich für höchste Präzision ausspricht.

So tritt Baum im Kontext aktueller Diskurse der Zwischenkriegszeit um angemessene Möglichkeiten literarischen Ausdrucks für einen »feuilletonistischen Zugang[ ] zur Realität«[35] ein, der auf formaler Ebene nur mehr durch die kleine Form möglich ist. Ihre Reflexionen über Essenz und Wesen einer zeitgemäßen Literatur beinhalten sowohl narratologische als auch semantische Postulate, die sie auf praktischer Ebene souverän ausgestaltet. So erweist sich Vicki Baum auch im Bereich des feuilletonistischen Schreibens als höchst produktive Schriftstellerin, die sich ambitioniert und engagiert mit innovativen Literaturformen auseinandersetzt.

Veronika Hofeneder

Veronika Hofeneder ist Literaturwissenschaftlerin an der Universität Wien, Publikationen zu Gina Kaus, Vicki Baum sowie zu Literatur und Kultur der Zwischenkriegszeit.

Anmerkungen

[1] Alfred Polgar: Die kleine Form (quasi ein Vorwort). In: ders.: Orchester von oben. Berlin: Rowohlt 1926, S. 9–13, hier S. 11.
[2] Polgar, S. 11f.
[3] Polgar, S. 13.
[4] Polgar, S. 13.
[5] Alles V. B. [= Vicki Baum]: Alfred Polgar: »Orchester von oben«. In: Die Dame 54, 8, Erstes Januarheft 1927, Beilage: Die losen Blätter, S. 127.
[6] Polgar, S. 12.
[7] Polgar, S. 13.
[8] Vicki Baum: Vergessenes Parfüm. Eine ungeschriebene Novelle. In: Die Dame 57, 23, Erstes Augustheft 1929, S. 15f., 30, 32, 34, 36, 38. In diesem Band S. 148–157, hier S. 157.
[9] Der erste bisher nachgewiesene Text stammt aus der *Muskete* aus dem Jahr 1908 (Viki Baum [= Vicki Baum]: Diskretion. In: Die Muskete 5, 121, 23.1.1908, S. 134. In diesem Band S. 25.), der letzte bis dato ermittelte aus dem Jahr 1954, aus der *Saturday Evening Post* (Vicki Baum: Backstairs Bachelor. In: Saturday Evening Post, 17.7.1954, S. 26f.).
[10] Vgl. z.B. Julia Bertschik: Die Ironie hinter der Fassade. Vicki Baums neusachliche Komödie aus dem Schönheitssalon »Pariser Platz 13« (1930). In: Vicki Baum: Pariser Platz 13. Eine Komödie aus dem Schönheitssalon und andere Texte über Kosmetik, Alter und Mode. Hg. v. J. B., Berlin: AvivA 2006, S. 192–216; dies.: Vicki Baum und die luminose Konstruktion der ›goldenen zwanziger Jahre‹ in der Zeitschrift *Die Dame*. Ein Beitrag zum transnationalen Literatursystem der Weimarer Republik. In: Susanne Blumesberger und Jana Mikota (Hgg.): Lifestyle – Mode – Unterhaltung oder doch etwas mehr? Die andere Seite der Schriftstellerin Vicki Baum (1888–1960). Wien: Praesens 2013, S. 13–36; dies.: Vicki Baum. In: Österreichische Kultur und Literatur der 20er Jahre – transdisziplinär. Epochenprofil zu Aspekten der Literatur, Kunst und (Alltags)Kultur. litkult1920er.aau.at [August 2016]; Ruth Florack: Prinz Jussuf und die Neue Frau. Else Lasker-Schüler und Vicki Baum im »Uhu«. In: Gunter E. Grimm (Hg.): Schriftsteller-Inszenierungen.

Bielefeld: Aisthesis 2008, S. 71–86; Veronika Hofeneder: Die ›neue Frau‹ – weibliche Errungenschaft der Moderne, männliches Konstrukt oder bizarre Modelaune? Lektüren journalistischer Texte von Vicki Baum und Gina Kaus. In: Blumesberger/Mikota (2013), S. 37–59.

[11] Das Verdienst der Entschlüsselung dieses Pseudonyms kommt Karin Kerb zu (Vicki Baum als Journalistin? Diplomarbeit, Wien 2007, bes. S. 112f.), siehe in weiterer Folge auch Hofeneder und Julia Bertschik: Die Dame. Illustrierte Modezeitschrift 1911–1943. In: Österreichische Kultur und Literatur der 20er Jahre – transdisziplinär. Epochenprofil zu Aspekten der Literatur, Kunst und (Alltags)Kultur. litkult1920er.aau.at [September 2016].

[12] Wobei auch hier – letztlich den finanziellen Rahmenbedingungen geschuldet – eine pragmatische Auswahl getroffen werden musste. Nicht enthalten sind daher einige bereits zum Teil andernorts publizierte Erzählungen (vgl. die Novellenbände *Schloßtheater* (Berlin: Fleischel 1921 und wieder Köln: Kiepenheuer & Witsch 1985), *Die andern Tage* (Berlin und Leipzig: Deutsche Verlagsanstalt 1922 und [mit verändertem Inhalt] Berlin: Ullstein 1931), *Miniaturen* (Berlin: Weltgeist-Bücher 1926), *Die Strandwache* (Köln: Kiepenheuer & Witsch 1953), *Der Weihnachtskarpfen* (Köln: Kiepenheuer & Witsch 1993)), einige englischsprachige Kurzgeschichten, Rezensionen sowie Gedichte, Erzählungen und Essays aus Baums früher Schaffensperiode. Ebenso konnten aus Lizenzgründen in der vorliegenden Ausgabe nicht die englischen Originaltexte abgedruckt werden, diese werden in Übersetzung wiedergegeben.

[13] Beides Mix [= Vicki Baum]: Makkaroni in der Dämmerung. In: Die Dame 58, 9, Zweites Januarheft 1931, Beilage: Die losen Blätter, S. 139. In diesem Band S. 208–210, hier S. 208.

[14] Baums Vater hatte fix mit einem Sohn gerechnet und bei ihrer Geburt gar keinen Mädchennamen ausgesucht, das ungeliebte »Hedwig« verkürzte Baum daher auf das androgyne »Vicki« oder »Vickerl«. Dazu kam später Baums Minderwertigkeitsgefühl wegen ihrer mangelnden Weiblichkeit. In ihrer Autobio-

graphie beklagt sie, dass sie für ihre Kolleginnen zeitlebens ein Neutrum »das Bäumchen« blieb. Vgl. Vicki Baum: Es war alles ganz anders. Berlin u. a.: Ullstein 1962, S. 27, 102, 179–181; Katharina von Ankum: Rückblick auf eine Realistin. In: apropos Vicki Baum. Frankfurt/Main: Neue Kritik 1998, S. 8–45, hier S. 11f. und Nicole Nottelmann: Die Karrieren der Vicki Baum. Eine Biographie. Köln: KiWi 2007, S. 21.

[15] Die weibliche Rolle der inspirierenden Muse erfuhr Baum auch am eigenen Leibe. In ihrer Autobiographie beklagt sie sich während ihrer Ehe mit Max Prels, der mit seinen Artikeln im Verzug ist und in der Folge ihre Geschichten unter seinem Namen veröffentlicht: »Meine Rolle als Inspirationsgeist war mir schon lange bekannt, nicht wahr?« (Baum, Es war alles ganz anders, S. 237).

[16] Mix [= Vicki Baum]: Kleine Ansprüche an die Frau 1930. In: Die Dame 57, 21, Erstes Juliheft 1930, S. 18f. In diesem Band S. 182–184, hier S. 183.

[17] Vicki Baum: Protest gegen die Mode. In: Vossische Zeitung, 15.9.1929, Beilage: Das Unterhaltungsblatt. In diesem Band S. 163–165, hier S. 165.

[18] Mix [= Vicki Baum]: Der schöne Hut. Eine Frauenfrage. In: Uhu 3, 12, September 1927, S. 74–80. In diesem Band S. 91–93, hier S. 92.

[19] Mix [= Vicki Baum]: Wie denken Sie über die Herrenmode? In: Uhu 5, 9, Juni 1929, S. 20–28. In diesem Band S. 144–148, hier S. 147.

[20] Vicki Baum: Orchestermusiker. In: Ton und Wort 2, 9, 15. Mai 1912, S. 1–4. In diesem Band S. 35–39, hier S. 36.

[21] Vicki Baum: Zwangsarbeit in Hollywood. In: Pariser Tageszeitung 1, 174, 2.12.1936, S. 3. In diesem Band S. 285–288, hier S. 286.

[22] Nottelmann, S. 87f. Literarisch verhandelt Baum das Tanzthema mit seinen vielen Facetten u. a. in ihren Romanen *Die Tänze der Ina Raffay* (1921), *Liebe und Tod auf Bali* (1937) sowie *Theme for Ballet* (1958, dt. *Die goldenen Schuhe*), außerdem verfasst sie einige Rezensionen zu Tanzbüchern (z. B. Vicki Baum: Der tanzende Schwerpunkt. Von L. W. Rochowanski sowie Die Revolution des Gesellschaftstanzes. Von

Heinz Pollack. In: Das literarische Echo. Halbmonatsschrift für Literaturfreunde 25, 15/16, 1. Mai 1923, Sp. 849; dies.: Das Tanzbuch. In: Die Literatur. Monatsschrift für Literaturfreunde 27, 6, 1924/1925 [März 1925], S. 375.

[23] Vicki Baum: Ballettstunde. Bilder aus der Schule der Berliner Staatsoper. In: Berliner Illustrirte Zeitung 35, 47, 21.11.1926, S. 1587–1589. In diesem Band S. 53–56, hier S. 56.

[24] Vgl. Hildegard Kernmayer: Sprachspiel nach besonderen Regeln. Zur Gattungspoetik des Feuilletons. In: Zeitschrift für Germanistik, N. F. 22, 2012, 3, S. 509–523, bes. S. 514–523; Hermann Bahr: Feuilleton. In: ders.: Die Überwindung des Naturalismus. Dresden/Leipzig: Pierson 1891, S. 23–32, bes. S. 26.

[25] Vgl. Lynda J. King: Best-Sellers by Design. Vicki Baum and the House of Ullstein. Detroit: Wayne State University Press 1988.

[26] Vgl. Sabina Becker: Großstädtische Metamorphosen. Vicki Baums Roman *Menschen im Hotel*. In: Jahrbuch zur Literatur der Weimarer Republik 5, 1999/2000, S. 167–194, bes. S. 175.

[27] Vgl. Kernmayer, S. 511.

[28] Baum, Es war alles ganz anders, S. 476.

[29] Baum, Es war alles ganz anders, S. 386.

[30] Vicki Baum: Ich wundere mich. In: Die Dame 58, 10, Erstes Februarheft 1931, S. 8–10. In diesem Band S. 210–213, hier S. 210. Vgl. auch Ankum, S. 8f.

[31] Alles Vicki Baum: Angst vor Kitsch. In: Uhu 7, 10, Juli 1931, S. 104, 106. In diesem Band S. 232–235, hier S. 234f.

[32] Baum, Angst vor Kitsch, S. 232.

[33] Baum, Angst vor Kitsch, S. 235.

[34] Polgar, S. 13.

[35] Kernmayer, S. 520.

Makkaroni in der Dämmerung

Diskretion

(Die Muskete, 1908)

Das kleine Mädel ging mit eiligen, graziösen Schritten am Kaffeehausfenster vorbei.

»Reizend,« sagte der Dichter zu seiner Stammtischgesellschaft und sah dem kleinen Mädel nach.

»Aha, der Dichter,« dachte sie flüchtig, und freute sich über seinen bewundernden Blick; übrigens war sie in einen Maler verliebt und hatte wenig Interesse für Literatur.

Aber am nächsten Tage ging das kleine Mädel wieder am Kaffeehausfenster vorbei.

»Reizend,« sagte der Dichter, packte einen Hut (natürlich einen falschen!) und rannte ihr nach.

»Aha, der Dichter!« dachte das kleine Mädel, als er sie ansprach – und sie war so verlegen, daß sie ihm antwortete, anstatt sich nichts hören zu machen und weiter zu gehen.

»Also, gnädiges Fräulein gehen in die französische Stunde?« sagte der Dichter.

»Gnädiges Fräulein!« ... dachte sie beglückt und errötete.

»Wissen Sie, wie ich Sie malen möchte – wenn ich malen könnte?« fragte er mit einem langen Blick – »als Salome, ja, als Salome – in einen roten Schleier gehüllt ...«

(Er pflegte jedes Gespräch so zu eröffnen.)

Das kleine Mädel erinnerte sich, irgendwo gehört zu haben, daß »Salome« unpassend und pervers sei. Sie sagte erschrocken: »O nein – das – im Gegenteil!«

»Wieso?« sagte der Dichter ärgerlich; er hatte soeben bemerkt, daß er den Hut seines Freundes erwischt hatte – viel zu groß, zu dumm! – und dann hatte ihn der unerwartete Einwurf aus dem Konzept gebracht.

»Man nennt mich Mignon,« sagte das kleine Mädel, stolz auf so viel Poesie; »Goethe, Italien, Sehnsucht, kennst

Du das Land,« dachte sie entzückt. »Das ist gerade das Gegenteil, glaub' ich ...«

Der Dichter überwand seine Verstimmung; er ignorierte Goethe und Mignon und suchte zu seinem Thema zurückzukommen.

»Sie müßten in einen purpurnen Schleier gehüllt sein – als Salome – mit gelöstem Haar, und auf der Stirne einen Rubin, wie einen Blutstropfen ...«

»Wundervoll ...« dachte berauscht das kleine Mädel.

»Ihr Körper würde durch den roten Schleier schimmern, wie ein süßes, weißes Wunder nur ...« sagte er ...

Das schien ihr bedenklich. Sie fragte also energisch:

»Was denken Sie sich denn eigentlich, daß Sie so weit mit mir gehen?«

Der Dichter war ärgerlich, daß seine bewährte Methode nicht recht verfangen wollte; nachlässig warf er seinen größten Trumpf aus: »Mein Name ist Wehrmann!«

»Ja, ich weiß,« sagte das kleine Mädel und freute sich ihrer Bildung.

Das war nett, daß sogar dieser kleine Backfisch ihn kannte; andererseits war er um den großen Eindruck gekommen, den seine Vorstellung in ähnlichen Fällen hervorgerufen hatte. Er begnügte sich also vorderhand damit, das kleine Mädel mit »verzehrenden« Blicken anzuschauen; dann – wie erwachend – fragte er:

»Kennen Sie Oscar Wilde?« – (Er sah ihm nämlich ähnlich und liebte es überhaupt, sich als deutschen Oscar Wilde feiern zu lassen.)

Die Kleine überflog in Gedanken rasch alle ihr bekannten Herren.

»Oskar – wen?« fragte sie, nein – »Weild – nein –«

»Wie schön Sie sind,« murmelte er verzweifelt, »Ihre Augen – Augen wie schwüle Träume ...«

»Ich bin gar nicht schön,« kokettierte das kleine Mädel,

und versuchte einen Blick, der schwüler war als alle Träume des Dichters.

»Vous n'êtes pas belle, mais vous êtes pire que cela! –

Sie gehen doch in die französische Stunde?« sagte er geistreich.

»Wie bitte?« bemühte sie sich, das verdammte Französisch zu verstehen.

»Pire«, erklärte er wütend, »schlimmer, schlimmer als schön!« – und dumm!!! dachte er dabei.

Das kleine Mädel begann sich zu langweilen.

Der Dichter sagte, daß er sie wiedersehen, mit ihr allein sein, sie kennen lernen müsse; er erzählte ihr von seiner hübschen Junggesellenwohnung – und vieles andere.

Aber das kleine Mädel verstand das meiste nicht und das übrige wollte sie nicht verstehen. Sie verabschiedete ihn ziemlich kurz und sehr energisch.

»Dumme Gans!« dachte der Dichter.

»Fader, frecher Kerl!« dachte das kleine Mädel.

Aber ihren Freundinnen erzählte sie begeistert von dem entzückend unpassenden Abenteuer mit dem berühmten Dichter und Weiberjäger Wehrmann.

Wenn sich die Stammtischgesellschaft des Dichters nach dem kleinen Mädel erkundigte – »verfluchter Kerl, der Wehrmann!« – dann machte der Dichter ein vielsagendes Gesicht und antwortete:

»Diskretion Ehrensache! ...«

Die interessante schöne Frau des Malers rauschte an dem Dichter vorbei.

»Reizend,« sagte er und sah ihr nach.

»Aha, der Dichter!« dachte sie und erinnerte sich gerührt an das naive »Abenteuer« ihrer Klein-Mädelzeit; übrigens interessierte sie sich seit ihrer Verheiratung für Literatur.

Der Dichter wurde ihr vorgestellt.

»Wissen Sie, wie ich Sie malen würde?« sagte er, »als Salome – in einen roten Schleier gehüllt – – –«

Sie war diesmal damit einverstanden, mit Salome verglichen zu werden, das süße, weiße Wunder ihres Körpers durch Purpurschleier leuchten zu lassen, sie wußte, daß sie schlimmer als schön war, sie kannte Oscar Wilde, sie verstand die Vorzüge einer hübschen Junggesellenwohnung zu schätzen und – vieles andere ...

Aber sie erzählte ihren Freundinnen nichts von entzückkend unpassenden Abenteuern.

Diesmal hatte der Dichter keinen Grund, diskret zu sein ...

Mahler-Probe

(Ton und Wort, 1912)

Von dem Wiener Lebenstempo, einem behaglich schlendernden moderato, ist auch unser Snobismus ergriffen; und gleichzeitig hat er eine konziliante und optimistische Begabung, zu spät zu kommen, Anschlüsse zu versäumen und dabei zu tun, als merke er es nicht. Wenn es das Wesen eines jeden Snobismus ist, immer das Neueste, das Letzte zu bewundern, so ist unser richtiger Wiener Spezialsnob gerne bereit, sich mit dem vorletzten zu begnügen, vor abgestandenen Sensationen, die keine mehr sind, in lärmende Entzückungen zu verfallen, die an die provinzielle Freude über vorjährige Moden erinnert. Nur so ist es erklärlich, daß unser Snob in Fieber und freudige Aufregung geriet anläßlich der Wiener Erstaufführung der achten Mahler-Sinfonie; daß seine Phantasie – negierend statt bauend – mit Eleganz daran vergißt, daß München, Frankfurt, Leipzig uns zuvorgekommen sind; daß Wien an vierter Stelle steht, bei jener Menge von Städten, die unter anderen das Werk in dieser Saison zur Aufführung bringen. Unser Snob übergeht die Frage, ob jenes Wien, das an Mahlers Grab mit vielem Pathos sein berüchtigtes »denn er war unser« proklamierte, nicht Verpflichtungen gegen dieses kolossale Werk gehabt hätte, die besser früher eingelöst worden wären – unser Snob ist stolz und freut sich. Nicht so sehr an dieser Musik, die über unsere Welt hinaus greift, nicht so sehr an der ungeheuren Arbeit, die hier geleistet wurde – er freut sich, weil 900 Mitwirkende notwendig sind und weil es Sitze zu 50 K gibt und über den sonderbaren Umstand, daß die Proben »beim Weigl« waren. Sonderbar genug auch für jene, die zu den sensationellen 900 gehören und wissen, wie schwer und ernst und gewichtig eine solche erste Gesamtprobe ist.

Schon die abendliche Stadtbahnfahrt nach Schönbrunn ist erfüllt von angeregter Erwartung. Mädchen tauchen in den Coupés auf, sehr junge und sehr alte Mädchen, alle mit den vertrauten, grünen Heftchen der Universaledition in der Hand. Sie tragen sie recht ostentativ und tun dabei, als wenn sie's hinter Muffen und Taschen verstecken würden; Musiker mit Violinkästen, Bläser mit geheimnisvollen Futteralen streichen durch die Waggongänge und strebsame Mitglieder der Singakademie blättern in Klavierauszügen. Alle aber sind froh und beschwingt von dem Gefühl, »dabei zu sein«, und man lächelt fremden Leuten zu in einem warmen Gefühl von Gemeinschaft mit jedem, der bei der großen Sache mithilft. Von der Stadtbahnstation zum Weigl hinüber ist ein beständiger Zug von frohen, gespannten Menschen, der sich beim Eingang zu kleinen Gruppen kristallisiert, die drinnen im Saale untergehen in einem dichten Gewühl. An der Türe stehn geschäftige Herren mit Noten, Zetteln, Tabellen, die ruhig und sicher das Chaos ordnen. Die Knabenchöre marschieren ein stramm wie kleine Rekruten, und besetzen das Podium im Hintergrund. Die Mitglieder der Singakademie und des philharmonischen Chores sind zu einem Halbkreis gruppiert, der weit über die Mitte des großen Saales hinaus greift. Zwischen die beiden Chöre ist das Orchester gestellt, ein systematisches Gewirr von Pulten, Menschen, Instrumenten, aus dem hell und glänzend die Glockenstäbe und die Harfen emporragen. Vorne beim Dirigentenpult treiben sich ein par Outsiders des Orchesters herum: ein Klavier, eine kleine Orgel, ein Harmonium. Auf der Galerie ist seitwärts eine Gruppe von Blechbläsern postiert, die irgendwie eine dunkle Vorstellung von Stadtmusikanten, von altertümlichen Türmen und Weihnachtsgebräuchen erweckt.

Trotz der vielen, vielen Menschen ist es nicht sehr laut im Saal, die Stimmen sind sordiniert von irgend einer Scheu – vielleicht auch werden sie geschont für die riesige Arbeit, die ihnen bevorsteht. Nur das Orchester stimmt lärmend ein, und das mißfarbene Klanggemisch bekommt eine neue Nuance durch die gleitenden Töne der Celesta und das Wimmern einer Mandoline.

Pünktlich um halb acht Uhr besteigt Walter das Dirigentenpult, die Solisten setzen sich und es wird augenblicklich ganz, ganz still. Ein angespannter Ernst tritt in diesem Augenblick der Stille in alle Gesichter; man meint zu spüren, wie Walters konzentrierte Energie, die das Probieren unter ihm zu einer solchen Freude macht, mit einem Ruck den Kontakt zu jedem einzelnen Glied dieses Riesenkörpers an sich reißt. Er spricht ein paar Worte von der schweren Aufgabe, bittet um Ruhe und Aufmerksamkeit – hebt den Taktstock; und Mahlers Achte beginnt ...

Und wie seltsam nimmt diese Musik sich in diesem Rahmen aus, in dem Saal, der immer an Schützenfeste und trinkfeste Sängerkommerse gemahnt. Der mit einer aufreizenden Wirtshausatmosphäre erfüllt, mit Tannengirlanden geschmückt ist und der über die Köpfe der Knaben, die in militärisch geraden Reihen am Podium sitzen, eine kühne und romantische Waldsoffitte hängen läßt, die von irgend einer Dilettantenaufführung hier geblieben ist. Und doch liegt Stimmung genug über dem Raum und Schwung und Freude in der Art des Probierens ...

Die Probe schreitet kräftig vorwärts, Chöre und Orchester, in vielen Vorproben geschult, greifen fest und sicher ineinander, es muß nicht allzuoft abgeklopft werden. Um 9 Uhr ist der erste Teil zu Ende. Und die Pause ist lustig, wie vor vielen Jahren die Schulpause es war. Man darf aus der Enge hinaus, darf plaudern (was während des Probierens streng verboten war), hin und herlaufen, Schinkensemmeln essen, die in Täschchen mitgebracht wurden – ganz wie in der Schule. Aber dann, bei dem unvergleichlichen Beginn des zweiten Teiles, ist eine kleine Reaktion da; es ist wie nach dem Ausruhen bei einer Bergtour. Und Walter, selbst schon ermüdet, läßt einiges von der »Sanftmut eines Mäßigkeitsvereines« vernehmen. Der Spaß fährt in die schläfrige Stimmung und wirkt Wunder. Gipfel auf Gipfel wird erklommen, das ungeheure mächtige Ansteigen des Schlusses bezwungen in einem Sturm von Klang gewordenem Willen; die Probe ist aus ...

Man geht müde und warm und froh fort wie von einem Erlebnis. Im Wirtshaus draußen beim Weigl fiedelt ein »Quartettl«; »Heurigenmusik!« sagt der eine und geht vorüber; ein zweiter bleibt stehen und horcht und sagt erstaunt: »Schubert? Die deutschen Tänze?« Und dann kann es sein, daß ganz in der Ferne ein paar Takte aus Mahlers Sechster aufklingen und uns erinnern, daß auch er an *diesen* Quellen getrunken hat ...

Kapellmeister und Dirigenten

(Ton und Wort, 1912)

Welche Schwierigkeiten das Amt eines Dirigenten schon vor 225 Jahren mit sich brachte, beweist die nette Geschichte über den Tod des Jean-Baptiste *Lully*, der – so heißt es – an einem Fußleiden starb, das er sich beim Dirigieren zugezogen hatte. Der gute Mann war nämlich wie alle Kapellmeister seiner Zeit mit einem mächtigen, mannshohen Taktstock, dekorativ wie ein Portierstab, ausgerüstet, um damit den Takt, dem ganzen Orchester hörbar, auf den Boden zu stampfen; und man kann ohne weiteres annehmen, daß er ein tüchtiger Kapellmeister war, der auf diese radikale Weise seine »24 violons du roi« stramm in Zucht und Rhythmus hielt, obwohl er das Malheur hatte, seine eigenen Beine dabei zuschanden zu schlagen. Je kleiner aber im Laufe der Zeit der Taktstock und mit ihm diese Schwierigkeit wurde, um so mehr wuchsen die Ansprüche, die an einen guten Kapellmeister gestellt wurden; und gute *Kapellmeister* waren fast alle namhaften und großen Komponisten bis zu den Romantikern herauf. Der feine Unterschied, die Nuance, die *Kapellmeister* und *Dirigenten* trennt, beginnt erst zu dieser Zeit. *Weber* war ein tüchtiger *Kapellmeister*, *Mendelssohn* ein genialer, *Schumann* ein schlechter *Dirigent*. Es scheint, als wäre damals dieser Unterscheidung mehr oder weniger ein soziales Moment zugrunde gelegen; die ersten Dirigenten tauchen zugleich mit den ersten Musikvereinen auf, indes der Mann in höfischen oder kirchlichen Diensten auf jeden Fall Kapellmeister bleibt. Heute tut der offizielle Titel nur wenig zur Sache; es ist wohl niemandem eingefallen, Mahler zum Beispiel, der ja der Typus des Dirigenten war, als »Hofkapellmeister« aufzufassen. Worin der Unterschied liegt, ist freilich schwer zu definieren; es ist einfach eine andere Färbung des Talentes, wie sie ähnlich den einen zum Solisten, den anderen zum Kammermusiker prädestiniert; der absolute Wert der Leistungen ist dabei völlig gleich. Man ist auch geneigt, die beiden Begriffe als Synonyma für objektives und subjektives Musizieren aufzufassen; und wenn damit auch ein Teil der Verschiedenheit ausgesprochen sein sollte, so fehlt doch noch ein großer Rest. Und dann: es gibt völlig objektive Dirigenten wie Richter und subjektive Kapellmeister wie Nedbal. Es spielen auch so viel rein menschliche Qualitäten in dieses Gebiet: Ruhe, Energie, Willenskraft, Temperament; und vor allem die ganz undefinierbaren suggestiven Kräfte und Wirkungen der Nerven. Und wirklich können wir nur mit unserem Gefühl, unseren Nerven den Unterschied zwischen Kapellmeister und Dirigenten feststellen. Im übrigen sind diese beiden Typen nur mehr recht selten rein anzutreffen; gerade wir in Wien sind so sehr embarras de richesse, daß wir uns freuen können, Kapellmeister wie Dirigenten in allen Nuancierungen zu besitzen.

Da ist vor allem Franz *Schalk*, bei dem Dirigenten- und Kapellmeistertugenden einander die Wage halten; er hat Ruhe und Temperament, Geist und Gründlichkeit zugleich. Seiner eindringlichen Art ist immer ein Tropfen Ironie beigemischt. Er steht so sehr über der Sache, dirigiert sein Orchester so völlig vom Verstand aus, daß er sich da und dort ein kleines, mokantes Lächeln nicht versagen kann. Aber gerade er, der Mann der kühlen, gescheiten Sachlichkeit, ist es, der die ganze Bach-Pflege in Wien in seine sichere Hand genommen, das große Publikum der Gesellschaftskonzerte in aller Stille für diese schwere und strenge Schönheit erzogen hat. Welche Summe von Wärme, Gefühl, Musikliebe hier unter der ironischen Maske versteckt sein mag – diese Frage bleibt offen.

Auch *Weingartner* ist Dirigent und Kapellmeister in einem; er liebt Effekte, stark herausgearbeitete Crescendi, witzige Sforzandi, plötzliche Kontraste – – – Blender. Auf der anderen Seite wieder arbeitet sein reges Kapellmeistergewissen daran, versteckte Mittelstimmen aufzudecken, das polyphone Gewebe klar vor dem Hörer auszubreiten. Einen großen Teil seiner Beliebtheit bei tout Vienne mag ihm wohl auch dies geben: daß er der wienerischeste unserer Dirigenten ist; er hat »Schmiß«, »Schneid«, »Noblesse«; er ist so riesig dekorativ und so wienerisch, daß man erstaunt bei irgend einem Militärkapellmeister eine Kopie oder auch eine Travestie seiner raschen und präzisen Bewegungen finden kann.

Anders Ferdinand *Löwe*, der ein Lehrer und Erzieher ist; in seiner ruhigen und durchaus bewußten Art mit Schalk verwandt, hat er als persönlichstes Merkmal eine ungemeine Subtilität des rhythmischen Gewissens, überhaupt eine ganz außerordentliche Treue und Achtung für das Aufgeführte. Er ist der Objektivste, den wir in Wien haben. Wo alle anderen Dirigenten uns ein Stück Musik, »gesehen durch ein Temperament«, geben, erhalten wir von ihm reine Musik; ohne alle Zutat: Beethoven, Bruckner, Brahms. Er dirigiert die »Neunte«, den ganzen Brahms, den ganzen Bruckner auswendig; welche Arbeit er für Wien geleistet hat, ermessen wir am besten, wenn wir in einer erstklassigen deutschen Revue lesen, daß man in Norddeutschland den Namen Bruckner noch gar nicht kennt, oder wenn wir hören, daß eine Aufführung Brahmsischer Kammermusik in München noch ein Wagnis bedeutet.

Haben wir in Löwe den stärksten Repräsentanten des Kapellmeistertyps, so ist *Walter* der »Dirigent« kat' exochen; mitreißendes Temperament, die Fähigkeit, Massen zu faszinieren, die Mitwirkenden an seinen Willen gebunden zu halten wie an einen elektrischen Draht, zeichnen ihn aus. Er ist ein Fanatiker der Musik, wie Mahler es war;

niemals steht er über dem aufgeführten Werk. Er ist wie besessen von der Musik, die er liebt. Sein Körper wird zum Instrument, seine Bewegungen geben in ihrer Plastik ein Erlebnis wieder. Das ist es wohl, was seine Wirkung macht: daß er eine Musik nicht dirigieren kann, ohne sie wieder und immer wieder neu zu erleben.

Von einer anderen Art ist das überschwengliche Temperament Oskar *Nedbals*: gesünder, erdennäher, weniger ekstatisch. Er ist der schlagkräftige Dramatiker unter unseren Kapellmeistern; er hat die ganze Musizierfreude des Slawen und das handfeste Zugreifen einer unverbrauchten Rasse. Er ist nicht ernst beim Musizieren, sondern froh, beinahe lustig.

Noch ein anderer hat diese junge, übermütige, fast knabenhafte Freude am Dirigieren: Gregor *Fitelberg*, dem eine kurze Saison schon seinen Platz im Wiener Musikleben gefestigt hat; Slawe wie Nedbal, steht er zwischen diesem und Walter. Er liebt die Jungen, die Modernen und ist in seiner Mischung von nervöser Intelligenz und Leidenschaftlichkeit der beste Apostel, den sie sich wünschen können.

So besitzt Wien einen solchen Reichtum an Kapellmeistern und Dirigenten, an retardierenden und vorwärtstreibenden Kräften, an Begabungen aller Farben und Nuancen, daß wir es wahrhaftig nicht nötig haben, uns um Richtung und Bedeutung zu streiten: jeder Geschmack wird *seinen* Dirigenten finden.

Orchestermusiker

(Ton und Wort, 1912)

Die lakonische Forderung des alten Fagottisten in Bittners »Musikant«: – »Pause!« – ist typisch für den Orchestermusiker; sie ist die Kluft, die sich zwischen ihn und die große Allgemeinheit musizierender Menschen schiebt. Dieses eifersüchtig gehütete, durch Tradition ersessene Recht auf eine Pause in jeder Probe, die Unerbittlichkeit, mit der der richtige Orchestermusiker auf diesem Recht besteht, kennzeichnet ihn als Handwerker, als Kunstgewerbler. Keine Musik kann so schön, kein Dirigent so genial sein, um einem Orchester jene Begeisterung mitzuteilen, die es dazu vermöchte, auf die »Pause« zu verzichten. Ganz ähnlich verhält es sich mit dem Probenschluß. Kein Musiker bleibt auch nur eine Viertelstunde länger in der Probe, als er vertragsmäßig verpflichtet ist. Tut er es doch, dann kann man zehn zu eins wetten, daß er hingehen wird, um sich »Überstunden« bezahlen zu lassen.

Dies ist das Charakteristische: der Orchestermusiker hat die Freude an der Musik verlernt. Musizieren heißt für ihn »Dienst«, wenn er einem guten Orchester angehört; im Vorstadttheater, bei der Tanzmusik, im Nachtlokal ist der Fachausdruck »Geschäft«.

Zumeist hat der Orchestermusiker die Karriere eines Musikfeldwebels hinter sich und dies bestimmt auch größtenteils sein Bildungsniveau; vom Fachstandpunkt aus ist hier streng zu unterscheiden zwischen jenen, die von einem Konservatorium kommend – Privatunterricht hat der Orchestermusiker nur in den seltensten Fällen gehabt – den Umweg übers Militär machten, und jenen, die ihre Laufbahn als Militärmusikeleven begannen. Daß die letzteren den Großteil des Musikerproletariates stellen, liegt auf der Hand. Diese Militärzeit gibt dem Musiker zwei notwendige Dinge: sie erzieht ihn zur Disziplin und imprägniert ihn mit jener undefinierbaren, imponderablen Fähigkeit, die ihm wichtiger ist als Talent, Ehrgeiz, Können: »Routine«.

Routine, recht viel Routine zu haben, das ist das künstlerische Ziel des Orchestermusikers; und wer es je versucht hat, ohne »Routine« in einem Orchester zu spielen, der begreift die Bedeutung, die ihr beigelegt wird, recht gut. Der Anfänger ohne Routine hat mit den sonderbarsten Schwierigkeiten zu kämpfen. Er zählt die Pausen angestrengt an den Fingern mit – eine primitive, aber beliebte Methode – und »verpausiert« sich unbedingt; er übersieht Taktwechsel, Schlüsselwechsel, Tonartenwechsel; er weiß nicht, ob der Dirigent Viertel oder Achtel oder Halbe schlägt; er spielt doppelt zu schnell oder doppelt zu langsam; er wird vor jeder Sechzehntelpassage von Panik ergriffen – der vielen »schwarzen« Noten wegen – und ist völlig unfähig zu rhythmischen Kunststückchen, wie: elf oder neun oder sieben Noten auf ein Viertel zu bringen. Routine also ist sehr wichtig. Nächst der Routine schätzt der Musiker – und auch der Dirigent – am meisten einen schönen Ton; denn vom schönen Ton des einzelnen hängt die Klangqualität des ganzen Orchesters ab. Es ist eine sonderbare Erscheinung, daß dieser Klang etwas ganz Individuelles ist, unabhängig vom jeweiligen Dirigenten wie auch vom Wechsel der Orchestermitglieder; in dieser Hinsicht mag der klischierte Vergleich mit einem Instrument wohl stimmen. Angenommen, daß bei unseren Philharmonikern kein einziger der Herren mehr dabei ist, die vor zwanzig Jahren dort mittaten – der wundervolle Klang mit all seinen charakteristischen Eigenheiten ist genau derselbe geblieben. In Parenthese sei hier bemerkt, daß unsere Philharmoniker vielleicht das einzige Orchester bilden, das nur zum allerkleinsten Teil aus typischen »Orchestermusikern« besteht.

Nun also zu diesem Typus! Er hat ein starkes Selbstbewußtsein – sein Ideal ist noch vom Militär her der »fesche Kerl« – und zugleich die leichte Verbitterung des Subalternen; er ist ungemein reizbar in diesem bohrenden Gefühl des hoffnungslos Zweitklassigen; er spürt in den meisten Fällen den Abstand, der zwischen ihm und einem wirklichen Künstler liegt. Ein Abstand, der ihn verstimmt, ohne daß er den Versuch machen würde, ihn zu verkleinern. Und wirklich ist der Unterschied zwischen dem Mitglied eines erstklassigen Orchesters und einem Bratlgeiger aus einem Nachtlokal viel geringer als der zwischen Musiker und »Orchestermusiker«. Es ist recht traurig bestellt um sein geistiges und kulturelles Niveau ...

Allerdings hat jedes Orchester seine geistige Elite, die immer bei denselben Instrumenten zu finden ist. Der Konzertmeister, einige Geiger, der Solocellist, der Flötist, der Harfenist, das sind so die gesellschaftlichen Spitzen des Orchesters. Nicht durch Zufall: es sind jene, die die größten Gagen erhalten.

Der Konzertmeister ist eine Art Vorgesetzter; er erinnert ein wenig an den Klassenprimus, der »aufpassen« muß; er ist das Bindeglied zwischen Dirigenten und Orchester, mit der Verpflichtung, auf seiten des Dirigenten zu stehen. Für die Wünsche des Orchesters hat ein Mitglied zu sorgen, das unter irgend einem klangvollen Titel wie »Vorstand« oder »Vertrauensmann« gewählt wird.

In sonderbarem Gegensatz zu dem engen Gesichtskreis des Durchschnittsmusikers steht eine gewisse freizügige kosmopolitische Note; der Musiker, namentlich der Österreicher, kommt viel in der Welt herum, sieht und hört viel; aber er bringt wenig Eindrücke mit. Es gibt da eine Konvention des Benehmens im Orchester, die überall das gleiche Milieu schafft, gleichgültig, ob dies nun London, Wien oder Petersburg ist. Anders wäre die Institution der Reisedirigenten ja auch nicht möglich. Aber da der bon ton des Orchesters überall denselben Regeln folgt, ist eine Verständigung auch zwischen verschiedensprachigen Dirigenten und Orchestern leicht. Strenge Regel ist es zum Beispiel (wir sprechen hier von erstklassigen Orchestern), daß der Dirigent auf der Probe, nachdem er das Zeichen zum Beginn gegeben hat, guten Morgen wünscht; ebenso, daß jeder mitwirkende Solist, jeder aufgeführte Komponist und jeder Gastdirigent dem Orchester zuerst vorgestellt wird; obligat wie diese Vorstellung ist der Orchesterapplaus, der sie quittiert. Und man muß wissen, daß ein Orchesterapplaus eine ganz besondere Sache ist: auf einen Wink des Konzertmeisters vollführt jeder einzelne auf dem Resonanzkasten seines Instrumentes soviel Lärm, als er nur irgend zusammenbringt. Es gibt naive junge Künstler, welche diesen genau vorherbestimmten Lärm für das Zeichen einer nicht einzudämmenden Begeisterung halten. Wohl ihnen!

Wenn dem Orchestermusiker aber auch die rechte Musik*freude* fehlt, so bedeutet dies noch lange keinen Mangel an Musik*verständnis*; der Musiker eines guten Orchesters hat gewöhnlich sehr viel musikalischen Geschmack, sicheres Urteil, gutes Gedächtnis – Fachverstand. Auch Talent hat er oft und Ehrgeiz – nur daß beides in den selbstgenügsamen Grenzen des Orchesters verkümmert, daß er statt *Musiker*, Musikbeamter, Musikarbeiter, Musikproletarier wird.

Es wird viel vom Musikerelend gesprochen und zum Teil mit Recht; es wird auch manches getan. Aber man kann dem Orchestermusiker Organisationen geben, fixierte Minimalgagen, geregelte Dienst-, gezahlte Überstunden – allerlei Dinge, die mit Kunst nichts zu tun haben –, nur eines nicht, das am dringendsten not täte: Freude, Freude an der Musik ...

Der Spiegel

(Die Dame, 1924)

Ich war einmal ein Spiegel; meine Lebensbestimmung war es, aufrichtig zu sein. Ich war ein guter Spiegel; ich hing an einer hübschen, rotseiden tapezierten Wand zwischen zwei hübschen rotseiden beschirmten Wandleuchtern und war aufrichtig, so sehr ich konnte. Man hat mich nicht verstanden. Man hat mich durch konstantes Mißverstehen zugrunde gerichtet. Ich hing da an der Wand, die Leute legten in der Garderobe ab, dann gingen sie an mir vorbei in die Gesellschaftsräume. Jeder Mensch blieb vor mir stehen und warf mir einen fragenden Blick zu. Ich sagte jedem Menschen meine aufrichtige Meinung. Man verstand mich nicht; man verließ mich mit einer Miene, als hätte ich eine Schmeichelei geredet. Meine Lebensbestimmung war verfehlt.

Nehmen wir an: Herr Reifenstein kommt aus der Garderobe, bleibt vor mir stehen. Ich sage: »Reifenstein, man trägt nicht so dicke goldene Uhrketten; Sie sehen unmöglich aus. Sie sind ein übler, ein ganz übler Parvenü.« Reifenstein lächelt geschmeichelt, streicht sich übers Pomadenhaar, geht weiter. Es erscheint Frau Reifenstein. Ich rufe: »Zu stark gepudert!«

»Wie?« fragt Frau Reifenstein und bleibt stehen. Ich: »Gnädige Frau! Sie sind brünett, Sie sind, um aufrichtig zu sein, lederfarbig. Sie sehen unmöglich aus mit dieser dicken weißen Puderschicht; Sie haben so viel Schmuck umgebunden wie die Königin von Saba. Was soll das? Sie machen sich lächerlich.«

Zu liebenswürdig! lächelt Frau Reifenstein. Sie zieht eine Puderdose hervor, schmiert noch eine Lage Puder über sich und rasselt mit all ihren Kolliers von dannen. Aus der Garderobe kommt ein ehemaliger Dragonerleutnant, stellt sich hin und durchbohrt mich mit seinem Blick. »Die Bügelfalte ist in Ordnung,« sage ich. »Das Hemd ist gut, Krawatte auch. Aber: Mensch, wie kann man eine derartig dumme Visage haben?«

Der Leutnant wirft einen sieghaften Monokelblick auf mich, sagt: »Danke bestens,« und geht.

»Sie dürfen sich nicht blond färben,« sage ich zu der nächsten Dame; »Sie sehen gemein aus mit dem gefärbten Haar. Nehmen Sie wenigstens dieses abscheuliche Stirnband fort, das die Haarfarbe noch auffallender macht. Was sollen die Leute von Ihnen denken! Und Sie haben eine erwachsene Tochter ...«

Die Dame krempelt mit beiden Händen ihr Haar noch mehr in die Höhe, gibt dem Stirnband einen unternehmenden Schwung und wirft mir noch im Abgehen einen koketten Blick zu.

»Sie brauchen nicht so bissig zu lächeln,« sage ich zu der Nächsten. »Wer so viele Goldplomben hat wie Sie, dem steht der Ernst besser. Überhaupt, liebe, gnädige Frau, seien wir aufrichtig. Sie sind Vierzig; Sie ziehen sich an wie Zwanzig; Sie sehen infolgedessen aus wie Achtundvierzig –«

»Was?« sagt die Dame und beugt sich vor. »Sie sehen aus wie Achtundvierzig!« brülle ich gereizt.

»Achtundzwanzig sagt er –« lächelt die Dame und entschwindet. Es gibt ein Gedränge um mich. Ich kann nur kurze Bemerkungen rufen. »Genagelte Krawatte! Gemeine Hände! Mitesser! Zu stark geschminkt! Falsche Weste! Zu auffallend! Unfein! Häßlich! Scheußlich! Absurd!« schreie ich den Menschen zu, die vorbeidrängen. Aber alle sind zufrieden.

Aus der Garderobe kommt Fräulein Klarisse mit einem jungen Mann. »Klarisse –« flüstere ich; aber Klarisse hört nicht. Ich sage: »Klarisse, Sie sind bezaubernd, Klarisse, Süße, Siebzehnjährige, schenken Sie mir nur einen Blick, damit ich Ihnen sagen kann, wie entzückend Sie sind. Sie haben so zarte Schultern, so unerwachte Traumaugen, so kleine Hände, Klarisse, in Ihrem weißen Kleidchen –«

Aber Klarisse schaut mich nicht an; sie sieht nur auf den jungen Mann an ihrer Seite. »Junger Mann,« sage ich: »Sie haben Pickel im Gesicht, Sie haben feuchte Hände, Sie sind einfach ekelhaft.«

Der junge Mann schielt zu mir herüber.

»Ein dummer Junge sind Sie, ein ganz dummer Junge,« sage ich. Der junge Mann starrt mich an und fragt: »Was haben Sie da gesagt?« »Ein dummer Junge sind Sie, ein ganz dummer Junge!« schreie ich laut. »Ach so. Dann ist es gut,« sagt der dumme Junge zufrieden lächelnd und zieht Klarisse in den Saal.

Ich bleibe allein zwischen meinen Wandleuchtern. Später kommt der Liftboy und sieht nach, ob ihm schon ein Bart wächst. »Nein, es wächst keiner,« sage ich gelangweilt.

Ich muß anfangen, mich zu rasieren, denkt der Liftboy. Ich sage: »Junge, bohre nicht immer in der Nase.« Aber was nutzt das ...

Ich starre die langweiligen Palmen an, die drüben im Wintergarten stehen. Aus der Garderobe kommt Herr v. Bleß, der zu spät angelangt ist; er wischt sich den Schweiß vom Gesicht. »Mensch, Sie kommen gerade recht,« flüstere ich, »Ihre Frau betrügt Sie.«

»Wie? Was? Wo?« sagt der schwitzende Ehemann.

»Da drüben, im Wintergarten, hinter den Palmen, Sie brauchen sich nicht umzudrehen, ich zeige Ihnen alles. Sie liegt in den Armen eines Leutnants.«

Herr v. Bleß beginnt zu lächeln. Wahrhaftig, da wird eine Frau geküßt, denkt er. Diese Leutnants! So etwas würde meine Frau nie tun, niemals. Wer nur die Dame sein mag – es ist dunkel –

»Sie Esel,« sage ich. Er lächelt mir kameradschaftlich zu. »Sie sind ein Esel,« wiederhole ich. »Ich verbitte mir Ihre Vertraulichkeiten.« Aber das glaubt er mir nicht ...

Eines Tages riß mir die Geduld. Es ging eine Veränderung mit mir vor, das spürte ich. Ich hatte genug, ich gab meine Lebensbestimmung auf. Ich verlor meine Aufrichtigkeit. Ich war es satt, Wahrheiten zu sagen, die keiner glaubte. Mir wurde alles gleichgültig.

Herr Reifenstein kam und Frau Reifenstein, Herr v. Bleß und Frau v. Bleß, Klarisse und ihre Mutter. Es kamen Dicke und Dünne, Idioten, Parvenüs, dumme Jungen und alte Koketten. Mir war alles gleichgültig. Ich sagte: »Ihr könnt mich gern haben, Ihr könnt mich gern haben, Ihr könnt mich gern haben.«

Der Liftboy holte den Direktor. Der Direktor kam und schaute mich streng an. »Sie können mich gern haben –« sagte ich. Der Direktor hauchte mir ins Gesicht, der unappetitliche Mensch. Er zog sein Taschentuch hervor und rieb mir damit auf meiner Fläche herum. Mir war alles gleichgültig. »Sie können mich gern haben,« sagte ich.

»Dieser Spiegel muß fort,« sagte der Direktor. »Dieser Spiegel ist ja *blind* –«

Man hat mich auf die Dienerschaftstoilette gehängt. Ich bin nicht verbittert. Aber ich bin auch nicht mehr aufrichtig ...

Das Auto im Film

(Die Dame, 1926)

Es ist nicht Zufall, daß Auto und Film ungefähr gleichzeitig aus der Welt der Idee in die der Erscheinungen getreten sind: es ist Notwendigkeit. Eine Zeit, die den Film braucht, muß auch das Auto haben. Film ohne Auto, das geht nicht. Es gibt keinen Film, der im 20. Jahrhundert spielt, und in dem kein Auto vorkommt.

Vorkommt: das ist ein falscher Ausdruck. Das Auto kommt nicht vor, es ist nicht Requisit der Handlung, sondern Handlung selbst, Dramatik, Auftrieb, Mittelpunkt. Das Auto verführt, entführt, flieht, verfolgt, rast, stürzt, es zwingt dem Film sein Tempo auf, ob es nun am Ende in der Rabitz-Schlucht des Ateliers zerschmettert liegt oder ob ein endlich vereintes Liebespaar in seinen Fond gedrückt aus der Leinwand in den Zuschauerraum zu fahren scheint, während die Musik den Schlußmarsch beginnt.

Der Held des Films besitzt immer und für alle Fälle ein Auto. Er kommt die Treppe seiner Villa herunter, Zigarette im Mundwinkel, Blume im Knopfloch (Nebenbei: erstaunlich, welche Mengen von Zigaretten und Knopflochblumen im Film konsumiert werden!), er knipst seine Handschuhe zu, steigt ein und fährt davon. Fährt einfach davon, ohne den Motor anzukurbeln, denn das ist sonderbarerweise im Film meistens nicht notwendig. Auch Pannen gibt es nicht für den Filmhelden, Pannen hat höchstens der Komiker. Und wenn der Komiker unter seinem Auto liegt mit zappelnden Beinen oder wenn er dann schmutzstarrend hervorkriecht, dann enthüllt der Film schon ein wenig von der Seele des Autos, von dieser gebändigten Seele des Objekts, die sich nur in Miniatur-Explosionen ausleben darf, während das Subjekt Mensch sich als Herr und Bändiger aufspielt. Der Komiker also ist es, der im Film wie im Leben immer in tragische Situationen kommt, über welche das Publikum lachen kann. Sein Auto fällt in den Graben, bleibt im Sumpf stecken und rennt Karren mit Obst und Porzellan über den Haufen. Sein Auto kommt immer zu spät zum Rendezvous, und er steht ratlos zwischen zwei Straßenecken, während das von ihm angebetete Mädchen um eine dritte davonsaust; davonsaust in einem entzückenden kleinen, weißlackierten Wagen, den sie virtuos zu lenken versteht.

Auch der Bösewicht hat ein eigenes Auto – und wie sollte er nicht? Das Bösewicht-Auto ist ein prachtvoller Wagen, der ein unheimliches Tempo fährt; der Laie, der vor dem schnell abgedrehten Film staunend sitzt, schätzt auf 120 bis 140 Kilometer in der Stunde. Trotzdem, – und Gott sei Lob und Dank dafür – kommt dieses intrigante und bösartige Vehikel immer um eine halbe Sekunde zu spät, es ist auf den Straßen um eine Nasenlänge zurück, es überholt zwar den Expreßzug, aber es kann den Filmhelden unter keinen Umständen erwischen. Manchmal ist es bis auf die Trittbretter besetzt von finsteren, bewaffneten Männern, die ohnmächtige Damen in Balltoiletten davonschleppen. Wenn es ins Meer stürzt, wenn es einen Abgrund hinabkollert, wenn eine Brücke unter ihm einbricht (und etwas derartiges geschieht unweigerlich), dann gehen diese kräftigen Männer zugrunde, während die Damen sich gut onduliert und mit herzförmig geschminkten Lippen erheben und ganz gesund geblieben sind.

Nun, das sind Schicksale und Geschehnisse, die zwar ohne Auto nicht denkbar wären, in denen aber immerhin der Mensch die wichtigere Rolle spielt. Aber da sind diese köstlichen Filme (meist kommen sie aus Amerika), in denen das Auto selbst Held, Schauspieler, Mittelpunkt ist. Da sieht man neben dem wohlgewachsenen, schönen, rassereinen Auto andere: Mißgestalten, Tragikomiker, Clowns von schreiender Komik. Da gibt es solche, die nur Kurven fahren können, immer im Kreis, immer rundum, da gibt es Schiefe, Krumme, zu Hohe, zu Kurze, solche, die andauernd ihre Karosserie verlieren, solche mit ungleichen Rädern. Solche, die trotz größter Eile nicht vorwärtskommen (Zeitlupe!), solche, die in rasendem Tempo rücklings fahren, und solche, die an Hauswänden hinaufsausen. Die Kausalität schaltet aus, die Zweckmäßigkeit wird auf den Kopf gestellt, die Götter unserer Zeit werden travestiert. Der Nachdenkliche vermag tiefe Einblicke zu tun, indes er gleichzeitig Tränen lacht ...

Ja, und zuletzt gibt es auch Leute im Film, die nicht im Auto fahren. Aber diesen steht Armut und Elend auf den Stirnen geschrieben. Und wenn man im Film einen Menschen sieht, der an die nächste Ecke wandert, dort in strömendem Regen warten muß und sich schließlich in eine überfüllte Straßenbahn quetscht, dann kann man nur zweierlei annehmen: Entweder er hat sich durch eigene Schuld zugrunde gerichtet, und es geschieht ihm recht! Oder er wird es, – arm aber begabt, wie er ist –, zu etwas bringen, so daß er am Ende des Films davonfahren kann in seinem eigenen Wagen, Sechssitzer, mit allen Schikanen, Sinnbild des Erfolgs und der erfüllten Wünsche. Im Film.

Entlarvte Liebe. Die Chemie der Gefühle

(Uhu, 1926)

Man hat neuerdings versucht, der Liebe ein wenig auf die Finger zu schauen. Man beginnt hinter ihre Schliche zu kommen. Man hat einige von ihren Praktiken aufgedeckt. Man ist es müde geworden, sich ihren süßen, verführerischen und gefährlichen Zaubereien widerstandslos anheimzugeben, und es zeigt sich, daß die Liebe sich mit allerhand Taschenspielereien abgibt. Die Naturwissenschaften sind es, welche zuallererst – und nicht erst heute – die Liebe bei derlei Geschichten erwischt haben, und sie ist daraufhin ordentlich gezaust worden, die gute, alte, große Liebe; denn was ist Liebe nun und nach den letzten Ergebnissen der Forschung denn eigentlich?

Da war zuerst diese peinliche Sache mit dem Gattungstrieb, die schon Anno Bölsche auf den Plan trat. Ja, nicht zu leugnen, Liebe, diese Liebe, die jeder einzelne als seine eigenste und eine ganz außergewöhnliche Angelegenheit ansah, ist nichts anderes als der Trieb der Gattung, sich fortzupflanzen, weiterzubestehen. Ungeheuer sind die Raffinements, welche die Natur anwendet um dieses Gesetzes der Gattung willen, unzählbar sind die Möglichkeiten und Auswege, die sie schafft, damit jedes ihrer Geschöpfe Gelegenheit findet, das Seinige zur Fortpflanzung beizutragen. Die sogenannte Liebe des Menschen ist davon ganz gewiß eine der einfachsten und primitivsten Methoden, wenn man bedenkt, welche Schwierigkeiten so viele andere Wesen der Welt überwinden müssen, um zur Befruchtung zu gelangen. Nicht jede Kreatur hat es so einfach wie Herr Meyer, der nur zu heiraten braucht, oder Fräulein Müller, die ihren Liebsten jeden Abend an der Normaluhr treffen kann, wenn sie nur will. Aber der Trieb – so sagt die Wissenschaft –, der Instinkt der Paarung ist überall der gleiche: bei der festgewurzelten Pflanze, die der Bestäubung durch gefällige Insekten warten muß, wie bei dem Bandwurm in den dunklen und unerfreulichen Metamorphosen seiner Gefangenschaft, bei der Flunder wie beim Elefanten, und am Ende dürfen wir annehmen, daß noch die niedrigste Zelle, die sich nur durch Teilung oder Knospung fortpflanzen kann, dies ebenso leidenschaftlich und mit dem gleichen Vergnügen tut wie – nun, wie eben die Menschen, die den Namen Liebe für diese Beschäftigung erfunden haben. Denn die Natur war pfiffig genug, allüberall eine kleine Prämie auf die treue Erfüllung der Gattungspflicht zu setzen, ein Quantum von Lust, von Annehmlichkeit –, von Liebesglück, wie wir zu sagen pflegen.

Weil nun der Mensch im Lauf der Jahrmillionen sich zu einem recht instinktarmen Säugetier entwickelt hat, fand er Mittel und Wege, um sich dieses einfache Vergnügen, das die Natur ihm zuwies, immer mehr zu versalzen. Daß der gewisse Apfel schon im Paradies verboten war, das mag noch angehen, denn verbotene Früchte schmecken besser. Jede Hemmung, welche der Liebe in den Weg gelegt wird, hat die Wirkung, diese Liebe zu verstärken, ihren Genuß zu erhöhen. Der norwegische Dichter Arne Garborg sagt irgendwo ein hübsches Wort über die Liebe; er sagt: »Liebe – das ist unglückliche Liebe.« Und wirklich sind alle berühmten Liebespaare der Literatur und der Geschichte unglücklich gewesen. Ein Romeo, der seine Julia heiratet, ein Tristan, der sich mit Isolde verlobt – das ist Nonsens. Das wäre ganz und gar uninteressant. Aber ein Werk wie der Tristan selbst, Wagners »Tristan«, ist nur aus dem überhitzten und qualzerpflügten Boden unerfüllter Liebe gewachsen und trägt alle Züge jenes fieberhaften und übersteigerten Zustandes, den wir uns mit unsern übertriebenen individualistischen Ansprüchen zurechtgebraut haben. Diese Übersteigerung und Überhitzung wieder ein wenig abzubauen – um für eine Zeiterscheinung ein Wort der Zeit zu benutzen –, daran sind wir nun im Verein mit der Wissenschaft ganz ordentlich am Werk.

Da ist beispielsweise, um von etwas anderem zu sprechen, die Psychoanalyse. Auch hier ist das Wort »Liebe« außer Kurs. Eine »Fixierung« ist das Höchste, das gebilligt wird. Gerade weil die Psychoanalyse alles und jedes aus dem Untergrund des Sexus herauswachsen oder wuchern sieht, wird das einzelne, das Symptom, die Seelenäußerung, so nichtssagend unter ihrem psychischen Mikroskop. Du hast Leidenschaften, Ängste, Qualen, Nervenzustände? Geh zum Analytiker! Er wird dich in einen Klubstuhl setzen, wird dir treu in die Augen schauen und wird dir eine Haut nach der andern abziehen, als ob du ein Zwiebelchen wärst. Am Ende der Kur ist alles aufgedeckt, alles unwesentlich geworden, und du wanderst so leicht und dabei flau davon wie nach einem zu starken Schwitzbad. Und wenn es dir dann trotzdem nochmals passieren sollte, daß eine unglückliche Liebesleidenschaft dich packt, dann weißt du genau wieso und warum, und daß dir so ist, wie dir ist, aus keinem andern Grund, als weil, zum Exempel, deine Amme eine rote Bluse getragen hat, wie du sechs Wochen alt warst. Ja – und dann ist die ganze Liebe nicht mehr so wichtig.

Aber nun gar die Chemie! Sie ist es, diese immer hellköpfiger werdende Wissenschaft der Biochemie, welche die Liebe vor aller Welt demaskiert hat. Jedes Kind weiß heute schon, daß die Drüsen bei Mensch und Tier gewisse Sekrete oder Inkrete ausscheiden, gewisse Säfte, die dem Blut beigemischt werden und als Hormone – Boten zu deutsch – darin kreisen. Diese Hormone haben den größten Einfluß auf das Gefühlsleben, und in einer nicht fernen Zukunft wird man seine seelische Verfassung im Reagenzglas chemisch analysiert finden. Die Hormone könnten in der Wirkung gefährlicher sein als Dynamit und Nitroglyzerin. Die weise Natur hat sie dem einzelnen Wesen nur in mikroskopischen Dosen zugeteilt. Ein paar Kubikzentimeter eines Sexualhormones einer Bevölkerung eingeimpft, könnten ganze Städte zum Liebeswahnsinn bringen. Glücklicherweise hat man solche Experimente bisher nur an Ratten und ähnlichen Hilfstieren der Wissenschaft gemacht; und eine Ratte, bei der solch ein künstlicher Brunstzustand erweckt wird, die ist ja durch keine Konvention gehemmt, ihren Gefühlen freien Lauf zu lassen. Aber Fräulein Müller, welche ihren Liebsten jeden Abend an der Normaluhr erwartet, die ist aus guter Familie, die hat Hemmungen. Der Arzt, der Biologe würde alles bei ihr in Ordnung finden, denn Fräulein Müller ist jung, ihr Organismus funktioniert richtig, die Hormonbeimischung ihres Blutes läßt nichts zu wünschen übrig. Aber Fräulein Müller weiß nicht, wie ihr ist, sie fühlt sich dunkel bedrängt, sie ist verliebt, leidenschaftlich verliebt, sie hat schwere Kämpfe gegen sich selbst zu bestehen, und es fehlt nicht viel dazu, daß sie Selbstmord begeht oder sonst einen Unsinn anrichtet.

Zugegeben: so wie die Zeiten heute sind, mag Fräulein Müller mit ihren Hemmungen eine Ausnahme sein. Die junge Generation, ernüchtert und aufgeklärt, nimmt im ganzen großen die Liebe nicht allzuschwer und läßt natürlichen Dingen ihren natürlichen Lauf. Gott sei Dank! sagen die Physiologen. Schade! sagen die alten Tanten und die Dichter. Denn die Dichter haben bei der Entlarvung der Liebe am meisten zu verlieren. Es ist alles so einfach geworden. Man mischt das Biologische, das Physiologische, das Analytische mit eigenen, individuellen, sexualbedingten Gefühlchen zusammen und nennt es Erotik. Erotik: das war noch vor zwanzig Jahren ein ausschweifendes, ein verbotenes und lasterhaftes Wort. Heute ist es ein Thema für Familienblätter und das Erlebnis der Sechzehnjährigen.

Nun wollen wir zugeben: Es ist ein bißchen viel Betrieb rund um die Erotik, etwas Ernüchtertes und Geschäftsmäßiges, eine zu laute Propagierung der sexuellen Freiheit und Abwechslung. Wir sind am Ende ein wenig über das Ziel geschossen, indem wir allen und jeden Liebesballast abgeworfen haben? Oder warum machen unsere jungen Männer einen so blasierten, gelangweilten Eindruck, und warum bekommen unsere jungen Mädchen so rasch etwas Abgebrauchtes, Schmelzloses? Ist diese Selbstverständlichkeit, mit der heute Liebesbeziehungen geknüpft, gelöst, gewechselt, begonnen, beendet und vervielfacht werden, nicht ein wenig plump? »Die freie Liebe sollte nicht erlaubt, sondern geduldet werden«, sagt der gleiche Arne Garborg. Das ist eine große Weisheit. Denn das Erlaubte ist immer reizlos. Früher schlappte es als ein böses Gespenst mit Pantoffeln und Haarwickeln nur in den Ehen herum; sollte es jetzt schon so weit sein, sich zwischen desillusionierte Liebespaare zu drängen?

Balzac, der Mann, der wohl alles wußte, was von der Liebe gewußt werden kann, formuliert es in seiner »Physiologie der Ehe« so: »Wenn man nur einen Tag lang dich begehren läßt, wird deine Liebe vielleicht keine drei Nächte dauern.«

Achtung, ihr Erotiker von heute, ihr entzauberten Verächter der entlarvten Liebe! Ist man nicht auf dem besten Weg, mit den Hemmungen und Widerständen zugleich die Freuden und den Rausch aus der Welt zu schaffen? Kann denn eine kleine Liebe einen großen Genuß schenken? Und eine Generation, welche die Wichtigkeit der Liebe negiert, wäre schließlich zu bemitleiden, wenn nicht –

Ja, wenn nicht täglich die merkwürdigsten Dinge passierten, wie man in jeder Zeitungsnummer lesen kann. Da sind all die Selbstmorde, die jeden geschlagenen Tag aus unglücklicher Liebe begangen werden. Bei den Sechzehnjährigen fängt es an, es schont keinen Stand; das Dienstmädchen trinkt Lysol, und der Bankdirektor verschafft sich Morphium, der Diskrete hat ein Unglück im Hochgebirge, und der Geschmacklose erschießt sich beim Fünf-Uhr-Tee – aber alle, alle tun es aus Liebe. Der Bahnwärter Schliephake hat den Metzgergesellen Feiertag mit einem Hammer totgeschlagen wegen einer Wirtstocher, der Arzt Soundso vergiftet seinen Freund durch Injektionen, um die Frau heiraten zu können, und die Stenotypistin erschießt ihren Chef, weil er sie nicht erhört. Dort geht eine Frau mit vier Kindern ins Wasser, weil der Mann untreu ist, und hier begeht die Prostituierte Klawitt einen Raubmord, um den Kellner Wulike aushalten zu können. Wollte man nur die letalen Fälle zählen, man bekäme schon eine ungeheure Statistik. Aber da sind noch alle die armen Luder, die nicht genug Mut haben, bei denen der Impetus auf halbem Weg stehenbleibt, die nicht leben und nicht sterben können, und die ihre Last mit sich weiterschleppen. Wie viele Tragödien, wie viele Komödien, welcher Hexenkessel – und alles aus Liebe, alles aus Liebe. Wegen der gleichen Liebe, die der Biologe bei der Mikrobe beobachtet, die der Analytiker zu einem sauberen Gedankenpräparat zersäbelt, und die der Chemiker im Reagenzglas nachweisen kann.

Sprechen wir von etwas anderm. Sprechen wir einmal vom Palolowurm. Dieser Wurm führt sein obskures und schlichtes Dasein in der Tiefe der Südsee. Aber zu bestimmten Zeiten, in gewissen Mondnächten, wird ihm ganz besonders zumute, dem Palolowurm da unten, ein ungeheures Gefühl bemächtigt sich seiner (ich nehme an, daß es ein ungeheures Gefühl ist), und plötzlich reißt sein ganzer Geschlechtsapparat sich von ihm los und schwimmt hinauf an die Oberfläche des Meeres, um dort mit den schwärmenden Weibchen Hochzeit zu halten. Ein höchst problematisches Geschöpf, dieser Bruder Wurm, und von der Wissenschaft lange Zeit nicht durchschaut. Gleicht er nicht ein wenig dem Künstler, der aus dem Zentrum seines Gefühls etwas losreißt und fortschickt? Oder ist er ein Fanatiker der Nüchternheit, der den ganzen Liebeskomplex abstößt, sobald ihm diese Gefühlsbedrängung lästig wird? Empfindet er unten am Meeresgrund die Hochzeitswonne mit, die sein Partikelchen oben im Mondschein genießt? Hat er Schmerz verspürt bei der Lostrennung oder Lust, Befreiung oder Qual? Auf jeden Fall ist er ein Beweis dafür, daß die Liebe nicht mit sich spaßen läßt, daß sie uns Geschöpfe in ihren Dienst spannt, wo immer wir uns verstecken. Vielleicht ist der Palolowurm in all seiner Bescheidenheit der größte Liebeskünstler der Welt, denn da er die größten Widerstände zu überwinden hat, wollen wir hoffen, daß ihm auch die intensivsten Freuden von der Natur zugeteilt sind. Am Ende aber hindert uns nichts, ein wenig achtungsvolle Kollegialität für dieses Wesen zu empfinden. Denn vor der Liebe – mag sie so entlarvt sein wie der Zauberkünstler einer Jahrmarktsbude –, vor der Liebe sind wir alle nach wie vor: – arme Würmer.

Ballettstunde.
Bilder aus der Schule der Berliner Staatsoper

(Berliner Illustrirte Zeitung, 1926)

Wenn der Spießbürger das Wort »Ballett« hört, dann blinzelt er und sagt »Aha!« Sein Gehirn schaltet den Steckkontakt einer Assoziation ein, und schon denkt er – der Spießbürger – Verbotenes, Exotisches, Pikantes, Tarlatanwölkchen umschweben ihn, er sieht seidene Trikotbeine, er fühlt die Verlockungen von weißen Armen, die zum »*Port de bras*« hübsch erhoben und mit *Eau de lys* angestrichen sind. Aha, Ballett!

Nein, nichts von alledem ist im Ballettsaal zu finden, in dieser bezaubernden Atmosphäre von Arbeit, von Kameradschaft, von Sachlichkeit und Konzentration. Da arbeiten in äußerster Anspannung dreißig oder vierzig junge Menschen miteinander, Mädchen und Burschen, alle schlank, durchtrainiert, alle voll Eifer und guten Willens, alle stets vergnügt und guter Laune. Ein Axiom: Tänzer sind immer gut gelaunt. Das kommt von der Befreitheit ihrer Körper, von der Lockerung des Seelischen, die aus der Bewegung entspringt, von dem Wechsel der Spannungen und Entspannungen, die der Tanz bedingt, aus denen Tanz recht eigentlich besteht. An den Wänden des Ballettsaales hängen die Porträts verblichener Prima-Ballerinen. Mit geschnürten Wespentaillen stehen sie auf der Fußspitze und schicken ihr gefrorenes Lächeln verwundert herab auf die Kolleginnen von heute. Die haben es gut. Die laufen und springen mit nackten Beinen über den Boden und dürfen ihre kleinen weißen Turnkittel tragen, und das kurze Haar fliegt und setzt auf jeden Schwung des Körpers noch einen kecken Apostroph. Trotzdem wird ihnen nichts erspart von den schweren Künsten des Balletts. Denn das gerade ist das Geheimnis des Tanzes: daß er so schwer ist und so leicht aussehen muß. Der Spitzentanz ist darum, über seine Zeitbedingtheit hinaus, ein Symbol. Diese Körper, die nur an einem einzigen winzigen Punkt, nur an dem äußersten Ende der Zehe, noch mit der Erde zusammenhängen, sie geben so stark die Impressionen des Auffliegenden, Leichten, Verschwebenden wie nichts sonst. Und darum sitzt vorn am Katheder, ganz wie in der Schule, die strenge und humorvolle Lehrerin, sie klopft mit einem großen Stock den Takt, und die sechzehn Touren des klassischen Balletts werden unerbittlich geübt. Eine schwierige und wichtige Angelegenheit, solch eine »Tour«, eine volle Drehung auf der Spitze! In Glanzzeiten des Balletts mußten es zweiundreißig sein, die hintereinander zu gelingen hatten, und schon die kleinste Elevin übt heimlich in ihrem Winkel dieses A und O der Ballettkunst. Es schwirrt von den hübschen, altmodischen, französischen Bezeichnungen, von *battements*, *changements*, von *pliées*, Attitüden und Positionen. Überhaupt schwebt über dem Ballettsaal etwas Kosmopolitisches, ein Hauch der großen Welt, wie ihn auch Zirkus und Varieté haben. Man spricht viele Sprachen durcheinander, am meisten Französisch, der Russen wegen, die gerade hier, im Ballett der Berliner Staatsoper, ziemlich stark vertreten sind.

Die Russen sind es ja, welche in den letzten Jahren dem totgesagten und totgeglaubten Ballett eine unerwartete und entzückende Lebendigkeit neu geschenkt haben. Kein Zweifel: Das Ballett ist unzeitgemäß, Überbleibsel einer anderen – höfischen – Kulturepoche, unseelisch, ungeistig, unbefriedigend für den heutigen Menschen. Trotzdem – – wie kommt es nur, daß die Pawlowa eine ganze Welt bezaubert mit den klassischen und vorgeschriebenen und abgezirkelten Pas ihrer Tänze? Während ein großer Mensch von tragischem und besessenem Künstlertum wie Mary Wigman es ist, Jahr um Jahr ihr Publikum erst bändigen, ihm ihre Tänze beinahe aufzwingen muß? Es scheint, daß der Kampf zwischen altem Ballett und dem, was unter dem wenig sagenden Schlagwort »moderner Tanz« verstanden wird, noch lange nicht zu Ende gekämpft ist.

Hier in Berlin – und nur hier – in diesem Ballettsaal mit seinen alten Bildern und seinen jungen Menschen, ist etwas am Aufbau, das viel zu lösen verspricht. Eine Synthese der beiden Stilformen wird angestrebt, eine neue Generation von Tänzern und Tänzerinnen wird herangebildet, die beides können: das Ballett und den modernen Tanz. Diese Tanzgruppe nimmt alle Elemente in sich auf, russische Balletttänzer und Labanschüler, Wigmananbeter und Fanatiker der Fußspitzentechnik. Hier kann man Gegensätze brauchen, man saugt sie in das Ganze hinein, man gewinnt Lebendigkeit und Vielseitigkeit dadurch. Terpis, der Ballettmeister, der Leiter der Gruppe, der eher wie ein vergeistigter Mönch als wie ein Tänzer aussieht, er beherrscht die beiden heterogenen Stilarten in gleicher Weise. Es ist sehr anziehend, ihm bei der Arbeit zuzusehen. Eine Stunde lang wird Ballett geübt, alles wird versteift, starr gemacht: das Kreuz, das Kniegelenk, der Spann der Füße. Die Tänzer sind nur mehr angestrengte, trippelnde Menschenstangen voll jener konzentrierter Steifheit, die sonderbarerweise dem Zuschauer die Impression der Leichtigkeit vermittelt. Dann auf einmal kommt das andere System an die Reihe, das Labansche, das von heute. Größte Lockerung, größter Schwung, stärkste Entfesselung des Seelischen. Der Rücken, eben noch starr und stocksteif, biegt sich, bis der Kopf rückwärts die Erde berührt, die Gelenke kreisen und schwingen, die Fersen fliegen bis zum Hinterkopf empor. Beinahe rührend ist die Beflissenheit, mit der gearbeitet wird, dieses ernsthafte, fast kindliche In-sich-Versenktsein jedes einzelnen. Man sieht, wie Frau Grube, eine große Könnerin des alten Balletts, sich in die Schwünge des neuen Stils hineinwirft, voll

Eifer und Freude. Man sieht den jungen Kreutzberg, der bei den Salzburger Festspielen so großes Aufsehen erregt hat, man sieht ihn, der aus der Wigmanschule stammt, hier zwischen den andern seine Ballettübungen machen und den Kopf schütteln, wenn es nicht gleich gelingen will. Das ist es vielleicht überhaupt, was diesem Ballettsaal sein eigenes Gesicht gibt: das Unabgegrenzte, das Miteinander-Arbeiten. Früher war das Ballett in strenge Kasten eingeteilt, in Quadrillen, Koryphäen und Solo-Ballerinen; es gab eine Rangliste, fast wie beim Militär. Jetzt ist alles eine Gruppe, durch gemeinsame Arbeit verschmolzen. Terpis, der Schöpfer dieser Gruppe, ist bald ein strenger Lehrer, bald ein guter und lächelnder Kamerad, der zwischen den andern arbeitet. Es liegt immer ein bißchen Musik in der Luft des Ballettsaales. Manchmal ein Rhythmus, endlos wiederholt zu einer Übung; das Kommando einer Marschmelodie; die Befeuerung eines Fandango; die Lösung eines Walzers. Ein paar vertröpfelnde Arpeggien, die zur Improvisation aufrufen, unter deren Geriesel die hübschen jungen Körper sich dehnen, sich strecken, sich beugen, und davonzufliegen versuchen. Aus den matten Oberlichtscheiben rinnt das weiße Licht des Mittags, man arbeitet. Vielleicht ist man müde. Aber man arbeitet, lächelnd, hingegeben und beglückt, wenn eine neue Schwierigkeit bezwungen ist. Und so lernt man im Ballettsaal das, was auch im Leben schwer ist, und was man trotzdem können sollte: Das Ernste so zu tun, als wenn es ein Spiel wäre ...

Kinder beim Photographen

(Die Dame, 1926)

Glaubt nur nicht, ihr großen, erwachsenen, abgebrühten Leute, daß es eine Kleinigkeit ist, wenn unsereiner – wir:

Babys von zehn Monaten bis zu fünf Jahren – zum Photographieren gebracht werden! Es ist eine erste große, einschneidende Erfahrung, ein früher Zusammenstoß mit der Welt, es ist ein Gemisch aus Erregung, Freude und Angst, aus Bitternis und Süße, jenes Gemisch, das wir später einmal »Das Leben« nennen werden. Es ist ein Ereignis, das sich nicht vergißt. Noch an unserm siebzigsten Geburtstag werden wir uns seiner erinnern, und zwar in jenem Moment, da man uns die Konterfeis unserer Enkelkinder als Überraschung schenkt. In feierlicher Rührung, kopfwackelnd und ein wenig zahnlos werden wir dann sagen: »O ja, ich erinnere mich auch noch daran, wie ich zum erstenmal zum Photographen kam. Ich war damals vier Jahr alt und so niedlich, ihr glaubt es nicht! Und ich habe fürchterlich gebrüllt, das weiß ich noch ganz genau. Und dann zeigte man mir ein ausgestopftes Vögelchen, seht ihr, das habe ich nicht vergessen ...«

Ob wir die Tatsache des Photographiertwerdens von der tragischen oder von der humoristischen Seite nehmen; ob wir darin eine schwarze Unheimlichkeit erblicken oder ein rosiges Fest: das hängt von unserem Charakter ab, von unserem zwar miniaturhaft kleinen, aber doch schon recht ausgeprägten Babycharakter. Ein für allemal jedoch gehört das Vorspiel des Photographiertwerdens zu den unangenehmsten Dingen. Oder wie – ist es vielleicht ein Vergnügen, so unbarmherzig gesäubert und gewaschen zu werden, wie es uns – Babys von zehn Monaten bis zu fünf Jahren – zu diesem Zweck widerfährt? Man striegelt uns das Haar, man bürstet, glättet, kräuselt, dreht Locken, zieht Scheitel über widerspenstige Rundköpfchen. Man stellt wahrhaft übermenschliche Ansprüche an uns, was Sauberkeit und Wohlerzogensein betrifft. Man manikürt uns, wahr und wahrhaftig, das tut man! Man zieht uns unsere besten Kleider an, – das macht Herzklopfen, wenn wir kleine Mädchen sind, und verstimmt kleine Buben aufs tiefste. Man überhäuft uns mit Ermahnungen, Drohungen und Versprechungen, und man versichert uns, daß Photographiertwerden ein großer Spaß sei. Wir glauben es nicht. Wir kennen schon diese falsche, verzuckerte Stimme, mit der uns derartiges erzählt wird. Erwachsene Leute haben uns mit dieser Stimme zum Zahnarzt gelockt, oder sie haben uns mit dem gleichen Tonfall dazu animiert, einen Löffel Rizinusöl als Delikatesse zu verschlucken. Wir wissen, was wir Babys von dieser Tonart zu halten haben. Deshalb werden wir ein wenig blaß unterwegs, wir bekommen kalte Hände, die wir zu Fäustchen ballen. »Gerade heute sieht das Kind schlecht aus, natürlich! Wo es photographiert werden soll!« sagt die Mutter verstimmt zum Kinderfräulein. Das Photographenatelier – ja, allerdings, das Photographenatelier macht uns Eindruck. Wir haben bisher nicht gewußt, daß die Welt so interessant ist! Wir reißen unser Mäulchen auf und staunen aus uns heraus. Wir dürfen uns auf ein Schaukelpferd setzen. Wir dürfen ein Bauklötzchen in die Hand nehmen, eine Puppe herumtragen. Wir fangen an, das zu glauben, was uns hoch und heilig versichert wird: daß der Herr Photograph ein guter Onkel sei. Plötzlich aber, gerade wenn wir ernsthaft zu spielen anfangen, kriecht der gute Onkel unter ein schwarzes Tuch und schiebt mit einer Art von Kanone hinter uns her. Es ist nur selbstverständlich, daß wir schreiend die Flucht ergreifen.

Nun beginnen Unterhandlungen und Erklärungen. Nein, es wird nicht aus der Kanone geschossen, nur ein Bild soll von dem Kind gemacht werden. Ein Bild? O nein. O nein! Wir wollen kein Bild werden und so still mit blauem Gesicht und roten Händen an der Wand hängen, wir lassen kein Bild aus uns machen, wir wollen selbst dableiben, wir Babys selbst, wir wollen uns bewegen und springen und essen – was ein Bild nicht kann.

Nun, so ist das mit dem Bild gar nicht, sagt der Photographen-Onkel. Wir sollen nur ein bißchen in die Kanone sehen, dann werden wir einfach abgedruckt. Was? Einfach abgedruckt? Schrecklich! Entsetzlich! Man will uns plattdrücken, einfach, uns auf ein Papier drücken für Großvaters Geburtstag? Wie – und ein Mäuslein wird aus dem schwarzen Kasten springen, wenn wir nur fest hinschauen? Das hat gerade noch gefehlt! Nein, jetzt haben wir genug. Wir ziehen die Unterlippe zu einem Viereck und brüllen los.

Es ist der Moment, den die griechische Tragödie als Katharsis bezeichnet. Aber zum Schluß, mögen wir protestieren oder uns überreden lassen, mögen wir unglücklich sein oder am Ende gar Spaß daran finden: zum Schluß werden wir eben doch photographiert und sind stolz darauf.

Wie sich ein Kind photographieren läßt, darin ist für das Auge, das zu sehen versteht, schon eine Skizze von Zukunft und Schicksal beschlossen. Nicht in der Gestalt und den süßen, kindlichen Zügen selbst, sondern noch mehr darin, wie das Erlebnis des Photographiertwerdens sich im Ausdruck der kleinen Menschen spiegelt. Daumenlutscherchen mit seinem verschmitzten Gesichtchen wird stets voll Humor und innerer Ruhe bleiben. Und eine kleine Frau von vier Jahren, die es sichtlich dick hinter den Ohren hat: sie wird stets ihren Weg machen und aller Welt die Köpfe verdrehen, zu ihrem und der Betroffenen Vergnügen. Fünfjährige Weisheit, die mit einem suchenden, forschenden und beinahe wissenden Blick in die Kamera schaut, verspricht ein frühgereiftes und geistiges Leben. Kleine Männer, blonde, helle, zappelnd vor Lebenskraft, lachen in den Apparat und werden ihre Zukunft schon unbedenklich in die Fäuste nehmen. Aber die mit den verweinten Augen, die mit den kleinen roten Näschen, die Kinder, die lächeln, obwohl ihnen alles: Leben und Photographiertwerden, ein wenig fremd scheint und große Ansprüche an ihren Mut stellt: die sind uns beinahe die liebsten, weil sie so klein und hilflos sind und sich doch schon beherrschen.

Und sieht man solche Kinderbilder an, dann fragt man immer wieder: Wie denn aus ein bißchen Silbernitrat und Kollodium, aus einem Häufchen Schatten etwas so Entzückendes, Liebes, Rührendes und Bezauberndes werden kann, wie eine Kinderphotographie es ist?

Die singende Frau

(Die Dame, 1927)

Die singende Frau – das kann, je nachdem, der Titel eines Märchens sein oder die Unterschrift zu einem grotesken Bild. Es gibt Frauen, die im Gesang schön werden, deren Seele zu leuchten anfängt, deren Körper durchsichtig wird, deren Blick und Mund und Gebärde erst im Gesang erwacht und bezaubert. Es gibt häßliche Frauen, die in sich den Schatz einer Stimme tragen, um derentwillen man sie lieben muß. Es gibt Stimmen aus Silber, aus Gold, aus Bronze, klingend und mit einer Legierung von dunklem Kupferton. Violette Stimmen, Dämmerungsstimmen, Stimmen aus braunem Samt, von denen man nicht genug bekommen kann. Stimmen von solcher sinnlichen Wärme, solchem erotischen Glanz, daß Männer den Trägerinnen dieser Stimme widerstandslos verfallen. Aber es gibt auch hübsche Frauen, reizende und angenehme, die in alle Abgründe des Unsympathischen stürzen, sobald sie den Mund auftun, um zu singen. Ein dumm gesungenes Lied, ein falsch gefühlter Ton, eine kulturlos hingeschmetterte Arie kann eine Frau schlimmer entblößen und dekouvrieren als alles andere. Gesang ist eine Sonde, die jeden Defekt des Geschmacks, der Empfindung, der Seele aufzuspüren weiß.

Eine Frau, die Stimme besitzt, schleppt von vornherein den Stoff zu einem Roman in ihrem Kehlkopf mit sich. Die Stimme wird entdeckt, die Stimme wird ausgebildet, die Stimme wird zum erstenmal vor das Publikum gebracht: das sind spannende und zugleich tragikomische Stationen des Sängerinnenlebens, eines Lebens, das sich auf einer anderen Ebene abspielt als das von stimmlosen Frauen. Die Stimme ist Zentrum, Schwerpunkt, verhätschelter, umsorgter, qualvoll errungener und verteidigter Mittelpunkt des Daseins. Liebe, Ehe, Mutterschaft: das werden Dinge zweiten Ranges. Wichtig über alles andre hinaus ist die Arie, die Rolle, das Auftreten. Der Hervorruf, der Applaus, der Erfolg; die Kritik, die Rivalin, der Durchfall: das sind die Begriffe, mit denen Leben und Denken der Sängerin umstellt und eingekreist ist. Kein Beifall nach der großen Arie? Die Sängerin wird in der Garderobe von einem Weinkrampf betroffen. Das hohe B ist mißglückt? Die Kritik war schlecht? Die Sängerin ist nicht weit davon entfernt, Selbstmord zu begehen. Denn keine Schmerzen sind schneidender für die Frau im Rampenlicht als die des Ehrgeizes.

Aber dies sind nur die kleinen Tragödien, die täglichen Abstürze innerhalb des Aufstiegs und der Karriere. Die großen Tragödien sind unabwendbar und vollziehen sich in der Stimme selbst. Die Stimme wird reizlos, sie verfettet oder sie magert ab oder sie verliert die Farbe. Die Stimme wird krank. Sie altert. Zuletzt stirbt sie, unrettbar stirbt sie, überlebt von einer Frau, die leer und zerbrochen zurückbleibt, schlimmer und schmerzhafter verwitwet, als wenn sie einen geliebten Mann verloren hätte. Dies ist das Erlebnis jeder Sängerin, mag sie die Primadonna zweier Kontinente sein oder im Kabarett davon gelebt haben, daß sie ein paar Töne aus Blech in den Saal zu werfen verstand ...

Aber was ist es mit den Frauen ohne Stimme? Sind sie rettungslos stumm, ist ihnen die Lösung durch den Gesang völlig versperrt? Ach, es wäre hübsch, wenn Frauen singen könnten, wie Vögel singen, ganz unbewußt, nur aus der Natur heraus, aus einem inneren, guten Müssen. Auf dem Feld hört man junge Bäuerinnen manchmal so singen, in slawischen und romanischen Ländern vor allem; auch heimlich über Wiegen und Kinderwagen kommt dieser zwitschernde, summende, träumerische und innig beruhigende Klang aus Frauenkehlen. Manchmal bei einem Gang über Wiesen oder abends am Fluß entlang, im Segelboot auch, faul, mitten in Sonne und flauer Luft. Oder wenn ein neues Kleid anprobiert und zuerst vor den Spiegel getragen wird, wenn die Frau ganz allein ist mit sich und einem Ding aus Spitzen oder Seide und mit ihrem eigenen Gefallen an der eigenen Gestalt: dann singt sie, ohne es zu wissen. Aber sobald der Gesang in die Schicht der Bewußtheit hinaufgestiegen ist, verliert er seine Unschuld und wird zu einer höchst zwiespältigen Angelegenheit. Vor jeder Aufgabe des Ausdrucks, vor jedem Wollen seelischer oder künstlerischer Art versagt die ungeschulte Stimme kläglich. Hat man aber die Stimme erst zu seinem Lehrer getragen, wird sie Material des Studiums, dann ist ihr bester Reiz zerflogen, ein Reiz, der durch höchstes Können wieder ersetzt und erneut werden kann. Dies aber ist selten, und unzählbar sind die Stimmen, die unterwegs steckenbleiben, die halben Sängerinnen, die Dilettantinnen, die viel wollen und wenig können, die schmollenden dritten Fächer der Opernhäuser, die ersten Soprane der Gesangsvereine, die Stars von wandernden Operettenensembles. Und wer kennt nicht jene nette und nicht einmal geistlose Frau, die – sonst ganz harmlos aussehend – sich zwischen Tee und Sandwiches oder nach dem Souper plötzlich an den Flügel begibt und zu singen beginnt. Zu singen beginnt mit einer armen, trockenen und mühsamen Stimme, ohne Höhe, ohne Tiefe, ohne äußere Substanz, ohne inneren Gehalt. Die sich jeden Funken Sympathie verscherzt, indem sie den Erlkönig malträtiert oder sich an der, ach, so schweren ersten Arie der Gräfin aus dem »Figaro« eine unbeschreibliche Blamage holt. Und auch dies ist nicht hübsch: Wenn ein süßes, rehäugiges Mädchen von sechzehn Jahren unversehens mit der Talmistimme des Revuestars den Revueschlager zu trällern anhebt. Es wäre denkbar, daß eine schwärmerisch gefühlte Liebe, ein verheißungsvoll geplanter Heiratsantrag durch einen ordinären und geschmacklosen Refrain zum Scheitern gebracht würde ...

Aber schön ist es, wenn eine große Sängerin, eine jener Art, davon nie mehr als zehn auf der Welt sind, einen Saal voll Menschen in eins schmilzt, ihn auf ihrer Stimme hinaufträgt wie auf großen Flügeln, eine Menge hinausreißt aus der Welt der Tatsachen in die metaphysischen Bezirke des Gesanges. Und schön ist es auch, wenn eine Frau für sich allein singt, im Halbdunkel, im Schein einer Kerze, einer Klavierlampe. Versunken in sich selbst und ganz über das eigene Herz gebeugt, aus dem jene zarte Melodie der Einsamkeit tröpfelt, die nicht erlernen kann, wer sie nicht erlebt hat ...

Der Herr im andern Auto. Eine Frühlingsgeschichte

(Die Dame, 1927)

Die Kaiserstraße entlang kommt ein Autotaxi gerumpelt, eine alte, ausgemergelte Autodroschke mit herabgelassenem Verdeck, stoßend, rüttelnd, ächzend und voll Mühe. In dem Taxi sitzt ein Fräulein, nichts Besonderes, eine farblose Motte, eine Arbeitsameise, ein blasses eifriges Infusorium in dem Mikrobengewimmel der Großstadt. Das Fräulein dreht ihre Zwirnhandschuhe zu Stricken, es ist sehr aufgeregt, sehr ungeduldig und dies mit gutem Grund. Das Fräulein hat sich verspätet, da hinten irgendwo, in den grauen Gefilden seines Berufes, unverzeihlich und übermäßig verspätet. Vielleicht ist das Fräulein Stenotypistin und der Chef wollte nur noch zwei oder drei wichtige Briefe diktieren (Sie haben doch noch einen Momang Zeit, Fräulein Schulz, nichwah?) oder sie ist Hausschneiderin und die neue Bluse aus dem alten Crêpe de Chine mußte noch fertig werden; es ist auch möglich, daß sie Klavierstunden gibt und an einer Chopinschen Etüde die Verzögerung erlitt. Oder sie ist Verkäuferin. Oder Kinderfräulein. Oder sonst etwas, mit dessen Zeit andere, vorgesetzte Menschen großzügig umzugehen gewohnt sind. Kurz, die Verspätung ist eingetreten, am Theater wartet Erwin mit den Karten, und so hat das Fräulein – seine finanziellen Verhältnisse heftig überschreitend – in dem Autotaxi Platz genommen, um doch noch rechtzeitig bei Erwin und dem Theaterbeginn einzutreffen.

Erwin, das muß gesagt werden, ist der Verlobte des Fräuleins, ein netter Kerl, ein guter Junge, ein sympathischer Mensch. Mehr kann Fräulein Schulz nicht verlangen und sie tut es auch nicht. Erwin nun hat zur Feier ihres einundzwanzigsten Geburtstages zwei Theaterbillette erstanden, hübsche, nicht besonders teure Billette, zwar auf dem letzten Rang, aber ziemlich weit vorn, leider nicht ganz in der Mitte, aber doch auch nicht sehr auf der Seite, und das Fräulein an der Kasse hat versichert, daß man von dort alles sehen kann. Und so fährt denn Fräulein Schulz erregt, freudig und voll Ungeduld dahin, angetan mit ihrem guten Kleid unter dem weniger guten Mantel, besprengt mit einer Sorte von Eau de Cologne, die nach Nelkenöl riecht, und voll ängstlicher Befriedigung über den unerlaubten Luxus der Autodroschke.

Die Kaiserstraße ist um diese Zeit, kurz vor Theaterbeginn, sehr voll, eine rechte Großstadtstraße, die sich endlos und endlos zwischen ihren Großstadthäusern hinzieht, mit Bogenlampen, Schienen, Leitungen, Menschen, Elektrischen, Autobussen, Autos und Autotaxis. Dunst und Helligkeit des Frühsommerabends verklären alles mit einem sanft erregenden Gelbrosa, in das die ersten Lichtreklamen hineinzufunken beginnen. Es ist vierzehn Minuten vor acht.

In diesem Augenblick, gerade als der Zeiger der Johanniskirche um eine Minute weitersprang, gerade an der Ecke der Johanniskirchstraße erblickte das Fräulein den Herrn im andern Auto.

Das andere Auto war ein schöner, großer und guter Wagen, dies fiel sogar dem wenig sachkundigen Fräulein sofort auf. Ein hellgrauer Wagen, von einem Schofför in Leder gelenkt und innen gleichfalls mit Leder überreich ausgestattet. Das andere Auto kam mit einer schneidigen und dennoch gelassenen Kurve aus der Johanniskirchstraße gebogen, und in dem andern Auto saß der Herr. Der Herr war nicht jung und auch nicht alt, wie sehr feine Herren es gewöhnlich sind, er saß nicht steif, aber auch nicht hingelümmelt in seinem Auto. Er saß so selbstverständlich, fand das Fräulein stark beeindruckt. Er trug einen grauen Mantel und einen grauen Hut, beides von der gleichen undefinierbaren Selbstverständlichkeit, er rauchte eine teure Zigarette (das Fräulein schmeckte geradezu, daß diese Zigarette teuer war), und er schaute mit einem zugleich fordernden und ermüdeten Blick das Autotaxi an. Fräulein Schulz, ohnedies schon aus ihrem Gleise gerissen an diesem festlichen Geburtstagsabend, erschrak wie vor einem Abenteuer. »Mein Gott – wie der mich ansieht –« dachte sie und blickte weg. Der Herr im Auto schaute noch immer das Autotaxi an. »Diese Stinkkästen von Taxis versperren die ganze Passage –« dachte er hierbei. Tatsächlich stauten sich Autos jeder Sorte an den Straßenecken der Kaiserstraße, und Schutzmänner wohnten mit hölzernen erhobenen Armen auf kleinen Inseln dazwischen, was heroisch und beruhigend zugleich aussah. Immerhin nahm das andere Auto einen kleinen Vorsprung und entschwand, gedeckt durch die gelbe Masse eines Autoomnibus. Und damit wäre das abenteuerliche Gefühl einer Sekunde in Fräulein Schulzens Herzen erstickt, wenn nicht an der Ecke der Ulmenallee das Autotaxi das graue Auto mit dem Herrn wieder eingeholt hätte. Diesmal stand man beinahe drei Minuten, Auto neben Auto, bis die Weiterfahrt freigegeben wurde. Und obwohl Erwin wartete, verlor sich die Ungeduld des Fräuleins auf eine wunderliche Weise. Der Herr im andern Auto hingegen wurde jetzt ungeduldig. »Können wir nicht hintenrum über den Karlsplatz fahren?« fragte er den Schofför. – »Nee, da is gesperrt, da buddeln se wiedermal –« erwidert dieser, und somit lehnt der Herr sich zurück und gibt sich ans Abwarten. Kaum hebt der Schutzmann die Hand, so schießt der graue Wagen schon durch eine Bresche davon und läßt das Fräulein allein. Aber als ihr Rumpelkasten kurz darauf und noch vor der nächsten Kreuzung das Auto wieder erreicht und nun an dessen Seite hinter einer Elektrischen und einem Autobus hinzuckelt, ist man schon ein wenig bekannt. Der Herr wirft einen Blick herüber. Das Fräulein lächelt auf ihre Zwirnhandschuhe hinab, die sie jetzt des besseren Eindruckes halber angezogen hat. Eine dicke Dame, die über den Fahrdamm stolpert und beide Wagen zum Bremsen zwingt, stellt eine Art Bekanntschaft zwischen ihnen her. Der Herr wirft seine Zigarette fort und lächelt jetzt auch. Sie blicken sich gegenseitig an und lächeln töricht in den gelbrosa Großstadtabend hinein. Der Schutzmann hebt die Hand, ein rotes Lichtsignal zeigt freie Bahn. In einem Anfall von Tollkühnheit saust das Autotaxi voran und dem andern Auto davon. Halt! schreit Fräulein Schulz tief innen und stumm. Aber es ist vorbei, das kleine Abenteuer ist aus. Schade! denkt das Fräulein. Es ist sieben Minuten vor acht, Erwin wartet –

An der neuen Brücke aber ist das andere Auto mit dem Herrn wieder da, es kommt eilig daher und schiebt sich neben das Taxi, und dann liegen die beiden Wände nebeneinander, als wären die Wagen befreundete, langsam treibende Boote. Jetzt hat das Fräulein Herzklopfen bekommen. Denn, kein Zweifel: der Herr im andern Auto fährt ihr nach, er verfolgt sie. Man ist mitten im Roman, tief im Abenteuer. Der Herr im andern Auto ist ein reicher Herr, ein sehr feiner Herr, auch ein schöner und eleganter Herr, ein Herr wie aus einem Film, unwiderstehlich und herzbezwingend. Dieser Herr also fährt ihr in seinem Auto nach, derartige Dinge gibt es in den höheren Kreisen, zu solchen Erlebnissen kommt man, wenn man sich ein Autotaxi leisten kann. (Während man in der Untergrundbahn höchstens die Sorte Erwin kennenlernt ...) Aber was will der Herr im andern Auto von dem Fräulein?

Ach, sie weiß nur zu gut, was der Herr will, und sie ist zuinnerst bereit für alle seine Wünsche. Sie hat zwischen der Ulmenallee und der neuen Brücke Zeit gehabt, sich in ihn zu verlieben und erwartet nun mit einem süß ziehenden Gefühl seine Werbung. Er wird sie in sein Auto nehmen, wird mit ihr irgendwohin fahren, wird Worte zu ihr sagen, die sie noch nie gehört hat, und sie Dinge erleben lassen, die sie noch nicht kennt. Sie starrt verloren den Herrn im andern Auto an, aber sie sieht nicht ihn, sondern einen Film. Sie schreitet über Teppiche, sie läßt Pelze von ihren Schultern gleiten, sie füttert zahme Papageien, liegt auf Diwans, sie beugt sich über Körbe mit Rosen und steht auf dem Balkon einer Villa mit einem wehenden Seidenschal um den Hals. Sie erlebt den ganzen Kitsch ihrer Sehnsucht in den drei Minuten Aufenthalt an der neuen Brücke – und als sie wieder zu sich kommt, ist der Herr im andern Auto nicht mehr da.

»Jetzt mal los!« sagt der Herr im andern Auto ungeduldig. Seine Frau hat Gäste eingeladen, er muß sich noch umziehen, und wenn er als Hausherr zu spät kommt, dann macht sie ihm nachher eine Szene. Er ist ein wenig abgespannt, der Abend liegt so verbaut vor ihm mit seinen langweiligen Verpflichtungen. Man wird die Gespräche führen, die man schon im voraus weiß, und die sechs Gänge essen, vor denen jeder Angst hat, wegen der Kalorienzufuhr. Nachher wird die Frau unzufrieden sein wegen irgend etwas, denn sie ist nervös und blasiert und muß bald nach der Schweiz abgeschoben werden zur Erholung. Und dabei fällt ihm ein, daß er beinahe die Catleyas vergessen hätte. »Stop!« sagt der Herr im andern Auto vor einer Blumenhandlung, stürzt hinein und kauft lieblos und in aller Eile zwölf Catleyas, für jede Dame zwei, wie seine Frau es ihm aufgetragen hat. Zu dem Catleyentischschmuck wird sie sicher das lila Kleid tragen, das er nicht leiden kann. »Los!« sagt der Herr im andern Auto verstimmt. Gleich darauf taucht neben seinem Wagen wieder dieses Stinktier von einem Autotaxi auf, das er schon an ein paar Straßenkreuzungen getroffen hat, und die kleine meskine Person, die darinnen sitzt, lächelt ihm zu, als kenne sie ihn. Vielleicht kennt sie ihn wirklich, vielleicht ist es eine von den vierhundert Angestellten seines Betriebes, sie schaut ihn mit solcher Erwartung, mit solchem Hunger in den Augen an, daß er sich entschließt, für alle Fälle den Hut zu ziehen. Sie dankt. Eigentlich ist sie hübsch. Jung ist sie auf jeden Fall unter ihrem schäbigen Hütchen. Sein Auto zieht an und fährt mit ihm davon, er dreht sich nach rückwärts, ohne viel von dem Fräulein erblicken zu können. »Fahren Sie langsamer!« sagt er zum Schofför. – »Fahren Sie schneller, wenn es geht –« sagt das Fräulein zu dem Autotaximenschen. Und so begegnet man sich wieder, vier Minuten vor acht, an der großen Parkstraße, die nach Benzin und Linden riecht.

Und hier, vier Minuten vor acht, mitten auf der großen Parkstraße wurde das Fräulein ihrem Verlobten untreu und betrog der Herr im andern Auto seine Gattin. Denn nun war das Fräulein in ihren Gedanken schon so weit, daß sie ein Nachthemd aus Chiffon mit echten Spitzen anhatte und in ein Bett getragen wurde, das gleichfalls mit echten Spitzen ausgestattet war. Und sie flüsterte »Du!« – flüsterte es ganz hörbar in ihrem stoßenden Autotaxi und meinte dunkel und doch deutlich den Herrn im andern Auto mit diesem »Du« der Hingabe. Der Herr im andern Auto aber kalkulierte folgendermaßen, während die Bogenlampen mit einem Ruck angingen und es nach Benzin und Linden roch: So eine ist nicht blasiert. So eine macht keine Szenen. So eine ist jung und schlank und kann Kalorien vertragen. Wenn man den Abend mit so einer verbringen könnte, das wäre noch was! So ein Mädel einladen, sie hübsch anziehen, sie ausführen, sie ein bißchen beschwipst und ein bißchen glücklich machen! Wie leicht das geht bei diesen kleinen lebenshungrigen Personen. Wahrscheinlich hat sie noch niemals Austern gegessen. Wie die sich freuen könnte mit ein bißchen Sekt, wie die lachen würde, wie die sich küssen ließe. Wie hübsch der Abend sein könnte, ganz ohne Catleyas und ohne Gäste und ohne lila Abendkleid. Komm, kleines Fräulein, ich lasse halten, und du steigst ein zu mir, und wir fahren allem davon und bleiben die Nacht beisammen und sind ganz verflucht glücklich, willst du, komm –

Aber mit diesem »Komm« fuhr sein Auto an dem kleinen Autotaxi vorüber, gewann eine freie Strecke und sauste nun mit voller Schnelligkeit den Ringdamm entlang und hinaus in das Villenviertel, wo er wohnte; zehn Minuten nach acht stand er im korrekten Smoking, glatt gebürstet und liebenswürdig im Salon und empfing die Gäste seiner Frau.

Während zur gleichen Zeit das erhitzte Fräulein Schulz sich auf der dunklen Theatergalerie an ihren Verlobten drückte und in einer Mischung von Verträumtheit und Enttäuschung, Schuldbewußtsein und Übermut flüsterte: »Eigentlich bist du doch ein netter Kerl, Erwin ...«

Kinder irren umher

(Ullsteins Blatt der Hausfrau, 1927)

Eine bedenkliche Sommererscheinung: Kleine Ausreißer / Täglich 80 Fälle in Berlin / Oft liegt die Schuld bei – den Eltern! / Ist Ihr Kind vielleicht auch gefährdet?

Vor kurzem klebte ein merkwürdiges Plakat an den Anschlagsäulen, darauf stand in großen, gleichsam rufenden und flehenden Lettern: »Komm nach Hause, du dummer Bub! Du weißt doch, daß Eltern alles verzeihen können!« Es war im Inhalt wohl nur das gleiche »Kehre zurück!«, wie alle derartigen Plakate es hinter durchgebrannten Kindern herrufen. Aber der Ton war anders; in diesem angstvollen, zärtlichen, durch und durch wahrhaftigen »Du dummer Bub –«, darin lag eine neue, besondere und überzeugende Einstellung zu dem Kind, das ausgerissen war.

Ausgerissen – und warum? Durchgebrannt – und wohin? Davongelaufen – und um welcher Verlockung willen? Geflohen – und aus welcher Angst heraus? Das sind die Fragen, die täglich neu auftauchen, denn täglich, fast täglich haben die Zeitungen von vermißten, verschwundenen oder aufgegriffenen Kindern zu melden. In Berlin werden täglich bei gutem Wetter zehn Kinder aufgegriffen; 40 bis 60 Jugendliche melden sich selbst auf der Polizei, etwa 20 sind täglich in Schutzhaft. Welche Tragödien und Romane sich da abspielen, das weiß nur ganz, wer selbst einmal ein abenteuerndes Kind war oder wer ein Kind besitzt, das die Neigung hat, »auszurücken«.

Etwa die Hälfte aller Ausreißereien bei Kindern fällt unter die Rubrik »Angst vor Strafe«. Und da muß denn gesagt werden, daß ein Kind, dessen Angst vor der Bestrafung so groß ist, daß es sich zur Flucht entschließt – daß ein solches Kind auf jeden Fall schlechte Erzieher hat. Richtig strafen können ist eine große Kunst – zugegeben; aber eine Kunst, die Eltern und Lehrer beherrschen müssen. Ein Kind darf nicht über das ihm Erträgliche hinaus gestraft werden – und freilich ist die Grenze des Erträglichen bei verschiedenen Kindern ganz verschieden. Ein Kind darf aber auch nicht so verzogen sein, daß ihm das Aushalten einer Strafe unmöglich erscheint und es lieber davonläuft; es darf nicht durch die Erzieher so in seinem Ehrgeiz, in seiner Empfindlichkeit überreizt und aufgestachelt werden, daß es vor einem Fehler, einer schlechten Zensur die Flucht antritt. Ein Kind darf nicht Angst vor einer zu harten Bestrafung, einer ungerechten, einer ungleichmäßigen, einer im Jähzorn erteilten Strafe kennen; ein Kind muß gewissermaßen Vertrauen zu seinen Strafen haben und sie als richtig und angemessen empfinden. Wenn ein Kind aus Angst vor Strafe durchgeht, dann fällt die ganze Schuld auf seine Eltern und Erzieher.

Aber die andern kleinen Vagabunden und Stromer, diese Miniatur-Abenteurer und Durchgeher – sind sie wirklich so kohlschwarze Sünder, solche Ausbunde der Schlimmheit, solche hoffnungslosen Sorgenkinder? Laßt einmal in Ruhe sehen!

Hans, fünfjährig, marschiert mit einer Truppe Reichswehrsoldaten davon, der Trommel nach, schläft auf einer Wiese, lernt einen Hund kennen, bekommt ein Brötchen geschenkt, erlebt einen herrlichen Tag; abends wird er von der Polizei heimgebracht, ein Schandfleck der Familie, und bekommt Prügel. Walter geht einem Sprengwagen nach, bis er sich verirrt hat. Nun, jeder wird zugeben müssen, daß ein Sprengwagen etwas Wunderbares und der Erforschung wert ist. Heinz, der nächstens zehn wird, macht sich einfach nur so auf und davon; kommt erst nach zwei Tagen zurück. Warum er das getan hat? Nun – gibt Heinzchen an – er wollte mal sehen, wie das gemacht wird. Was gemacht wird? Nun, eben so. Eben alles. Wie alles gemacht wird: daß Schiffe fahren und Eisenbahnen, und wie ein Dorf aussieht, und ob es überall Straßen gibt mit Autos – und er möchte überhaupt Schofför werden. Kriegt Prügel. Luischen und Lotte, zwölfjährig, sparen sich sechs Mark zusammen, kochen sich zwanzig harte Eier und machen sich auf den Weg von Berlin nach Hollywood ins Filmland. Bis Spandau kommen sie. Werden heimgebracht. Kriegen Prügel. Oder: In die kleine Stadt kommt ein kleiner Zirkus. Der Zirkus besitzt ein Kamel; er bleibt samt Kamel und anderen Herrlichkeiten vier Tage, dann zieht er ab. Otto, siebenjährig, zieht still und selbstverständlich hinterher. Er kann nicht los von dem Kamel. Das Kamel, Sinnbild aller Fremdartigkeit und Abenteuer, hat es seinem kleinen Herzen angetan. Vier Tage wandert er hinter dem Zirkuskamel her, von Dorf zu Dorf, von Wald zu Wald, ein kleiner, zielbewußter Punkt in der weiten, verwirrenden Welt. Alle Zeitungen schreien schon von Kindesraub, Mord und Verbrechen, indes Otto friedlich und glücklich seiner Wege zieht. Die Gendarmerie bringt ihn heim, und er kommt in eine Besserungsanstalt – aus der er übrigens bald ausrückt; diesmal ganz im Ernst, an der Regenröhre entlang, aus dem zweiten Stock und unter wirklichen Gefahren. Der Schluß sind Jammer und Prügel.

Wie wäre es nun, wenn wir Erwachsenen ein wenig Respekt bekunden würden vor dem Mut und der Tatkraft, die in solch kleinen durchgehenden Menschen steckt? Fast müßten Eltern eine kleine heimliche Nebenfreude dabei empfinden, wenn ihr Kind sein Schicksal so in die eigenen Hände zu nehmen versucht; ein wenig Achtung vor der Selbständigkeit solcher kleinen Seele, von ihren Wünschen, ihren Sehnsüchten, ihren Phantasien. Denn zumeist sind es ja die phantasiebegabten Kinder, die durchbrennen, um geträumte oder gelesene oder gehörte Abenteuer ins Wirkliche umzusetzen. Solches Auf- und Davongehen ist doch fast immer ein Beweis für einen Überschuß an Kraft. Kraft des Willens, Kraft der Sehnsucht, Kraft der Vorstellung, Kraft des Trotzes. Solche Kräfte in richtige Bahnen zu leiten, sie aufzuspüren, ihnen Kanäle zu graben, Ventile zu bauen: das ist Angelegenheit und Pflicht der Erzieher. Wandert mit dem Kind, das von der Ferne gelockt wird, so oft und so weit ihr könnt. Schenkt dem kleinen Menschen, der wissen will, »wie alles gemacht wird«, Baukästen, technisches Spielzeug, baut und bastelt mit ihm. Schenkt den kleinen Abenteurern etwas Freiheit, erlaubt ihnen, einen Hof, einen Wald, einen Garten zu ihrem Reich zu machen und spielt mit ihnen »Indianer« – ihr Väter und Lehrer, die ihr alle einmal Buben wart. Laßt die filmsüchtigen, schwärmerischen kleinen Mädchen sich verkleiden und Theater machen und ihre Szenen aufführen, damit sie nicht nach Hollywood ausrücken müssen.

Seid gut zu den Kindern. Seid dreimal gut zu Kindern, die ausreißen möchten oder ausgerissen sind. Denn sie führen nur aus, was bei den Erwachsenen im Keim erstickt, in Dumpfheit oft zerbricht. »Ich möchte aus der

Haut fahren« – sagen Erwachsene; »ich möchte auf und davon!« Sie sagen es, aber sie tun es nicht. Die Kinder tun es zuweilen. Sie folgen dem Gebot ihrer Seele, ihrer Sehnsucht, ihres Charakters. Solche Kinder sind nicht minderwertig – recht besehen eher das Gegenteil. Man kann nichts anderes für sie tun, als ihnen die Grenzen so weit stecken, daß ihre kleinen Wikingerzüge sich auf jeden Fall im Bereich des Erlaubten abspielen können.

Das richtige Adjektiv

(Die Dame, 1927)

Sie wissen, daß die Baronin Gr. jetzt einen Laden hat? Ja, diese kleine, blaßbraune tapfere Frau hat einen Laden in einer sehr feudalen Stadt Norddeutschlands. »Das Lädchen« nennt die feudale Gesellschaft dieser feudalen Stadt mit einiger Zärtlichkeit den Laden der kleinen Baronin, und man geht nicht ungern hin, dort etwas einkaufen. Im Lädchen gibt es alles, was hübsch aussieht und vollkommen überflüssig ist: Kunstgewerbe und Bücher, Lampenschirme und alten Schmuck, Porzellan und Sofakissen, gute und schlechte Bilder, Fächer, Spitzen, Kleider, Taschen, Ketten, Raritäten, antike Uhren, Modernstes und Altmodischstes durcheinander, es ist der graziöseste und bezauberndste Trödelladen, den man sich denken kann.

»Im Lädchen ist eine kleine Ausstellung,« sagte man mir; »wollen Sie nicht hingehen und ein paar Zeilen darüber schreiben? Man muß der kleinen Baronin etwas helfen. Sie hat es nicht leicht –«

Ich ging also hin, bekam eine Tasse Tee zu trinken und eine Menge der entzückendsten Dinge zu sehen.

Baronin Gr. erklärte mir ernsthaft und eifrig den Reiz und Vorzug jedes einzelnen Stückes, von denen jedes seine kleine Geschichte hatte. Denn im Lädchen pflegten alle jene Menschen ihren Besitz oder ihre Erzeugnisse abzuladen, die über viel Geschmack, viel Noblesse, aber wenig Geld zu verfügen hatten. Ein paar der besonderen Lieblinge legte mir die kleine Baronin ganz besonders ans Herz: Ein Bild, das beinahe ein echter Lucas Cranach war (es hatte den ganzen fragilen Reiz zumindest seiner schmalen Frauen mit den vorgeschobenen Becken), eine Frankenthaler Porzellangruppe, ein handgeschriebenes, handgebundenes, pergamenten und goldenes Buch mit Rilkeschen Gedichten, einen traumhaften Spitzenschal aus Chantilly. Und dann noch dies und das und hunderterlei; zuletzt und nebenbei auch ein paar Kleidchen, die von jungen Damen in einer Hinterstube des Lädchens angefertigt wurden, und eine verschollene Anmut besaßen.

Ich ging heim, ich schrieb ein paar Zeilen, ich erwähnte mit Nachdruck und Begeisterung das beinahe echte Bild von Lucas Cranach, das Frankenthaler Porzellan, den Spitzenschal und den pergamentenen Rilke. Ich verausgabte an die hunderterlei Dinge des Lädchens hundert verschiedene ausdrucksvolle, sachkundige und abwechslungsreiche Beiwörter. Ich hatte meinen Schatz an Adjektiven völlig erschöpft, als ich zum Schluß mich noch der Kleider erinnerte, die mir gezeigt worden waren. Aber das war auch nicht richtig. »Ferner« – so schrieb ich also, ermüdet und ausgepumpt – »ferner ein neiderregendes Stilkleid aus fliederfarbenem Taft.«

Eine Woche später treffe ich Baronin Gr. auf der Straße. Sie läuft auf mich zu, drückt mir die Hände, bedankt sich tausendmal.

»Sie haben mir so wunderbar geholfen« – sagt sie und strahlt über ihr kleines blaßbraunes Gesicht.

»Ach – ist der Lucas Cranach verkauft?«

»Nein –«

»Das Frankenthaler? Der Rilke? Der Chantillyschal?«

»Nein, das nicht. Aber das Fliederfarbene, – denken Sie nur, es ist vierzehnmal bestellt worden, gleich nachdem Ihr Bericht erschienen war. Vierzehn fliederfarbene Stilkleider – meine jungen Damen arbeiten Tag und Nacht –«

»Aber wie kommt denn das? Warum gerade dieses Kleid?« fragte ich und kann mich kaum mehr daran erinnern.

»Nun, Sie wissen doch,« sagt Baronin Gr., und lacht verschmitzt.

»Sie haben doch so ein gutes Wort geschrieben, so ein ausgezeichnetes Wort –«

Welches Wort, zum Teufel! denke ich. »Welches Wort denn, Baronin?«

»So kann nur eine Dichterin schreiben,« sagt die Baronin. »So kennt niemand anderer die weibliche Seele; so weiß niemand anderer, welches Wort man gebrauchen muß, um zu wirken. Ich bin Ihnen so dankbar. Sie haben geschrieben: Neiderregend ...«

Kleine Geschichten von der Eifersucht

(Die Dame, 1927)

Sind Sie eifersüchtig? Jeder Mensch, der etwas auf sich hält, wird mit einem Nein antworten. Jeder Mensch, der aufrichtig ist, müßte mit einem Ja antworten. Eifersucht ist eine Leidenschaft, die in hundert Farben und Abstufungen spielt, und wie der einzelne sich mit ihr abfindet, das schwankt zwischen weiten Grenzen. Das Bonmot und der Mord sind nur verschiedene Töne auf der Skala ein und desselben Gefühls. Der Eifersüchtige ist tragisch und komisch zugleich. Und es ist eine merkwürdige Umkehrung: Je mehr Grund zur Eifersucht ein Mensch hat, je komischer erscheint er den andern. Während der grundlos Eifersüchtige immer in einer tragischen Atmosphäre zu leben scheint, die ihm eine gewisse Achtung einbringt. Aber gibt es grundlose Eifersucht? Die Eifersüchtigen verweigern die Antwort und die andern wissen es nicht. Noch Eines: Hat ein Mann eine Frau, die eifersüchtig ist, so empfindet er das als eine Last. Hat eine Frau einen Mann, der nicht eifersüchtig ist, so empfindet sie das als eine Beleidigung.

*

Der Graf Stroganoff ertappte in Nizza seine auch sonst sehr wenig tugendhafte Gattin beim Ehebruch mit einem Frisörgesellen. Der Graf packte den Jüngling und warf ihn ohne weiteres beim Fenster hinaus, so daß er auf der Stelle tot war. Die Angelegenheit wurde vertuscht. Der Frisör starb, nach einer offiziellen Meldung, an einem Blutsturz, gerade als er zum Fenster hinaussah. Anscheinend war der Graf Stroganoff darüber entrüstet, daß es nur ein Frisör war, der ihn zum Hahnrei machte. Wenn es ein Prinz gewesen wäre oder wenigstens ein Graf – daran war er gewöhnt. Aber ein Frisör!

*

Als Herr von C. eines Tages die Türe zum Zimmer seiner Frau öffnete, mußte er bemerken, daß sie einen Liebhaber bei sich hatte. Er schloß sogleich die Türe wieder, ging hin und gab dem Zimmermädchen eine Ohrfeige. »Madame,« so sagte er nachher zu seiner Frau. »Entweder Sie müssen Ihre Zofe entlassen oder sie dazu anhalten, daß sie ordentlich die Türen verschließt.«

*

Der Marschall Vaillant erzählte: Ich sollte kürzlich durch den Kaiser ein Todesurteil bestätigen lassen, das in Afrika gegen einen Soldaten gefällt worden war, der – eifersüchtig auf die Geliebte eines Offiziers – diesen zu töten beschloß.

Der Kaiser nahm die Akten zur Hand, sah sie durch und sagte: »Also ein Mörder aus Eifersucht?«

»Jawohl, Majestät,« erwiderte ich, »aber wie der Prozeß zeigte: ein zynischer und kalt berechnender Mörder.« Der Kaiser schien sich für einige Augenblicke seinen Betrachtungen hinzugeben, dann fragte er mich leise: »Waren Sie niemals eifersüchtig, Marschall?«

»Und ob ich es war, Sire! Jawohl, ich war manchmal eifersüchtig wie Othello! Eines Tages lief ich, bewaffnet mit einem langen Küchenmesser, aus der Vorstadt St. Germain bis nach der Chaussée d'Antin, um eine Ungetreue zu töten.«

Der Kaiser sah mich an. Dann, nach einem Augenblick des Schweigens gab er mir die Akten über den Verurteilten zurück mit den Worten: »Ich begnadige ihn.«

*

Henri IV. entdeckte einmal, daß seine Gabrielle den Herzog von Bellegarde unter ihrem Bett versteckt hatte. Er tat aber nichts dergleichen, bediente sich von den aufgestellten Erfrischungen und warf sie unter das Bett. »Auch andere müssen leben!« sagte er – und man behauptet, daß Gabrielle D'Estrées ihm hinfort treu geblieben wäre.

*

Eines Morgens begegnete der Fürst von L. auf der Straße dem Liebhaber seiner Frau; er eilte auf ihn zu, lachte aus vollem Herzen und rief: »Mein Lieber, heute nacht hat dich meine Frau mit mir betrogen!«

*

Lord Catesby besaß eine ungeheure Körperkraft. Eines Tages kam er von einer Fuchsjagd zurück, zu der er sich ohne Zweifel nur zum Schein begeben hatte, und ritt auf eine Hecke seines Parkes los, hinter welcher er ein sehr schönes Pferd bemerkte. Da er ein leidenschaftlicher Pferdeliebhaber war, ritt er ganz nahe heran, um es besser bewundern zu können. Hierbei entdeckte er Lady

Catesby und sah, daß es höchste Zeit war, ihr zu Hilfe zu kommen, wenn ihm überhaupt etwas an seiner Ehre lag. Er bekommt einen Gentleman zwischen die Finger und unterbricht die unerlaubte Unterhaltung des Paares, indem er den Herrn um den Leib packt und ihn über die Hecke hinüber in einen Straßengraben wirft. Hierbei sagt er, ohne sich zu ereifern: »Merken Sie sich gütigst, daß Sie in Zukunft sich an mich wenden müssen, wenn Sie hier irgend etwas wünschen!«

»Gut, Mylord,« erwiderte der Gentleman. »Aber möchten Sie auch die Güte haben, mir mein Pferd herüberzuwerfen?«

Der Lord jedoch nahm seine Frau in den Arm und sagte zu ihr: »Ich muß dich ernsthaft tadeln, mein Kind, daß du mir nicht gleich gesagt hast, ich müßte dich für zwei lieben. Von jetzt an werde ich es an allen geraden Tagen für Rechnung dieses Herrn und an allen ungeraden Tagen für meine eigene tun.«

Balzac, der diese hübsche Geschichte erzählt, fügt hinzu, daß sie in England für ein außergewöhnliches Beispiel geschickter Ehemannstaktik gilt.

Das Strandbad

(Die Dame, 1927)

Im Zentrum aller Blicke und Interessen steht der Schwimmlehrer. Und der Schwimmlehrer: das ist nicht etwa jene kachelofenförmige Figur mit dem gestreiften Leibchen, die in sommersprossigen Händen von bedeutenden Flächenausmaßen die Schwimmstange unserer Kindheitslektionen hielt; jene Schwimmstange, an der wir mit hohlem Rücken hingen und anstrengende Brusttempi lernten, mit denen man nicht vom Fleck kam.

Der Schwimmlehrer: das ist vielmehr ein höchst wohlgeratener junger Mensch, ein junger Mann, ein Herr, ein Gentleman von erfreulichsten Formen – des Körpers sowohl wie des Umgangs. Den Schwimmlehrer in seinem Dreß anzusehen, ist ein angenehmer ästhetischer Genuß. Der Schwimmlehrer – wahrhaftig – trägt an kühlen Tagen einen mondänen Bademantel aus fliederviolettem Frottierstoff. Um den Schwimmlehrer, der nebstbei ausgezeichnet unterrichtet und selbst ein vorbildliches Crawl schwimmt, um diesen jungen, hübschen, schlanken Schwimmlehrer liegt eine zarte Wolke romantischer Gerüchte. Vermutlich, wahrscheinlich, oder ganz gewiß ist der Schwimmlehrer gar kein Schwimmlehrer. Er ist Marineoffizier gewesen und von hohem Adel, wird vermutet. Student, so erzählt man andrerseits, der sich auf diese Weise das Geld für sein Studium verdient. Vielleicht auch ein Bankdirektor nach einem ehrenvollen Bankerott. Möglicherweise ein deklassierter Weltmeister, knapp vor der Verzweiflung. Oder gar ein Millionär, der sich in dieser Verkleidung die erlesensten erotischen Sensationen zu Gemüt führt, umdrängt von einem Rudel trikotbekleideter Weiblichkeit. Dies alles und noch mehr munkelt man von dem Schwimmlehrer. Der Schwimmlehrer lächelt und schweigt. Er streckt seine hübsche Sportfigur, demonstriert musterhafte Startsprünge, zählt sein Eiiins – zwei, Eiiins – zwei – und schweigt. Er wahrt sein Geheimnis.

Es ist auch möglich, daß er gar keines hat ...

*

Ganz anders steht es um jenen andern Herrn, den man kurzweg »den Ehemann« wird nennen müssen. Der Schwimmlehrer ist ein Singular und dadurch schon leuchtend wie ein Solitär. Der Ehemann ist ein Gattungsbegriff, ein Sammelname. Daß der Ehemann ganz und gar geheimnislos ist, das weiß jedermann, und darin liegt ein großer Teil seiner unbedingten Reizlosigkeit. Mein Gott – aber auch sonst! Dort, wo der Schwimmlehrer ein vorbildliches Muskelgeflecht, eine glänzend modellierte Magengrube zu präsentieren weiß, trägt der Ehemann ein schlaffes Bäuchlein vor sich her. Von Crawlen und Startsprüngen kann beim Ehemann keine Rede sein. Möglicherweise ist er sogar ein wenig wasserscheu. Er braucht immer so verdächtig lange, um die drei Stufen von der warmen Luft in das kalte Wasser hinabzugelangen. Wenn er schwimmt, bläst er die Backen auf wie ein Puttchen aus dem Früchtekranz von Rubens. Ein Ehemann erzählt dem andern Ehemann, daß er nur schwimmt, um seinem Stoffwechsel etwas aufzuhelfen. Der Arzt hat es ihm verordnet.

*

Es lebe die Freiheit! Gut! Aber immerhin müßte für Familienbäder eine Grenze gezogen werden, eine Gewichtsgrenze. Die Frau, die über 150 Pfund Lebendgewicht hat, müßte mit sanfter Strenge und im eigenen Interesse ins Damenbad verwiesen werden. Im übrigen aber sind auch bei der wohlgewachsenen Weiblichkeit unter 120 Pfund die Mißverständnisse zahlreich, und allzuoft wird ein Sportplatz mit einer Revuebühne verwechselt. Da gibt es immer einen Star, den lauten Mittelpunkt einer Gesellschaft von Badelöwen. Der Star hat Selbstbewußtsein, gute Figur, die vorgeschriebene Haut-, Haar- und Lippenfarbe der Saison, ein hübsches Trikot, einen japanischen Schirm. Der Star ist bezaubernd. Und er kann sogar manchmal ein klein wenig schwimmen – der Star des Strandbades.

*

Dann die Dame, die mensendieckt. Sie vertritt das Akrobatische in der Strandrevue. Sie macht fanatische Rumpfbeugen. Sie macht Kniebeugen, viele Kniebeugen, mit kleinen Balancefehlern. Sie legt sich hin, beißt die Zähne zusammen, schlägt die Beine über dem Kopf zusammen, ja das tut sie am hellichten Tage. Sie stellt sich, blaurot im Gesicht, auf die Schultern und hält das Kreuz fest, das immer einknicken will. »Die Kerze«, flüstern achtungsvoll andere Mensendieckdamen. Eine Fachmännin tritt heran und fragt: »Können Sie auch die Brücke?« Ja, sogar die Brücke kann »Frau Mensendieck«. Und so sieht man denn eine Reihe verquerer Gliedmaßen in die Luft gespreizt über schweißtriefenden Gesichtern. Hernach wiegt man sich. Und dann ißt man ein Schinkenbrot. Auf dem Sprungbrett schaukeln Tenöre, jugendliche Liebhaber, braune Sonnenfakire. Und dann der Chor! Vierhundert junge Mädchen, leidlich hübsch gewachsen, leidlich munter, mit leidlichen Schwimmkenntnissen. Eine sieht aus wie die andere. Jede hält sich für die unvergleichlich Schönste, im Schunkelschritt gehen sie über den Strand, wie Mannequins ohne Kleider. Kinder, ja, ihr seid hübsch, aber laßt doch den Lippenstift zu Hause, wenn ihr schwimmen geht!

*

Und dann die Damen, deren Trikot nicht naß werden darf; und die Damen, die quietschen; und die Damen, die immer photographiert werden; und die neidischen Damen. Und die koketten Damen. Und die Damen, die sich verloben möchten. Und die Damen, die endlich etwas erleben wollen. Und alles, alles im Strandbad – während eine verhungerte Jazzkapelle Flirtmusik spielt.

Zeitig morgens und gegen Abend ist manchmal ein Mädchen zu sehen, in einem schäbigen, schlotternden, ausgebleichten Trikot mit ein paar verwaschenen Klubbuchstaben; ein unhübsches Mädchen, mit stämmigen Beinen, großen Händen, einer Brille, unfreundlichem Mund: eine wahre Kaulquappe von einem Mädchen, um die niemand sich kümmert.

Aber komisch: gerade das ist die Dame, die im vorigen Monat einen Weltrekord geschwommen hat ...

Kleid einer Schauspielerin

(Die Dame, 1927)

Als du zum erstenmal auftratest, Kleid einer Schauspielerin, als du zum erstenmal auf die Bühne kamst, da wurde das Publikum ganz still, und dann atmete es durchs ganze Haus. Du warst blau, Kleid einer Schauspielerin, von einem verschollenen, zärtlichen Blau, von einer altmodischen Farbe, die dann nach deinem Auftreten die Farbe der Saison wurde: Blau – oder bleu, (wie die Leute von der Textilbranche das unergründlicherweise zu nennen pflegen). Bleu also, mit einem sanften, morbiden Unterton. Bleu madonne, bleu malade, bleu mourant. Du tratest auf, blaues, unvergeßliches Kleid, und man war deinem Zauber verfallen. Du kamst durch eine Glastüre herein wie ein Stückchen kranker Abendhimmel, mit kleinen, zuchtvollen und zögernden Schritten, und deine Stille wurde Sensation.

Alle Kleider waren damals eng. Du aber, Kleid einer Schauspielerin, warst weit und verschwenderisch und spieltest in hundert taftenen Falten um das bißchen Seelenklang, das dein Inhalt war. Alle Kleider waren damals kurz. Du aber, blaues Kleid, wagtest es, lang zu sein, schamhaft und abweisend. Du ahntest damals nicht, Kleid einer Schauspielerin, daß eine Generation langer, weiter, seelenvoller blauer Kleider dir eine Saison später folgen würde.

Von deinem zärtlichen kleinen Brustausschnitt hingen zwei lange, schmale Bändchen herab. Wozu? Sie waren bestimmt, einen entscheidenden Dialog mit einem jungen Mann zu führen, diese beiden Bändchen, sie spielten alles mit, den Übermut, und das Zurückweichen und die verhaltene Angst. Der Dialog wurde ganz leise geführt; und ohne deine Bändchen, liebes Kleid, hätte man seinen verstohlenen Sinn vielleicht kaum verstanden. Und dann hattest du gebauschte Ärmel, aus denen sehr kleine, dünne, rührende Hände hervorwuchsen. Auf deinen Schultern glänzten feine Reflexe, die man nicht sehen konnte, ohne zur Zärtlichkeit veranlaßt zu werden. Aber das ganz Besondere an dir, Kleid einer Schauspielerin, war die Art, in der deine Hüftpartie den Körper deiner Herrin umschloß. Dieses ganz schmale, knospenhafte Zusammengehaltensein, diese unvergleichlich keusche Melodie deiner Linien verriet sofort etwas, das der plumpe Liebhaber des Stückes erst im zweiten Akt erfuhr: Daß du jungfräulich warst – Kleid einer Schauspielerin ...

Wie ging es weiter mit dir, Kleid aus blauem Taft? Spieltest du deine Rolle gern oder ungern? Warst du an jedem der sechshundert Abende deines Auftretens das gleiche oder verändertest du dich in dieser Zeit? Ließ dein Glanz nach oder der Fall deiner Falten oder das Spiel deiner seidenen Geheimnisse? Warst du nie müde, Kleid einer Schauspielerin, in all diesen Monaten? Brauchtest du vielleicht das Bühnenlicht der tausendkerzigen Lampen, wie ein allabendliches Narkotikum? Hingst du den ganzen Tag schlaff in der Garderobe und begannst erst abends fiebrig zu knistern? Gefielst du dir, Kleid, wenn du dich im grellen Spiegel der Garderobe sahst? Und warst du traurig, wenn du ausgezogen wurdest? Oder – auch dies wäre möglich – ist dir alles, alles gleichgültig geworden, nachdem die ersten zwanzig Vorstellungen vorbei waren?

Und nun, Kleid einer Schauspielerin, da dein Stück abgesetzt worden ist, da du nie mehr auftreten wirst: wie ist es nun mit dir? Ich denke manchmal an dich, ja, ich habe Sehnsucht nach dir, zuweilen und ganz heimlich. Dein Schicksal hat so viele Möglichkeiten. Vielleicht trägt deine Herrin dich jetzt noch manchmal, ganz für sich allein – das wäre schön. Oder sie trägt dich ganz offenkundig, da du nun einmal in der Mode bist, ein Kleid wie hundert andere auch. Das wäre banal und traurig. Oder sie hat sich ein kleines Erinnerungstempelchen gebaut, ein Museum getragener Bühnenkleider, da hängst du nun, zart duftend und knisternd zwischen vielen Schwestern? Oder bist du einfach in den Theaterfundus übergegangen, und man zerschneidet dich und fabriziert ein neues Kleid für eine Chordame aus dir? Oder deine Herrin hat dich verschenkt: an einen jungen Menschen, der sie unglücklich liebt? An ihre Kammerzofe, die dich Sonntags aufträgt, mit einem geschmacklosen Hut voll Zelluloidkirschen dazu? An die dicke Garderobiere, die dich, Kleid einer Schauspielerin, verkauft, so daß du in einem Laden voll abgelegter Herrschaftskleider sterben mußt? Oder, blaues Kleid, es ist auch möglich, daß du ganz verschwunden bist, daß du dich in nichts aufgelöst hast. Vielleicht haben die sechshundert Vorstellungen dich so müde gemacht, so verschlissen, so mürbe, daß du nach der letzten einfach zerfallen bist; ein kleines Stückchen Bleu mourant im Nirwana ...

Und es bleibt nichts, gar nichts von dir übrig, und man vergißt dich ganz. Dich und deine Farbe, deinen Reiz, das Stück, in dem du auftratest, die Rolle, die du spieltest – und sogar die Frau, die dich getragen hat, bezauberndes Kleid einer bezaubernden Schauspielerin ...

Suche nach dem Sommer

(Die Dame, 1927)

Seit wir die Saison erfanden, sind uns die Jahreszeiten in ein heilloses Durcheinander geraten. Winter, das ist diese schrecklich heiße Zeit, die man hinterwärts von Algier in der Oase Biskra verbringt. Den Frühling sieht man vor Nebel nicht, weil man die Londoner Season mitmachen möchte, und zum Sommer kauft man sich einen netten, nicht zu schweren Pelz und fährt nach Spitzbergen ins Eis. Rosen und Erdbeeren gibt es das ganze Jahr, an künstlichen Meeresstränden läßt man sich im Februar braun brennen; die dünnsten, weißen Chiffonkleider sind im Dezember modern – und wo bleibt am Ende dein sommerlicher Zauber, armer Juni?

Nein, wir wollen vom Sommer nicht wie Snobs sprechen. Es gibt ihn noch immer und Hunderttausende sind auf der Suche nach seinem Duft, seiner Fülle und Sättigung, seiner schweren, warmen und schläfrigen Mütterlichkeit. Denn ein Kistchen in Watte verpackter Primeurs, das ist noch lange nicht der Sommer; nicht die erste Erdbeere ist es, auch nicht der erste Spargel und nicht einmal das erste Rennen. Sondern erst das selbstverständliche Verschwenden aller sommerlichen Dinge, das Überschüttetwerden, der überfließende Reichtum, das Gleichzeitige, das Nebeneinander aller Blumen und Farben und Früchte und Genüsse: das Gefühl, so viel auf einmal gar nicht bezwingen zu können: das ist Sommer.

Mit den Wolken fängt es an. Hat man bemerkt, daß Sommerwolken ganz anders aussehen als die Wolken jeder anderen Jahreszeit? Sie sind üppig, sie glänzen wie gutgefütterte Tiere, ja, sie haben etwas Tierisches, diese Sommerwolken, sie liegen stundenlang auf ihrer Himmelsweide und käuen wieder. Sie werfen Schatten auf Sonnenwiesen, unten liegen Kinder im Gras und schauen zu den Wolkentieren hinauf. Das ist Sommer. Thoma konnte solche Sommer malen, daß man die Grillen feilen hört und die satte Luft zittern spürt. Überhaupt die Maler! Sommer ist ihre Angelegenheit, ihre eigenste und beglückendste. Sie lauern der Sonne ihre Farbenkunststücke ab, dieses Grün, dieses Weizengelb, dieses glühende Blau. Sie sehen eine junge Frau eine Treppe herabkommen, aus dem Schatten in die Hitze heraus, hellgekleidet, mit Sonnenlichtern übersprenkelt, lächelnd. Sie stürzen zu ihren Paletten und Staffeleien, die Maler, und fangen das kleine Wunder aus Wärme, Farbe und Licht ein. Hallo, hier haben wir den Sommer! Nein, man kann diese Vielfalt nicht malen, nicht sagen, nicht ausdrücken. Denn die brennende Hitze ist Sommer, aber auch das leichte Frösteln und der kühle Moosduft im Schatten. Der Vagabund im Heuhaufen ist Sommer, aber auch der weiße Champion am Tennisplatz. Die Bauersfrau über ihren Korngarben und der grellfarbene Jockei auf dem schweißtriefenden Rennpferd. Die Kurpromenade mit den neuen, hingehauchten Kleidern und ebenso die stumme, summende Einsamkeit an unbegangenen Waldrändern.

Und dann der Strand! Dieses zarte Hellgrau des Sandes, das gar keine Farbe mehr ist; dieses Daliegen und sich Auf lösen, dieses Eingesaugtwerden in – ja in was eigentlich? In den Sommer, tief in den wirklichen Sommer hinein. Und daß man nach drei Tagen Luft und Bad den Lippenstift vergißt. Und daß im Sommer üppige Frauen mit unmodernen Figuren auf einmal schön aussehen, der Teufel weiß, warum. Und daß es nach hundert Dingen zugleich duftet: nach Tang und nach Heu; nach Harz und nach Kuhstall; nach Frauenparfum und nach saurer, kalter Milch; nach den Brettern der Badeanstalt, nach Rosen, nach Auto, nach Obst, nach Staub, – alles, alles zugleich – das ist Sommer. Mückenstiche an den Beinen, fortgeflogene Luftballons, Lampions in Booten, Erdbeerbowle, Platzregen über neuen Hüten: Sommer.

Blöken einer Kuh. Ferne Kurmusik, heller Schrei von spielenden Kindern, Wind in Föhrenwipfeln, Flüstern einer geliebten Stimme auf einer dunklen Terrasse: Sommer. Wie langsam und träge so ein Sommertag aussieht, und wie glühend schnell sich das Leben doch in seiner Hitze verzehrt! Heut liegt noch ein silberner, grüner Hauch über dem Feld, und übermorgen wird gelbes Gold gemäht. Ein winziger

Nebelstreifen morgens über dem See ist zwei Stunden später Blitz und Gewitter und Brand. Schmetterlinge leben einen, einen einzigen betrunkenen Sommertag lang. Rosen sind am Vormittag Knospen und abends fallen welkende Blütenblätter von ihrem satten Kelch in die Dämmerung.

Und Töchter, die man als Kinder aufs Land geschickt hat, kommen als leidenschaftlich verliebte kleine Frauen zurück. Das ist der Sommer.

O diese Eltern! Die Kluft zwischen den Generationen

(Berliner Illustrirte Zeitung, 1927)

Die Generationen folgen einander, aber sie gleichen sich nicht – so ließe sich ein altes Wort abwandeln. Was die Väter sich als Weisheiten schwer eroberten, das kommt der neuen Jugend schon wieder nebensächlich vor. Jede Generation fängt ihre Arbeit gewissermaßen von vorne an. Und da zuletzt jede Entwicklung in Spiralen geschieht, so kommt immer wieder eine Generation an die Reihe, deren Weltbild und Charakter zwar im Gegensatz zu dem der Väter, aber in Parallele zu dem der Urgroßväter steht.

Die jungen Menschen unserer Zeit haben – es klingt überaus paradox – eine leise Ähnlichkeit mit der Jugend des Rokoko. Zwar sind sie von den Grazien nicht so gesegnet wie jenes Geschlecht. Aber man ist heute ebenso frühreif, wie man es damals war. Das sechzehnjährige Mädchen, der achtzehnjährige junge Mann wurden im achtzehnten Jahrhundert ebenso für voll angesehen, wie sie es heute beanspruchen. Man war materialistisch, aufklärerisch, wie heute. Erotisches wurde so leicht genommen wie heute, und was jetzt Flirt heißt, nannte man damals Galanterie. Tanz, Sport – der Sport jener Zeit freilich: Fechten, Ballspiel, Reiten –, Sprachkenntnis waren die beherrschenden Elemente der Bildung – ganz wie heute. Manchen Vater entzücken die Liebesabenteuer, die Raufhändel, die unorthographischen Briefe irgendeines Memoirenhelden aus dem Rokoko außerordentlich, während er die gleichen Dinge bei seinen Söhnen minderwertig und ungeistig findet. Überhaupt pflegen Eltern und Kinder gerade in der jetzigen Zeit sich gegenseitig mehr oder minder für ein wenig dumm zu halten. Der Konflikt zwischen Alten und Jungen wird ja in jeder Epoche auf andere Weise ausgetragen. Unsere Großväter waren noch starrsinnige Tyrannen, denen die Hand geküßt, »Sie« gesagt und bedingungslos gehorcht werden mußte. Sie glichen ein wenig den alten starken Leithirschen einer Herde, die nicht früher abdanken, als bis sie von ihrer Nachkommenschaft niedergekämpft werden. Unsere Eltern, auf diese Weise erzogen, mußten notwendig ein wenig muckerisch geraten. Sie hatten nicht ganz den Mut, alle Dinge bloßzulegen und auszusprechen, von dem unsere Kinder in so überreichem Maß Gebrauch machen. Unsere Eltern – der Durchschnitt jener Generation um 1880 herum – war bürgerlich, brav, sie machten Kotau vor Geld, Besitz und Titel. Sie hatten einen Bücherschrank mittlerer Größe, angefüllt mit Klassikern in Goldschnitt. Sie vertuschten Skandale, leimten zerbrochene Ehen und negierten das »Unpassende«. – Gestehen wir es ein, wir Vierzig-, Fünfzigjährigen, wir Eltern von heute – gestehen wir es ein, daß wir in unserer Jugend in wilder Auflehnung gegen diese unsere guten Eltern waren? Wir machten zähneknirschende Opposition, vom aufgezwungenen Respekt zum Haß war manchmal nur ein kleiner Schritt. Wir waren ein überreiztes, fieberhaftes Geschlecht und hatten es nicht allzu gut. Unsere Jugend glich einem Sklavenaufstand auf ein Haar. Die Schule war ein Albdruck, die Pubertät eine Qual. Von der Erreichung des Einjährigenrechtes hing die Ehre der ganzen Familie ab.

Haben wir das alles vergessen, seit es sich in uns beruhigt und geklärt hat? O nein, durchaus nicht. Wir wußten ganz genau, wie wir es mit unsern Kindern halten wollten – nämlich gerade umgekehrt. Unsere Kinder sollten alle Freiheit haben, wir wollten nichts als ihre ratenden Kameraden sein im Studium, bei der Berufswahl, in ihren Herzensangelegenheiten. Kurz, wir wollten recht und schlecht die idealsten Eltern sein, die je auf der Welt zu finden waren.

Ja, und was ist dabei herausgekommen? Die Kinder halten uns für altmodisch, und wir halten die Kinder für oberflächlich. Zugegeben, daß sich der Konflikt zwischen ihnen und den Eltern in ziemlich loyalen Formen abspielt. Aber sie können mit dieser weltfremden Generation ihrer Erzeuger nichts Rechtes anfangen. Sie brauchen die Eltern nicht, sie tanzen wie die Teufel, sie ziehen einen guten Jazz dem ganzen Tristan vor, den »Faust« kennen sie aus einem Film, den sie »knorke« fanden, ihre Liebesgeschichten erledigen sie ohne merkliche Erschütterung aus dem Handgelenk, und die Berufswahl ist einfach: Viele Mädchen wollen zum Film, und die meisten Buben möchten Motorbau lernen. Kopfschüttelnd und mit Sorge sieht der Nationalökonom den ganzen Nachwuchs zu den technischen Hochschulen drängen. Fassungslos stehen die Väter vor ihren sechs- und achtjährigen Knirpsen, die Klingelleitungen reparieren, Radios bauen, jede Automarke in voller Fahrt erkennen, die sich den Kaloriengehalt ihrer Mahlzeiten an den Fingern ausrechnen und schon ganz wild aufs Geldverdienen aus sind. Ein bißchen ungebildet ist diese Jugend, die uns da heranwächst – denken sie enttäuscht –, ein bißchen roh, ein bißchen zu materiell. Aber tüchtig! Donnerwetter: ein enorm lebenstüchtiges Geschlecht scheint es zu werden, das da nach uns kommt!

Übrigens sind die Kinder auch recht nett und wohlwollend zu ihren Erzeugern. Sie geben ihnen Anleitungen für Gymnastik, Massage, Training und vernünftige Ernährung. Sie nehmen sie manchmal mit ins Freie, setzen sie halbnackt in die Sonne, kommandieren sie zu nützlicher Bewegung und verbieten ihnen, zu viel zu essen. Sie behandeln sie wie Säuglinge, deren körperliches Wohl und Gedeihen man ihnen anvertraut hat. Sie tun auch allerlei für die mangelhafte Bildung der Eltern. Sie kaufen ein Grammophon oder lassen sich eins schenken, und sie zeigen den »Alten« ein paar Tanzschritte, damit sie sich in Gesellschaft nicht allzusehr blamieren. Sie versuchen ihnen beizubringen, was mit dem Auto, dem Flugzeug, dem Radio los ist, diese einfachsten, selbstverständlichsten Sachen von der Welt, die von den »Alten« so schwer begriffen werden. Und sie lehren auch sonst die »Alten« noch dies und das – ganz langsam, nur durch ihr Da-Sein, nur dadurch, daß sie ihr junges Leben so selbstsicher hinleben: ein wenig gesünder als die Eltern es waren, ein wenig harmonischer, ein wenig mehr in Einklang mit Welt und Leben; vielleicht ein wenig dümmer – und vielleicht gerade deshalb ein wenig gescheiter.

Der schöne Hut. Eine Frauenfrage

(Uhu, 1927)

Wie hat die Schlange im Paradies eigentlich ihr Gespräch mit Eva begonnen, jenes allererste Frauengespräch, das so schwerwiegende Folgen für die Menschheit nach sich zog? »Eva,« sagte die Schlange, »ich bin's. Ich bin gekommen, um dir meinen wundervollen neuen Hut zu zeigen, schau!« Und alles Weitere ergab sich von selber. So wenigstens stellt Shaw es in seinem »Zurück zu Methusalam«

dar, und wahrscheinlich hat er recht damit. Sicher hat Eva, gleich nach der Austreibung aus dem Paradies, sich einen hübschen neuen Strohhut geflochten, ein wenig, damit sie bei der Feldarbeit ihren Teint nicht gar zu sehr verderbe, hauptsächlich aber, um mit Adam zu kokettieren. Und diese nackte Frau, mit nichts als einem Hut bekleidet, ist als reizvolles und pikantes Motiv in die Malerei aller Zeiten eingegangen. Lukas Cranachs fragile Venus präsentiert sich auf ungezählten Bildern im Hut dem kritischen Paris – und kein Wunder, daß sie durch dieses Requisit einen Vorsprung vor ihren Götterschwestern davontrug. Eine schöne Frau mit einem schönen Hut, das ist eine untrennbare Einheit. Eine häßliche Frau mit einem schönen Hut – also mit einem Hut, der ihr »steht«, der ihr Gesicht beschattet, verbirgt und an den richtigen Stellen betont – eine solche Frau wird immer noch angenehm anzusehen sein. Aber tiefste Bedenklichkeit, stärkstes Mißtrauen ist einer schönen Frau mit einem häßlichen Hut entgegenzubringen. Eine Frau, die ihren Hut nicht zu wählen versteht, ist arm an Instinkten, unweiblich, ihr fehlt es an erotischem Charme, an Liebenswürdigkeit, an dem guten Willen, angenehm zu sein. Es gab eine ganze Generation solcher instinktverlassener Frauen, die flache, mit Vogelskalpen bewachsene, scheußliche Deckel auf ihrem Hut balancierten. Seit die letzten zwanzig Jahre die Frau an die richtige Stelle gesetzt haben, sitzt auch der Hut an der richtigen Stelle. Überhaupt scheint es so, als ob gesunde Kulturzeiten schöne Hutmoden mit sich zu bringen pflegten; während jede Unausgeglichenheit, jede Unsicherheit auf dem Hut Geschwülste und Auswüchse als Krankheitssymptom zeitigt. Die glückliche Frau ist schon mit fünf bis sechs vernünftigen kleinen Hüten zufrieden. Die Frau aber, die nicht im Gleichgewicht ist, gefällt sich in keinem Hut, und darum braucht sie zwanzig verschiedene. Sie treibt den schönen Hut nach allen Dimensionen auseinander, damit er noch schöner werde. Sie baut auf ihrem Kopf Türme in die Höhe, Terrassen in die Breite, pflanzt Gärten an und züchtet Federvieh. Der Hut ist ein Spiegel seiner Zeit und ein Spiegel seiner Trägerin. Es gibt bescheidene und hochmütige, zufriedene und hysterische Hüte, kluge, dumme, einfache und problematische, jungfräuliche und herausfordernde; es gibt so viele Sorten von Hüten, als es Sorten von Frauen gibt. Es gibt Hüte, die in ihrer Unmäßigkeit zu Vorläufern von Revolutionen wurden. Die Ehemänner, die Staatsmänner, die maßgebenden Männer, kurz: alle Männer überhaupt sollten die Hutfrage nicht bagatellisieren, sie sollten die Symbolsprache des schönen Hutes verstehen lernen und gut aufmerken. Vierzehn Meter Batist auf der Haube der Charlotte Corday sind das Symptom einer aufgeregten Gemütsart, die sich bis zum Attentat auf Marat steigern ließ. In Kapotthütchen mit Bindebändern hingegen werden keine großen Taten verrichtet.

Und es bleibt nur die Frage, ob unsere Zeit zu beglückwünschen oder zu bedauern ist, weil ihre Frauen ein Stückchen grauen Filz ohne Aufputz einen »schönen Hut« nennen ...

Der kleine Bekannte

(Die Dame, 1927)

Das Kennenlernen hat eine umgekehrte Perspektive. Entfernung vergrößert, Nähe macht klein. Der große Unbekannte schrumpft zusammen, je näher man ihn kennenlernt, und am Ende ist er ein ganz gewöhnlicher, ganz kleiner Bekannter. Daß man sich nicht kennt, ist der Reiz der Liebe; daß man sich kennenlernt, ist das Verhängnis der Ehe.

Der Dichter Amaranth hält eine Vorlesung? Gehen Sie nicht hin, gnädige Frau, wenn Sie ihn wirklich verehren! Sie wissen, daß er in Leipzig lebt, denn Sie sind gebildet; aber Sie haben keine Folgerungen aus Ihrem Wissen gezogen. Nun denn: Der Dichter Amaranth sächselt selbstverständlich. Wenn Sie einmal in einer von seinen Vorlesungen gewesen sind, werden Sie nie mehr ein Buch von ihm ansehen, an keinen seiner Verse denken können, ohne ihn auf sächsisch zu hören. Der Dichter Amaranth wird tot für Sie sein im gleichen Moment, da er seinen sächselnden Mund auftut.

Aber auch daß Sie sich bemühen, den Schauspieler Narziß zu einem Ihrer Tees zu laden, ist grundfalsch. Narziß – wir wissen es alle – ist das dämonische Prinzip in Person. Auf der Bühne, auf der Leinwand. Er hat Raubtierzähne, Morphinistenhände, Kokainaugen. Lassen Sie die Finger davon, ihn kennenzulernen. Denn er ist beim Tee ein einfacher, netter Kerl, lieb und freundlich und nur ein bißchen langweilig, weil er immerfort von seinen drei kleinen Kindern erzählt. Laden Sie Narzissus aus, gnädige Frau, und bewahren Sie sich dadurch diese köstlichen Frissons beim Anblick seiner Dämonie.

Was freilich Ihre Begeisterung für den Boxer Fäustle betrifft, so ist sie begreiflich. Diese prachtvolle Brutalität, nicht wahr, diese eiserne Stiernackigkeit, dieses großartig Barbarische inmitten allgemeiner Degeneration!

Aber lernen Sie ihn bloß kennen – oder vielmehr, lernen Sie ihn bloß nicht kennen! Er hat es nämlich mit der Bildung; er wird Sie mit einem schweren und langstieligen Gespräch über Kierkegaards Schriften anöden; verdienstlich, gewiß; aber ist es das, was Sie von der Bekanntschaft mit einem Boxer erwarten? – Hüten Sie sich, verehrte, schöne und kluge gnädige Frau, hüten Sie sich vor dem Snobismus des Kennenlernenwollens, der alles platt und illusionslos macht. Wenn alles vor Begeisterung rast in dem Konzert des weltberühmten Dirigenten, dann werden Sie wissen, daß er leider Nägel beißt, daß er beim Kartenspielen kleinlich zänkisch wird und daß Senfgurken seine Lieblingsspeise sind. Sie werden erfahren, daß der Tennischampion, dem Sie Ihr Fremdenzimmer anboten, immer schlecht gelaunt ist, weil er nicht rechtzeitig aus irgendwelchen Aktien rausging, und seine Frau wird Ihnen anvertrauen, daß er zu Blasenerkältungen neigt. Die bezaubernde Tänzerin, der zwei Erdteile zujubeln, hat armselige Dienstmädchensorgen, wenn Sie sie näher kennen, und dann ist sie auch ein wenig rachitisch. Der geistvolle Dramatiker redet immer nur von seinen Tantiemen, und der feurige Politiker redet überhaupt nicht, sondern schlingt ungeheure Mengen Essen in sich hinein, nachdem Sie es durch geduldige gesellschaftliche Intrigen durchgesetzt haben, daß er Ihr Tischnachbar geworden ist.

Aber lassen wir die Berühmtheiten, und sprechen wir von irgendeinem Mann, den Sie kennenlernen möchten um jeden Preis! Ihre Freundin hat Ihnen von ihm erzählt: es muß ein ganz außerordentlicher Mensch sein, ein Mann, wie man ihn manchmal träumt. Stark und groß, aber mit der zarten Seele eines Pagen; Sportsmensch, mutig, war auf Löwenjagd; aber macht auch erlesene Gedichte. Er ist von unbändiger Leidenschaft, aber dabei geduldig in seiner Werbung wie ein Troubadour. Eine Herrennatur und doch bereit, sich in allem der geliebten Frau zu unterwerfen. Kindlich, einfach und anspruchslos wie ein kleiner Student, obwohl reich wie Nabob, Besitzer eines Gutes und eines 100-PS-Wagens.

Morgen soll er Ihnen vorgestellt werden?

Gnädige Frau, ich beschwöre Sie, lernen Sie diesen Mann nicht kennen. Weichen Sie ihm aus, fliehen Sie vor ihm, ich bitte Sie darum, verreisen Sie noch heute. Retten Sie Ihren hübschen, verliebten Traum ins Unbekannte. Denn wenn Sie ihn erst kennengelernt haben, ist er, was alle andern sind. Ein ganz gewöhnlicher Bekannter – mittelmäßig angezogen – in einem kleinen Fiat-Wagen ...

Erinnern Sie sich, gnädige Frau, an die uralte Geschichte von der Frau in Sesenheim, die Goethe noch gekannt hat? Ja, in Sesenheim lebte also eine alte Frau, die Goethe noch gekannt hatte, zu der kam ein findiger Journalist, um sie zu interviewen.

»Sie haben Goethe noch gekannt? Erzählen Sie mir etwas von ihm.«

»Goethe, o ja, Goethe! An den erinnere ich mich noch. Das war ein ganz netter junger Mann, ein sehr netter junger Mann. Zuerst dachten alle, daß er der Friederike den Hof machte und daß er sie heiraten würde. Aber mit einem Male blieb er aus und kam nicht mehr ins Haus. Ja, ja, der Goethe! So sind die jungen Leute: er blieb aus und man hat nie wieder etwas von ihm gehört ...«

Erfahrungen mit der Verjüngung. Ein Rundgang durch die Laboratorien einer neuen Wissenschaft

(Uhu, 1927)

Vicki Baum hat die Studien, die sie bei der Arbeit an einem neuen Roman über das Problem der Verjüngung machen mußte, dem »Uhu« zur Verfügung gestellt.

Und kurz und gut: die Sache mit dem Altwerden wollen wir nicht mehr so einfach hinnehmen. Wir wollen so spät und so langsam altern wie möglich. Wir haben durch den Krieg und alles, was danach kam, kostbare Jahre unseres Lebens verloren. Unwiederbringlich verloren? Das ist die Frage, an der unsere Generation vorläufig zu kauen hat. Man hat auf der ganzen Welt gegen das Altern eine Mobilmachung in Gang gesetzt. Es scheint, daß wir uns den Luxus, alt zu werden, nicht ohne weiteres gestatten dürfen.

Aber was heißt das: alt sein, alt werden? Es ist ein höchst dehnbarer Begriff, sehr schwankend, sehr relativ, das weiß man von jeher. Es gibt Menschen, die schnell, und solche, die langsam altern. Es gibt junge Greise und alte Jünglinge, wie es Maschinen gibt, die sich schnell abnutzen, und andere, die viele Jahre laufen »wie neu«. Das interessante Kapitel aus der Bibel von den Geschlechtern Sems gibt zu denken. Sem, der mit hundert Jahren zwei Söhne zeugte und danach lebte fünfhundert Jahre. Und sein Sohn lebte vierhundertsiebenunddreißig Jahre. Und dessen Sohn lebte vierhundertdreiunddreißig Jahre. Und so fort geht es über Väter und Söhne, die alle neue Geschlechter zeugten und von denen der kurzlebigste immerhin noch hundertachtundvierzig Jahre alt wurde. Es müssen gesunde Leute gewesen sein, diese Familie Sem, Leute mit gutem Stoffwechsel, mit richtig arbeitenden Drüsen, mit dauerhaften Organen und vernünftigem Blutdruck. Außerdem aber scheint es damals Konvention gewesen zu sein, daß man anständigerweise ein paar hundert Jahre alt zu werden hatte; die Sems kannten es nicht anders, und deshalb blieben sie lange jung, arbeitsfähig und zeugungskräftig, und erst so um das vierte Jahrhundert begannen sie etwas schwachsichtig zu werden und über träge Verdauung zu klagen. Wir aber, wir entarteten Enkel von heute, verdorben durch schlechtes Beispiel, setzen zwischen Vierzig und Fünfzig ein Speckbäuchlein an, kriegen etwas später Leberschwellung oder Arterienverkalkung und schnurren so um die Siebzig herum ab, als müßte das so sein. Mulford und Shaw haben zuerst gegen diese Unsitte des kurzen Lebens, der schnellen Abnutzung unseres Motors gemurrt. Dann tauchte das Schlagwort von der Verjüngung auf. Erst lachte man, zuckte die Achseln, schließlich spitzte man die Ohren. Daß dieses Wort heute so populär ist wie kaum ein zweites, daß es von Millionen Plakaten und Inseraten verkündet wird, daß tausend heterogene Dinge und Bestrebungen – Medizin und Aberglaube, Sport und Mode, Dichtung und Sozialökonomie, nüchternste Geschäftsmacherei und höchstfliegender Idealismus – unter dem Schlagwort Verjüngung marschieren: das ist nur möglich, weil dieses Wort einen latenten Wunsch der Menschheit, eine tief-innere Sehnsucht, eine Notwendigkeit trifft.

Aber nüchtern besehen: Was hat es mit dieser Verjüngung auf sich? Welche Möglichkeiten zeigen sich? Was ist daran Schwindel, was Wahrheit? Um was handelt es sich überhaupt bei diesem geheimnisvollen Vorgang, der sich (nicht sehr richtig übrigens) Verjüngung nennt?

Eine Arbeit an einem Roman hat mich veranlaßt, mich mit den medizinischen Fragen der Verjüngung mehr zu beschäftigen, als es Laien im allgemeinen tun; und zugleich erwachte der Wunsch, das so Erfahrene und Erprobte in den einfachsten, laienhaftesten, unwissenschaftlichsten Worten weiterzugeben. Und zwar deshalb, weil der Arzt und der Patient immer auf zwei verschiedenen Ebenen wohnen. Weil der Patient dem Wissenschaftler entweder mit dem urgeborenen Mißtrauen gegen Zauberei gegenübersteht, oder weil er in eine blinde, fanatische und einseitige Abhängigkeit zu seinem behandelnden Arzt kommt – da Suggestion und Suggestibilität nun einmal ein wichtigster Bestandteil jeder ärztlichen Behandlung sind. Während der Laie dem Laien gern glaubt und der Patient sich gerne von anderen Patienten erzählen läßt, wie es war und ob es geholfen hat.

Es gibt viele Leute, die zu grinsen beginnen, wenn das Wort Verjüngung fällt. Aha, weiß schon: Affendrüsen! sagen sie. Andere haben etwas von Steinach, Voronoff, von innerer Sekretion und Keimdrüsen läuten hören, mit dem peinlichen Gefühl, daß es sich da um etwas einigermaßen Unpassendes, um nicht zu sagen Unanständiges handelt. Und dann gibt es sehr viele, die sehr gerne wissen möchten, was los ist, die aber über ihre eigenen Hemmungen weg den Weg zum Arzt nicht finden. Wer Stoffwechselstörungen oder andere gebräuchliche Leiden hat, geht zwar frank und frei nach Karlsbad, läßt seinen Organismus reparieren und kehrt froh zurück, »um zehn Jahre jünger«, wie seine Bekannten sagen. Aber wessen Hormonhaushalt nicht in Ordnung ist, wessen Drüsen träge oder schwach arbeiten, wer sich müde, abgenützt, lebensunfähig fühlt – der wagt nur heimlich und vermummt zum Verjüngungsarzt zu schleichen. Andererseits wieder werden geradezu groteske Hoffnungen auf die Erfolge der verschiedenen Verjüngungsverfahren gesetzt, und die ernsthaften Ärzte haben Mühe, zu bremsen, verstiegene und durch allerhand Charlatanerien genährte Erwartungen auf ein vernünftiges Maß herabzusetzen. Nein, es ist nicht wahr, daß aus Matronen zarte Girls und aus Greisen leidenschaftliche Charlestontänzer werden. Nur die abgenutzte Maschine kann ein wenig geputzt, entschlackt, aufgefrischt werden; und es ist sehr bezeichnend, daß gerade führende Menschen unserer Epoche, alternde Geister, deren Arbeit wichtig für die Welt ist, sich zuerst und am häufigsten entschlossen haben, ihre Kräfte nach Möglichkeit reaktivieren zu lassen.

Und nun in zwei Sätzen die Grundlagen der verschiedenen Verjüngungsmöglichkeiten – um bei diesem unrichtigen, aber verbreiteten Schlagwort zu bleiben: Steinach hat zuerst gefunden, daß von der Funktion der Keimdrüsen der stärkste Einfluß auf den körperlichen, den seelischen und den geistigen Zustand ausgeht, und zwar durch die Hormone; das sind Säfte, die aus der Drüse in die Blutbahn abgegeben werden. Solange man jung ist, erzeugen die Drüsen genügend von jenen geheimnisvollen, unerforschten und vielleicht für ewig unerforschbaren Stoffen, die man Hormon – Botenträger – genannt hat. Aber auch umgekehrt: solange die Hormonerzeugung funktioniert, bleibt man seelisch und körperlich jung. Steinach fand nun ferner, daß bei nachlassender Funktion dieser Drüsen eine Überpflanzung neuer, kräftiger Drüsen zwischen gleichartigen Tiergattungen, also auch zwischen Menschen, vorgenommen werden kann. Wissenschaftlich war dies von ungeheuerster Bedeutung. Praktisch hat es wenig Auswirkung gehabt, denn nur selten sind Menschen so freundlich, ihre gesunden Drüsen alternden Mitmenschen zur Verfügung zu stellen. Dann trat Voronoff auf den Plan und fand, daß die Überpflanzung von Affendrüsen auf Menschen in einigen Fällen gelingt – nicht in allen, wie gleich hinzugefügt werden muß. Auch dies ist eigentlich ohne praktische Wirksamkeit geblieben, denn auch Affendrüsen sind selten und teuer, die Aussichten eines Gelingens der Operation nicht sicher, und außerdem verlieren die immerhin artfremden Drüsen im menschlichen Körper nach längstens drei Jahren ihre Wirksamkeit. Es wäre also Zeit, die ernsthafte Sache ein wenig von dem komischen Stichwort »Affendrüse« energisch abzurücken. Was heute allgemein Steinach-Operation genannt wird, ist etwas viel Einfacheres und ganz anderes, nämlich die Vasoligatur oder Abbindung. Zur Erklärung: Die Keimdrüse hat eine doppelte Funktion: sie sondert ein Sekret nach außen ab (die Fortpflanzungskeime) und ein Inkret nach innen, in die Blutbahn (eben jenes, das die Jugendlichkeit erhält). Hemmt man in einer Drüse die außensekretorische Tätigkeit, so sterben die betreffenden Zellen ab, sie »veröden«, wie der Arzt es nennt, und die innersekretorische Tätigkeit steigt ungemein. Ich habe mir von Ärzten, die diese kleine Operation oft ausgeführt haben und Spezialisten der Methode sind, wie Dr. Peter Schmidt (Berlin) und Dr. Benjamin (New York), und auch von Operierten den Vorgang schildern lassen. Der Eingriff geht bei örtlicher Betäubung ohne Narkose vor sich und kostet keinen Tropfen Blut. Ein kleiner Schnitt in die Haut, eine Abschnürung durch einen Seidenfaden verlegt der männlichen Keimdrüse den Weg zur außensekretorischen Tätigkeit, vierundzwanzig Stunden Aufenthalt in der Klinik, und die Angelegenheit ist vorbei. Die Drüse nimmt die Abgabe des innersekretorischen Hormons in die Blutbahn mit gesteigerten, gewissermaßen auf diese nunmehr einzige Tätigkeit konzentrierten Kräften auf, und der Patient fühlt bald die angenehmen Folgen. Vor allem erfolgt zumeist eine starke seelische Umstimmung, die Tatkraft kehrt wieder, geistige Arbeiter gewinnen ihre Produktivität zurück, die Stimmung bessert sich. Natürlich reagiert jeder Organismus anders auf diesen Eingriff, mancher mehr, mancher weniger; der eine zeigt ein Anwachsen der Spannkraft im Körperlichen, sieht besser aus, nimmt zu oder aber verliert den Altersspeck. Der andere wieder, ohne sich äußerlich wesentlich zu verändern, fühlt eine Gesundung, einen Neuaufbau seines Innenlebens, er hat einen Zuwachs an Lebensfreude und an Lebensmöglichkeit. Ganz ohne Erfolg bleibt kaum eine Operation. Die Veränderungen am Organismus sind meßbar an Blutdruck, Muskelkraft, Gewebsveränderungen. Das ist natürlich von großer soziologischer und praktischer Bedeutung. In Amerika, in Rußland werden im Großen Versuche mit diesem Eingriff gemacht, die Wege werden abgetastet, auf denen der Staat die Möglichkeiten dieser Behandlung sich nutzbar machen kann. In Deutschland ist die Zahl der Operationen verhältnismäßig nicht groß; Dr. Schmidt konnte mir aus einem Material von etwa 500 Fällen berichten, die er seit 1920 behandelt hat, bei denen überwiegend dauernde Erfolge sich gezeigt haben.

Anders liegt die Sache für die Frau. Hier kommt eine Unterbindung nicht in Frage; eine Überpflanzung fremder Eierstöcke wird zwar manchmal vorgenommen und meist mit Erfolg, aber auch dies bleiben Ausnahmefälle. Auf die Keimdrüsen der Frau wird durch Diathermie und durch Einspritzung von Ovarialhormon günstig eingewirkt. Eine Kur mit täglicher Behandlung dauert etwa einen Monat, der Erfolg, wenn auch nicht so durchschlagend wie beim Mann, ist gut. Da Schriftsteller von Berufs wegen zu Neugier und Gründlichkeit verpflichtet sind, bat ich Dr. Schmidt um eine Probesitzung mit Hormonspritze und Diathermiebehandlung. Solch eine Ampulle mit Ovarialhormon ist drollig genug. Man rechnet da nicht nach PS, sondern nach ME, nach Mäuse-Einheiten. Die Spritze, die 40 ME enthält, tut nicht weh, gar nicht; sie wird irgendwo in die Haut gegeben, und wer ein paar solcher Spritzen bekommen hat, beginnt eine Auffrischung zu spüren, Kopfschmerzen und Schwindel lassen nach, zu hoher Blutdruck reguliert sich, und bei Frauen im Klimakterium treten die Beschwerden dieses Alters zurück. Zur Diathermie, der Behandlung mit hochfrequentem Wechselstrom, bekommt man einen biegsamen Bleigürtel um den Leib gelegt, eine Elektrode liegt außen über dem Ovarium, die andere innen, so daß der elektrische Strom durch das Ovarium durchströmt. Dies empfindet man sehr angenehm, nicht als Prickeln, sondern als Wärme. In den Drüsen wird eine starke Blutfülle erzeugt, die die Tätigkeit der hormonbildenden Ovarien anregt. Dr. Benjamin, der in New York sehr viele Frauen nach dieser Methode behandelt, sagt, daß etwa zehn Prozent nicht reagierten, alle anderen mit gutem, etwa zwanzig Prozent mit überraschend starkem Erfolg. Zumeist gelingt es, das Klimakterium um einige Jahre hinauszuschieben, diesen Schnitt, der durch das Leben der Frau geht, zu mildern, diesen »blauen Brief«, den die Natur überreicht, in urbanen Formen zu halten. Patientinnen, die ich sprach, erzählten voll Dankbarkeit davon. Es waren alte Frauen, aber doch Frauen, Wesen von Anmut und Weichheit, nicht jene geschlechtslosen harten und häßlichen Geschöpfe, zu denen Frauen im Alter werden können.

Aber die Frau ist ja nicht so leicht zufrieden wie der Mann, und wenn sie zum Verjüngungsarzt geht, weil auch sie soziale Verantwortungen und Pflichten hat, weil sie berufstüchtig bleiben oder ihrem Mann und Kindern helfen oder repräsentieren oder künstlerisch arbeiten muß: immer wird in einem Winkel ihres Herzens die Eitelkeit sitzen und fragen: und wie sehe ich aus? Werde ich jünger? Schöner? Liebenswerter? Nun, da eine Auffrischung der weiblichen Keimdrüsen bessere Blutzirkulation, bessere Gesundheit, besseren Stoffwechsel mit sich bringt, so wird im allgemeinen auch das Aussehen frischer und – wenn man es so nennen will – jünger. Neuestens hat man maskenartige Gesichts-Elektroden nach einem besonderen, patentierten Verfahren konstruiert, die mit einer Goldschicht überzogen werden, und durch die man die Diathermiebehandlung auch auf das Gesicht ausdehnen kann; es läßt sich denken, daß dadurch eine wesentliche Auffrischung der Haut vor sich geht. Die Wirkung selbst zu erproben, fehlte mir Zeit und Geduld.

Nun, man sieht: die Geschichte mit der Verjüngung ist gar nicht so geheimnisvoll, nicht aufregend, nicht sensationell. Es gibt angenehme, ruhige, sachliche Erfolge, aber keinen Grund zum Augenzwinkern oder zu Triumphgeschrei. Die beiden Ärzte, die ich sprach und die beim großen Internationalen Sexualkongreß die Sache Steinachs, die Sache der Verjüngung (die sie lieber und richtiger »Reaktivierung« nennen wollen) vertraten, diese beiden Ärzte sind die ersten, die vor Überstiegenheiten warnen und die Verquickung ihrer Methoden mit dem großen Verjüngungsrummel, der Mode ist, ablehnen:

Da ich mich nun ziemlich hartnäckig auf die Spuren der »Verjüngungsmethoden« gesetzt hatte, wanderte ich zu Dr. Zikel, der sich in Laienkreisen durch eine Anzahl sehr populär gehaltener Schriften als Verjüngungsdoktor bekannt gemacht hat und von der zünftigen Wissenschaft vielleicht ein wenig als Außenseiter und Eigenbrötler angesehen wird. Tatsächlich hat er eigene Wege eingeschlagen, und sein Gedankengang leuchtet dem schlichten Laienverstand ohne weiteres ein. Er hält das richtige Zusammenspiel *aller* Drüsen für das Wichtigste im Organismus und behauptet, eine Anzahl von Leiden durch Regulierung des Hormonhaushaltes heilen zu können. Operationen und Medizinen lehnt er grundsätzlich ab, ein freundlicher Fanatiker seiner Ideen, dessen Glaube an seine Methode eine starke Suggestion auf seine Patienten ausübt. Dr. Zikel führt seinen Patienten Preßsäfte aus verschiedenen frischen Tierdrüsen in die Blutbahn; das geschieht durch eine ganz individuell dosierte und »gemixte« Spritze in die Vene. Auch hier übernahm ich voll Interesse die Rolle des Versuchskaninchens, indem ich mir die Säfte eines anderen Kaninchens zuführen ließ. Auch dies geschieht ganz schmerzlos und löste unmittelbar danach ein angenehmes Gefühl von Frische und Arbeitskraft aus. Meiner Empfindung nach handelt es sich dabei um einen Anstoß, der den Organismus in Bewegung setzt, wie man den Pendel einer stehengebliebenen Uhr wieder für eine Zeit zu seinem Tick-Tack veranlassen kann. Von einer zauberhaften Verschönerung oder Verjüngung habe ich an mir nichts bemerkt, vielleicht weil ich nicht wirklich alt und krank bin, sondern nur experimentiere; also auch hier blieben die Sensationen aus. Im Wartezimmer und in den fünfundzwanzig Kabinen Dr. Zikels erzählten mir allerdings andere Patientinnen von erstaunlichen Erfolgen, Rückbildung von Geschwülsten und ähnlichem, Gewichtszu- oder -abnahme, auch das photographische Material des Arztes zeigt einzelne verblüffende Ergebnisse. Auch diese Behandlung wird durch angenehmen elektrischen Reizstrom und Bestrahlungen unterstützt. (Ich habe das alles versucht, um mir und anderen die Hauptfrage: tut es weh? beantworten zu können.) Ein großer Faktor bei dieser Behandlung schien mir das psychische Moment zu sein, die Sicherheit, mit der den Patienten das Gefühl des Älter-und Minderwertigwerdens aus dem Bewußtsein genommen wird.

Wie eng aber Seelisches und Körperliches ineinander verschränkt sind, das sah ich erst ganz, als ich mich einer dritten Methode der Verjüngung zuwandte und Professor Holländer über die kosmetischen Operationen und Gesichtsspannungen zu befragen begann, die sein Spezialgebiet sind. Daß man ein ausgedehntes Gummistrumpfband kürzer und dadurch noch eine Zeitlang verwendbar machen kann, ist reichlich bekannt. Nun, das gleiche kann auch mit einer ausgedehnten und schlaff gewordenen Gesichtshaut geschehen. Man schneidet ein paar Zentimeter in der Nähe der Ohren heraus, näht wieder zu, und die Haut sitzt straffer. Natürlich hat das mit wirklicher Verjüngung nichts zu tun. Während die Methode Steinachs und seiner Mitarbeiter den Organismus von innen her verjüngt, ihn gleichsam aus seinen eigenen Mitteln und Kräften wieder aufbaut, ist die kosmetische Operation ein äußerer Eingriff, der nur zu verjüngen *scheint*. Um ein populäres Gleichnis zu stellen: Steinach nimmt die Ziegel eines baufälligen Hauses und baut damit neue Mauern auf. Holländer und die unzähligen Chirurgen, die heute kosmetische Eingriffe vornehmen, geben dem alten und wackligen Haus eine nette, hübsche Fassade. Diese Operation wird heute viel öfter gemacht, als man denkt, während der Entschluß zur Steinachschen Behandlung noch schwer und verhältnismäßig selten gefaßt wird, und man könnte daraus schließen, daß uns die Fassade wichtiger ist als das wirkliche Befinden, die Leistungsfähigkeit der Organe, das Lebensgefühl. Aber ganz stimmt das nicht. Die Verschönerung, Verjüngung des Äußeren nämlich, die durch eine kosmetische Operation erzielt wird, wirkt auf das Innere zurück; neuer Mut, neue Lebensfreude, neue soziale Leistungsfähigkeit stellen sich auf dem Umweg über die Seele auch da ein. Professor Holländer mit der herzerfrischenden und hilfsbereiten Überlegenheit des geborenen Chirurgen erzählt die merkwürdigsten Geschichten aus seiner Erfahrung. Angefangen von einer Russin, die vor fünfundzwanzig Jahren auf eigene Faust sich diese Operation ausdachte und unter Selbstmorddrohungen bei ihm erzwang – bis zu dem siebzigjährigen, verhutzelten Mütterchen, das ihn um die Operation anfleht, »damit sie die Liebe ihres Mannes zurückgewinnen könne«. Man hat den Eindruck, daß die meisten Menschen, die sich kosmetisch operieren lassen, an seelischen Defekten, Minderwertigkeitsgefühlen, fixen Ideen leiden; und für solche Menschen ist freilich durch den kleinen Eingriff in die Epidermis alles zu retten.

Von Patientinnen ließ ich mir die Operation genau schildern, die zwar keine reine Annehmlichkeit, aber recht ertragbar zu sein scheint. Zunächst also wird die Stelle, die neben und hinter den Ohren herausgeschnitten werden soll, durch einige Spritzen örtlich betäubt, dann stellt sich jenes kalte und taube Gefühl ein, das wir alle vom Zahnarzt her kennen. Die Schnitte mit dem Messer werden nicht als Schmerz, sondern nur als stumpfer Druck fühlbar; ebenso das Nähen, das man als ein kurzes Stoßen empfindet. Die Operation dauert etwa eine halbe Stunde, »aber es kommt einem viel länger vor«, sagte mir die Patientin. »Und man hat Herzklopfen dabei – erstens vom Adrenalin und dann überhaupt ...« Und nachher? Nachher täte es noch ein paar Stunden ein wenig weh, nicht sehr arg, wurde mir gesagt; ein Schlafpulver, schlimmstenfalls eine Spritze Morphium helfen über diese Unannehmlichkeit fort. Vier Tage Kopfverband, eine Woche ein kleinerer Verband, und dann sind nur mehr zarte Narben da, die später fast ganz verschwinden, und die ziemlich versteckt liegen.

»Ich bin jetzt achtundvierzig Jahre alt – und wie sehe ich aus?« sagte mir eine andere kosmetisch Operierte mit glücklichem und erwartungsvollem Lächeln. Nun, um die Wahrheit zu sagen: sie sah aus, wie alle gepflegten Frauen von achtundvierzig heute aussehen: angenehm, frisch, wenn auch schon etwas mürbe. Immerhin, unsere Mütter sahen zehn Jahre früher so aus, und diese zehn Jahre haben wir auf dem Weg zu Sems Lebenszähigkeit schon erobert.

Später durfte ich noch einige Photographien durchsehen, ein wahres Schreckenskabinett gealterter Brüste, verfetteter Bäuche und deformierter Beine, die alle dem Messer überantwortet wurden zur Umformung, und ich begann zu verstehen, wie grausam ein Altern ist, das so häßlich macht. Und zum Schluß zog der Chirurg mit einem raschen Griff meine Haut ein wenig an den Ohren hoch und sagte: »Ihnen wäre auch mit einer Kleinigkeit zu helfen!« Ach ja, ich fühlte, wie allerhand da straff und festgehalten wurde, das sonst seit einiger Zeit eine betrübliche Tendenz hat abzusacken. Aber, um es zu gestehen: beim Gedanken an das Messer verließ mich mein Forschungsdrang, und ich hatte keine Lust, auch dieses Experiment noch zu erproben. Ich empfahl mich, dankbar und verschüchtert, indem ich flüsterte: »Wenn Sie gestatten, komme ich in zehn Jahren wieder ...«

Theater im Parkett. Ein Monolog

(Die Dame, 1928)

... daß den Leuten auch gar nichts Neues mehr einfällt. Immer steht im ersten Akt ein Bett auf der Bühne; das hat man nun schon fünfzigmal gesehen, man weiß schon alles, was kommt. Aha, da haben wir's. Der Liebhaber. Guten Tag, chéri, guten Tag. Ach, ist das langweilig! Übrigens ist es ein richtiger Affe, ich verstehe nicht, was die Kritiker immer an ihm finden. So, jetzt wird ihm warm. Auf der Bühne greifen sie sich immer mit dem Finger in den Kragen, wenn sie verführt werden, diese albernen jungen Schauspieler. Ich habe noch nie erlebt, daß ein Gentleman sich in den Kragen fährt, wenn ... da, bums! Der Ehemann! Das mußte so kommen. Damit öden sie einen in ihren Komödien nun schon seit hundert Jahren an. Oh, wie dumm! Immer das gleiche bißchen Ehebruch. Das interessiert doch keinen Menschen; nun, Kinder, quatscht doch nicht so viel davon, das ist ja geschmacklos. Wer spricht denn heutzutage noch von Ehebruch, das ist ja zu selbstverständlich. Die leben wohl in einem andern Jahrhundert. So, das fehlt noch: Revolver. Schießen im Theater ist ekelhaft, es knallt so laut. Natürlich, das Stubenmädchen. Wenn mein Stubenmädchen so aussehen würde, dann hätte ich sie am ersten Tag hinausgeschmissen. Wozu man eigentlich ins Theater geht? Schade um das Geld, es ist alles so uninteressant. Ihr Pyjama ist ganz hübsch, aber sie hat zu breite Hüften, sie dürfte sich so nicht sehen lassen. Man freut sich doch immer, wenn andere schlechte Figuren haben. Aber sonst ist das alles schrecklich verbrauchtes Zeug, was sie reden. Man kann's schon auswendig. Tränen auch noch. Solche Szenen sollte unsereiner mal machen, da wäre man bald alle Freunde los. Wer darf sich heute noch den Luxus erlauben, zu weinen? So, das hat dem alten Esel von Ehemann wohl getan, siehstuwohl. Adieu, adieu. Der Vorhang fällt. Gott sei Dank, es war auch zu langweilig ...

... Sieh mal an, Pips mit einem neuen »Thankmar«. Das ist ja hochinteressant. Den hat sie gewiß aus St. Moritz importiert. Das ist doch der, den voriges Jahr die Lix gehabt hat. Den Typ hasse ich, sie sollte sich lieber zu ihrem Mann halten, der paßt im Alter viel besser zu ihr. Ein nobler Mensch. Er sieht schlecht aus, er soll schwer nierenleidend sein. Und diese Geschichten von Pips – er leidet sehr darunter. Das ist auch nicht schön, immer dabei zu stehen und alles zu wissen und nichts dagegen tun zu können. Nein, der schießt nicht, der lächelt, immerfort lächelt er, armer Kerl. Der hat's nicht leicht. Überhaupt, was da so hin und her spielt, in so einem Zwischenakt! Da sitzt wieder die blasse Frau Dohna und starrt den Generaldirektor an, hinter dem sie seit vier Jahren her ist. Eine richtige große Liebe ist das, fürchterlich muß so etwas für einen Mann sein. Er hätte längst etwas mit ihr angefangen, wenn sie ihn nicht lieben würde, aber welcher Mann kann denn die Verantwortung übernehmen, sich mit einer Frau einzulassen, die ihn in großem Stil liebt! Und wie häßlich das die Frau macht, die Mundwinkel – Hach! Lix! In Grasgrün und mit ihrem geschiedenen Mann! Die ist wohl verrückt, daß sie sich mit ihrem geschiedenen Mann in die dritte Reihe setzt. Wie die zwei poussieren! Nein, das gehört sich nun wirklich nicht. Vor vier Monaten haben sie sich scheiden lassen, und jetzt gehen sie zusammen in die Premiere. So etwas tut man nicht. Sie können sich doch heimlich treffen. Komisch ist das mit dem Scheiden. Man fragt sich immer: Wozu eigentlich? Da ist Hart mit seiner Fünften. Schreckliche Person. Soll ein Mannequin gewesen sein, so sieht sie auch aus. Heinz sagt, es ist sexuelle Hörigkeit, sie hat ihn aus allen seinen Ehen herausgekriegt. Mal sehen, ob die vier andern auch im Theater sind? Mein Gott, Goldammers in der Loge und mit Hermelincape. Die sind doch knapp am Bankerott vorbeigerutscht und die Tochter soll sich erschossen haben wegen ihrer Freundin. Was haben die Leute im Theater verloren? Alles nur wegen dem Kredit? Jetzt sagt er seinem Sozius guten Tag, der die Schwarze geheiratet hat, wegen der das Kind sich erschossen haben soll. Früher war er das Verhältnis von Frau Goldammer. Interessant ist so etwas. Das sind nun die Sachen, die man weiß. Und was man alles nicht weiß! Jetzt sieht mich jemand an. Ich spür' das sofort ganz genau im Rücken, wenn mich jemand ansieht. Ja, wer war es? Der hübsche Mensch in der zweiten Reihe? Oder dieses alte Ekel von einer Frau, der ich überall begegne? Was geht sie mich an? Was geht mich der hübsche Mensch an? Komisch ist so ein Theater, es zieht so hin und zurück zwischen den Menschen. Hübscher Mensch, vielleicht werden Sie und ich uns einmal kennenlernen, möchten Sie? Ich – nun, ich weiß nicht. Häßliche Frau, vielleicht wird Heinz mich Ihrethalben einmal sitzen lassen. Oder – komische Idee, – ja, vielleicht hat er Sie meinethalben einmal sitzen lassen? Ich muß sie doch genau ansehen und ihn dann fragen –

Der Vorhang geht auf. Schade! Es war doch so interessant ...

Variationen der Liebe

(Die Dame, 1928)

Es gibt vier Arten von Liebe. Drei davon sind interessant; erstens: die heimliche Liebe; zweitens: die verbotene Liebe; drittens: die unglückliche Liebe. Eine davon ist uninteressant: die glückliche Liebe. Es ist nicht zu leugnen, daß unsere Zeit die interessanten Arten bis auf wenige Ausnahmen ausgerottet hat. Die glückliche Liebe, die erwiderte, erfüllte, befriedigte Liebe ist geblieben, und sie ist, was sie immer war: Ein angenehmes Spiel zu zweien ohne allzu große Spannungen, eine Freude, die leicht ein wenig flach wird und versandet; bei lyrischen Naturen eine Harmonie, die bereichert; bei erotisch Begabten ein Genuß, der freilich abgrundtief sein kann. Schluß. Aus. Mehr ist aus der glücklichen Liebe nicht herauszuholen. Ein Schriftsteller, der Bescheid um die Liebe wußte, Arne Garborg, ein Mann vom fin de siècle, sagte: »Liebe ist unglückliche Liebe.« Man kann es wahrhaftig nicht präziser ausdrücken.

Das Christentum hat dem Leben Europas ein ungeheures Geschenk gemacht, indem es die Liebe verbot. Das hat die Spannung zwischen den Geschlechtern zauberhaft vergrößert, vertieft, es hat die einfachste und alltäglichnatürlichste Sache der Welt zu etwas Mystisch-Lasterhaftem aufgetrieben, es hat Gelegenheit zu ungeheuren Leiden, zu rasenden Genüssen, zu überlebensgroßen Lügen geschaffen. Neuerdings fängt die Liebe an, sich auf ihr natürliches Maß zu reduzieren, sie bildet sich zurück wie eine Geschwulst, eine Entzündung am Körper der Kultur. Schade! sagen die einen. Gott sei Dank! sagen die andern. Beide haben recht.

Man hat Jahrhunderte lang die Liebe nur danach abgeschätzt, wieviel Kummer und Unglück aus ihr zu gewinnen war. Die Bereitschaft zu Mord und Selbstmord war das Mindeste, was von einem Liebenden verlangt wurde. Die Literatur aller Zeiten wimmelt von tragischen Liebespaaren. Über die glücklichen schweigt man, und es ist auch nicht viel davon zu reden. Goethes lange, verquälte Zerrerei mit der kalten Frau von Stein war das Ideal, das unsere Väter und Mütter von der Liebe hatten. Vom Bettschatz Christiane wollte man nichts wissen. Heute gibt es sehr wenig Charlotten mehr, aber viele Christianen.

Man möchte ganz schlicht und bescheiden und ohne viel Aufhebens die Liebe als ein Ding betrachten, daraus etwas Glück und Annehmlichkeit zu gewinnen ist. Interessant ist das freilich nicht. Tristan macht mit Isolde eine Weekendfahrt, Romeo sagt seinem Vater ein paar Grobheiten, tritt in die Autobranche ein, heiratet Julia und etabliert die junge Ehe in zwei möblierten Zimmern. Für zwei Leute, die zueinander wollen, gibt es kaum noch jene Hemmungen und Konflikte, an denen die »große Liebe« sich ein paar hundert Jahre lang zu erweisen hatte. Religiöse und soziale Unterschiede spielen keine bestimmende Rolle mehr. Widerstand der Eltern – dieser verschüchterten und zurechtgestutzten Eltern – kommt kaum noch in Betracht. Die Liebe zu einer verheirateten Frau hat ihren romantischen Hintergrund von Duell und Lebensgefahr verloren. Das Schlimmste, was geschehen kann: man läßt sich scheiden und man heiratet neu. Im allgemeinen aber sind Ehemänner heute so klug, so verständnisvoll, so wissend und abgeklärt geworden – wie Ehefrauen es schon immer sein mußten. Soviel vom Mann. Für die Frau sind die Worte: Unschuld, Sprödigkeit, Verführung, Schande, aus dem Lexikon der Liebe gestrichen. Die sinnlose Überschätzung der Jungfräulichkeit mit ihrem Rattenschwanz von Bleichsucht, Verlogenheit, Angst, Schwindel, Frigidität und sonstigem Frauenjammer hat aufgehört. Mit alldem könnte man zufrieden sein, wenn nur –

Wenn nur, so sagen die Männer, wenn nur nicht alles Geheimnisvolle damit zum Teufel gegangen wäre. Wir wollen erobern, sagen die Männer, wir wollen verführen, zum Donnerwetter, wir wollen unerreichbare Frauen, weil es dann viel spannender und genußreicher ist, diese Frauen dennoch zu bekommen. Ihr ernüchtert uns, sagen diese Männer, ihr habt uns unsern Idealismus geraubt und unsere Aktivität verkleinert. Wir Männer – sagen die Männer – haben die größten Werke geschaffen aus der Liebe heraus, aus der großen, aus der unerfüllten Liebe heraus. Wir haben euch zu Göttinnen gemacht. Wir wollen nicht, daß ihr von euren Piedestals herunterkommt, um bei uns Laborantin, Sekretärin oder sonst ein schlechtbezahltes Kameradenwesen zu werden. Wir wollen nicht diese Tuchfühlung mit euch, diese Ellbogennähe, diese geheimnislose Nachbarschaft. Wir wollen um euch werben, das ist ein Naturgesetz.

Immerzu. Werbt nur, gebt euch Mühe, nichts wünschen wir uns tiefer – sagen die Frauen. – Aber ihr seid Kinder! Früher war die Liebe für euch ein Spielzeug, das ihr euch brennend gewünscht habt. Wenn ihr sie dann bekamt, die wahre, die große, die geheimnisvolle Liebe, habt ihr so lang daran herumgepuhlt, bis sie kaputt war und die Sägespäne herausliefen; dann habt ihr sie weggeschmissen – die Liebe und die Frau. Heute gibt man euch das Spielzeug in die Hand und sagt zuvor: Achtung! Es sind Sägespäne drin. (Man glaubt jetzt den Inhalt der Liebe zu kennen: Gattungstrieb, Ödipuskomplex, sexuelle Hörigkeit, M plus W, Hormonhaushalt, Drüsenfunktion: Sägespäne, nichts als Sägespäne!) Es ist ein viel ehrlicherer Handel, aber er gefällt euch nicht. lhr Männer – sagen die Frauen – lebt überhaupt noch in einem andern Jahrhundert wie wir. Ihr seid altmodisch, verlogen und nicht ganz auf der Höhe der Zeit. Ihr wollt Fransen und Draperien der Achtzigerjahre um die Liebe. Ihr wollt blauen Dunst machen und blauen Dunst vorgemacht bekommen. Ihr liebt gar nicht uns Frauen von Fleisch und Blut, ihr liebt nur euren Traum von uns. Gut, wir haben Geduld. Wir wollen gerne noch fünfzig Jahre warten, bis ihr kapiert habt, daß wir auch ohne Schwindel miteinander auskommen können.

Wirklich, die Frauen bieten den Männern jetzt fair play. Sie haben ihr Teil der Verantwortung auf sich genommen, es werden keine Lilien geknickt und keine Jungfrauen im

Sack gekauft. Man »opfert« sich nicht, wenn man einem Mann angehört, und man »versorgt« sich nicht, wenn man heiratet. Die anständige Frau hat den Vorsprung an gepflegter Körperlichkeit und erotischem Wissen eingeholt, den sonst die Demimondaine vor ihr voraus hatte. Sie hat als Berufskamerad ihre Einblicke in die männlichen Bezirke der Ämter, Büros, Sprechzimmer und Geschäfte genommen, sie hat dabei zwar etwas Respekt vor den Leistungen des Mannes verloren, aber das Verständnis für seine gottgewollte Verbohrtheit in den Beruf erlangt. Bei dem Spiel, das sie dem Mann heute bietet, kann er nur gewinnen ... denkt die Frau.

Aha! Hier sitzt der Fehler. Wenn man beim Kartenspielen nur gewinnen könnte und nicht verlieren, würde kein Mensch mehr Spieler werden. Eine Tombola, bei der jedes Los gewinnt, pflegt keine Kostbarkeiten zu enthalten. Die Liebe ist kein Monte Carlo mehr, mit Rieseneinsätzen, mit Riesengewinnen oder der Selbstmörderkugel am Ende, sie ist ein bürgerlicher Skat um Pfennige, die in eine gemeinsame Kasse fließen. Daher die Ernüchterung bei den Männern und die uneingestandene Enttäuschung bei den Frauen. Die großen Zauberkunststücke der Welt – und die Liebe ist ihr größtes – gehen nun einmal nicht ohne ein wenig süßen Schwindel ab.

So alltäglich und jedem zugänglich die kleine, die gewöhnliche Liebe von Normalmaß ist, so selten ist die große Liebe. Zur großen Liebe gehört eine Veranlagung, eine Genialität wie zum großen Kunstwerk. Aber Herr Mayer und Müller haben sich angewöhnt, das Vokabular der großen Liebe für ihre kleinen Angelegenheiten ganz unverfroren in Anspruch zu nehmen. Jeder Leuchtkäfer hat sein Lichtchen, solang er verliebt ist; und jedes Menschlein geht in den Tagen der Verliebtheit illuminiert herum wie ein Festtransport. Aber das ist kein Grund, diese Leuchtkraft zu überschätzen und sie für etwas Noch-nie-Dagewesenes zu halten. Der Satz, der zwischen Liebenden am häufigsten ausgesprochen wird, heißt: Ich bin ganz anders wie die andern.

Irrtum, Herr Krause! und Schwindel, Fräulein Schulze! genau so, ganz genau so sind alle andern auch, wenn sie verliebt sind. Denn die Substanz der Liebe bleibt im Grund immer dieselbe. Sie ist ein Thema mit Variationen, und ihre Melodie geht nicht verloren, auch wenn sie im Jazzrhythmus abgespielt wird.

Wie groß die Worte sind, die um die Liebe gemacht werden, das hängt von der Mode ab. Wir von heute tragen eine ziemlich unauffällige und diskrete Sorte von Gefühl im Knopfloch, eine Liebe, die zu den kleinen Hüten und den Sportkleidchen paßt. Man muß die Mode mitmachen. Früher heuchelten die Zyniker Gefühl, heute heucheln die Gefühlvollen Zynismus. Früher log man Tugend vor, heute Laster. Früher mußte man die Untreue verstecken und heute die Treue. Früher war die Lust das tiefste Geheimnis der Liebe. Heute ist die Erotik das große Plakat, das ausgehängt wird, und hinter dem die Liebe, das tiefere Gefühl, sich versteckt hält.

Chamfort sagt: In der Liebe ist alles wahr und alles ist falsch; das ist aber auch das einzige, was man mit Sicherheit von ihr weiß ...

Mein schönstes Reiseerlebnis

(Berliner Illustrirte Zeitung, 1928)

Mein schönstes Reiseerlebnis war ein Gespräch mit einem alten Mann. Ich lernte den alten Mann kennen, als ich eines späten Sommernachmittags auf der Bank vor einem kleinen, ganz einsamen Gasthof saß, in dem ich – unweit der Brennerstraße – für einige Tage wohnte. Der alte Mann kam bachabwärts aus dem Gebirgstal, er hatte eine etwas schwankende Art von Paßgang, grauweißes Haar, Augen wie Goethe auf dem Stieler-Bildnis, und in der Nähe roch er deutlich nach Wacholderschnaps. Er sprach den merkwürdigsten Dialekt der Welt, nämlich ein Gemisch von Bayerisch und Englisch, untermischt mit spanischen, französischen und ganz und gar unverständlichen Worten – indisch oder chinesisch vielleicht. Ins Deutsche übertragen aber sagte er ungefähr folgendes:

»Madame, guten Tag. Ich muß um etwas bitten. Das macht nichts. Ich bin ein bißchen betrunken, das macht gar nichts, trinken muß man. Meisterin, ich brauche ein Hemd. Bitte, wenn ich gebeten haben dürfte – einfach ein Hemd. Geld, danke, nein. Geld brauche ich nicht. Ich habe natürlich Schnaps getrunken, bevor ich losgegangen bin, das muß sein. Ein Hemd, wenn Sie mir geben könnten. Ich muß nämlich nach Innsbruck ins Spital, und ohne Hemd schäme ich mich. Ich bin doch sonst ganz in Ordnung, sogar eine Krawatte habe ich, die hat mir ein Herr Tourist verehrt, aber kein Hemd. Holzhacken ist keine Arbeit für einen Matrosen, was wollen Sie, Meisterin, man hackt Holz. Da – ab sind zwei Finger, jetzt gehe ich nach Innsbruck, hinein ins Spital. Soll ich da ohne Geld hinkommen – was denken die Leute von mir? Ein Hemd brauche ich, Geld brauche ich nicht, ich gehe zu Fuß.«

Der alte Mann hielt mir eine verbundene Hand hin, einen Stumpen, der in nicht sehr reine Leinwand verpackt war, durch die Blut sickerte. Und nach der ersten Einleitung, die mich etwas verwirrt hatte, setzte er sich zu mir und erzählte mehr von sich. Er war alt; wie alt, das wußte er nur ungefähr, vielleicht siebzig, vielleicht mehr. War Matrose gewesen, in aller Welt herumgezogen, hatte viele Berufe gehabt, Hafenwärter in Saigon, oder so ähnlich – ein Schwall von Fremde und Exotik stieg aus seinen Worten herauf mit dem unverkennbaren Geruch der Wahrheit und des Erlebtseins. Warum er als alter Mann nach Europa zurückgekommen war, das wußte er nur dunkel. Und jetzt befand er sich auf dem Fußweg nach Triest, um wieder auf einem Schiff unterzukommen. Er arbeitete sich quer durch Tirol, und dabei hatte er sich nun zwei Finger abgehackt und war auf dem Marsch nach Innsbruck ins Spital. Ich suchte aus dem Rucksack meines Mannes ein wenig Wäsche hervor und verband ihm seine verstümmelte Hand etwas sauberer. Geld lehnte er eigensinnig ab, aber ein paar Schnäpse am Schanktisch genehmigte er mit großer Freude, auch Brot mit Speck, das er nicht aß, sondern auf den Weg mitnahm. Und dieser alte Mann hat mir drei wichtige Lehren mitgegeben; er sagte, daß sie aus Indien stammen – aber ich glaube, daß sie in seinem eigenen Kopf gewachsen sind.

»Wenn Sie mit jemandem sprechen und wissen wollen, ob er die Wahrheit sagt, dann schauen Sie ihm nicht in die Augen, sondern auf die Kehle. An der Kehle verrät sich jeder. Fragen Sie ihn – und wenn er hinunterschluckt, dann hat er gelogen.«

»Wenn Sie zu einer wichtigen Unterredung gehen, dann stecken Sie zwei Kaffeebohnen in den Mund. Bevor Sie antworten, schieben Sie diese Bohnen dreimal von einer Seite im Mund auf die andere – und Sie werden richtig antworten.«

»Und drittens,« sagte der alte Mann, »merken Sie sich das Wichtigste: Es geht uns nicht schlecht. Schlecht gehen ist nur Einbildung, schlecht gehen steckt nur in uns, man kann es herausjagen, wenn man weiß: Es geht uns nicht schlecht. Vergessen Sie das nicht, Meisterin, ich möchte mich bei Ihnen revanchieren, weil Sie mir Schnaps und Brot und ein Hemd geschenkt haben, und ich sage Ihnen das Wichtigste, was ich weiß: Es geht uns nicht schlecht.

Wenn Sie einmal glauben, daß es Ihnen schlecht geht, dann erinnern Sie sich an mich. Denken Sie: der alte Matrose, er hat kein Hemd gehabt und kein Geld, und kein Dach, und er hat ins Spital müssen, die Hand hat er sich zerhackt – aber es ist ihm nicht schlecht gegangen. Denn schlechtgehen ist nur Einbildung, vergessen Sie das nicht.«

Er hatte dabei meine Hand genommen, und er hämmerte mir mit Worten und Blicken diese Weisheit ein, angestrengt wie ein Hypnotiseur. Dann empfahl er sich und ließ mich nachdenklich zurück.

Eine Stunde später, es dunkelte schon im Tal, kam er zurück, etwas atemlos, und fragte im Gasthof nach mir.

»Meisterin,« sagte er, »Ich bin noch einmal zurückgekommen, um Ihnen etwas zu sagen. Sie sollen nicht denken: Der alte Vagabund macht Sprüche, der Besoffene. Sie sollen es ernst nehmen, sonst nutzt es Ihnen nichts: Es geht uns nicht schlecht. Es geht uns nicht schlecht. Es geht uns nicht schlecht. Danke und *buona sera*.«

Und damit verschwand er endgültig im Abend, romantisch, weise und betrunken. Nun, er hat seinen Zweck erreicht: Ich habe es ernst genommen, und es hat mir genutzt. Deshalb ist das mein schönstes und unvergeßlichstes Reiseabenteuer geworden, und der alte Matrose hat mir einen tieferen Eindruck hinterlassen als alle die hübschen, amüsanten und galanten Herren, mit denen man sonst Reiseabenteuer zu erleben pflegt ...

Ein Brief an Harald Paulsen

(Die Dame, 1928)

Lieber Herr Paulsen!

Wenn Sie ganz berühmt wären, würde ich Ihnen nicht schreiben, denn ich glaube, ganz berühmte Leute sind eingebildet und auch zu müde, um sich über Briefe zu freuen. Aber weil Sie erst ein bißchen berühmt sind, riskiere ich es, Ihnen einen Brief zu schreiben. Seien Sie, bitte, nicht beleidigt, wenn ich sage, daß Sie erst ein bißchen berühmt sind. Ich vermute nämlich, daß man in Elberfeld oder in Kottbus noch nicht weiß, wer Harald Paulsen ist. Und Sie wissen doch, lieber Herr Paulsen, daß die große Berühmtheit nicht nur darin besteht, in Berlin oder Wien oder London einen Namen zu haben – sondern wer Chaplin ist oder Nurmi, das weiß man auch in Kötzschenbroda – und das erst ist wirkliche Berühmtheit. Bei Ihnen, lieber Herr Paulsen, ist es vorläufig so damit: wenn man in Berlin sagt: »Ich gehe dort und dort ins Theater, die und die Künstler spielen, Paulsen hat auch eine große Rolle« – dann beginnt jeder Mensch zu lächeln und antwortet: »Paulsen? Das wird sicher gut! Der ist ja reizend!«

Vielleicht hängt es Ihnen schon zum Halse heraus, zu hören, daß Sie reizend sind, Herr Paulsen? Sie sind es aber nun einmal, Sie sind ein reizender Schauspieler, und Sie sind sehr lieb. Kritiker mögen sich damit abgeben, interessantere Adjektive für Sie zu finden, mir genügt dieses einfache Wort: Sie sind lieb. Hübsch sind Sie auch – wenn Sie mir gestatten wollen, das ohne jede erotische Betonung auszusprechen: es ist ein Vergnügen, Sie anzusehen, Sie haben das gutrassige Gesicht und den trainierten Körper englischer Boys, und dazu zwischen den Augenbrauen einen Zug von Verstand und deutscher Vertieftheit. So etwas ist sehr sympathisch. Sie haben etwas so durch und durch Sauberes, und wenn Sie Ihren ersten Auftritt haben, dann denkt man immer, daß Sie frisch aus dem Badezimmer kommen. (Sagen Sie, Herr Paulsen, singen Sie schauerlich schöne Lieder, während Sie in der Badewanne sitzen? Und spielen Sie todernsten Gesichtes Seesturm mit Seifenschale und Handbürste?) Entschuldigen Sie, bitte, die Frage, Sie machen nämlich den Eindruck, daß

Sie so Theater spielen, wie Sie vor ein paar Jahren noch Indianer gespielt haben, mit dem ganzen Bubenernst und der Bubenfreude, und ohne Seitenblick ins Parkett. Verstellen können Sie sich gar nicht, lieber Herr Paulsen, obwohl Sie ein Schauspieler durch und durch sind. Die Paulsensche Grundfarbe schlägt bei jeder Rolle durch. Im Grund ist es immer derselbe kostbare Bursche, den Sie darstellen. Ein Liebhaber, treu wie Platin, schüchtern, verzweifelt schüchtern. Und weil er schüchtern ist innerlich, und um das zu übertönen, trumpft dieser Bursche auf, schreit, tobt, schlägt Purzelbäume, macht einen heillosen Lärm. Manchmal, wenn es gegen die Aktschlüsse hingeht, wackeln die Kulissen, wissen Sie das, lieber Herr Paulsen? Aber machen Sie sich nichts daraus, sogar wenn der feinnervige Regisseur das nicht schätzen sollte. Wir unten im Parkett freuen uns über Ihre Rage und haben Sie lieb dafür. In den Stücken, darin ich Sie spielen sah, sind Sie immer in verzweifelte Situationen gekommen. Aber ich weiß nicht, ob das so in den Rollen liegt, oder ob Sie es erst in die Rollen hineintragen, diese ganze Tapsigkeit eines sonst geschickten Menschen, die Dummheiten, die ein heller Junge stottert, wenn es ihm passiert, verliebt zu sein, diese ungeheuer ernste, finster entschlossene, verbissene Komik in schwierigen Situationen. Manchmal überbrüllen Sie mit Ihrem Bronzeorgan ein ganzes aufgeregtes Ensemble: aber dann, wenn es ernst wird, werden Sie plötzlich still und heiser. Das ist sehr gut. Das ist so spaßig und rührend und sehr echt. Und manchmal, wenn keiner mit Ihnen spricht, haben Sie eine Art, mit todernstem Gesicht zu nicken, nur einmal stumm zu nicken, das ist unnachahmlich und gehört Ihnen allein.

Übrigens tragen Sie das happy end immer in der Tasche. Zugegeben: es passieren Ihnen tausend schlimme und unangenehme Dinge. Aber ein Stück, in dem es Ihnen am Ende nicht gut ginge, wäre ein schlecht gebautes Stück, und ein

Direktor, der Ihnen die Rolle eines unbelohnten Liebhabers gäbe, würde sein Publikum enttäuscht und unzufrieden aus dem Theater gehen sehen. Wissen Sie übrigens, daß Sie fast niemals lachen auf der Bühne, lieber Herr Paulsen? Manchmal ist Ihr Mund so gespannt und ernst, als müßten Sie in jedem Mundwinkel eine kleine Kugel festhalten. Das sind die lustigsten Stellen, die, bei denen wir im Parkett uns am herzlichsten unterhalten. Und im ganzen sind Sie einfach der Hans im Glück, wie er leibt und lebt.

Aber wie kommt es, Herr Paulsen, wie kommt es, daß Sie so gut unglücklich zu sein verstehen? Sie drehen den Rükken zum Publikum, und man ahnt, daß Sie weinen. Das geht einem durch und durch. Es ist so gar nichts Komödiantisches darin, nichts Sentimentales, nichts Gespieltes, nichts Betontes. Sie stehen da irgendwo im Hintergrund und sind unglücklich, ganz für sich allein, gar nicht für die Zuschauer – so wenigstens sieht dieses leichte Zusammenkrampfen Ihrer Rückenmuskel aus. Sehr stark ist das, Herr Paulsen. Und ob es ganz einfach und ohne Ihr Zutun aus Ihrer Natur kommt, oder ob es Kunst ist, von jener Sorte großer Kunst mit drei Sternen, das mögen Kenner entscheiden; nicht ich, – eine wortungewandte Frau, die Ihnen für die erfrischende und erfreuliche Tatsache Ihrer Existenz hiermit zu danken wünscht ...

Für die Richtigkeit der Abschrift: Mix.

Der Schwan Friedrich

(Die Dame, 1928)

Jedes Jahr, zeitig im Frühling, erscheinen auf dem See, der an unseren Garten grenzt, die Schwäne. Ohne weitere Vorbereitungen und Feierlichkeiten sind sie eines Morgens da, die Kinder wissen es zuerst, sie erfahren es durch Herrn

Piddelkopf, den Gärtner. Herr Piddelkopf ist Kapazität in allem, was die Schwäne angeht. Sie waren den Winter über in Afrika, sagt Herr Piddelkopf, und das ist auch die Meinung der Kinder. Die Köchin aber, die mit Herrn Piddelkopf schlecht steht, behauptet, das sei Unsinn und die Stadtverwaltung bewahre die Schwäne winterüber irgendwo auf. Sie stellt sich das so vor, als könne man Schwäne auf einem Wandbord aufheben wie ihre Konserven, sagt Herr Piddelkopf dazu ...

Genug an dem: die Schwäne kommen pünktlich an, direkt aus Afrika, es sind zwei Stück, Mann und Frau, und sie legen ihre Flaumbäuche sogleich in das kalte Wasser, auf dem vor einer Woche noch die letzte milchglasige dünne Eisschicht geschwommen hat. Es ist ein Ehepaar, unverkennbar, sie haben einen unverwechselbar selbstgerechten Zug von Monogamie und Verheiratetsein in ihren Gesichtern, und sie zeigen in der Öffentlichkeit jene betonte, nicht ganz glaubhafte Liebenswürdigkeit gegeneinander, die auf langjähriges Verehelichtsein schließen läßt. Der Mann heißt Friederich. Es ist ein schöner Mann; ich habe selten ein männliches Wesen von ähnlich dekorativer Wirkung kennengelernt. Er legt seine Brust gegen die Wellen wie ein Schiffsbug und schwimmt immer drei Längen vor seiner Frau – das verlangt die gute Erziehung bei Schwänen, sagen die Kinder. Die Frau heißt Moriz, behauptet Herr Piddelkopf. Die Köchin kommt nicht darüber hinweg, was das für ein scheußlicher Name für eine Schwanenfrau sei. Nun, das ist schließlich Geschmackssache. Moriz ist ein sanftes Geschöpf mit einem zarten Halsstengel, einem richtigen Schwanenhals und mit seltsam resigniertem Gesichtsausdruck. Friederich hingegen gibt sich selbstbewußt, er macht sich dick, und sein robustes Auftreten wirkt ein wenig unsympathisch. Der Mann versteht mich nicht ganz, scheinen die schrägen, umflorten Seitenblicke aus Moriz' dunklen Augen zu sagen. (Schwäne können nur Seitenblicke werfen, weil ihre Augen ziemlich unpraktisch sehr seitwärts an den Wangen angebracht sind.) Kaum angekommen, bauen Friederichs ihr Nest. Das ist nun keineswegs eine so mollige und gepolsterte Angelegenheit, wie man annehmen sollte; es entsteht vielmehr eine höchst ungemütliche Wohnung im sachlichsten Bauhausstil. Eine flache, ornamentlose Platte am jenseitigen Uferrand, versteckt durch den Stamm einer Hängeweide. Während der Zeit der Möblierung sieht man Schwans viel beisammen. Friederich mit einer dicken Verzierung aus schwarzem Lack über dem schwarzen Schnabel sieht geradezu bedeutend aus. Moriz zeigt zuweilen rührende und unbeholfene Ansätze zur Koketterie. Sie zieht zum Beispiel einen schwarzen Fuß aus dem Wasser, legt ihn hinten auf den Flügel und breitet ihn aus wie einen Fächer aus schwarzer Schwimmhaut, während sie mit dem anderen Fuß allein rudert. Das ist eine gewissermaßen spanische Gebärde. Oder sie neigt ihr Köpfchen und zupft sich zwei bis drei Federchen aus ihrer Halskrause. ›Ich habe ohnedies nichts anzuziehen,‹ scheint sie zu sagen; ›aber bitte: ich opfere auch dieses noch. Ich spreche nicht darüber –‹ und dann taucht sie mit dem Kopf unter Wasser und läßt mit dem Ausdruck vollendeter und herzbezwingender Unschuld ihr steiles, dreieckiges Kehrseitchen über den Wellen schwänzeln.

Nicht lange nach diesen ehelichen Präliminarien kann Herr Piddelkopf melden, daß Moriz brütet; er klärt die Kinder über die Zahl der Eier auf – es pflegen drei oder vier zu sein – und bekommt Streit mit der Köchin, die behauptet, daß es doch wieder nichts wird. Herr Piddelkopf ist Optimist von Berufs wegen und glaubt, daß es diesmal bestimmt etwas wird. Wir fahren mit dem Boot ans andere Ufer, in die Nestnähe läßt Friederich uns nicht, aber von weitem dürfen wir sehen, wie Moriz mit bleicher und leidender Miene in ihrem extrem modern eingerichteten

Nest sitzt. Fünf Wochen muß sie brüten, sagt Herr Piddelkopf. Man kann nicht umhin, sie zu bemitleiden.

Jedes Jahr, wenn es soweit ist, schnappt Friederich über. Er wird so durch und durch hysterisch, wie es nur Familienväter sind, denen die Sorgen über den Kopf wachsen. Er tobt auf dem See herum, erlaubt niemandem zu rudern, er wirft abgefeimte, bösschielende Blicke nach jedermann. Er plustert sich so steif und wütend auf, daß er aussieht wie ein Porzellantintenfaß aus der Biedermeierzeit. Er attackiert tollkühn Männer, Kinder und Faltboote. Manchmal kommt eine wilde Ekstase über ihn, er stellt sich im Wasser auf die Zehenspitzen und rennt über die kleinen Wellen davon, mit den Flügeln schlagend, wie eine groteske Parodie der Pawlowa. Angebotene Brötchen verschmäht er auf eine bornierte und fast unhöfliche Weise, und er läßt keine Menschenseele auch nur in den Umkreis seines Nestes mit der brütenden Frau.

Das ist rührend und imponiert. Wie männlich er ist, denkt man, wie scheu Friederich ist, wie stolz, wie charaktervoll, und wie er seine Frau und seine Brut beschützt! Ein bißchen übertrieben, aber doch prachtvoll. Man ist dieser Frau Moriz insgeheim beinahe ein wenig neidig um einen solchen Mann. Bis eines Tages – –

Das, was nun zu berichten ist, wiederholt sich jedes Jahr, es ist keineswegs ein Einzelfall, sondern die Regel, und es ist ein erschreckender und geheimnisvoller Vorgang, der ein übles Licht auf Friederich wirft.

Jedes Jahr nämlich geht der Schwan Friederich, nachdem er eine wochenlange Nervenkrisis hinter sich hat, eines Tages in sein Nest und zertrampelt alle Eier. Er vernichtet sie und schmeißt sie in den See. So. Da hast du es nun, scheint seine Miene zu sagen, wenn er hernach wieder angeschwommen kommt, noch immer sehr nervös, aber doch etwas erleichtert.

Alle Teilnahme wendet sich der sanften Dulderin Moriz zu. Man hat sie lange vermißt – da schwimmt sie nun wieder. Ihre Schönheit hat ein wenig gelitten, der Hals ist noch dünner geworden, mehr abnehmen darf sie nun wirklich nicht. Und ein bißchen Benzin täte ihrem angegrauten Schwanenkleid gut. Abends, beim Rudern, habe ich einen kleinen Dialog mit ihr. ›Ihr Mann ist ja ganz und gar verrückt. Wir alle sind empört,‹ sage ich. ›Eine solche Brutalität! Sie arme, kleine Frau –‹

›Was wollen Sie? So sind die Männer,‹ erwidert Moriz darauf sanft und gütig wie eine Madonna. ›Mein Mann ist so nervös, so nervös. Er macht uns beide unglücklich. Wenn ich sprechen wollte –‹

Es heißt immer, daß Schwäne stumm sind; sogar Herr Piddelkopf ist dieser Ansicht. Aber ich habe den Schwan Friederich schon sprechen hören. Es geschieht, wenn die Gemütsbewegung in ihm zu heftig wird; er legt dann den Hals ganz flach auf seinen Rücken und sagt etwas, das klingt wie: Bolle, Bolle, Bolle.

›Friederich, was bist du für ein stupides Luder!‹ sagte ich eines Abends zu ihm, als er wie eine gereizte Schildwache neben meinem Boot herzog und wütend auf mich war. ›Du hast einen See ganz allein, du hast eine reizende Frau, du könntest schon kapiert haben, daß niemand dir und deiner Familie etwas zuleid tun will. Nur ein blödsinnig gewordener Tyrann kann sich so unverzeihlich benehmen wie du.‹

Friederich gab keine Antwort. Ich ruderte durch einen kleinen Kanal davon, und er blieb auf seinem See. Das gehört mit zu Friederichs borniertem Charakter: daß er niemals aus dem See, den er für sein Eigentum hält, in den nächsten schwimmt.

Auf dem nächsten See gibt es übrigens auch einen Schwan, einen ruppigen, grauen Kerl, ziemlich jung scheinbar; er hat etwas Proletarisches, schnappt nach Brotstückchen, ein hungriger Junggeselle ohne Herkunft, ohne Familie, ohne Nest, ohne Würde: ein Selfmade-Schwan. Das einzig Aparte an ihm ist äußerstenfalls ein bißchen Rot rund um die Nasenlöcher des schwarzen Schnabels …

Und mit diesem Burschen ohne Namen und Wert betraf ich die sanfte Moriz an jenem Abend in einer Situation, die nicht weit von dem entfernt war, was bei Menschen ein Flagranti heißt. Ich wendete taktvoll und erschreckt mein Boot und fuhr davon. Etwas später folgte mir Moriz. Sie zeigte eine beleidigte und gekränkte Märtyrermiene. ›Ich werde doch noch ein wenig mit meinem Vetter ausgehen dürfen!‹ schien sie zu sagen; ›Mein Mann kümmert sich ja doch nicht um mich –‹

Ich schaute sie an. Seit der Katastrophe mit den Eiern hatte sie schwarze Striche unter den Augen. Sie sah aus wie eine schlecht geschminkte Kokotte; oder wie eine Frau, die schwarze Tränen geweint hat. Sie hatte den zugleich abgefeimten und unglücklichen Ausdruck einer guten Gattin mit schlechtem Gewissen.

Ich fuhr zurück auf unsern See, der schon voll Abendnebel lag und auf dem viertausend Frösche Gesangvereinsprobe spielten. Ich ruderte ganz nahe an Friederich heran und sagte leise: ›Entschuldigen Sie, Friederich. Ich habe Ihnen unrecht getan. Und die Sache mit den Eiern begreife ich jetzt. Die Ehe ist eine komplizierte Einrichtung. Meiner herzlichen Teilnahme können Sie gewiß sein, lieber Friederich.‹

Friederich schoß wütend und beleidigt davon; er war gesträubt bis zum Zerspringen. Bolle, Bolle, Bolle, sagte er nur.

Übrigens erzählen die Kinder, daß Moriz seit ein paar Tagen wieder in ihrem Nest sitzt und ein zweites Mal brütet. Die Köchin will das partout nicht glauben, aber Herr Piddelkopf sagt, daß es wahr ist. Und Friederich ist rasend vor Freude und hysterischem Beschützerstolz.

Komische Ehe – die Schwanenehe. Komische Welt – die Schwanenwelt!

Die langweilige Erotik

(Die Dame, 1928)

Es scheint, daß Erotik zu jenen Dingen gehört, die am besten sind, je weniger man von ihnen spricht. Früher, solange man dieses Wort nie auszusprechen und nur insgeheim zu denken wagte, da wohnten doch magische und dämonische Kräfte ihm inne. Jetzt, seit es so abgegriffen ist wie ein altes Groschenstück, möchte man nichts mehr hören, nichts mehr sehen, beinahe überhaupt nichts mehr wissen von diesem abgenützten Ding für alle: Erotik.

Als Sechzehnjährige hörte ich zum erstenmal davon, und die süß schreckvolle Verführungskraft, die das Wort damals hatte, ist mir unvergeßlich geblieben. Ein Mann sagte damals zu mir: »Was wollen Sie – ich bin eben eine erotische Natur.« Das war ein Satz, der die Kraft hatte, als Blitzschlag in ein Jungmädchendasein einzubrechen, ein Satz, gesprochen von einem sehr wissenden und seiner Wirkungen gewissen homme à femmes. Es gehörte Kühnheit dazu, diesen Satz auszusprechen und Mut, ihn anzuhören. Nun gut: vor kurzem bin ich diesem Satz wiederbegegnet. Meine Köchin äußerte ihn, als sie wegen allzu reichlichen Nachtbummelns zur Rede gestellt wurde: »Ja, gnädige Frau, ich bin eben eine erotische Natur.«

Das mag für meine Köchin sprechen; aber ich kann mir nicht helfen, seitdem halte ich nicht mehr viel von der Erotik …

Meine Köchin hat übrigens Van de Velde gelesen, ihr Freund (er ist bei der Straßenbahn) hat ihr die beiden Bände geschenkt, sie gefallen ihr sehr gut, und sie sagt, daß man in ihren Kreisen den Van de Velde sehr viel liest. Das soll nun, bei Gott, keinen Witz über die Bücher von Van de Velde bedeuten. Die »Vollkommene Ehe« war sehr gut, als sie geschrieben wurde, sehr wahr, sehr kouragiert, sehr notwendig. Aber es gibt Bücher, die durchs Lesen schlechter werden. Je mehr Leute sich über den Van de Velde hermachten, je flacher wurde er, es sieht so aus, als wenn der Erfolg die Qualität des Buches totgeschlagen hätte. Und doch war die Qualität darin, und das meiste in dieser »Vollkommenen Ehe« traf mitten auf einen sehr wichtigen Nerv. Aber was man nur ahnte, als jener erste Band neu und noch nicht in aller Welt Mund war, das ist beim zweiten Band (»Die Abneigung in der Ehe«, Medizinischer Verlag Benno Konegen, Leipzig) zur trüben Gewißheit geworden: daß es eine schrecklich langweilige Sache ist, von Dingen der Erotik zu reden, zu reden, zu reden. Nein, bitte, lieber Doktor Van de Velde – der Sie in diesem zweiten Band den Zeigefinger so drohend und belehrend und unzufrieden gegen uns Frauen richten –, wir wissen nun genug, wir wissen schon viel zu viel, und das hemmungslose Klarstellen von Geschlechtsproblemen ist seinerseits schon wieder eine Zeitkrankheit geworden, die ein eigenes Buch verdienen würde. Laßt uns doch in Gottesnamen noch ein wenig von jener Traumdunkelheit, die die Mutter alles Schaffens, Zeugens und Erlebens ist ...

Von einer ganz andern Ecke her kommt Otto Flake auf die Erotik zu (»Die erotische Freiheit«, Fischer Verlag, Berlin). Ein kleines Buch, klug und verantwortungsvoll – aber unterhaltsam ist es auch nicht. Wenn Flake von der erotischen Freiheit spricht, so meint er, daß wir alles in allem ein bißchen zu viel davon haben. Das dürfte sogar wahr sein. Es dürfte wohl so sein, daß die Gesellschaft zuerst »zu viel« davon haben muß, bevor sie findet, sie habe nun »genug davon«. In diesem Essay wimmeln grundlegende Wahrheiten und grundlegende Irrtümer auf die verwirrendste Weise durcheinander. Wenn man liest, was gescheite Männer und berufsmäßige Psychologen über Frauen zu äußern haben, dann könnte man manchmal glauben, wir Frauen wohnten auf dem Mond, hätten sechs Beine, zwei Nasen und sprächen in unverständlichen Lauten – so urfremd geht es zwischen Mann und Frau her, so ahnungslos und jeder Verständigungsmöglichkeit bar. Nun freilich – wenn sich die Geschlechter verstehen könnten, dann wäre es noch viel farbloser und reizloser um die Erotik und alles Einschlägige, als es mehrfachen, recht symptomatischen Angstrufen zufolge ohnedies schon ist.

Flake nun empfiehlt als Gegenmittel Dinge, die er selbst in hohem Maße besitzt; nämlich Helle, Sauberkeit, Erhöhung des Anspruchs, Auswahl, und er empfiehlt dies ganz ausdrücklich den Frauen. Er adressiert falsch. Verzichtet auf Auswahl, niedere Ansprüche, ein etwas schludriges Zufriedensein mit dem zufällig Gebotenen war von jeher Männerart im Erotischen. Nur an die Ehe trat der Mann mit umgekehrten Vorzeichen heran: strenge Auswahl, hohe Ansprüche, Helle, Sauberkeit – wenn es sein mußte, sogar erkauft durch einen Verzicht auf Erotik.

Die Frau aber stellt immer Ansprüche und wählt immer; noch die niedrigste Frau im flüchtigsten Verhältnis tut es aus jenem Instinkt, den sie von den Tierweibchen geerbt hat. Daß die Resultate dieser Wahl manchmal absurd sind, daß die Frau sich täuscht, irrt, danebengreift, ist eine andere Sache. Die Frau verliebt sich immer über ihr Niveau, oder sie macht sich zumindest die Illusion, daß das Objekt ihrer Erotik irgendwelche außerordentlichen und superlativen Eigenschaften besitzt. Dem Mann macht es nichts aus, sich unter sein Niveau zu verlieben. In seinem tiefsten Innern findet er wahrscheinlich, daß sich verlieben überhaupt unter seinem Niveau ist. Aber solche Konstatierungen fallen ihrerseits schon wieder in das Gebiet der langweiligen Erotik, der theoretischen Erotik, jener Erotik, für die demnächst ein Lehrstuhl an einer gründlichen und zeitgemäßen Universität gegründet werden dürfte, damit ihrem letzten bißchen schummerigen Zauber durch Erkenntnisse der Garaus gemacht werden kann ...

Dirigenten

(Die Dame, 1928)

Meine Freundin Alix ist stockunmusikalisch, aber sie geht leidenschaftlich gern in Konzerte. Dirigenten zuzusehen ist mindestens so interessant wie Tenniscracks, findet meine Freundin Alix. Wenn man die Dirigenten genau beobachtet, dann kann man auch als unmusikalischer Mensch die Musik verstehen, behauptet sie, sie scheint es so zu machen wie Blinde, die mit den Fingerspitzen lesen, oder Taubstumme, die mit den Augen hören. Wenn man berühmte Dirigenten in Gesellschaft kennenlernt, sind sie eine Enttäuschung, meint Alix – und sie muß es wissen, denn sie reist hinter ihren Lieblingen her wie andere Leute hinter Tilden oder Froitzheim. Dirigenten essen viel, sie können schlecht tanzen, sind zu zerstreut zum Flirten. Aber seht einmal den gleichen geistesabwesenden und traumwandelnden Mann an, wenn er an seinem Pult steht, wie hellwach er da ist, mit dem geschmeidigen Rücken eines ersten Liebhabers, den beschwörenden Händen eines Zauberers und mit Augen, dämonischer als

Konrad Veidt. Sehr interessant ist es auch, daß sie mit jeder Hand etwas anderes machen können. Die Rechte befiehlt, droht, schlägt zu, während die Linke gleichzeitig schmeichelt, streichelt, bittet. Rechts antwortet dann das Orchester mit dicken, tiefen Blechtönen, links vom Dirigenten aber versammeln sich alle Süßigkeiten der Musik. Wenn seine Linke eindrucksvoll genug gebeten hat, dann werden die hundertzwanzig befrackten Männer im Orchester so leise wie einschlafende Singvögel. Der Dirigent spitzt Zeigefinger und Daumen und zieht etwas aus dem Orchester hervor, einen goldenen Faden, ein ausgesponnenes Geflecht von Melodie. Plötzlich läßt er es fallen und schlägt – bums – mit der geballten Faust der Sinfonie mitten ins Gesicht. Trompetenfunken sprühen, und in der Ecke, wo das Schlagzeug steht, knallt es, wie in einer Schießbude – das ist natürlich sehr amüsant. Alix – obwohl sie nichts davon versteht – macht feine Unterschiede zwischen den Dirigenten. Nikisch, so sagt sie, war ein Löwe; um ihn blitzte es immer, so daß man erschrak. Furtwängler ist wie ein großes Schiff, das einen fortträgt, immer weiter fort, immer weiter fort. Weingartner – das ist ein wunderbarer Frack, der sehr schöne Musik macht, obwohl manchmal kein Mensch drin steckt. Kleiber, ein wilder kleiner Jockei auf einem rassigen Pferd – oder auch ein guter Wagen mit 120 Kilometer Geschwindigkeit auf der Avus. Bei Walter aber fährt man in einer Postkutsche durch verzauberte Wälder, und manchmal bläst er in sein altmodisches Hörnchen ein Stückchen Romantik. – Alles in allem fühlt man sich nach einem Konzert mit zwei ausgewachsenen Sinfonien besser durchgearbeitet und erfrischt als nach einem Ritt, einem Golfmatch oder einer gründlichen Massage – sagt meine unmusikalische Freundin Alix.

Hier kann geparkt werden

(Die Dame, 1928)

Man soll sich nur nicht einbilden, daß es Autos gleichgültig ist, wenn sie vor dem Hotel parken müssen, während ihre Herrinnen beim Fünf-Uhr-Tee tanzen. Man braucht nur den Ausdruck in ihren Lackgesichtern zu studieren, um zu wissen, was los ist. Natürlich gibt es schwerfällige, phlegmatische Viersitzer, die mit ihrer dauerhaften, wetterfesten Karosserie breit auf ihren vier Rädern stehen, als würden sie sagen: Amüsier dich nur, Mausi. Ich habe Zeit. Du kommst doch wieder zu mir zurück. Während der kleine, rote Sportwagen daneben ein geradezu fieberhaftes Gehaben der Ungeduld an den Tag legt und noch während des Parkens so aussieht, als hätte er Gas bekommen und ginge sofort, sofort los, hui, mit hundert Kilometern. Ein kleiner, zärtlicher Wagen, mandelgrün (vermutlich in die gleiche Farbe gekleidet wie seine Herrin), die Wagendekke achtlos hingeworfen, als wäre er nur für einen Augenblick verlassen worden, sagt ganz deutlich für jeden, der die Autosprache versteht: Sie wird gleich wieder hier sein. Es kann nur fünf Minuten dauern. Es ist nicht möglich, daß sie mich hier vergessen hat, hier auf der häßlichen Straße, wo meine Nase kalt wird und unfreundliche Taxis meine mandelgrünen Kotflügel streifen ... Und ein verbitterter, unmoderner, viel zu hoch gebauter Wagen daneben, der schon 45 000 Kilometer gelaufen ist, murmelt heiser und erfahren: Anfänger! Du kennst die Frauen nicht. Sie sind rücksichtslos und untreu.

Noch trauriger als parkende Autos sind parkende Hunde. Der kleine Raum im Vestibül des Warenhauses, wo sie geparkt werden, ist voll von ihren Klagen. Zwar sind Hunde eine andere Gattung Lebewesen als Autos, aber die Temperamente sind die gleichen. Der große, gut dressierte Dobermann zeigt die gelassene Pose des Besitzers und Beschützers. Der nervöse Airedale-Terrier zerplatzt beinahe vor Ungeduld, sein Backenbärtchen ist gesträubt, seine Beine zittern unaufhaltsam, und er muß laute Töne schreien vor Erwartung. Das junge Windspiel aber, überzüchtet und blutarm wie es ist, stirbt beinahe in dieser halben Stunde des Geparktwerdens. Seine braunen Rehaugen schwimmen in Verzweiflung. Ist es möglich, daß sie mich verlassen hat? sagt dieser Blick. Wird sie nie mehr wiederkommen? Nie mehr? Nie mehr? Indes der große rasselose Köter daneben ganz ohne Gemütsbewegung mit einer jungen, koketten Pudeldame zu poussieren anfängt.

Der trübste Anblick aber, den es gibt, das sind parkende Männer. Bei großen Schneiderinnen, in Restaurants, wo man sich treffen will, und noch da und dort sind hübsche Warteräume eingerichtet worden, eigens damit Damen ihre Männer dort parken können. Da stehen oder sitzen sie nun herum, und jeder versucht es auf seine Weise zu tragen. Sie unterscheiden sich in nichts von den Autos und von den Hunden, soweit ihre Charaktere in Betracht stehen. Weitere Parallelen erübrigen sich. Nur soviel noch: Auch hier geht manchmal ein Pudelfräulein vorbei. Und es bleibt zu bedenken, daß parkende Männer weder abgesperrt noch an die Leine gehängt werden können ...

Worauf die Leute immer wieder hereinfallen – Gespräch mit einem Hochstapler

(Uhu, 1928)

Kürzlich habe ich Freundschaft mit einem Hochstapler geschlossen, und zwar nicht etwa mit einem von der mittleren Sorte, sondern mit einem Star, mit einem König der Hochstapler, mit einem Mann, der die Welt um Millionen geblufft hat, der seine wohlgezählten Jahre im Gefängnis saß, und über dessen Streiche Bücher geschrieben und gedruckt worden sind. Mein Hochstapler ist erst vor kurzem aus der Haft entlassen und bemüht sich jetzt mit allen Kräften, in einem bürgerlichen Beruf Fuß zu fassen. Deshalb hat er mich gebeten, seinen Namen nicht zu nennen, aber als ich ihm dieses Versprechen erst gegeben hatte, erzählte er mir mit erstaunlicher Offenheit, über die Tricks und Methoden, mit denen man Menschen Geld aus der Tasche ziehen und wie man sie beschwindeln kann. Wenn man meinen Hochstapler betrachtet, dann begreift man nicht, wieso ihm immer wieder Leute – und nicht nur »Leute«, sondern Generäle, Bürgermeister, Direktoren, Banken, Gesandtschaften usw. hereinfallen konnten. Denn mein Hochstapler ist alles in allem ein armes Luder: Ein magerer, nervöser und etwas konfuser Mensch, der heftig sächselt, der sich in der geschraubten Weise der Halbgebildeten ausdrückt, der Fremdworte viel und immer falsch gebraucht, kurz, er hat gar nichts Blendendes an sich. Es scheint also, daß die Leute, die immer wieder hereinfallen, sehr dumm und überaus leicht zu beschwindeln sind. Jawohl, das sind sie – meinte der befragte Hochstapler.

Zunächst also fielen mir bei ihm zwei Attribute auf, die man gewöhnlich besonders ehrlichen Menschen als charakteristisch beilegt: Er hat einen hübschen Blick und sieht jedem Menschen in die Augen. Er errötet leicht. Er ist schüchtern. Diese drei Eigenschaften allein scheinen Goldes wert zu sein, wenn man Leute hereinlegen will, und es empfiehlt sich also, dem »ehrlichen Gesicht« und der eigenen Menschenkennerschaft nicht zu viel zu trauen. »Auf was die Leute immer wieder hereinfallen?« sagte mein Hochstapler: »Also zum Beispiel auf den Adel. Auf den Adel fallen sie heute noch genau so herein wie vor dem Krieg. Man braucht sich bloß das ›Von‹ auf die Visitenkarte drucken zu lassen, und alle Türen werden vor einem aufgemacht. Man kann zu irgendeinem fremden Menschen gehen, sich als Freiherr von oder Graf Sowieso ausgeben – momentane Verlegenheit – die Brieftasche ist einem gestohlen worden – oder so etwas ähnliches: Man bekommt Geld, zweihundert, dreihundert Mark geborgt, einfach auf die Visitenkarte hin mit dem Namen. Aber versuchen Sie nur mal fünfzig Pfennig für ein Nachtquartier zu erbitten, ohne gefälschten Namen und mit der nackten Wahrheit, daß Sie ein armes, hungriges Luder sind. Nichts werden Sie bekommen, nichts.

Dann fallen die Leute unbedingt auf die Kleidung herein. Früher war ja die Uniform ein wahres Zaubermittel; mit zwei, drei verschiedenen Uniformen konnte man erreichen, was man wollte. Jetzt ist es etwas schwerer damit, aber wenn man die Kleidung eines bestimmten Standes trägt, so glauben die Leute unbedingt, daß man diesem Stand angehört. Man kann mit der richtigen Dienstkleidung in jedes Gebäude hinein, und man kann herausholen, was man will – das habe ich oft genug bewiesen. Umgekehrt ist das Fehlen bestimmter Kleidungsstücke von einfachster und verblüffendster Wirkung. Ich lasse Hut und Mantel weg, gehe einfach im Anzug in das Zimmer irgendeiner Behörde und verlange den Akt oder das Papier, das ich haben will: ich bekomme es. Natürlich muß man die Instanzen und den Amtsweg kennen und muß wissen, was man will; jemanden aus der Untersuchungshaft herausholen, einen Akt stehlen, einen Paß ergattern – das alles geht ziemlich leicht.

Auf Telephongespräche und Telegramme fallen die Leute sehr oft herein. Man kann telegraphisch fingierte Aufträge erteilen, Verträge perfekt machen, gefälschte Auskünfte erteilen, Legitimationen schwindeln, Gratisflugzeuge für Direktor Soundso bestellen, ganze Unternehmungen in

Bewegung bringen. Wie es kommt, daß Leute, die Aug' in Auge mißtrauisch sind, alles mögliche glauben, wenn es durchs Telephon kommt oder auf einem Depeschenformular steht, das weiß ich nicht – aber ich habe auf diese Weise eine Menge schöner Dinge angestellt.

Auch Legitimationen spielen eine große Rolle. Papiere muß man haben, recht viele Papiere, Bescheinigungen und dergleichen. Sie können gefälscht sein, sie können schlecht gefälscht sein – man muß sie nur zeigen können. Wenn man Papiere vorzeigt, werden sie nur ganz selten wirklich ernsthaft geprüft, es genügt, daß man sie hat. Vor Papieren haben die meisten Leute einen abergläubischen Respekt.

Arme Leute sind leichter hineinzulegen als Reiche. Armen Leuten, so dem kleinen Mittelstand, braucht man nur große Gewinne zu versprechen, fünfzehn, zwanzig oder noch mehr Prozent – Gewinn in kurzer Zeit – und sie holen ihre letzten Groschen von der Sparkasse, auf leeres Gerede und gar keine Sicherheit hin. Denn der kleine Mann glaubt immer, daß der Reiche auf diese bequeme Art Geld verdient, während der Reiche sehr genau weiß, daß solche abenteuerliche Gewinnchance ein Schwindel sein muß. Freilich gibt es auch gute Menschen, die ihr bißchen Geld und ihr ganzes Vertrauen herschenken, wenn man ihr Mitleid anruft. Aber es ist natürlich sehr drückend, solche Leute anzuschwindeln, und man tut es eigentlich nur in der schlimmsten Not.

Ein gutes Mittel, um Leute hineinzulegen, ist auch die Spekulation auf die politische Gesinnung. Wenn ich weiß, daß ein Mann irgendein politisches Steckenpferd reitet, dann ist es mir eine Kleinigkeit, mich ihm als Parteigenosse und Gesinnungsbruder zu nähern und ihm unbesehen für unsere gemeinsamen politischen Zwecke Geld abzunehmen. Der Arztschwindel ist auch ein sehr lohnendes Gebiet. Fragen Sie den Arzt, der Sie behandelt, nach seinen Zeugnissen? Nein. Ich miete mir also eine Wohnung, ziehe einen weißen Kittel an und etabliere mich als Arzt. Ich versichere Ihnen, daß meine ärztliche Praxis recht gut ging und daß meine Patienten mich fleißig weiter empfohlen haben. Man muß nur jeden seine Leidensgeschichte erzählen lassen, das erleichtert ihn, muß ihn abhorchen, muß ihm etwas Tröstliches sagen und ihm ein Rezept verschreiben – Rezepte schreibt man aus Fachbüchern ab. Die Hälfte aller Krankheiten ist eingebildet, und sie werden auf diese Art besser. Die andere, wirklich kranke Hälfte schickt man zum Spezialisten. Ich habe keinen einzigen Todesfall in meiner Praxis gehabt, schön verdient und vielen geholfen – die beschwindelt sein wollten. Reden können muß man – die meisten Leute, auch die gescheitesten Leute, kann man dumm reden. Je verwirrter die Geschichten sind, die man ihnen erzählt, je eher bekommt man sie herum. Auch Frechheit ist sehr wirksam – manchmal Schüchternheit, aber öfter Frechheit. Ich habe meine großen Coups eigentlich nur landen können, wenn ich genug Kokain hatte, denn das Kokain gab mir die nötige Frechheit und das Selbstvertrauen. Wenn man die reine Wahrheit sagt, so erzielt man keinen Erfolg; aber mit der reinen Lüge auch nur selten. Daß man Wahres und Erfundenes richtig durcheinandermischt, das ist das große Kunststück. Und man muß es riechen, wieviel von dem einen und von dem andern der Betreffende vertragen kann, den man gerade hineinlegen will.

»Wie macht man es am besten, wenn man Frauen hineinlegen will?« fragte ich. Darauf sah mein Hochstapler mich an, etwa wie ein berühmter Löwenjäger, den man gefragt hätte, ob er gerne Kaninchen schießt. »Frauen –« sagte er, »wenn man davon leben will, daß man Frauen anschwindelt, da hat man ausgesorgt. Hineinlegen können Sie jede Frau, ohne Ausnahme. Sie brauchen nur zu erzählen, daß Sie unglücklich sind; daß Sie in Scheidung liegen, daß Ihre Frau Sie betrogen hat; daß Sie später reich sein werden. Daß Sie nach Amerika müssen. Von Frauen können Sie alles Geld kriegen, das sie haben. Aber von Frauen leben – dafür ist sich unsereiner zu gut«, sagte mein Hochstapler, und ich bat ihm im stillen meinen faux pas ab. Auch unter den Hochstaplern scheint es Kasten und Ehrengesetze zu geben. »Und wo haben Sie die dümmsten Menschen angetroffen?« fragte ich ihn noch. Wie aus der Pistole geschossen antwortete er: »Bei den Behörden. Die Behörden kann man immer hineinlegen, mit den Behörden ist gut arbeiten. Den unteren Beamten wird das Denken ab- und der Gehorsam anerzogen. Die Subalternbeamten kann man zu allem veranlassen, wenn man Sie anschreit und einschüchtert. Sie gehorchen automatisch. Ich habe zeitweise einen ganzen Stab von Beamten zu meiner Verfügung gehabt, Gendarmen, Amtsvorsteher, die mir aufs Wort pariert haben, weil sie mich für ihren Vorgesetzten hielten. Und für ihren Vorgesetzten hielten sie mich, weil ich scharf im Ton war. Es gibt ein Zauberwort, das heißt: Dann übernehmen Sie die Verantwortung. Wenn jemand nicht tut, was man möchte, braucht man nur dieses Zauberwort auszusprechen, und er wird zahm. Es sind ja ein paar gute Köpfe dazwischen, aber die meisten Behörden kann man gut hereinlegen –« sagte mein Hochstapler nachdenklich. »Wenn Sie mal was brauchen – ich meine so – irgendein Papier oder jemanden aus der Untersuchungshaft rausholen oder so was, sagen Sie es mir nur, es wird gemacht. Ich will ja absolut nichts Böses mehr tun, aber nur so zum Spaß – damit Sie sehen, wie leicht sich die Leute hereinlegen lassen –«

Ich dankte aufs höflichste; mein Hochstapler hatte funkelnde Augen bekommen wie ein Jagdvogel. Es muß für ihn nicht leicht sein, ehrlich zu bleiben in einer Welt, die immer wieder auf die gleichen Dinge hereinfällt ...

Die Mütter von morgen – die Backfische von heute

(Uhu, 1929)

Als meine Mutter sich verlobte, war sie achtzehn Jahre alt. Es gibt noch ein Bild von ihr aus jener Zeit, da sitzt sie zart und großäugig und ganz steif vor Würde auf einem Stuhl mit vielen Troddelchen. Auf dem Kopf trägt sie eine Türmchenfrisur, an den Händen feine, lange Schweden-Handschuhe, unter der gespannten Seide des Leibchens hört man das Fischbein krachen, rückwärts rum gibt ein Cul etwas Figur und Schwung, und unten dran bammelt eine große Schleppe. Rechts von meiner Mutter lehnt an einer samtbezogenen Balustrade Tante Eugénie, links Tante Helene, die Sechzehn- und Siebzehnjährigen von damals. Alle drei starren mit dem gleichen unverständig-wohlerzogenen Blick in das Objektiv, oder in ihre Zukunft als Gattinnen und Mütter – worunter sie sich ganz bestimmt nichts vorstellen konnten. Tante Eugénie beispielsweise glaubte bis kurz nach ihrer Verheiratung, daß die Wickelkinder gleich fertig verpackt, in Wäsche und Steckkissen, zur Welt kämen. Ich habe diese ihre unschuldsvolle Anschauung noch später oft rühmen hören, als das vorbildliche Resultat einer wirklich guten Erziehung. Ich schaue das Bild meiner achtzehnjährigen Mutter an: sie hat das Aussehen einer vierzigjährigen Frau und den Verstand und die Lebenskenntnis eines neunjährigen Mädchens von heute. Sie war bleichsüchtig und meistens traurig. Sie konnte Chopin spielen und endlose Meterrollen einer feinen Hemdspitze häkeln. Meine Geburt kostete sie fast das Leben, ein Leben übrigens, dem sie auch sonst in keiner Weise gewachsen war, und das sie früh verließ.

Sie erzog mich, indem sie achtgab, daß ich keine nassen Füße bekam, mich nicht erhitzte, nicht erkältete, sie packte mich in viel warme Unterkleidung ein, kämpfte jahrelang mit Bürste und Nußöl gegen mein widerspenstiges, dickes und geradezu unpassendes Haar, steckte mir fünf schwere Zöpfe um den Kopf, denen ich alle Kopfwehqualen meiner Jugend verdankte, und warnte mich an meinem sechzehnten Geburtstag in dunklen, schamerfüllten und außerordentlich bitteren Worten vor den Schweinereien, die alle Männer ohne Ausnahme mit jungen Mädchen vorhatten. Wenn ich sie recht verstand, so ekelte sie sich nicht nur vor der unerlaubten Liebe, sondern auch vor der erlaubten Ehe und vor dem Leben überhaupt. Arme Mütter von 1890! Eure Welt war so eng wie ein Kaninchenstall, auf allen Seiten mit Brettern vernagelt und ohne Lüftung. Wie haben wir euch erschreckt, als wir aus euren Wänden ausbrachen, wir jungen Mädchen von 1905, wir mit unserm Ibsen und Nietzsche, mit unserm Tristan-Fieber und unserer Rebellion gegen das Bürgerliche, wir mit der Forderung nach eigenen Wegen und Luft und Arbeit und dem Hunger nach wirklichem Leben ohne Verschleierungen und Fiktionen.

Jetzt also sind wir an der Reihe, Mütter zu sein, wir Dreißig-, Vierzigjährigen. Die Eierschalen des neunzehnten Jahrhunderts haben wir nach Möglichkeit abgestreift – manchmal klebt auch noch ein Stückchen davon fest an uns, ohne daß wir es wissen –, und nun versuchen wir mit unserer Brut Takt zu halten.

Erziehung sieht jetzt zum Beispiel so aus: Mein Junge sitzt oben auf dem Dach der Laube mit der Stoppuhr in der Hand, und ich muß unten Dauerlauf üben. 700 Meter, 1000 Meter, 1500 Meter. »Zuck-zuck!« schreit der Junge oben, wenn ich ziemlich atemlos meine dritte Runde vorbeistrample, »nicht abfallen! Nicht nachgeben!« Nein, wo werde ich denn nachgeben, Junge. Es kommt uns ja so sehr darauf an, uns nicht vor euch zu blamieren, das feine Gespinst der Kameradschaft nicht zu zerreißen, in das wir euch eingefangen haben. Respekt und Vertrauen ist eine Sache geworden, die Mütter sich täglich neu verdienen müssen. Verlangt wird von uns: Daß wir nett und nicht alt aussehen, aber doch wie Mütter aussehen, das heißt ohne Lippenstift und Haarfärbemittel und all die Dinge auskommen, die schon die Neunjährigen als Kitsch bezeichnen. Wir müssen gutgelaunt, großherzig und diskret sein. Wir müssen – falls wir Anspruch auf Bildung erheben – die wichtigsten Rekordzeiten, die Automarken, die Flugzeugkonstruktionen kennen. Am besten lernen wir diese Dinge heimlich nach, während die Kinder schlafen. Muskeln sind an uns erwünscht, Speckansätze werden mitleidig belächelt. Sehr gut für die Erziehung ist es, wenn unsere Drives beim Tennis schärfer, unsere Kopfsprünge beim Schwimmen besser sind als die der Kinder. Eine Mutter, die beim Hundert-Meter-Lauf nur eine halbe Sekunde länger braucht als ihr Kind, dürfte es auch sonst ziemlich leicht haben. Niemand kann leugnen, daß uns Müttern diese Erziehung gut tut. Heimlich zwar haben wir ein wenig schlechtes Gewissen dabei, Idealistinnen und Ideologinnen wie wir von Jugend her sind. Heimlich versuchen wir, diesen strammen und wachen kleinen Tieren, die wir da heranziehen, ein wenig Geistiges einzuimpfen. Das gelingt häufiger, als man denkt. Die Leine, an der wir die nächste Generation laufen lassen, ist lang, dehnbar, fast unendlich. Trotzdem wird auch sie manchmal von den Jungen abgestreift, und sie galoppieren uns davon. Wir nehmen das nicht so tragisch, wie unsere Mütter das nahmen. Wir stehen nicht mehr ganz so verzweifelt da wie jene, mit dem sturen, unbegreifenden Blick von Muttertieren, die eine ganz artfremde Sorte von Nachwuchs ausgebrütet haben. Gut, denken wir, wenn die Kinder mit ihren dicken, etwas zu nüchternen Köpfen gegen eine Mauer rennen. Gut. Ihr habt so viel Freiheit, dann tragt auch ein wenig Verantwortung für euch. Im Tiefsten haben wir ja doch das Gefühl, daß sie viel sicherer und lebenstüchtiger sind als wir, diese Zwölfjährigen, Fünfzehnjährigen, Achtzehnjährigen.

»Weißt du, Mutter,« sagt mein Junge, »jetzt geht's mir ja noch gut, aber in zwei, drei Jahren wird alles anders, das hat mir Heinz erzählt (Heinz ist ein Sechzehnjähriger aus dem Sportklub). Wenn man fünfzehn wird, sagt Heinz, da wird alles auf einmal anders, man kriegt so eine Unruhe, man möchte fortrennen, zu Hause gefällt es einem nicht, die Eltern mag man gar nicht sehen, sie kommen einem ganz idiotisch vor, sagt Heinz, das ist sehr unangenehm. Das heißt die Pubertät, sagt Heinz, und da zeigt es sich, ob ein Junge Willen hat oder nicht, sagt Heinz, und ob er sich zusammenhalten kann zum Lernen und so.« Pause. Nachdenken. »Solange ich zur Schule gehe, will ich keine Flamme haben«, sagt mein Junge. »Manche haben Flammen, aber sie werden auch ausgelacht dafür. Ist siebzehn Jahre überhaupt die richtige Zeit, für 'ne Flamme zu haben? Nee, solange ich auf dem Gymnasium bin – weißt du, nachher kann ich ja bald heiraten. Wenn ich erst Geld verdiene –«

»Wen willst du denn heiraten?« frage ich vorsichtig.

»Vor allem muß sie gesund sein«, antwortet der Junge so prompt, daß ich verwundert merke, er habe sich's schon überlegt. »Gesund und lustig. Und Sport natürlich. Na, Sport treiben ja jetzt alle Mädels. Daß man mit ihr Ski fahren kann und paddeln und alles. Geld muß sie auch haben, wegen Auto. (Oh, ihr Ideale meiner Jugend! denke ich, leicht erschreckt.) Schoffieren wird sie ja wohl können, das lernt man bis dahin auf der Schule. Dumm darf sie nicht sein, dumme Mädels mag ich nicht. Und Sprachen, daß man mit ihr reisen kann. Und keinen Puder erlaube ich ihr oder Lippen schminken. Gibt's nicht. Und hübsche Haare, das gehört für Mädels. Eigentlich mögen wir alle keine Bubiköpfe, aber natürlich kann man nicht verlangen, daß sie lange Haare tragen, das ist zu unpraktisch. Aber doch so bißchen Haare. Und keine Geschichten mit Kleidern. Bis wir groß sind, werden ja doch alle Menschen nur im Turnanzug herumgehen und nur einen feinen Anzug haben für Sonntag oder so. Meine Kinder müssen überhaupt nur nackt laufen von Geburt an, damit sie stark und gesund werden und nicht so pimplich –«

Das wären so die Ansichten meines Jungen, während er neben mir herplaudert und mit seinen Kinderaugen in eine Zukunft blickt, die dicht mit meinen urwaldbraunen, splitternackten, unpimplichen Enkeln bevölkert ist ...

Ich habe mich daraufhin ein bißchen umgesehen unter den halbwüchsigen Mädchen von heute. Weiß Gott, genau so wachsen sie hinter uns her, wie die Jungens von heute sie wünschen: gesund und lustig, ohne Hysterie, ohne Blutarmut, ohne Nerven und Sentimentalitäten. Sie sind auf den Sportplätzen zu Hause und in den Laboratorien, sie arbeiten viel und machen kein großes Wesen aus jenen Gefühlen, die für uns damals so viel bedeuteten, weil sie halbversteckt, unterdrückt und verboten wucherten. Sie haben eine neue Art von Keuschheit, von Scham und von Stolz, diese kleinen, sechzehnjährigen Amazonen in ihren kurzen Trikots. Weil ihre Körper frei sind, bleiben ihre Seelen sauber und gerade. Ja, man muß euch liebhaben und euch vertrauen. Man kann sich an euch freuen, und man darf neugierig sein, wie ihr in zehn oder fünfzehn Jahren eure Sache machen werdet – ihr kleinen Mädchen von heute, ihr Mütter von morgen ...

Wie denken Sie über die Herrenmode?

(Uhu, 1929)

Die Männer, mit denen wir verheiratet, verwandt, befreundet, verlobt oder sonstwie verbunden sind, stammen alle aus dem 17. oder 18. Jahrhundert. Die Kleidungsstücke, die sie tragen, sind lauter Antiquitäten. Der Frack, den Ihr Mann anzieht – fluchend über das steife Hemd und den Kragenknopf –, dieser Frack ist eine Reliquie aus Urgroßvätertagen, auch wenn er soeben erst vom Schneider geliefert wurde.

Männer hängen mit einer unfaßbaren Zähigkeit an schlechten Gewohnheiten und vererben eben diese Gewohnheiten unter Drohungen und Ermahnungen an ihre Söhne und Enkel weiter – sie nennen das: konservativ sein. Schenken Sie einem jungen Mann zur Einsegnung einen scheußlichen Hut, mit zu kleinem Kopf, zu großer Krempe, geschmacklosem Band: dieser junge Mensch ist verloren. Sein ganzes Leben lang wird er mit einem alten, verbogenen Hut von eben dieser Unglücksfasson den Hutladen betreten und verlangen, einen genau ebenso gebauten andern Hut zu kaufen. Das nämlich ist es, was ein Mann sich unter einem »neuen Hut« vorstellt. Das Geheimnis der Variation, der Zauber der Verwandlung durch Kleidung ist ihm noch nicht aufgegangen. Man könnte sagen, daß die Kleidung des Mannes von oben bis unten aus Vorurteilen besteht. »Man kann doch nicht« – oder »das geht doch nicht« – oder »man muß doch« – sind die einzigen Begründungen, die er für sein Verharren in einem zeitwidrigen und vernunftlosen Bekleidungszustand hat. Zum Beispiel: »Müßt ihr euch denn immerfort mit euren steifen oder halbsteifen Kragen abquälen?« fragen die Frauen. »Könnt ihr es nicht machen wie wir, die weiche, angewachsene Kragen an der Hemdbluse tragen?« – »Nein, das geht nicht«, sagen die Männer;

»Männer haben zu häßliche Hälse.« Nun, natürlich sind die Hälse häßlich geworden, da die Männer sie seit 150 Jahren in Panzertürmen aufzubewahren pflegen. Aber vielleicht würden sie hübscher werden, wenn man sie einmal herausbrächte an das Licht und die Sonne. Man erinnert sich, welche Schauergeschichten von der allgemeinen Häßlichkeit und Krummheit der Frauenbeine im Umlauf waren – bevor die Frauen ihre Beine der allgemeinen Besichtigung freigaben.

Oder: »Warum muß der Kragen angeknüpft werden? Diese Quälerei und Scheußlichkeit ist ja schrecklich!« fragen Sie. »Weil er schneller schmutzt als das Hemd«, lautet die sonderbare Antwort; das heißt ins Aufrichtige übersetzt: Am Kragen sieht man es, daß er schmutzt, das Hemd steckt unter Rock und Weste und kann immer noch einen Tag getragen werden. Wie wär's, ihr Lieblinge, wenn ihr es machtet wie die Frauen, und den angeschmutzten Hemdkragen als ein Signal betrachten tätet, daß die ganze Sache reif fürs Waschfaß ist? »Ja,« sagt der Mann – »aber so viel Hemden putzen, kostet zuviel Geld!« (Man beachte das Biedermeierwort »Hemdenputzen«, das unser Zeitgenosse noch immer für seine brettsteifen Dessous nötig hat.) »Schatz,« so sagt man ihm, »zehn Seiden- und Krepphemden, weiche, mit angewachsenem Kragen zu waschen, kostet weniger Zeit und Geld als ein einziges steifes Hemd.« – »Aber das geht doch nicht« – sagt der Mann. Fertig. Er kauft seinem Sohn zum fünfzehnten Geburtstag steife Hemden, steife Kragen und ein Dutzend Kragenknöpfe. Für die nächsten dreihundert Jahre ist die Sache wieder einmal erledigt.

Da ist zum Beispiel die Weste, das abscheulichste und sinnloseste Kleidungsstück, das je erfunden wurde. Sie erfüllt gar keinen Zweck und hat nur eine Vorderseite. Hintenrum ist sie eine nackte und schamlose Scheußlichkeit, und kein fein empfindender Mann würde sich in der Weste vor einer Frau zeigen. Warum aber trägt er ein völlig überflüssiges Kleidungsstück, dessen er sich heimlich – und mit gutem Grund – schämt? Ferner: die Hosenträger. Auch sie gehören zu den Gegenständen, die nicht gezeigt werden können und dürfen. Sie sehen auch danach aus. Dabei sind Hosenträger gar keine so dumme Sache; sie verteilen die Last des Beinkleides ganz richtig auf die Schultern, und in vielen Volkstrachten sind die Hosenträger ein wunderschönes, organisches und schmückendes Stück. Aber, Himmel, was haben die Männer daraus gemacht! Weiter: die wollene Unterwäsche. Da ist die Herrenmode nun mal ziemlich revolutionär gewesen. Schon kurz nach dem Dreißigjährigen Krieg entschloß sich der Mann, das Panzer-Ringelhemd der Kreuzritter in etwas leichterer Qualität herzustellen, und es dauerte gar nicht so lange, bis er auf die Herstellung wollener Unterwäsche kam. »Wozu tragt ihr das eigentlich?« fragt man, sanft zwar, aber peinlich berührt. Antwort: »Das muß man; zum Beispiel – das saugt so schön den Schweiß auf.« (Es tut mir leid, aber so unappetitliche Antworten kriegt man von Männern.) Aber, mein Lieber, vielleicht würdet ihr ohne das Wollzeug überhaupt gar nicht schwitzen? Nein, das gehört zu den Dingen, die der Mann nicht kapiert. Mit störrischer Miene fährt er fort, ein paar Unterhosen aus Wolle anzuziehen, von jener Form, an der schon die alten Römer die Barbaren erkannten ...

Man hat unlängst – und dies ist nun trüber Ernst – mit der Männerkleidung wissenschaftlich experimentiert. Man hat Männern Filme von größter Lichtempfindlichkeit auf die Haut geklebt, sie normal bekleidet und sie ein paar Tage im Sonnenschein herumlaufen lassen: die Filme waren so unverändert, als hätten sie die ganze Zeit in der Dunkelkammer gelegen. Jeder Mann hat sieben Häute wie ein Hase. Zwischen seinem Körper und der Luft liegen: 1. das Unterzeug, 2. das Hemd, 3. das Westenfutter, 4. der

Westenstoff, 5. das Rockfutter, 6. die Rockeinlagen (als da sind Steifleinen, Roßhaar, Betonplatten, Pappendeckel und Stahldraht), 7. der Rockstoff. Zu schweigen von Mantelfutter und Mantelstoff.

Was der Mann trägt, ist kein Kleidungsstück seinem Körper und seinen Bedürfnissen angepaßt, sondern eine architektonische Fassade, und zwar eine von schlechtem Geschmack. Sagen Sie ihrem Mann, er solle einen Nagel in die Wand schlagen: er wird sich zuerst ausziehen müssen; Kragen, Rock, Weste, Hemdärmel, alles an seinem Anzug ist bei der kleinsten Arbeit hinderlich. Daher kommt es auch, daß die Kleidung von arbeitenden Menschen, von Straßenpflasterern, Monteuren, Maurern, immer richtig und deshalb auch schön aussieht; während man das von dem Beau, der mit durchweichtem Smokinghemd und zerschmelzendem Kragen über der verrutschten Krawatte Tango tanzt, nicht immer behaupten kann ...

Nun ein paar Vorschläge für die Praxis. Der Mann trägt: 1. ein Hemd aus Seide, Krepp, Batist oder sonst einem weichen und ungestärkten Stoff, das mit dem Unterbeinkleid in ein Stück gearbeitet ist, selbstverständlich mit Kragen daran. Ärmel mit Manschetten oder, bei beschäftigteren Männern, mit Gummizug am Handgelenk, der ein Zurückschieben gestattet. Im Sommer und für den Sport kurze Ärmel oder noch besser: ärmellos. (Hier trifft einige Leser leider der Schlag.) Die Arme sind nämlich bei den meisten Männern verhältnismäßig gut gebaut und können ohne ästhetische Bedenken an die Luft gebracht werden.

2. das Beinkleid. Aus poröser, weicher Wolle für Straße und Beruf, aus Seide für Haus und Gesellschaft, aus Leinen im Sommer. Ohne Bügelfalte, einfach geschnitten wie beim Trainingsanzug, mit Gummizug oder Gürtel für Schlanke, an das Hemd sichtbar geknöpft für weniger gut Gewachsene. Form und Länge im Belieben der Schneiderphanta-

sie. Für Eitle und Farbenfrohe wären noch Hosenträger aus skandinavischen oder Tiroler Volkstrachten zu übernehmen. Aus. Der Mann ist angezogen, so wie die Frau mit Rock und Bluse angezogen ist.

Ein Overall, genau so wie ein Trainingsanzug geschnitten, aber aus wechselndem Material, würde dem Jumperkleid der Frau entsprechen. Jumper und Sweater, mit und ohne Ärmel, für kühleres Wetter und Spaziergänge. Für die Straße eine lose, ungefütterte Jacke, ganz ohne den Schwindel der Roßhaarschultern und ähnlicher Vorspiegelungen. Für Gesellschaften ein Jackett aus Seide. Zum Tanz nur Hemd und Seidenhose. Farben: Alle möglichen – wenn auch nicht gerade Kirschrot oder Fliederblau. Anregungen für Schneider: Bei Matrosen, Zimmerleuten, chinesischen Kulis, Bergführern und Piloten. Bei Menschen mit einem Wort, die Eile und Arbeit haben, wie jeder heutige Mensch Eile und Arbeit hat.

»Verrückt!« – sagt der Mann, der das liest, zieht zehn Schnallen zu (zwei am Beinkleid, eine an der Weste, drei am Hosenträger, vier am Strumpfband), schließt 28 Knöpfe, macht mit ein paar Hammerschlägen die Krawatte am Kragen fest – und steigt statt in die Sänfte in die elektrische Straßenbahn ...

Vergessenes Parfüm. Eine ungeschriebene Novelle

(Die Dame, 1929)

»Schreiben ist ein miserables Handwerk, glauben Sie mir das«, sagte der Dichter zu der hübschen Frau, bei der er jeden Mittwoch den Tee trank. »Mit den Einfällen geht es wie mit den Kindern: wenn man sie kriegt, sind sie bezaubernd, aber bis man sie großgezogen hat, sehen sie aus wie jedermann, nämlich gar nicht sehr schön. Was man denkt, das ist ganz etwas anderes als das, was man schreibt – denn man denkt ja nicht in Worten, oder gar in Sätzen, sondern eben in Gedanken. Ja, wenn man das festhalten könnte, dieses ganz Flüchtige, dieses Fliehende, Unausdrückbare, das, was einem so durch den Kopf geht, wie ein Stück vergessener Melodie, oder wie ein Parfüm, das voll ist mit Erinnerungen und Assoziationen – wenn man das so erzählen könnte, ohne die Qual der Formung und ohne daß es auf dem Weg vom Kopf zum Papier den Duft verliert –«

Da sehe ich zum Beispiel eine Straße in Cairo, ich sehe sie ganz deutlich, obwohl ich ihren Namen vergessen habe. Es ist eine von den kleineren Bazarstraßen, aber nicht in jenem banalen Bazar, wo man die Fremden hinschleppt, damit sie Seide aus Elberfeld und Schmuck aus Gablonz kaufen, sondern eine Straße im Bazar der Eingeborenen, vierzig kleine Goldschmiedläden hintereinander, und dann ein großes Tor, dahinter eine Moschee und wieder vierzig Goldschmiedläden. Durch diese Bazarstraßen schlendert ein junger Mann, es ist früh am Morgen, einer von den kühlen, silbergrauen ägyptischen Morgen mit ganz heller, leichter Luft und wenig Sonne. Der junge Mann – ich bin bereit, ihm einen Namen zu geben, er kann Raimund heißen oder Clemens, jawohl, Clemens heißt er – er ist aus einer guten österreichischen Familie, Beamtenadel. Ich sehe ihn überaus genau, er hat die schmalen Schläfen des Österreichers, das zarte Kinn, lange Wimpern wie ein Mädchen und die überschmalen Füße, mit denen gute Rasse beginnt, Degeneration zu werden. Clemens hat es mit der Lunge, deshalb ist er in Cairo, er ist dadurch ein wenig sentimental und sehr, sehr lebensdurstig; zu Hause, in der kleinen deutschen Pension, wo er wohnt, hat er in einer geschmacklosen, mit Perlmutter eingelegten Kommode ein angefangenes Streichquartett liegen. Denn eigentlich will Clemens

Musiker werden, aber nun denkt er oft, daß er gestorben sein wird, noch bevor das Streichquartett fertig ist.

So also sehe ich diesen Clemens zuerst, er setzt seine schmalen Füße in den weißen Schuhen federnd auf, denn er ist jung, einundzwanzig, und trotz Lungenknacks und Todesbereitschaft eigentlich sehr glücklich, wie er sich so Schulter an Schulter zwischen den fremden, braunen Menschen dahinschiebt. Und dann sehe ich ihn plötzlich stillstehen und die Augen einen Wimpernschlag lang schließen, weil ein Duft ihn getroffen hat, ein unbekanntes Parfüm, der Geruch einer Frau, die an ihm vorübergestrichen und in einen Laden eingetreten ist. Ich stehe mit Clemens vor dem offenen, zwei Quadratmeter großen Laden und atme dieses Parfüm ein, es riecht unvergleichbar, gemischt aus süß und bitter, ein wenig Nacht, ein wenig Orient, ein wenig Gefahr – Geheimnis und Verlockung – und eine Melodie in Es-Moll, denkt Clemens ...

Ich warte mit ihm vor dem Laden, bis die Frau wieder herauskommt, und ich spüre das leichte Vibrieren, das Clemens in seinen Knien hat, während er hinter der Frau hergeht und mit jedem Atemzug das Parfüm in seine kranke Lunge hineintrinkt. Die Frau sieht aus, wie jede Ägypterin aussieht, schwarz verhüllt von oben bis unten, über der Nasenwurzel die goldene Rolle, deren Namen ich nicht zu wissen brauche, die Augen geschminkt und in die Länge gezogen, den Mund hinter dem grob genetzten Schleier versteckt. An den Fußgelenken trägt sie dicke Silberringe mit kleinen Glöckchen daran, die ganz zart klingeln. Das also ist die Frau, Clemens folgt ihr eine Zeitlang, oder eigentlich nur ihrem Duft und dem Bild, das er sich von ihr macht. Er ist sehr jung, dieser Clemens, – nicht wahr? – ich spüre seine Jugend in mir zittern, während ich von ihm erzähle, und seine Phantasie ist voll von Frauen. Die, der er an diesem Morgen folgt, ist unerreichbar, denn eine Mohammedanerin kann man nicht ansprechen, nicht grüßen, sie ist ein unberührbarer, schwarzer Schatten. Wir folgen ihr, im Kielwasser des unbekannten Parfüms, in immer fremdere und engere Straßen und verlieren sie an einer Ecke, wo zwischen einem Limonadenverkäufer und einem Einäugigen mit einem blankglänzenden Ziegenschlauch über dem Rücken eine Balgerei entstanden ist. Und dann lasse ich Clemens dort stehen, durstig wie er ist und mit dem angefangenen Traum von einer unbekannten Frau in allen Nerven ...

*

Farrag Chammas heißt der alte Mann in dem Parfümladen, den Clemens gegen Abend betritt – ich habe das Schild mit den goldenen arabischen und lateinischen Lettern oft gesehen und mir genau gemerkt. Farrag Chammas ist ein alter, frommer Mann, der die gelben Finger zum Gruß an Stirne und Herz legt, sein Laden ist kühl und riecht aufs zarteste nach Sandelholz. Clemens pflegt hier Ambra-Zigaretten zu kaufen, die so außerordentlich schädlich für seine Lunge sind, er nimmt auf dem kleinen Sofa Platz, bekommt eine Tasse Mokka und tauscht in seinem korrekten Schul-Englisch die nötigen zeremoniellen Höflichkeiten mit Farrag Chammas. »Ich suche ein Parfüm –« sagt er – und während ich ihn dies sagen lasse, spüre ich, wie heiß seine Wangen sind, denn er hat immer einige Striche Temperatur und in diesem Augenblick steigt ihm außerdem das Blut zu Kopf vor Verlegenheit. »Ich suche ein ganz bestimmtes Parfüm, für – ich möchte es einer Dame schenken, einer Europäerin – und es soll etwas ganz Orientalisches sein – etwas wie eure Frauen es lieben –«

Hier schlägt Farrag Chammas die Augen nieder, denn es ist schlechtester Ton, von der Frau eines Mohammedaners zu sprechen, und ich gleite aus der Seele des jungen

Europäers in die des alten Parfümhändlers und spüre seine Scham, seine Erbitterung, seine dünne Verachtung des Fremden und zugleich den Wunsch, ihm zu dienen, zu verkaufen. Ich horche hin und gehe schon mit Farrag Chammas' gebücktem Gang zu dem Schränkchen mit den hölzernen Phiolen, darin er seine Parfümproben aufbewahrt. Er stellt sie in Reihen vor sich auf den Tisch, verscheucht mit der Hand die ziehenden blauen Rauchfäden der Ambra-Zigarette und streicht mit dem Holzstöpsel eine Probe nach der andern auf den schmalen Handrücken von Clemens. Clemens prüft und wartet so hingegeben auf den gesuchten Duft, als wenn er nicht das Parfüm suchen würde, sondern die Frau selbst. »Zu süß –«, sagt er, oder – »keine Rosen –«, oder »viel zu grell –«. Bis uns plötzlich ein Duft trifft, der dem vom Morgen ähnlich ist. »Das!«, sagt Clemens –. »Das ist es – nur bitterer – und noch etwas Fremdes dabei –«. Farrag Chammas lächelt mit hundert kleinen Falten um die gescheiten Augen. »Orange blossom –«, sagt er, stellt die Phiole beiseite und fährt feierlich fort, neue Proben herbeizuholen und zu mischen.

Das würde nun in einer Novelle einen großen Raum einnehmen, diesen Laden zu schildern –, er ist schattig, während auf dem Nil draußen eine Abendsonne in der Farbe unreifer Zitronen liegt –, und das lange, feierliche Zeremoniell, mit dem der alte Mann Parfüms ausprobt, wiegt, mischt, und sie mit den Gebärden eines Zauberers in der Luft verteilt. Aber dazu habe ich keine Lust. Ich brauche nur zu erzählen, daß Clemens schließlich den Laden verläßt, mit einem Fläschchen Parfüm, das süß und bitter und geheimnisvoll ist, dem Duft jener Frau am Morgen sehr ähnlich. Clemens, der Einundzwanzigjährige, nimmt jeden Abend einen Tropfen davon auf die Fingerspitzen und verreibt ihn in sein Haar. Nach ein paar Tagen ist er ganz imprägniert mit diesem Duft und mit dem Bild einer unbekannten Frau, und seine Lunge ist indessen ein wenig kränker geworden, wie es scheint ...

*

Das ist der Anfang dieser Geschichte, die auch gleich zu Ende sein wird. Es ist ein altmodischer Anfang, und er liegt auch zwanzig Jahre zurück. Mena-house war damals ein gutes Familien-Hotel im Schweizer Stil, es gab keine Tanztees, sondern einmal in der Woche eine Réunion, und man fuhr langwierig in gummibereiften Wagen hinaus, um dort das Diner zu nehmen. Bei einer solchen Réunion nun geschieht es, daß Clemens sich verliebt, und Liebe war damals noch eine große Angelegenheit.

Nichts ist peinlicher für den Dichter, als wenn er Liebe schildern soll. Liebe läßt sich so wenig erzählen wie Musik, wie ein Tanz, eine Farbe – oder wie das Parfüm, in das Clemens sich eingewickelt hatte. Genug davon: Eines Abends stand Clemens auf der obersten der fünf Stufen, die in den Tanzsaal des Mena-house hinabführen, und war geblendet von einer Frau. Geblendet – das heißt, daß er minutenlang dastand und überhaupt nichts sah, so schön war ihm eine große, blonde Gestalt erschienen, die an ihm vorbei die Stufen hinuntergeschritten war und nun Walzer tanzte. Gewöhnlich sind die Träume, die junge Leute sich von Frauen machen, so großartig, daß keine Wirklichkeit sie erreichen kann. Aber hier war es nun umgekehrt, oder wenigstens erschien es Clemens so: diese Frau stand über und über in Blüte und übertraf jedes Bild, das Clemens sich seit seinem sechzehnten Jahr in das Nichts gemalt hatte.

Ich brauche nicht zu berichten, wieso Clemens diese Frau kennenlernte. Ich weiß es nicht, und ich kann mir die Mühe und Peinlichkeit sparen, das Aufwachsen dieser Leidenschaft zu beschreiben, zu belauschen und mit hübschen, wohlgezielten Worten zu begießen. Ich teile mit, daß zwischen Clemens und dieser Frau eine große Passion aufschoß, und daß beide auf eine verzehrende Art glücklich waren –, den ganzen Februar und noch bis zum 14. März. Ich brauche der Frau keinen Namen zu geben, obwohl ich glaube, daß sie Lilian heißen könnte. Ich sehe –, nein, ich spüre – nur manche ihrer Liebkosungen mit meinem jungen Clemens. Wie sie ihre Fingerspitzen in die zarte Höhlung zwischen die Sehnen seines Nackens legt, zärtlich, wissend und ein wenig mitleidig. Oder daß sie stundenlang stumm daliegt, die Lippen auf seinem hellbraunen Brustkorb, dicht an der Stelle, wo das Herz schlägt. Und daß sie ihr Gesicht mit geschlossenen Augen in sein parfümiertes Haar vergräbt wie in ein Gebüsch tief fremder Blumen.

Lilian wohnt draußen in Heliopolis, am Rand der Wüste, in einer kleinen Villa; sie hat einen Mann, einen älteren, gut aussehenden Engländer, dessen Bild auf ihrem lächerlichen Ebenholzschreibtisch steht. Der Mann ist drüben in Alexandrien, er hat dort etwas mit großen Unternehmungen in Baumwolle zu tun, und am 15. März wird er seine Frau abholen, um sie nach Europa zu bringen. Jede Stunde wird davon so gepreßt voll Süßigkeit, jede Umarmung unersetzlich kostbar, alles ist voll vom Duft des Abschieds, des raschen Endes, des Auseinandermüssens, der Trennung auf einem Gipfel. Clemens, mit einer Morgentemperatur von 37,6 denkt: ›Ich werde nachher sterben, ganz bald, und es wird gut sein. Ich habe alles erlebt, was man erleben kann. Adieu Lilian –.‹ Es kommt auch vor, daß er nachts in ihren Armen weint, trotz aller Todesbereitschaft, er weint ganz stumm, aber sie spürt die Tränen aus seinen Kinderwimpern auf ihre Schultern rinnen, und sie liegt ganz unbeweglich und denkt nur immer: Kleiner Junge, kleiner Junge –, es ist das letzte Mal, und ich bin vierzig Jahre alt, du kleiner Junge –, und dabei trinkt sie behutsam den Duft seiner Schläfen in sich hinein, der sie bezaubert, das unbekannte Parfüm aus Farrag Chammas' schattigem Laden ...

Einmal abends –, sie fahren im Wagen nach Heliopolis hinaus – läßt sie halten und fragt: »Wie die Luft riecht? Was ist es nur? Es erinnert mich an dich – wann immer, wo immer in der Welt ich diesem Duft begegnen würde, er würde mich an dich erinnern. Wo kommt er her?«

Und Clemens, mit seinem korrekten Englisch, das Fortschritte gemacht hat, deutet in das schattige Gewimmel einer blühenden Orangenpflanzung und sagt: »Orange blossom – es ist ein Parfüm, in das ich mich einmal verliebt habe.«

»Parfümierst du dich denn, little boy?« fragt Lilian, lächelnd über so viel Unerwachsenheit. Und Clemens, leise beschämt, muß zugeben, daß er es tut, obwohl er inzwischen ein Mann geworden ist, der das Wichtigste erlebt hat und bald und gerne sterben wird.

Kurz vor dem Abschied, kurz vor dem 14. März kommt die Frau noch einmal auf das Parfüm zu sprechen. »Ich wünsche mir eine große Flasche von deinem Parfüm, little boy«, sagte sie. »Eine Flasche, mit der ich zaubern kann. Du weißt: Man öffnet die Flasche und ruft einen Geist, der aus der Flasche steigt. Schenk mir dein ›orange blossom‹, damit ich mich immer an dich erinnern kann und an unsere Zeit –«

Das ist ein sentimentaler Gedanke, wie ihn vierzigjährige Frauen zuweilen haben; er gefällt dem jungen Clemens zwar, aber er kann ihn nicht ganz begreifen. Er hat indessen das Träumen aufgegeben, sein Glück war zu stark und zu wirklich – und übrigens ist er gerade in diesen schneidend schmerzlichen Abschiedstagen fast fieberfrei. ›Vielleicht kann ich noch mein Streichquartett fertig machen, bevor es mit mir aus ist‹, denkt er und stürzt sich aus der letzten, allerletzten Umarmung heraus tief in die Arbeit.

Dann sehe ich ihn noch einmal in den Laden von Farrag Chammas gehen und dort einen Auftrag geben: an Mrs. So und So, Ferehead Hill, sei jedes Jahr am 14. März eine Flasche jenes Parfüms zu schicken, das Farrag Chammas für ihn gemischt hatte, »orange blossom« und noch etwas Bitteres dabei – ich sehe ihn mit einer Ambra-Zigarette im Mund den Laden verlassen und im Gewühl der hohen, fremden Körper untertauchen – und dann sehe ich ihn lange nicht mehr ...

*

»Zwanzig Jahre später«, heißt es im Film, und das ist bequem. Der Dichter, der eine Novelle schreiben will, hat die verzwickte Pflicht, Brücken über die Zeit zu bauen und unverknüpfbare Dinge zu verknüpfen. Es geht nicht ohne Lügen ab bei solchen Bemühungen. Denn der Dichter muß die Fiktion aufrechterhalten, als sei der Mensch vom Anfang der Geschichte und der vom Ende ein und derselbe. In Wirklichkeit ist beispielsweise der Clemens von vor zwanzig Jahren ein durch und durch anderer als der von heute. Um die Wahrheit zu sagen: es gibt überhaupt keinen Anfang und kein Ende, sondern alles ist nur ein Fließen, ist immer da oder nie dagewesen ...

Clemens also lebt, er ist ein gesunder Mann von einundvierzig Jahren, Gatte einer hübschen jungen Frau, sie ist Sängerin und sitzt, etwas zu üppig für die gestreckte Modelinie, neben ihm in der Loge. Es ist die dritte Aufführung von Clemens' Oper »Das süße Gift« im Covent Garden, und der berühmte Clemens ist ein wenig müde von Vertragsverhandlungen und Festessen, aber sonst vergnügt. Das Haus ist gut besucht, der Erfolg stark, die Einnahmen erfreulich, wir haben eine Villa in Hietzing, ein Auto, eine gemachte Karriere und zwei Kinder von sechs und drei Jahren. Clemens sieht gut aus, noch immer schlank und mit allen Zeichen guter Rasse, und außerdem jünger als er ist. Er zieht vor dem Spiegel im Hintergrund der Loge seine weiße Weste glatt, bevor er in der ersten Pause in den Logengang hinaustritt, um dem Präsidenten der »International society for music« guten Abend zu sagen. Und da, während er seine schmalen Lackpumps federnd auf den Teppich setzt, geschieht etwas –

Da bleibt Clemens plötzlich stehen –, ich sehe ihn, er schließt die Augen, wie er sie damals in der Bazarstraße schloß, vor zwanzig Jahren, als die fremde Ägypterin vorbeiging, wie er sie im Mena-house schloß, als er auf der obersten Stufe des Tanzsaales stand und nichts sehen konnte vor plötzlich anstürmender Leidenschaft –, und ich atme mit ihm ganz tief ein; ich rieche das Parfüm, unser Parfüm, Farrag Chammas' Parfüm, orange blossom und noch etwas Bitteres dabei, Geheimnis, Gefahr, Fremde und Erinnerung. Ach, es ist alles in diesem einen Atemzug darin: Die Jugend, Cairo, unsere ersten Träume, unser erstes Streichquartett, unsere erste Frau. Der schattige Parfümladen ist da mit dem alten Mann, der mit gelben Fingern Gerüche herzaubert, dann die Orangenpflanzung, nachts, an der Straße nach Heliopolis, und dann der Rausch, jeder Rausch, jede Nacht, jede Umarmung von damals –.

Und dann öffnet Clemens die Augen. Und dann geht eine alte, weißhaarige Dame vorüber, eine sechzigjährige Lady, mit einem Diadem, und hinter ihr bleibt das vergessene Parfüm zurück, das Farrag Chammas ihr jedes Jahr am 14. März zugeschickt hat ...

*

»Aus?« fragte die hübsche Frau, bei der der Dichter jeden Mittwoch den Tee trank.

»Aus«, sagte der Dichter und legte das parfümierte Taschentuch der hübschen Frau, das er bisher in der Hand gehalten hatte, auf den Tisch zurück –

Kosmetik für Herren

(Uhu, 1929)

Wie sehen Sie eigentlich aus, junger Mann? Ich weiß wohl, daß Sie morgens beim Krawattenbinden ein bißchen in den Spiegel schauen; Ihr Blick hat dabei etwas leicht Geschmeicheltes, obwohl Sie – Gott bewahre! – gar nicht eitel sind. Im Grunde gefallen Sie sich recht gut. Sie sind doch eigentlich ganz ansehnlich, nicht wahr? Zwar ein bißchen fahle Farbe haben Sie ja, und die Taillenweite hat in den letzten Jahren zugenommen, aber das macht nichts, finden Sie. Der kleine Raucherkatarrh, der in Ihrer Kehle auf und nieder brodelt, hat nichts zu sagen, das ist bei jedem Menschen so, und daß Ihre Haare dünn werden – du lieber Gott, Ihr Freund hat schon seit fünf Jahren eine Glatze, und ist drei Jahre jünger als Sie. Schließlich kommt's auf das Äußere allein nicht an, und eitel sind Sie nicht, wie gesagt. Eitelkeit ist eine Sache für die Weiblichkeit.

Was meinen Sie aber, mein Lieber, wenn Sie doch ein wenig eitel wären? Oder, aufrichtiger gesagt: Sie sind eitel, wie jeder Mensch und sogar jedes Tier eitel ist. Sie gefallen sich auch nicht schlecht. Sie wünschen überdies, anderen zu gefallen, Sie möchten Eindruck machen, Eindruck in der Öffentlichkeit, in Ihrem Beruf, Eindruck auf Frauen. Aber Sie lassen sich diese Eitelkeit nichts kosten, Sie sind weit davon entfernt, sich irgendwelche Mühe um Ihr Äußeres zu machen. So finden Sie es männlich, in Ordnung. Gestatten Sie mir, junger Mann, Sie darauf aufmerksam zu machen, daß Sie und die meisten Ihrer Geschlechtsgenossen damit auf dem Holzweg sind. Ich darf Ihnen das ganz vertraulich mitteilen, denn ich bin eine Frau, und ich weiß, wie Frauen über Männer denken. Frauen sind – das sei ohne weiteres zugegeben – eitel, und weil sie eitel sind, pflegen sie sich. Und es muß einmal gesagt werden, daß diese gepflegten Frauen gar keinen Geschmack mehr an ungepflegten Männern finden, daß diese hübschgewordenen, durchtrainierten, massierten und kosmetisch bewußten Frauen nur aus Gutmütigkeit noch eine Weile zusehen, wie der Mann ihnen zumutet, sich für seine ungepflegte Person erotisch zu begeistern.

Wie sagten Sie? Sie haben keine Zeit für solche Spielereien wie Kosmetik und Körperpflege? Aber wie ist es mit der kleinen, abgehetzten Verkäuferin, die spät abends und todmüde noch ihre Hände manikürt und frühmorgens ihre Gymnastikübungen macht? Zeigen Sie mir eine von den hunderttausend Stenotypistinnen mit 80 Mark Monatsgehalt, die sich nicht ihre Büchse Gesichtskrem und ihr Shampoon fürs Haar leisten würde. Sehen Sie doch alle diese fleißigen, abgeplagten kleinen Frauenwesen an, welche Mühe sie sich darum geben, gut auszusehen. Und was tun Sie, junger Mann, um sich in Form zu halten?

Halt, ich will Ihnen noch etwas Unangenehmes sagen: Wenn Sie eine ungepflegte und vernachlässigte Frau sehen, bißchen schlappe Figur, bißchen schlampige Haltung, ein paar Falten im Gesicht, die Haut ohne Leuchtkraft, das Haar glanzlos – dann drehen Sie sich weg und sagen: Brrr – oder: Alte Ziege – oder sonst etwas Lieblos-Männliches. Leider, leider muß ich Sie darauf aufmerksam machen, daß Sie genau so aussehen. Sie wissen es nur nicht, und es hat Ihnen noch niemand gesagt; denn die Dame, die Sie liebt, ist entweder zu blind oder zu zartfühlend dazu, und die anderen Damen haben kein Interesse daran, eine Schönheit aus Ihnen zu machen. Die Männer aber, alle Ihre Bekannten, Freunde, Kollegen, Ihre Friseure, Schneider und sonstigen Fachleute wissen es nicht besser.

Zum Beispiel ist es klar, daß Ihre Gesichtshaut tagsüber genau soviel Staub und Schmutz auffängt wie das Gesicht einer Frau. Die Frau nimmt abends ein wenig Öl oder Krem auf die Fingerspitzen, massiert damit das Gesicht und wischt den ganzen Tagesschmutz mit einer Papierserviette oder einem weichen Tuch aus den Poren. Wollen Sie nicht auch einmal versuchen, Ihre Haut nachts atmen zu lassen, anstatt den Staub mit einem nassen Schwamm summarisch im Gesicht zu verreiben oder gar, nach durchbummelten Abenden, ungesäubert ins Bett zu gehen?

A propos: Atmen! Es gibt kein besseres Schönheitsmittel, als ein systematisches Atmen. Sie können sich Farbe in die Wangen atmen, Glanz in die Augen, und Sie können alles Unerwünschte wegatmen: Falten, Doppelkinn, Kopfschmerzen, Speck an den Rippen. Wenn Sie morgens Ihre Rumpf- und Kniebeuge so lange gemacht haben, daß Sie außer Puste gekommen sind, dann ist es Zeit für die Atemübungen, denn gerade dieses forcierte Atmen hat eine ausgezeichnete Wirkung. Sie schließen den Mund, ziehen Magen und Bauch ein, und pumpen die Brust voll Luft, während Sie die Hände straff hinter den Kopf oder über den Kopf heben. Sie atmen aus, indem Sie die Arme sinken lassen und Fffff dazu sagen. Wenn Ihr Kinn nicht mehr das zarte Oval Ihrer Jünglingsjahre zeigt, dann müssen Sie bei dieser täglichen Übung den Kopf im Nacken zurücklegen, damit Ihre Hals-und Gesichtsmuskeln sich spannen.

Und, bitte, tun Sie beizeiten etwas gegen die kleine Speckfalte im Nacken, an der man im Ausland unweigerlich den Deutschen erkennt. Beißen Sie die Zähne über die Unterlippe und drehen Sie den Kopf scharf von rechts nach links. Lassen Sie die Halsmuskeln locker und rollen Sie den Kopf im Kreis. Wenn Sie schwindlig werden, drehen Sie sofort nach der anderen Richtung. Machen Sie diese Übungen auch während des Tages ein paarmal, atmen Sie fünf Minuten am Fenster Ihres Büros, oder wo sonst Sie beschäftigt sind.

Und glauben Sie, bitte, nicht, daß es ein Zeichen von Kraft und geradem Charakter ist, wenn ein Mann Hände hat so rauh wie Haifischleder oder wie Reibeisen. Ein bißchen Borax ins Waschwasser, immer gut abtrocknen nach dem Waschen, und, nicht wahr, mein Lieber, am Abend ein wenig Krem darauf oder Glyzerin. Gelbgerauchte Finger wirken auch nicht so pikant, wie manche sich einbilden. Bimsstein ist das Richtige dagegen! Eine kleine diskrete Anmerkung: Frauen haben es lieber und finden es rücksichtsvoller, wenn ein Kuß nach Zahnwasser schmeckt, statt nach kalten Zigarren.

Haben Sie schon bemerkt, daß Sie rote Lidränder haben, so daß Ihre zündendsten Blicke etwas Klägliches annehmen? Vor dem Schlafengehen füllen Sie ein Glas bis an den Rand mit lauwarmem Wasser, bringen jedes Auge für einige Sekunden unter Wasser und zwingen sich, es zu öffnen, mit den Wimpern zu klimpern.

Daß Sie sich jeden Tag eine kalte Brause gönnen, nehme ich zu Ihrer Ehre als selbstverständlich an; aber daß Sie dabei das Wasser täglich auf Ihre Kopfhaut trommeln lassen, ist weniger vernünftig. Haarspezialisten wissen, daß ein großer Teil aller Glatzen von diesem täglichen nassen Sturmangriff auf die feinen Nerven der Kopfhaut herkommt. Sie werden bemerken, daß niemals eine Frau eine Glatze bekommt, trotz kurzer Haare: es muß also schon möglich sein, ohne daß »oben das Holz raus kommt« – wie ich mal einen kleinen Jungen sagen hörte.

Und dann und hauptsächlich: das Rasieren! Glauben Sie nicht, daß es niedlich ist, wenn Sie um 11 Uhr vormittags auftreten, die Hand mit der schamhaften Bewegung einer knydischen Venus vors Gesicht halten und sagen: »Heut bin ich nicht dazu gekommen.« Nein, das darf es ein für allemal nicht geben. Ein unrasiertes Gesicht kann die größte Chance verpatzen, im Beruf wie in der Liebe. Ich höre Sie schon die immer bereite Antwort murmeln: »Meine Haut verträgt das nicht so oft.« Also passen Sie auf: das Wichtigste ist, die Haut vor dem Rasieren tüchtig mit Krem einzureiben, damit sie nicht so »schprede« ist, wie die des sächsischen Königs in der berühmten Anekdote. Beim Rasieren selber einen der vielen ausgezeichneten Rasierkreme oder -seifen. Nach dem Rasieren erst Wasser, kaltes oder heißes, auf die Haut bringen. Zuletzt Rasierwasser, das die aufgeregte Haut beruhigt. Und wenn Sie sich wirklich pflegen wollen, dann massieren Sie zuletzt ein wenig Tageskrem in Ihr Gesicht – jede Dame, die Ihnen nahesteht, wird Ihnen dankbar eine erprobte Sorte empfehlen.

Dadurch vermeiden Sie zugleich den oft so unangenehmen Glanz der Haut, der Sie bei jeder Frau entsetzt, und den Sie nur nicht bei sich selber bekämpfen, weil Sie Kreme und Puder für unmännlich halten. Hab ichs getroffen? Sie irren aber, wenn Sie meinen, daß der Frau, auch der verliebtesten, die glänzende Stirn, die glänzende, oft sogar rötlich glänzende Nase des sonst so korrekt und nett aussehenden Mannes nicht peinlich auffiele. Aber: wie sage ich es meinem Freund? Also lassen Sie es sich von mir gesagt sein, tun Sie etwas dagegen. Ein wenig Öl oder guter Fettkrem über Nacht kuriert die fettigste Haut mit der Zeit, und sogar ein »männlicher« guter Gesichts-Puder, nach Beendigung Ihrer Morgentoilette ganz leicht über das Gesicht gestäubt, tut Ihrer männlichen Ehre keinen Abbruch, sondern zeugt für Ihren Geschmack und Ihren ästhetischen Sinn. Jeder bessere Frisör kann Sie da gut beraten. Warum sollen immer nur die Kinohelden und Schauspieler zu den bestaussehenden, gepflegtesten Männern zählen? Ihr andern könnt dasselbe erreichen, und zwar mit den simpelsten Mitteln. Nur ein wenig Selbsterkenntnis (via Toilettespiegel) gehört dazu, und die war ja immer und überall der erste Schritt zur Besserung.

Protest gegen die Mode

(Vossische Zeitung, 1929)

Seit ich einen Rundgang durch die Modeateliers gemacht habe – wie es in zünftigen Modeberichten heißt –, gehe ich traurig und gereizt herum und bewege aufrührerische Gedanken in meinem Innern. Wenn ich allein es sage, nützt es natürlich nichts, deshalb wollte ich, daß ein paarmal hunderttausend Frauen es sagen wurden: »Nein, danke, da machen wir nicht mit. Die Mode für die Saison 1929–30 lassen wir aus. Die *haute-couture* mag immerhin ihre Kommandos geben. Wir wollen sie überhören und streiken.«

Was da im Gang ist, das ist ganz genau zu durchschauen. Die Mode ist den Industrien, die es angeht, zu stabil und zu billig geworden. Die Frauentracht war auf einen vernünftigen Punkt gekommen. Sie war organisch – was ein Synonym für schön sein dürfte –, man ließ den Stoffen ihren Fall und den Körpern ihren Umriß. Diese einfach und selbstverständlich gebauten Kleider konnte jeder kopieren, die Konfektion stellte sie billig her, und wer noch weniger Geld zur Verfügung hatte, schneiderte selber nach den einfachen Schnitten, die es überall gab. Das war ein durchaus gemäßer und entsprechender Zustand in einer Zeit, da die Frauen in breitesten Massen beruflich arbeiten, wenig Zeit haben, nett aussehen sollen und nicht viel dafür ausgeben können.

Damit räumt nun die neue Mode auf. Sie ist überaus kompliziert, sie zerschneidet den Stoff und damit die Linie des Körpers in viele kleine Stückchen, die wieder zusammengesetzt, mit Rüschen überdeckt, mit Volants verkleistert werden. Es sind wahre Kleidergespenster, die da im Auferstehen sind. Alle die hübschen Mannequins, die mit Raffungen, Schleppchen, Schleifchen, Schwänzchen ausstaffiert an mir vorüberwiegten, erinnerten mich penetrant an meine alte Tante Aurelie, wie sie noch jung war – so um 1900 herum. Oder an die Zuschneidekurse meiner Kindheit, in denen man lernte, daß eine Taille (das bedenkliche Wort geistert ebenfalls durch die Mode 1930) aus elf Teilen zusammengesetzt sein muß. An der engsten Stelle haben diese neuen Kleider Haken und Ösen, schön hintenrum, daß man selber nicht hinkommen kann und jemand zum Zuhaken braucht wie Anno Jugendstil. Der Gegensatz zwischen uns Frauen, wie wir heute sind und leben, und diesen Kleidfassaden im Charakter verblichener Kurfürstendammpracht, sollte zum Himmel schreien. Nun gibt es zwar zur Beschwichtigung weiter die geraden Sport- und Jumperkleider für den Vormittag. Aber hier sitzt das große Aber –.

Die neue Mode ist von verdienenwollenden großen Schneidern für die kleine Kaste der saturierten Frauen erdacht. Für die, deren Tag aus einem Vormittag für Besorgungen (kurzes, einfaches Kleid), einem Nachmittag mit Tee, Klub, 5-Uhr-Tanz, Bridge (längeres, teures, beladenes Kleid) und einem Abend mit Theater, Gesellschaft, Ball besteht (Ganz langes, ganz überladenes, ganz teures Kleid). Schön. Aber wir andern haben im ganzen großen immer Vormittag bis in den späten Abend. Büro, Geschäft, Laboratorium, Amt, Sprechstunde oder was sonst es ist, wo die Majorität der Frauen ihre Zeit zubringt, wenn sie nicht Hausfrau ist und in Marktgängen, Küche, Kinderzimmer und Flickwinkel ganz bestimmt kein kostspielig konstruiertes Zipfelkleid verwenden kann. Man hat nicht nur am Vormittag zu tun, sondern auch am Nachmittag und oft noch abends. Man rennt Autobussen nach, fährt Untergrundbahn, trifft sich für eine halbe Stunde im Kaffeehaus, wenn es hochkommt, man jagt vom Büro in Vorträge, mal auch ins Theater – wie soll man das machen, mit dem langen Schlurz untenrum, den die Mode für den Abend diktiert? Kinder, glaubt mir doch — das paßt ja nicht zu uns!

»Schön«, sagt die hohe Schneiderei. »Dann geht ihr eben in euren kleinen, einfachen Kleidern, und die feine Dame, die es sich leisten kann, wird man an den Volants, dem langen Rock und dem ganzen Drumrum erkennen.«

Ja, aber da sind wir ja auf einen Krebsweg gekommen, da schlittern wir zurück bis ins Rokoko, wo die höheren Stände den langen, großmächtigen Reifrock trugen und die Frauen aus dem vierten Stand das kurze Röckchen, in dem sich laufen und arbeiten ließ. Heute sind wir alle vierter Stand, mit wenigen Ausnahmen. Weder werden wir in Sänften getragen, noch steht jeder von uns ein Auto zur Verfügung. Die Demokratie der Zeit bedingt eine Demokratie der Mode.

Wenn die neuen Kleider von Meisterhänden geschneidert werden, Meisterhänden, die acht Meter Stoff zu 40 Mark in Schnippelchen zerschneiden, um ein Kleid daraus zusammenzusetzen, dann mag es noch erträglich aussehen. Aber Gott bewahre uns davor, diese Richtung in billig sehen und tragen zu müssen. Noch dazu mit der direkten Aussicht auf Korsett, Schleppe und falsche Locken. Man kann auf die Frau von 1930 nicht die Mode von 1900 pfropfen; ebensogut könnte man hingehen und auf unsere Autos gußeiserne Ornamente löten oder Gipsfassaden auf die neuen, glatten Häuserfronten kleben. Ich mache da nicht mit – wer noch?

Hemmungen

(Die Dame, 1929)

Bevor es Hemmungen gab, da gab es eigentlich viel mehr Hemmungen als jetzt. Sie standen wie Stacheldrahtzäune um jedes Stückchen grünen Lebens und verboten den Eintritt. Man hatte die Seele inwendig austapeziert mit Warnungsplakaten: »So etwas tut man nicht« und »Das kann man nicht«. Es gab damals eine Art von Kollektivhemmungen für jedermann, schön abgetönt und nuanciert nach Kaste und Alter. Und wenn dann das wirkliche Leben mit seinen wirklichen Forderungen kam, »tat« man nicht und »konnte« man nicht, man war gelähmt, unfähig:

Man hatte Hemmungen und wußte es nicht

Rund um Ibsen lebt alles in diesem Zustand. Stur und unbeweglich standen die Hemmungen da: man trug generationenweise genagelte Hemmungen, wie man genagelte Krawatten trug.

Damit hat die Psychoanalyse aufgeräumt. Unsere Hemmungen sind schön labil und ganz individuell. Jedem seine eigene Hemmung! ist eine von den sogenannten Forderungen der Zeit. Die Hauptsache dabei ist: Wir wissen, daß wir Hemmungen haben. Wenn man damit gut umgeht, läßt sich nämlich eine ganze Menge damit anfangen.

Übrigens gibt es zweierlei Arten von Hemmungen: solche, die man hat. Und solche, die man überwindet.

Wenn man niemals pünktlich sein kann; wenn man vergißt, Rechnungen zu zahlen; wenn man Briefe nicht beantwortet und Dinge verlegt; wenn man in Gesellschaften Unsinn redet und zu Hause unliebenswürdig ist; wenn man nicht rechtzeitig aufstehen und nicht rechtzeitig schlafengehen kann; wenn man sich im Beruf blamiert und in der Liebe nicht zu brauchen ist: dann sind das Hemmungen, die man hat.

Aber wenn man zu viel tanzt, raucht, ißt, trinkt oder flirtet; wenn man Kinder ohrfeigt und mit 100-Kilometergeschwindigkeit in Chausseebäume hineinfährt; wenn man dem Gatten durchbrennt und dem Freund Szenen macht; wenn man sich schlecht benimmt, Geld defraudiert oder Eifersuchtsattentate ausübt; kurz, wenn man etwas tut, von dem man selber das Gefühl hat, daß es nicht ganz richtig ist: dann sind das Hemmungen, die man überwindet.

Daraus ersieht man schon, wie häufig Hemmungen vorkommen, und wie eng sie – von der einen oder anderen Sorte – mit allen Dummheiten verbunden sind, die wir anstellen.

Laßt es gut sein, Kinder, pflegt meine alte Tante Aurelie zu sagen; jetzt nennt man's Hemmungen. Früher war es dasselbe und hieß: Ausreden.

Bedarf an Männern

(Die Dame, 1929)

Der Ehemann A. sagt: ... Aber nein, das meine ich gar nicht, Ehebruch, Hausfreund usw. ich rede nur davon, wieviel Männer eine anständige Frau heutzutage verbraucht, nur so für den Tag, eine Frau wie Ihre oder meine, ohne besondere Ansprüche. Das fängt um halb sieben Uhr morgens an, denn jetzt haben sie's ja wieder mit dem Frühaufstehen, da kommt also der Gymnastiktrainer, Figur, verstehen Sie, Kniebeugen, Brücke, Kerze und wie der Zauber heißt, Elastizität, Blutzirkulation; wenn sie schön müde ist, braucht sie nachher den Massör zum Frischmachen, Massöse ist nicht mehr, es muß ein Mann sein, wegen hart genug und finnische Methode. Schön. Dann braucht sie einen Schofför, sie mag doch nicht immer selber fahren, mit dem Wagen ist auch oft was los, das nur der Schofför versteht, und parken kann sie im Winter nicht stundenlang, während sie beim Schneider ist. Schneider braucht sie auch, natürlich hat sie eine Schneiderin, aber da gibt's so Sachen: »Das verstehst du nicht, mein Lieber, das kann nur ein Schneider machen.« Dazwischen hat sie einen Lehrer, das ist ein Mann, der wechselt. Mal lernt sie Golf und mal noch paar Reitstunden, und mal Spanisch oder Bucheinbände machen oder sonst was. Und einen Frisör. Frisöre sind viel besser für die Nerven als Frisörinnen, wahrscheinlich weil sie mehr Komplimente machen. Tennistrainer nicht zu vergessen – sechs Wochen vor jedem Turnier, und vier Turniere im Jahr sind das mindeste. Einen Dermatologen; denn etwas ist immer mit dem Teint los, und eine wirklich gepflegte Frau macht das unter ärztlicher Aufsicht: Diät, Leberflekken, Höhensonne, die Haut bräunen, die Haut bleichen, die Haut straffen, die Haut weich machen. Und auf Hormone sind sie ganz wild, also brauchen sie einen Dermatologen mit Spritzen und Apparaten. Und einen Eintänzer – den hat sie heimlich, damit er ihr das Allerletzte beibringt und sie dann so tut, als wär's ihr angeflogen. Und einen Psychoanalytiker – ich bitte Sie, welche Frau, die etwas auf sich hält, kommt heute ohne bißchen Psychoanalyse aus – ist ja auch ganz gut für die Ehe und das Gleichgewicht und das alles. Na, und dann die Partner, ganze Menge Partner: Tennispartner, Skipartner, Bridgepartner – denn reiner Damenbridge wird ihnen bald über, sie spielen ja auch schwach – Tanzpartner – und dann einer, der mit ihr in Kunstausstellungen geht, und einer, der über Bücher mit ihr redet, und einer für Cocktail-parties, und einer, der sie vom Theater abholt – da haben Sie also ungefähr 15 bis 20 Männer, die nur daran arbeiten, so eine einzige kleine Frau einigermaßen bei Laune und in Form zu halten.

Der Ehemann B. erwidert: ... Ja, – aber das mach' ich eigentlich ganz allein ...

Geschenke für Mama

(Die Dame, 1929)

Ich kann nicht verhehlen, daß ich einige Jahre meiner Kindheit in größter Bedürftigkeit zugebracht habe, schwer mit Geldsorgen kämpfend, und das, obwohl sonst alles den Anstrich gehobener Bürgerlichkeit hatte: Mademoiselle, die als ein magerer, in schwarzen Alpaka gekleideter Schatten immer da war, und die Reinheit meiner Sitten und meiner französischen Aussprache bewachte; Herr Kopetzki, eleganter Mann, Schnurrbart und Schuhe aus der gleichen schwarz-silbern glänzenden Lacksorte, der zweimal wöchentlich erschien, um Tanzstunde zu geben; die teure Puppe Erika mit ihrem erstklassigen Wäschetresor in einem echten Lederköfferchen; eine Garnitur seidener Sonnenschirmchen in meinem Kleiderschrank, hellblau, rosa, weiß mit roten Tupfen, zu jedem Kleid ein Schirm, was für eine fünfjährige junge Dame einen beträchtlichen Grad von Vornehmheit bedeutete. Aber, wie gesagt, Geldsorgen, schwere Geldsorgen inmitten dieses scheinbaren Wohlstandes!

Meine Bedürftigkeit kam daher, daß ich kein fixes Taschengeld erhielt, sondern Geld verdienen mußte, und zwar durch »Bravsein«. Wer je in einer rauhen, mit Versuchungen gespickten Welt probiert hat, durch schlichtes Bravsein Geld zu verdienen, der wird meine Schwierigkeiten begreifen. Dabei war es mit schlichtem Bravsein, mit der täglichen Wald- und Wiesenartigkeit durchaus nicht abgetan, das trug keinen Heller ein. Es mußten heroische

Dinge passieren, erwähnenswerte Beispiele von Tugend und Selbstüberwindung, bevor mein Vater mir ein bis zwei Zehner in die Hand drückte, denn meine Kindheit spielte sich ab, kurz bevor das Jahrhundert des Kindes entdeckt wurde, und gute Erziehung hieß strenge Erziehung, hieß kaltes Wasser, Haferflocken, Mundhalten, unbedingtes Parieren, und das Motto über dem harten Bett: »Sich selbst besiegen ist der schönste Sieg.«

Um Beispiele zu geben: Es nutzte gar nichts, widerspruchslos vom schönsten Spielen weg in die Wanne mit ekelhaftem kalten Wasser und ins Bett zu gehen. Man mußte schon aus eigenem zu Mademoiselle wandern, eine halbe Stunde früher als befohlen und sich freiwillig zum Waschen und Schlafen melden – das konnte, mehrfach wiederholt, eine Einnahme von zwanzig Hellern bedeuten. Oder, wenn es Kastanienpüree mit Schlagobers gab, ungefähr das beste Essen der Welt, zu sagen: Danke, ich habe genug gegessen – ja, wenn man Glück hatte, wurde es bemerkt und mit drei Kreuzern belohnt! Aber es konnte auch schief gehen, als verdorbener Magen gedeutet werden, und statt Geld nahm man hinterher eine Tasse scheußlichen Sennesblättertee ein. Nicht weinen bei blutig geschlagenen Knien, niederträchtige Jodpinselungen auf den Halsmandeln als Vergnügen behandeln, freiwillig aus dem Zimmer gehen, wenn es interessanten Besuch und Indianerkrapfen gab, ekelhafte Schreibübungen mit Tinte machen, wenn Ballspielwetter war, kurz, sich auf die heuchlerischste Weise zu allen unangenehmen Dingen drängen, das war das einzige, was meine Erzieher mit Lob und eventuell in bar anerkannten. Wenn ich heute noch zuweilen meine Freunde durch völlig idiotische Züge von Bescheidenheit und Selbstüberwindung erschrecke, so kann ich das nur durch jene pädagogischen Jahre erklären, in denen ich mit Bravsein Geld verdienen mußte.

Meine Geldsorgen begannen zugleich mit der ersten großen Liebe meines Lebens, zugleich mit der Leidenschaft, die mich eines Tages zu meiner Mama erfaßte. Ich hatte vorher auch schon geliebt, meine elegante Puppe Erika zum Beispiel; sicher hatte ich Mama auch schon vorher gern gehabt. Aber eines Tages – Mama trug einen weinroten Morgenrock und spielte mit der jungen Katze Pussi –, sah ich Mama mit Bewußtheit zum erstenmal, ihre zierliche Gestalt, ihre blonden, unruhigen Haare, ihre viel zu großen Augen, viel zu kleinen Hände; und eine wilde und glückselige Zärtlichkeit kam über mich, die ich vorher nicht gekannt hatte, und die ich augenblicklich als jene Liebe agnoszierte, von der in Heines Gedichten (die ich heimlich gelesen hatte) die Rede war. In Parenthese: daß ich mit vier Jahren fließend lesen konnte, hatte einen ganzen Gulden gebracht. Aber daß ich bei der Lektüre von Heines Gedichten erwischt wurde, hieß drei Wochen ohne Nachtisch und ohne Subsistenzmittel verbleiben.

Sofort, nachdem ich mich in Mama auf so leidenschaftliche Weise verliebt hatte, erwachte in mir der Wunsch, ihr Geschenke zu machen – Weihnachtsgeschenke, Geburtstagsgeschenke, Namenstagsgeschenke, Liebesgeschenke bei jeder Gelegenheit –, und ich erlebte zum erstenmal die Erfahrung, daß Liebe eine kostspielige Angelegenheit ist. Zunächst gedachte ich meiner neuen Liebe den Gegenstand meiner verflossenen Gefühle zu opfern: die Puppe Erika. Ich hatte Erika immer wunderschön gefunden, obwohl sie keinen Kopf hatte (als wenn erwachsene Verehrer immer wüßten, ob ihre geliebte Puppe kopflos ist oder nicht!), aber Mama schien sich aus Erika nicht viel zu machen, sie gab sie mir zurück. Auch mit der nächsten kleinen Aufmerksamkeit war es nichts. Mama freute sich gar nicht, wenn man saure Drops nur ein bißchen ableckte und sie dann als Überraschung auf ihr Kopfkissen klebte. Aber ich wußte, daß Mama Handarbeiten schätzte. Ich verdiente unter unsäglichen Bemühungen um Bravsein in den nächsten Wochen 54 Kreuzer und warf mich auf Handarbeiten. Ich beriet mich mit Mademoiselle und der Kinderfrau Cilli, erlernte Stilstichsticken und förderte, krank vor Stolz und Herzklopfen, zu Weihnachten meine erste Handarbeit zu Tage, ein Milieu in rotem Stilstich. Ich hatte dieses Milieu so schmutzig gemacht, daß es nie wieder ganz sauber wurde, ich hatte das dickste und billigste Garn verwendet und trotzdem alle Konturen verfehlt; die Fäden hatten sich verknotet, waren abgerissen, neu geknotet und wieder gerissen, die Stiche hatten den Anschluß aneinander versäumt, und ich selber hatte den unsichern Eindruck, als wenn mein Milieu sich von unsern andern Milieus merkwürdig unterscheide. Mama war schwach gerührt. Mit ergebenem Lächeln ließ sie die Mißgeburt auf dem Tisch liegen und sagte erklärend zu unsern Gästen: »Es ist die erste Handarbeit – das Kind hat es gestickt.« Ich fühlte dunkel die Notwendigkeit, geglücktere Dinge zu schenken.

Im April hatte Mama Geburtstag. Im März ging ich hin und riß mir an einem Nachmittag vier Zähne aus, wovon der eine fast gar nicht gewackelt hatte. Es war eine Verzweiflungstat, um die ausgesetzten Prämien von 50 Kreuzern per Zahn in meinen Besitz zu bringen. Mama weinte ein bißchen, als ich mich mit den häßlichen, ersten, großen Zahnlücken präsentierte. Mama war bißchen kindisch, sie hatte zu früh geheiratet und war nie ganz erwachsen geworden. Arme kleine Mama, sie hatte einen empfindlichen Klang, wie ein ganz fein geschliffenes Glas, man konnte gar nicht behutsam genug mit ihr umgehen, und nachher starb sie doch zu früh. Aber in diesem April also hatte sie ihren fünfundzwanzigsten Geburtstag und wünschte sich noch zwei Teller, soviel hatte ich herausgekriegt.

Die braungoldenen Tapeten unseres Eßzimmers waren bedeckt mit einer Tellersammlung, ich wußte die Namen: Delfter und Meißner, und Alt-Wiener mit Rosen und ungarische Bauernteller und Teller aus Salzburg. Mama wünschte sich also noch zwei Bauernteller.

Ich erwarb in einem sogenannten Neunzig-Kreuzer-Bazar zwei Teller, die ich so unwahrscheinlich schön, so schlechthin überwältigend fand, daß ich tagelang wie im Rausch herumging. Sie waren aus emailliertem Blech, darauf waren Zweige aus einer glitzergoldenen rätselhaften Masse, weiter innen gab es einen Kranz Edelweiß aus Silber. In dem Edelweißkranz war ein Bild von Defregger, tanzende Tiroler, herrlich gemalt und in allen Farben. Ich nagelte die beiden Teller zu Mamas Geburtstag neben die andern. Ich hatte den Eindruck, daß diesmal Mama von meinem Geschenk überwältigt war. Sie stand ganz steif mitten im Eßzimmer und sagte nur: Na, so was –! Wir hatten also jetzt das Milieu und die Teller im Eßzimmer. Zum Namenstag bat mich Mama, ihr nur Blumen zu schenken. Blumen kosteten auch Geld, und nach drei Tagen mußte man sie wegwerfen. Ich liebte Blumen sehr, ich pflückte sie, wo ich konnte und schleppte im Sommer zu jeder Tageszeit gestohlene oder erbettelte Blumen heim. Aber Blumen, die welkten, schienen mir kein würdiges Geschenk für Mama. Ich kaufte ein Häuschen aus Borke, hinter dem ein künstlicher Goldregenstrauch aus gewichster Leinwand hervorsproß und stellte das Arrangement im Salon auf. Diesmal mußte ich mir Geld bei Mademoiselle leihen, weil die Zeit zum Bravsein zu kurz war. Mama kam abends in mein Zimmer, sie streichelte mich mit den zwölfknöpfigen Schwedenhandschuhen, deren Duft auf ihrem bloßen

Arm ich liebte wie eine kleine Heimat, und sie flüsterte mir ihren Dank ins Ohr. Sie fand den Goldregen sehr schön. Aber zum nächsten Weihnachtsfest wünschte sie sich nichts Schönes, sondern etwas Nützliches.

Mama hatte kleine Füße, die immer kalt waren. Ich besaß Anfang Dezember dank wahrer Exzesse in Bravsein (ich ging ja nun schon zur Schule) fast sechs Gulden. Ich wanderte mit Mademoiselle zu unserm Schuster, der Mamas Schuhleisten besaß, und ließ ein Paar Pantoffel nach Maß machen. Ich stickte rosa Rosen auf grünen Grund – es gab noch immer Knoten und Unglücksfälle, – ich bestellte blauen Filz außen, und roten Plüsch innen, weil mir das so warm vorkam, und ich ließ ein Pelzkräuschen rundherum anbringen. Mama weinte, als ich ihr die Pantoffel verehrte – ich nahm an, aus Erschütterung über den königlichen Anblick. Da saß sie nun mit ihren kleinen Füßen, auf die sie so eitel war, und machte ein Gesicht, wie Schneewittchens Stiefmutter, als sie in den glühenden Schuhen tanzen mußte, bis sie umfiel.

Pantoffel verbrauchen sich zum Glück. Aber Goldregen, Defreggerteller und Milieu waren dauerhaft und zierten die Wohnung. Das Nächste, über das ich mich hermachte, war der Kriehuber. Der Kriehuber, die zartgetönte Lithographie, Porträt einer Großtante, war Mamas Liebling und steckte in einem modesten Rähmchen aus Kirschholz. Das gefiel mir nicht. Ich entnahm »Herzblättchens Zeitvertreib« die Anweisung zur Herstellung eines würdigen Rahmens. Man streute Grießkörner auf den Rahmen, strich Goldlack darüber, klebte einige Metallknöpfe und Muscheln dazwischen und erhielt etwas wahrhaft Prächtiges. Die Kriehubersche Großtante lächelte melancholisch, und Mama verfiel in jene Starre, die sie immer beim Anblick meiner Geschenke überkam.

Liebe, kleine Mama, sie war so empfindlich, und ich fuhr fort, die Wohnung mit Scheusäligkeiten anzufüllen, zu deren Entfernung ihr der Mut fehlte. Ich weiß nicht mehr genau, was alles ich in unser sonst ziemlich kultiviertes Heim einschleppte. In deutlicher und tragischer Erinnerung aber blieb mir die Geschichte mit der Patina.

Im Salon nämlich stand auf einem kleinen Sockel die »Griechin«, ein winziges, grün-schwärzliches Figürchen mit zerschlagenem Kopf, einem Arm und gar keinen Beinen. Mama hatte die Griechin von ihrem Freund, dem Museumsdirektor, geschenkt bekommen und schätzte sie über alles. Es schien so etwas zu sein wie ihre Erika. Die Griechin war sehr alt, um so kostbarer, je zerbrochener, und das Schmutzige, Schwarzgrüne hieß Patina. Mama, einen Arm um meinen Hals gelegt, versuchte mir die Schönheit der Griechin zu erklären, und ein Schimmer von Verständnis zog ja wohl in meinen damals achtjährigen Kopf ein. Ich erfand, nach mehreren kostspieligen und verfehlten Versuchen ein Verfahren zur Herstellung von Patina. Man kaufte Goldbronze und setzte Terpentin und Deckgrün zu, es war eine sehr subtile und hochkünstlerische Angelegenheit. Während Mama am Semmering war, machte ich mich über den Salon her und patinierte alles: die Tischbeine, die Vasen, den Palmenständer, den Kohleneimer, den Ofen sogar, die Empire-Uhr, und zuletzt auch die Griechin.

Mama bekam diesmal einen richtigen Weinkrampf, sie bedankte sich nicht einmal, und dann verschwanden mit einem Schlag meine sämtlichen Geschenke aus der Wohnung. Ich zog mich in mich selbst zurück und versuchte mit der Erkenntnis fertig zu werden, daß auch die größte Liebe im Mülleimer enden kann ...

Übrigens war diese meine Leidenschaft so plötzlich vorbei, wie sie begonnen hatte; und dann kam der dicke

Tenor, und dann der Dichter mit der Erlösungssehnsucht und dem Holländerbart und dann der junge Mann, der das Schwimmturnier gewann und dann – nun ja, aber ich hatte doch schon Erfahrungen und ich schenkte nicht mehr hemmungslos; Mama hatte mich enttäuscht, ein für allemal.

Erst als sie gestorben war und ich die Schränke aufräumte und alles wiederfand, ein ganzes Fach voll mit Greueln, alle sauber gehalten, mit Seidenpapier verpackt, mit Bändchen gebunden, mit Zettelchen versehen, auf denen das Datum stand, treu und vergilbt: erst da begriff ich, daß meine erste große Liebe erwidert worden war ...

Die Frau, die Berge versetzen kann. Ein Monolog

(Die Dame, 1929)

Ort: Ein erfreulich eingerichtetes Ankleidezimmer. Auf einer Coatch liegt eine splitternackte Dame zwischen vierundzwanzig und siebenundvierzig. Zeit: Morgens.

Die Frau, die Berge versetzen kann, tritt Mitte links rückwärts ein, legt eine alte Handtasche auf den Tisch, stellt eine Büchse mit Streupuder daneben, reibt sich die Hände und spricht:

»Ach, die gnädige Frau wartet schon auf mich? Moment mal, bis ich warme Hände habe. Das kommt nämlich davon, daß die Damen unpünktlich sind. Die Mia Lamia, wo ich herkomme, die kann doch nie aus dem Bett finden. ›Ich kann nicht vor halb sieben aufstehen,‹ sagt sie, ›wenn ich bis zwei Uhr nachts filmen muß.‹ Todmüde ist die Frau immer – ich weiß nicht, ich bin immer munter und habe doch auch meinen Beruf. Na, ich will nicht fragen, wie die

Damen vom Film sich die ganzen Nächte amüsieren, Bälle und Bankette, dann sieht sie morgens natürlich scheußlich aus. Na, nun wollen wir mal anfangen. Kalte Hände? I wo, sind doch nicht mehr kalt. Na, nun piepsen Sie schon, und ich habe noch nicht mal richtig angefangen. Mein Gott, sind die Damen wehleidig. Da nehmen Sie sich mal ein Beispiel an Frau von Wambold: was die Frau vertragen kann. Überhaupt sage ich immer: Je älter, je energischer. Man kann sich wundern, was Frauen aushalten, wenn sie in die Jahre kommen, und sagen keinen Ton, nur damit die Figur sich hält. Was glauben Sie, wie alt die Frau ist? Ich weiß es natürlich, aber ich sag's nicht. Zweiunddreißig würden Sie sagen, so gut sieht die aus, seit sie Massage hat. Na, legen Sie mal ruhig so zwölf Jahre drauf, dann – was ist denn los? Bißchen geklemmt? Ja, das ist eben das Fett. Wenn ich da so mit dem Daumen hinfasse – aha. Ich sage immer, Fett ist wehleidig, sage ich. Wenn Sie mal kein Fett mehr haben, dann tut Ihnen auch nichts mehr weh. Natürlich, abnehmen wollen die Damen alle, aber spüren möchten sie nichts davon. Wieviel haben wir denn nun runtergeschafft diese Woche? Was? Zugenommen? Vierhundert Gramm? Das macht nichts, gar nichts. Sie sind trotzdem dünner geworden. Da lockert es sich eben, die Gewebe, verstehen Sie, und der Wassergehalt, und da ist Zunehmen ein gutes Zeichen. Damit fängt die Abmagerung an – in den Zellen. Der Körper besteht besteht nämlich aus Zellen – wenn dann das Wasser aus den Zellen rausgeht und das Blut in die Zellen hinein, dann nehmen Sie todsicher ab. Das ist wissenschaftlich. Drei Pfund mindestens in der Woche – au? Was denn, au? Ach, wegen dem kleinen blauen Fleck da? Das ist bloß ein kleines Veilchen, kleines Andenken – nee, da kann ich doch nichts dafür. Das kommt, wenn die Damen Säure haben. Die Säure muß rausmassiert werden, das ist die Hauptsache, ohne Säure gibt's auch keine blauen Flecke. So, nun mal umdrehen, da ist ja unser schwacher Punkt. Da muß man mal – still halten – ja, wenn Sie zappeln, wird's nichts – da werden Sie immer so bleiben. Na ja, zu mager ist ja auch nicht schön. Frau Wulf, zum Beispiel, die Tennisspielerin, wo ich nachher hingehe! Schöne Figur, denken Sie? Ja, piep. Die sollen Sie mal ohne Kleider sehen, gnädige Frau. Sie würden sich wundern! Und die Haut! Oder die Baronin Fehdmer. Was glauben Sie, gnädige Frau, was die dafür geben würde, wenn sie bißchen was von Ihnen haben könnte. Sie sehen ja wirklich aus, wie ein junges Mädchen, wahrhaftig. Na, und wie alt sind gnädige Frau nun wirklich, mir können Sie's ja sagen – ach, entschuldigen Sie! Hat's weh getan? Bißchen mit dem Nagel hängen geblieben. Was ich sagen wollte: Die Fehdmer ist ja gar keine richtige Baronin; nur hinaufgeheiratet. Ich möchte nicht wissen, wo die herkommt, ich war doch selber dabei, wie sie mit Stiefeln nach dem Mädchen geworfen hat, nein, unsereiner, der in so vielen Häusern eine Vertrauensstellung hat, kriegt da ein feines Gefühl. Überhaupt ist Massieren ein Beruf, der so feinfühlig macht, glauben Sie das, gnädige Frau? Ja, richtig, was Sie interessieren wird: Gestern habe ich eine Dame gehabt mit kosmetischer Operation. Na, das sah vielleicht aus! Ganze Stücke hat sie sich aus den Hüften schneiden lassen. Verrückt, nicht? Sie kennen die Dame auch. Ich möchte ihren Namen nicht sagen. Eine Villa hat sie, ganz in der Nähe. Mit K. fängt der Name an. Na, Sie werden schon noch selber draufkommen. Diskret sein können muß man bei unserm Beruf – du lieber Gott, wenn ich reden wollte! Pfui, das macht aber warm. Massieren ist wahrhaftig keine leichte Arbeit. Massage ist Vertrauenssache; da habe ich eine Dame, die sagt immer: ›Sie können

Berge versetzen‹, sagt sie. Schade, in Ihren Rücken krieg ich und krieg ich keinen rechten Zug, da sind die Gefäße zu kurz, daran liegt es. Ach, wer wird denn so schreien! Na, wollens mal genug sein lassen für heute. Wie fühlen Sie sich jetzt? Großartig, nicht? Es gibt eben nichts, was so sicher hilft wie Massage. Also dann bis morgen –«

Die splitternackte Dame bleibt stöhnend und tödlich erschöpft auf der Coatch zurück. Sie hat Lust, Kakao mit Toast und Butter zu frühstücken und wieder ins Bett zu gehen. Die Frau, die Berge versetzen kann, hingegen, rast durch die Mitte, links rückwärts, davon, zur nächsten Massage. Sie fühlt sich frisch, ihr Blut zirkuliert richtig, und sie hat ein halbes Pfund abgenommen ...

Apropos Alter

(Die Dame, 1930)

Als ich 18 Jahre war, schrieb ich die Novelle einer alternden Frau, noch schön, aber schon etwas mürbe, einer Frau, die melancholisch ihre allerletzte Liebe erlebt. »Eine Frau von 28 Jahren –« schrieb ich ohne Besinnen, legte die Novelle in die Schublade und vergaß sie dort.

Ich selber war, wie gesagt, 18.

Als ich 25 war, fand ich das Manuskript wieder, lächelte ein wenig, machte aus 28 Jahren kurzerhand 32 und schickte die Novelle an eine Zeitung.

Als ich 34 wurde, sollte die Novelle in Buchform erscheinen, ich las Korrektur. Ich wurde nachdenklich. 34 Jahre – alternde Frau – letzte Liebe – nun gut: ich entschloß mich, sie 38 vorüber sein zu lassen.

Jetzt soll die Novelle neu aufgelegt werden. Ich las sie aufmerksam durch. Ich wunderte mich. Ich überlegte hin und her. Das ist ja Unsinn, dachte ich. Mit 38 schon mürbe? Noch nicht 39 und schon die allerletzte Liebe? Da stimmt etwas nicht.

Und kurz und gut, ich schrieb hin, daß die Frau 46 zu sein habe.

Notabene: Es war mein 42. Geburtstag, an dem ich diese Änderung vornahm ...

Sehnsucht nach Lila

(Die Dame, 1930)

Das ist jedes Jahr im Frühling so: Erst riecht nur die Luft danach, feucht, noch kühl, herb und abweisend, aber doch vibriert eines Morgens etwas darin, und man denkt: Lila. Gott weiß, wo es herkommt, dieses helle, schwebende Lila, nach dem man Sehnsucht hat, jedes Jahr, pünktlich gegen Ende März: Leberblümchen, wilde Hyazinthenbüschel, Krokuswiesen im Engadin.

Sehnsucht nach Lila macht unruhig, es ist eine leichte, silberne, durch und durch angenehme Unruhe. Bitte, laßt uns lila Kleider tragen, acht Tage vor Ostern, unvernünftige, tief unmoderne Kleider, eine lila Woche voll Gefühl und sanfter Verrücktheit ...

»Was kosten die Veilchen?«

»Eine Mark, die Dame.«

Sie sehen mehr fabriziert als gewachsen aus, aber sie haben die Farbe und sie duften doch ein wenig zwischen ihren harten Efeublättern: ein kleines geheimes Symbol und Erkennungszeichen im Knopfloch. Wer davon weiß und vorbeigeht, beginnt zu lächeln:

Ach so – auch Sehnsucht nach Lila ...

Diskretion

(Die Dame, 1930)

Beim Mann: Er hält mit seinem Urteil über Frauen, Kunstrichtungen und Minister zurück. Er behält die Geheimnisse seiner Freunde, seiner Scheidungsprozesse und der Leute, die ihm Geld schulden, für sich. Er schweigt über seine Liebesbeziehungen, seine Börsenspekulationen, sein Einkommen und die Untreue seiner Frau. Er darf sich alles erlauben, weil er nie über etwas spricht.

Bei der Frau: Sie hat einen guten Schneider. Sie trägt ein schwarzes Jackenkleid, schwarzes Filzhütchen, dunkle, nicht zu dünne Strümpfe. Eine Blume aus weißem Leder im Knopfloch. Schuhe mit geradem Absatz. Sie färbt sich die Lippen, aber man sieht es nicht. Wenn sie nur ihr immer gleiches, unmerkbares Parfüm beibehält, dann geht es uns nichts an, daß sie ihre Liebhaber wechselt.

Ein Wort wird gesucht

(Die Dame, 1930)

Frau X. ist seit zwei Monaten die Freundin von Herrn Y. Schön. Das ist eine klare Angelegenheit.

Seit Fräulein Mia einen Freund hat, sieht sie viel besser aus. Auch da weiß man, was es zu bedeuten hat.

Der Herr, mit dem die Filmdiva im Restaurant gesehen wurde, war nicht ihr Mann, sondern ihr Freund. Gut.

Der Rechtsanwalt Meyer ist zwar verheiratet, hat aber eine Freundin. Eindeutig.

Ja, aber meine Herrschaften, wie drücke ich es aus, wenn ich einen wirklichen Freund habe? Aha! Sie haben also doch einen Freund?

Nicht »aha!« Ich habe einen Freund, einen wirklichen Freund, was man jahrhundertelang einen Freund nannte, einen Menschen, mit dem mich Wärme, Verständnis, Treue, Dankbarkeit, gemeinsame Richtung verbinden, kurz das, was sonst Freundschaft hieß. Wie nennt man das heute, nachdem das richtige Wort dafür abgebraucht und umgebogen worden ist? Versuchen Sie einmal zu sagen, gnädige Frau: »Ich treffe meinen Freund in Venedig.« Oder: »Diese Blumen hat mir ein Freund geschenkt«, oder: »Wenn mein Freund nicht auf die Gesellschaft kommt, werde ich mich langweilen.«

Man quittiert mit Augenzwinkern.

Ein Mann, der laut behaupten würde, daß diese und diese Frau seine Freundin sei, würde diese Frau kompromittiert und bloßgestellt haben. Nun gut. Aber das geht ja noch weiter.

Der junge Baron F. hat sich mit einem Freund zusammen ein entzückendes kleines Haus eingerichtet. Oder: Haben Sie gehört, daß die Schauspielerin P. für vier Wochen in die Bretagne gereist ist – mit ihrer Freundin.

Peinlich – nicht?

Bitte, ich möchte wieder Freunde und Freundinnen haben können, ganz ohne Gänsefüßchen und Beigeschmack.

Ein Wort wird gesucht.

Kleine Ansprüche an die Frau 1930

(Die Dame, 1930)

Sie muß weiblich sein
und energisch und selbständig und sie muß etwas tun,
denn Luxustierchen mögen wir nicht mehr,
aber sie muß natürlich Geschmack haben,
nicht nur so Geschmack, sondern schon etwas mehr;
so das Raffinierte, verstehen Sie! So das Letzte –

und ganz einfach muß sie sein.
Beinahe kindlich.
Nicht zu jung, natürlich,
am besten, wenn sie über dreißig ist, und wie einundzwanzig aussieht.
Durch Sport eben, viel Sport, All-Round Sport, und ein paar Rekorde –
Aber ohne sich zu vermännlichen, und ohne daß Kultur und Grazie darunter leiden.
Kochen, jawohl! Kochen ist wieder modern.
Und essen auch. Scheußlich, wenn eine Frau immer die Kalorien nachrechnet.
Schlank muß sie bleiben – selbstverständlich.
Wie – das ist ihre Sache.
Eine gute Kameradin, denn der Lebenskampf ist ernst:
sie muß eben weiblich sein!
Tanzen, gut aussehen, gut angezogen sein, mit Geschmack flirten können
und einer berühmten Filmschauspielerin ähnlich sehen.
Denn –
Kinder? Natürlich auch Kinder! Zwei zumindest.
Grade als Mutter beweist sich die moderne Frau –
neue Erziehungsmethoden, Individualpsychologie –
überhaupt ist Bildung sehr wichtig.
Eine Frau, die sich keinen geistigen Kreis schaffen kann, ist reizlos. Sie muß ein Mittelpunkt sein und Anregungen geben –
allerdings dürfen die Männer das nicht merken.
Es enterotisiert nämlich, wenn eine Frau zu klug ist
und erotischer Charme ist doch das Mindeste, was man von einer gescheiten Frau erwarten kann.
Und bitte noch eins: Nicht so stark schminken –
blühende Farben von Natur aus sind viel schöner.

Vor allem aber darf sie nicht unbescheiden werden, denn
schön und klug und gebildet und witzig
und fleißig und durchtrainiert und praktisch und pikant
und verständnisvoll –
das ist heutzutage jede.

Aus der Sahara mitgebracht

(Die Dame, 1930)

Ich kaufte ihn hinterwärts von Touggourt bei einem kleinen Negerjungen, der aussah, als ob er aus billiger Kochschokolade gemacht sei. Das Tier, das er mir unter die Nase hielt, hingegen war blonder als Greta Garbo und eben so schön wie sie. Es gab bei mir den berühmten Coup de foudre, jene Liebe auf den ersten Blick, auf die ich mein ganzes Leben gewartet hatte.

»Was ist das für ein Tier?« fragte ich.

»Fenek«, brüllten die dreißig anderen Negerjungen, die dem Kauf assistierten. Es war also ein Fenek, dieses bezaubernde, seidenweiche, wüstensandblonde, großohrige und schwarzäugige Wesen, das so klein war, daß es sich gemütlich in meiner linken Hand schlafen legte.

»Was ist ein Fenek?« fragte ich die Leute in Algerien. »Ein kleiner Fuchs«, sagten die einen. »Ein kleiner Schakal«, sagten die anderen. »Er bleibt immer wild, beißt und läuft davon«, sagten die einen. »Er wird zahmer als eine Katze, kommt auf den Pfiff und gewöhnt sich ans Haus«, sagten die anderen. Beide haben recht, so viel ich bisher sehe.

Joujou – (ich nannte ihn spontan Joujou, wie die französisierten Araberfrauen ihre Bronzebabies nennen) – ist zahm und wild zugleich und das ist sein großer Zauber. Die ersten Tage der Reise verbrachte er schlafend in meiner Hand oder in meiner Manteltasche. Dann begann er auszureißen, und ich hatte allabendlich das Vergnügen, alle Hotelterrassen, alle Nachbarzimmer und alle Regenröhren (die fand er besonders schön) nach Joujou zu durchsuchen. Er läuft mir nach, wenn es ihm Spaß macht, aber wenn er nicht will, dann bringt ihn keine meiner zärtlichsten Serenaden aus seinem Häuschen. Er legt die Ohren zurück, sieht böse aus, schimpft und beißt. Seine Liebenswürdigkeiten gibt er freiwillig oder gar nicht.

Er ist im übrigen Aristokrat von Geburt, von einer peinlichen Sauberkeit und Akribie. Er war verzweifelt, als ihm in seiner ersten Wohnung, meinem Tropenhut, ein kleines Malheurchen passierte, er begriff im Augenblick den Zweck eines kleinen Sandkästchens, das ich ihm verehrte, und benimmt sich bei Besuchen tadellos. Er ißt ausgewählt und sehr diskret: ein bißchen Milch, zwei Datteln, ein Keks und höchstens noch ein Stückchen vom Teppich oder von den Schuhen. Vögel, die er liebt, kriegt er nicht, aber er macht sich welche aus Watteflöckchen und jagt sie dann. Er hat sehr ausgebildete Instinkte, sieht, hört, wittert alles und erschrickt leicht. Als er nach Europa kam, ließ er sich innerhalb von wenigen Tagen einen bezaubernden Winterpelz wachsen – ich sah es mit Neid. Bei Tag ist er schläfrig, abends wird er munter, und nachts amüsiert er sich unbeschreiblich gut und intensiv, er rennt im Wüstentempo herum und spielt mit Bällen, Puppen und allen Dingen, die er kriegen kann. Wenn ich ihn rufe, antwortet er zunächst mit Klagen in der Feneksprache: »Da ist diese unsympathische Person wieder! Was will sie wieder von mir? Kann sie mich nicht in Ruhe lassen?« Aber sobald ich ihn in die Hand nehme, ist er still, glücklich, bleibt stundenlang bei mir und schmeichelt. Er hat den Reiz, den manche Menschen haben: daß man immer hofft, sie einmal ganz zu kennen und zu erobern, und die immer einen Rest Fremdheit und Geheimnis behalten. – Man könnte einwenden, daß ich verliebt in Joujou sei, aber der alte, objektive Brehm ist ganz meiner Meinung über den Wüstenfuchs. Voriges Jahr waren Feneks übrigens Mode im exklusivsten London. Es gibt auch kein Tier, das ich mir besser in Gesellschaft einer Herzogin denken könnte. Wer nach Nordafrika kommt – und wer kommt nicht dahin –, der sollte sich einen kleinen Joujou mitbringen. Man bekommt sie, wie gesagt, hinter Touggourt, gleich links in der Sahara.

Ankunft im Gebirge

(Die Dame, 1930)

Immer sind die letzten achtzig Kilometer vor der Ankunft in jener Sommerfrische, die man aus blühenden Prospekten erwählt hat, gespickt mit Komplikationen. Die Straße wird schmal, noch schmaler, sie hat Schlaglöcher, sie ist in Reparatur; Umlegung. Eine Kuhherde, mit dem verstörten und aufsässigen Gehaben eines Demonstrantenzuges. Ein Postauto von solcher Breite, daß der schlichte Privatmensch, der nicht daran vorbeikommt, zurücksetzen muß, noch zurücksetzen und noch ein bißchen bergab, ein bißchen bergauf, bis zu einer krummen Stelle im Wiesenzaun, die als Ausweiche gilt. Immer kommt man deshalb mit zwei Stunden Verspätung an, und immer wundert man sich, wie kühl es geworden ist. Eine harte, aufmunternde Kühle, eine Luft, die wie mit Fingern an die Wangen greift.

Auf einmal liegt der See da, von dem in den Prospekten die Rede war, die Luft wird noch kühler und völlig still. Der See sieht immer anders aus, als man sich ihn vorgestellt hat, und er kommt immer von der verkehrten Seite her an die Straße herangeplätschert – woran weniger der See die Schuld trägt, als der Umstand, daß Frauen keine Karten lesen können. Der See! Sieh mal, wunderbar: der See. Eine runde Angelegenheit aus Perlmutter, mit apfelgrünen Sonnenuntergangsreflexen und ohne Enttäuschung.

Eine kleine Art Heimat: die Tankstelle. Gleich danach noch eine Tankstelle. Wahrscheinlich sind die beiden Besitzer bittere Feinde; in der Dämmerung vorbeiflitzend, spürt man etwas von Bauernhaß und Prozeßfreude, die sich von den Grenzäckern auf die Benzinbehälter übertragen haben. Fünfzehn Kilometer. Auspuff schließen. Wieso, bitte? Ach ja, die Einheimischen fahren immer mit offenem Auspuff, sie halten viel davon. Bitte, gern. Dem langsamer werdenden Wagen kommen die Sommerfrischler entgegen, die eben ihren Bummel nach dem Nachtessen machen. Sie haben den menschenhungrigen Blick aller verbannten Großstädter. Welche Chance an Zuwachs, Vergnügen, Möglichkeit für Flirt, Tanz, Tennis, Schwimmturnier bringt das Auto? Genau so hungrig schaut der Ankömmling zurück. Was für Sorte von Leuten haust in dieser, ausdrücklich als idyllisch bezeichneten Sommerfrische? Man ist sehr braun hier, sonnenfarben noch in der grünen Neun-Uhr-Abend-Gebirgsdämmerung. So braun müssen wir auch noch werden. Die Damen tragen nackte Beine zu den leichten geblümten Abendkleidern. Aha. Nett. Kann man auch machen. Jeder Ort hat so seine Moden. Die Herren – leider, die Herren haben jenen unverwischbaren Zug von glücklichem Familienleben um die Nasenwinkel, die sie alle in den Ferien anzunehmen belieben. Nirgends ist jener einsame, eigenartige, sportlich trainierte, trotzdem geistig verfeinerte, vermögende, weltbereiste, kühle, aber trotzdem erotisch anziehende Mann zu bemerken, von dem man insgeheim gehofft hatte, er wäre diesmal in der Sommerfrische vorhanden und bereit, sich mit einem Coup de foudre unseres Herzens zu bemächtigen. Hingegen lehnt, wie überall so auch hier, das Kinderfräulein der ungarischen Familie auf der Brücke neben dem Bootssteg, und ihre sentimental-erwartungsvolle Pose zeigt jenes innige Gefühl, das wir andern brav kaschieren.

Das Hotel war früher ein Kloster, es ist hübsch mit seinen Balkonen und Hängenelken. Die Hotelgarage ist überfüllt, aber der Hufschmied hat aus seiner Werkstatt auch eine gemacht, in die man nicht ohne leichte Lebensgefahr hineinkrebsen kann. Irgendwo spielt Musik, und am Bergabhang lockt eine erhellte Glasveranda. Dort gehen wir morgen hin. Das Bettzeug ist feucht. Im Zimmer riecht es nach dem Kalk der weißgetünchten Wände und dem Zimtduft der Hängenelken. Blick vom Balkon über den See. Wie still es hier ist – sagt man; man kann das nicht bei sich behalten. Die Stille preßt an uns, die Nerven geben nach. Am nächsten Balkon füllt ein Badetrikot, das trocknen soll, sich mit Abendluft und bewegt sich wie ein Mensch. Aus einem Fenster zieht Rauch einer schläfrigen Zigarette.

Wie ist die Gegend? Es ist keine Gegend da. Nie ist am Ankunftsabend eine Gegend da. Der berühmte Berg steckt in Wolken, und das andere Ufer hat sich in Nebeldunst unsichtbar gemacht. Noch immer Musik von irgendwo. Wenn es keine Einbildung ist, dann schmeckt die Luft ein bißchen nach Gletscher. Es war Zeit, wieder mal ins Gebirge zu gehen, denkt man mit der heißen Schläfrigkeit des ersten Abends in fünfzehnhundert Meter Höhe.

Ob es am andern Ufer schöner ist? Ob dort vielleicht? – Nein, am andern Ufer ist es auch nicht schöner, auch dort erwartet uns nichts von dem, was wir erwarten. Laß uns schlafen gehen.

Auf dem Nachtschränkchen liegt eine kleine Anzeige:

»Dauerwellen — Freudenquellen. Die elegante Damenwelt findet erstklassige Bedienung bei Frisör Hampflechel am Hauptplatz, schräg gegenüber der Kirche.«

Na also - denkt man noch, hört noch ein Auto tuten, hört noch - wie sonderbar - eine Kuh tiefe, lange Töne singen, sanft und gefühlvoll wie ein dicker Bariton, ein gut bezahlter Kammersänger.

Dauerwellen, Dauerwellen, Dauerwellen, man sieht sie, wie sie vom See ans andere Ufer rollen, liegt mit der heißen Wange auf dem fremden, feuchtkühlen Kissen und weiß es nicht, daß man schon eingeschlafen ist ...

Von Tanz und Tänzern

(Die Dame, 1930)

Bei Wesen, die im Naturzustand leben, bei Hähnen und Pfauen, bei den Kriegern des Massaistammes und den schönen Eingeborenen der Südseeinseln heißt Mann sein - Tänzer sein. Wir, im Zustand abrutschender Dekadenz, haben uns angewöhnt, den Begriff des Tänzers ein bißchen zweitklassig zu nehmen und das Tanzen als eine feminine, etwas dumme, ein wenig eitle Angelegenheit. Nicht mit Recht, wie mir scheint. Denn der Tänzer braucht Kraft, dies zuallererst, mindestens so viel Kraft wie der Sportsmensch, und diese Kraft zeichnet seinen Körper in erlesen schönen Linien. Da er auch Geist, Schwung und Nerven haben muß, wenn er ein guter Tänzer sein soll, so kommen ein paar Eigenschaften zusammen, die nicht eben unmännlich sind. Überall, wo der Tanz noch aus dem Volk herauswächst, in Rußland, in den Alpen, in Griechenland, gibt es Männertänze, bei denen es auf Stärke und Temperament ankommt, das japanische Theater ist voll von Kampfspielen, die an der Grenze des Tanzes liegen, und selbst der gute Boxer muß seine side-steps beherrschen und etwas von der tänzerischen Geschmeidigkeit der Tiere und der Tänzer besitzen.

Es gibt im Grunde nur drei Tänze auf der Welt: den kultischen, feierlich-religiösen Tanz zu Ehren einer Gottheit und bis zur Verzückung der Derwische und Trance-Tänzer. Den Kriegstanz mit seiner Aufreizung bis zum Blutrausch. Und den Tanz der Liebe, der Werbung und des Geschlechtes. Steigerung bis zum »Außer-sich-sein« ist das letzte, das metaphysische Ziel jeden Tanzes. Alles was getanzt wird, bis zum gezirkelten Ballett und der Vielbeinigkeit der Revue ist nur Variation der drei ewigen Tanzthemen. Die zivilisierte Welt hat nicht viele große Tänzer; wie ernst man den Tanz aber beispielsweise in Asien nimmt, zeigt Raden Mas Jodjana, ein Javaner, der die Tänze seiner Heimat zelebriert – anders kann man diese feierliche Bewegtheit nicht nennen. In diesen Tänzen Asiens ist jede Haltung der Finger, jedes Vibrieren der Halswirbel, die in einer uns unerreichbaren Weise gelockert sind, von tiefer Bedeutung. Uns Europäern bleibt das meiste unverständlich, gerade darum reizvoll. Raden Mas Jodjana gehört dem niederen Adel an, er ist Berufstänzer, Künstler, Talent. Ich sah neben ihm einen javanischen Prinzen tanzen, denn der Tanz gehört zu den Verpflichtungen des königlichen Stammes; alles war blasser, zarter, gesetzmäßig und eingelernt. Man erkannte sogar in diesen fremden Tänzen den Gegensatz zwischen Amateur und Künstler. Ein anderer exotischer Tänzer ist heuer in Paris aufgetaucht, der Neger Benga. Ein Mensch von seltener Schönheit, tierhaft gespannt und geladen in jeder Geste; leider tanzte er nichts Echtes, sondern glatte Fremdenindustrie. Neu für Europa ist auch der Amerikaner Ted Shawn, der beste Tänzer von

»drüben«. Mit seinen folkloristischen Indianertänzen gefiel er zunächst nicht sehr, aber seit er an der Arbeit der Tanzgruppe 1930 teilnahm, und zu seinem großen technischen Können die Vertiefung getreten ist, ein Abrücken vom nur Äußerlichen, hat seine Entwicklung einen großen Schritt getan. Auf dem Tänzerkongreß in München machte seine Leistung als Orpheus Dionysos Aufsehen, nicht nur durch die Schönheit seines Körpers. Europa hat heute nur zwei große Tänzer. Serge Lifar, der Star des Diaghilew-Ballettes, das sich nach Diaghilews Tod aufgelöst hat. Jung, schön, dunkel, mit einem ganz souveränen Können, hinter dem immer wieder eine sonderbar fremde Wildheit durchschimmert. Geschult nach den eisernen Gesetzen des russischen Ballettes, aber völlig modern in der Gestaltung, unvergeßlich beispielsweise als der »verlorene Sohn« in Prokofiews Ballett. Dann Harald Kreutzberg, den Reinhardts Flair für Talente zu internationaler Berühmtheit gebracht hat. Auch Kreutzberg kann alles, das Tragische, das Zierliche, das Groteske und die Parodie. Er hat Theaterblut, manche seiner Tänze wie der »Engel der Verkündigung« oder der »Zeremonienmeister« sind eigentlich stumme Theaterszenen, nicht Pantomime, sondern Tanz, aber Tanz als dramatischer Monolog.

Was sonst an talentiertem Nachwuchs da ist, steckt alles in Berlin: Jens Keith, Springer, Könner, ein starker Parodist. Walter Junck, auch bei den Russen geschult, interessant bis zum Dämonischen. Edgar Frank, ein wenig glatt, Georg Grocke, ein merkwürdiger Kerl mit seinen übertrainierten Muskeln und einer manchmal verkrampften, manchmal ausbrechenden tänzerischen Kraft.

Und sonst: Bei Tairow gab es einen Tänzer von höchsten Graden, einen idealen Gaukler, einen, der nicht nur tanzen, sondern spielen, singen, weinen konnte: Rumniew. Wo steckt er, seit Tairows Truppe sich aufgelöst hat? Bei der Revue, wie Lifar, der in London Serien tanzt? In der Vergessenheit, wie die Tänzer von gestern: Leontjew, Sacharow, Romanow? Der feminine Droste ist an Kokain und Schwindsucht zugrunde gegangen. Nijinsky lebt, gestorben für uns, im Irrenhaus. Van Düren hat sich vergiftet. Sonderbar melancholisch klingen die Leben von Tänzern aus, von Männern, die mit zwanzig Jahren ihren Höhepunkt haben und mit vierzig alt sind ...

Welche Frau ist am begehrtesten?

(Uhu, 1930)

Seit Methusalem ist es ein Problem, welche Frau eigentlich am begehrtesten ist. Jede Zeit hat ihre Schönheitsideale, aber diese sind von dem Urwunsch des Mannes unabhängig, denn sie erfassen keinen für alle Zeiten endgültigen Typ. Einmal ist es das Kind (Lilian Gish), einmal der Typ des Vamp (Greta Garbo), einmal ist es die mütterliche Frau (Henny Porten). Zu jeder Zeit gab es Vertreterinnen von jedem Typ, aber einer, immer wieder ein anderer zu jeder Zeit, galt als das Ideal. Es läßt sich nicht sagen, ob es jeweils von den Frauen oder den Männern proklamiert wurde. Wir haben Vicki Baum gebeten, uns die Frage für heute zu beantworten.

Zunächst einmal: Es gibt eine Quantität und eine Qualität des Begehrtwerdens. Es gibt Frauen, die immerfort kleine Wirbel des Wohlgefallens erregen und von denen jeder Mann (nein, um nicht zu übertreiben: jeder dritte Mann) etwas will; den Kurzschluß einer Kußsekunde, oder eine durchtanzte Nacht, oder das, was unsere Großeltern zierlich ein Schäferstündchen nannten, oder eine gemeinsame Reise von vierzehn Tagen. Diese Frauen sind Großkonsumenten von Eroberungen, die sie unaufhörlich machen. Tief geht es nicht – bei ihr nicht und bei ihm auch nicht –, und die unsichtbaren Skalps besiegter Männer, mit denen sie sich schmücken, sind ein Massenartikel.

Umgekehrt geht es mit denen, die Gefühle von hoher Qualität erregen und beanspruchen. In ihrem Leben gibt es einen Mann – es können auch ein paar sein, aber nicht mehr als drei oder vier – bei dem oder denen diese Qualitätsfrau eine solche Qualitätsliebe fand, etwas so Starkes, Durchdringendes und Tiefgehendes, daß sie ganz imprägniert wird mit dem Bewußtsein, begehrt zu sein. Es geht da mit der Liebe wie mit jedem andern Artikel. Die Warenhäuser legen helle Mengen davon in ihre Schaufenster. Aber in den Auslagen der erlesenen Geschäfte liegt nur ein Stück: ein Kleid, eine Flasche Parfüm, ein Hut, eine Perlenschnur. Ein Mann – eine Liebe ...

Nämlich: Um begehrt zu werden, muß jede Frau eine Auslage arrangieren. Sie muß durch irgendein Schild anzuzeigen verstehen, daß dieses oder jenes bei ihr zu haben wäre.

Freundlichkeit, Grazie, Ruhe oder Unruhe, Erotik oder Kameradschaft, Mutterwärme oder die prickelnde Eroberung. Man könnte paradoxerweise sagen: Jene Frau wird am meisten begehrt, die am meisten begehrt wird. Das heißt, es muß zuerst der Wille zum Erfolg bei Männern da sein und dann der Erfolg selber. Eine Frau, in die niemand verliebt ist, in die verliebt sich niemand. Nicht weil sie reizloser, weniger hübsch, weniger gut ist; sondern weil ihre Nerven nicht dieses Vibrieren haben, ihre Haut nicht das Fluidum, Augen und Haare nicht den Glanz, den jene Frau ausstrahlt, in die jemand verliebt ist. Eine Frau, die sich auf das Wiedersehen mit einem geliebten Mann freut, ist bezaubernd für alle Männer; und eine Frau, derenthalben sich einer umgebracht hat, unwiderstehlich. Aber bei dem bescheidenen kleinen Mädchen, das müde an den Riemen der Untergrundbahn hängt, genügen schon ein paar bewundernde Blicke, um sie aufzufrischen und begehrenswert zu machen – wenigstens für eine halbe Stunde. Daraus folgt: Erst der Mann macht aus einer Frau eine begehrenswerte Frau.

Zwei Fragen: Wie muß die Frau aussehen, um den Erfolg, den ganz besonderen Erfolg des Sexus zu haben? Und wie alt soll sie sein oder darf sie sein? Nun, Gott sei gelobt, sind die Antworten auf beides ein »weites Feld«, wie Fontane sagt. Man wird annehmen können, daß die hübsche Frau mehr Chancen hat als die weniger hübsche. (Die Klasse der ganz und gar unhübschen Frau ist dank Pflege und Kosmetik ausgestorben, und die Gattung der Häßlichen hat von jeher eine gewisse Attraktion ausgeübt.) Aber was ist »hübsch?« Solange zwei Menschen sich nicht darüber einigen können, was blau ist, werden sie auch nicht entscheiden können, was hübsch, noch hübscher oder schön ist. Heute sind es die dünnen, schräg aufwärts gezogenen Brauen, die eine Greta Garbo den Frauen vorgemacht hat, vorgestern war es der Madonnenscheitel der Cléo de Mérode, und vor fünfzig Jahren mußten es »junonische« Schultern und Hüften sein. Eines aber dürfte sich durch alle Zeiten gleichgeblieben sein: Fehler machen die Frau begehrenswert, und Vollkommenheit schreckt ab. Vollkommene Tugend ist wie eine Mauer, vollkommene Schönheit macht Männern Angst, und vollkommener Verstand, wenn es solchen bei einer Frau gäbe, würde sie rettungslos in die Einsamkeit fallen lassen. Eine Frau, die mit Verlobung, Ehe und Zweikindersystem zufrieden ist, darf vielleicht vollkommen gutmütig sein. Aber die begehrte Frau, die Frau, die als Frau Erfolg hat, muß – muß! – einen Schuß vom Bösen in sich tragen. Ohne diese kleine Schärfe schmeckt dem

Mann jedes Liebeserlebnis langweilig. Notabene ist Güte nicht mit Gutmütigkeit zu verwechseln.

Dumm darf die begehrte Fran ohne weiteres sein, wenn ihre Dummheit mit Sordinen gedämpft wird. Laute Dummheit ist nur bei ganz jungen und sehr stark sexual wirkenden Frauen angenehm. Gescheitheit ist im allgemeinen nicht gerade günstig für die Anziehungskraft einer Frau, und Überlegenheit ist das letzte, was der Mann der Frau verzeiht. Da aber heute – ganz leise und insgeheim gesagt – eine Menge Frauen einer Menge Männern überlegen ist, müssen diese durch Verstand benachteiligten Frauen so viel Verstand haben, daß sie ihn nicht merken lassen. Was nun das Alter anbetrifft, so scheint es zwei kritische Kurven zu geben, an denen die Frau besonders gefährlich und gefährdet ist. Um die Zwanzig und um die Vierzig. Das Fieber des Anfangs, der Erwartung, des Aufschließens ist sehr ähnlich dem Fieber, das die Zeit des Aufhörens begleitet. Rauhe Zuschauer nennen es Torschlußpanik, aber erotisch empfindende Männer schwärmen von der sublimierten und wissenden Liebe der reifen Frau. Könnte man einen Querschnitt durch Frauen machen wie durch Pflanzen, dann würde man finden, daß in der Vierzigjährigen unverändert und voll Erwartung noch das kleine Mädchen eingeschlossen ist, das sie einmal war. Denn das ist ein Geheimnis, das Männer nicht wissen: Keine Liebesroutine kann etwas daran ändern, daß jeder Mann, den die Frau liebt, für sie der erste Mann ist, und daß mit jeder Liebe für sie alles neu und von vorn anfängt.

Seit man der Vierzigjährigen zugestanden hat, daß sie mit etwas Geschmack und Diskretion noch ein gewisses Recht hat, Frau zu sein, sind ihre Chancen im Wettkampf um den Mann sehr gestiegen, das ist nicht zu übersehen. Vielleicht weil der im innern Format etwas schmächtig geratene junge Mann unserer Zeit sehr viel Mutter braucht. Vielleicht weil sie wählerischer ist als unsere Achtzehnjährigen, die aus Ungeduld und Unkenntnis es nicht erwarten können, Mann und Liebe ohne feinere Unterschiede zu konsumieren. Der Mann aber will das Erwähltwerden als Auszeichnung spüren können.

Im übrigen hat sich eine Art Quadrille der Geschlechter und Alter herausgebildet. Der Zwanzigjährige liebt die Vierzigjährige, die Dreißigjährigen halten sich an die Gleichaltrigen, und den Mann mit Vierzig zieht es zu den süßen Siebzehnjährigen.

Aber warum das so ist, warum ein und derselbe Mann heute diese und morgen jene am begehrenswertesten findet: diese und hundert andere Fragen kann keine Frau beantworten, sondern nur der Mann – vorausgesetzt, daß er es weiß.

Quartett unter der Verkehrsampel

(Die Dame, 1930)

Gelbes Licht – Achtung!

Der Straßenkreuzung nähert sich ein überfüllter Autobus Nummer 12, altes Modell, ganz ohne Federung und in allen Gängen rasselnd; neben ihm eine 80-PS-Limusine, Luxuskarosserie, Schofför in Leder, silberne Schwingen auf dem Kühlerknopf. Es ist Sonnabend, neun Uhr vierunddreißig, qualmige, blitzhell erleuchtete Dunkelheit in der Stadt, und alle Welt ist unterwegs, vom Vergnügen, zum Vergnügen.

Auf der Plattform des Autobus stehen ineinandergekeilt und sehr glücklich der Student der Technischen Hochschule Reinhold Pfister und die Sekretärin (Abitur, Englisch perfekt) Annemarie Weiland. Beide haben die Magerkeit und den Augenglanz der Jugend, er ist blond, sie brombeerschwarz, er hutlos, sie mit roter Baskenmütze, er sechs Zentimeter größer als sie und beide gleich ineinander verliebt. Sie kommen von einem Ausflug und sind auf dem Weg nach Reinholds sturmfreier Bude, und alles ist ausnehmend richtig mit ihnen.

In der Limusine sitzen der Bankdirektor Arthur Eden und seine Frau Florence, auch diese beiden sind schlank, denn man trainiert und hält sich. Er hat das glatte, kokett silberne Haar des gepflegten Vierzigers und einen gescheiten und humoristischen Zug unter den Augen; sie, Florence, ist eine schöne Frau mit Hennahaar, in schwarzem Panne und mit ein bißchen vorteilhaftem Blaufuchs um Kinn und Nacken. Herr Eden und Frau sind seit zwölf Jahren glücklich und problemlos verheiratet, Eltern zweier Kinder, sie kommen aus ihrer hübschen Villa und fahren zu einer Cocktail-Party. Auch hier ist alles in Ordnung, und Herr Eden streichelt sogar insgeheim den parfümierten Handschuh, in dem sich die Hand seiner Frau befindet.

Rotes Licht – Halt!

Autobus und Limusine stehen nebeneinander vor der Kreuzung. Es ist eine langweilige halbe Minute. Aus der Limusine schaut man zum Autobus hinüber; aus dem Autobus schaut man zur Limusine hinein. Man sieht sich verwischt, eingehüllt in die Abendlichter der Reklamen und Bogenlampen.

Und obwohl allerseits alles richtig und in Ordnung und vollkommen glücklich ist, begibt sich sogleich folgendes, sprechen sogleich Blicke, beginnt ein Quartett von Gedanken, dreißig Sekunden lang.

Der Student: Schöne Frau, wunderschöne fremde Frau im Auto, ja du, dich meine ich – du bist es, die man sich immer wünscht. Mit dir – ich mit dir – dein Frauengesicht, dein Parfüm, deine Perlen, deine Hände – ganz reif alles, ohne Kanten, süß wie Ananas – ich habe noch nie Ananas gegessen – komm, willst du –?

Und die Frau des Bankdirektors: Ja, sag es nur, Junge auf dem Autobus, ich verstehe dich, kleiner, junger Junge. Ich würde sehr gut zu dir sein – bist du arm? Sicher hast du die Haut so weich und locker an deinen Schläfen wie ganz junge Tiere. Ich streichle dich, siehst du, jetzt streichle ich dich. Du bist ganz anders als alles, was ich habe. Alles, was ich habe, freut mich nicht sehr, aber du — jetzt habe ich ein wenig Hunger nach dir, kleiner Junge –

Und der Bankdirektor: Fräulein, wie wär's mit uns? Sie sind so zierlich — was wünschen Sie sich? Eine Kette aus Onyx? Eidechsenschuhe? Nicht wahr, Sie sind nie müde, kleines Fräulein? Bei Ihnen müßte man ausspannen, jünger werden, dümmer werden. Den Verstand verlieren. Ich könnte bei deinen siebzehn Jahren den Verstand verlieren, kleines Mädchen mit der neugierigen Nase. Wie dein Mund offen ist – was meinst du, meinst du mich? Wie –?

Und die kleine Sekretärin: Es ist nicht wahr, daß reiche Herren häßlich sind. Der Herr sieht gut aus, sehr gut. Es muß sehr sicher bei ihm sein. Ich möchte es gut haben. Hörst du, Mann im Auto, ich möchte es gut haben bei dir. Du gefällst mir, du gefällst mir sehr, besser als – ich möchte mit dir reisen; sicher riechen deine Koffer nach Juchten und deine Taschentücher nach Lavendel und deine Zigaretten nach England. Weißt du, daß du wie der Herr im Film aussiehst, den ich vorige Woche sah? Schau mich noch an – so –

Gelbes Licht – Achtung!

Na also, sagen alle vier und erwachen, der Bankdirektor nimmt den Handschuh seiner Frau und der Student den Arm seines Mädchens, und die Ventile von Limusine und Autobus beginnen schon wieder Gas in die Zylinder zu saugen.

Grünes Licht – Los!

Der vierfache Treubruch einer halben Minute ist vorüber.

Menschen sind doch etwas Merkwürdiges.

Wie will die Frau gewonnen werden ...?

(Uhu, 1930)

Erstens einmal, und ob das nun beschämend ist oder nicht: durch rauhe Gewalt.

Zweitens: ganz bestimmt nicht durch jene Mittel und Eigenschaften, von denen Frauen sich selber vorlügen, daß sie dadurch zu gewinnen seien. Nicht durch Rücksicht, nicht durch Güte, nicht durch irgendeine Art von Zartheit. Die Frau ist erst vor ganz kurzem aus dem Urwald gekommen und gehört nicht dem Werbenden, sondern dem Eroberer.

Drittens: durch keines jener Mittel, die zu den Requisiten des »Verführers« gehören. Die Frau hat eine Witterung für alles, was nach Routine schmeckt – und Routine mag sie eben nicht.

*

Es ist sehr wichtig, Dummheiten zu begehen, wenn man eine Frau gewinnen will. Die Frau schätzt die Größe einer Leidenschaft nach der Größe der Dummheiten, die ihrethalben begangen werden. Natürlich wirken Dummheiten nur bei einem gescheiten Mann. Daß ein Mann sein Herz verliert, genügt nicht, um eine Frau zu erobern. Erst wenn er auch den Kopf verliert, wird er hinreißend.

*

Es gibt kaum eine Frau, die nicht auf das Stichwort »Einsamkeit« reagieren würde. Weil es kaum einen Menschen gibt, der nicht seine Einsamkeit in sich herumträgt, und weil Frauen unbelehrbar und töricht genug sind, Zweisamkeit für das Gegenteil von Einsamkeit zu halten. Obwohl sie zumeist nur eine Verschärfung bedeutet.

*

Pathologische Männer haben große Chancen. Denn jede Frau hat den brennenden Wunsch, irgendwen von irgendwas zu erlösen.

*

Bezaubert ist jede Frau, wenn der Mann, der sie gewinnen will, ihrethalben »anders« wird. Wenn ein fauler Bursche zu arbeiten anfängt, wenn ein Tadelloser und Pflichttreuer ins Bummeln kommt, wenn ein Ungeschickter tanzen lernt, ein Pedant schlampig wird, ein Abstinent sich besäuft und ein Geschäftsmann Gedichte zu schreiben beginnt – dann fühlt die Frau ihre Macht und gibt sich gefangen. Manchmal genügt es schon, den Scheitel von der linken auf die rechte Seite zu verlegen, um einer Frau die Heftigkeit eines Gefühls zu beweisen.

*

Ein ziemlich sicheres Mittel, um eine Frau zu gewinnen, ist der Appell an ihr Mitleid – aber ein sehr gefährliches. Ein Mann, der zuerst bemitleidet und dann erst geliebt wird, bleibt für ewige Zeiten etwas Zweitklassiges für die Frau.

*

Daß ein Mann gut aussieht und gut angezogen ist, hat nicht sehr viel zu bedeuten. Wenn aber ein ungepflegter Mann sich täglich zu rasieren beginnt, neue Schlipse und Schuhe trägt und der Frau beibringt, daß er sich ihr zuliebe maniküren läßt – dann ist er ziemlich unwiderstehlich.

*

Entscheidender Punkt jeder Beziehung zwischen Mann und Frau ist der Kuß. Bevor eine Frau nicht von einem bestimmten Mann geküßt worden ist, weiß sie nichts über diesen

Mann und nichts über ihr eigenes Gefühl. Es ist immer falsch, eine Frau auf diese Entscheidung zu lange warten zu lassen. Man kann eine Frau nicht früh genug küssen. Man kann sie nur im falschen Augenblick küssen – und dann hat man verspielt.

*

Wer eine Frau wirklich gewinnen will, muß Geduld haben und Zeit zwischen dem ersten Kuß und der ersten Umarmung vergehen lassen. Frauen sind immer auf der Wache, ob der Mann vielleicht »nur das« von ihnen wolle, und man hat ihnen ein paar tausend Jahre lang eingebläut, daß es herabsetzend sei, »nur das« zu geben, und außerdem steht »nur das« bei Frauen viel tiefer im Kurs, als Männer ahnen. Sie sind gekränkt, wenn der Mann »nur das« nicht verlangt; und sie sind gekränkt, wenn er nicht mehr verlangt als »nur das«.

*

Alles Zarte, Gute und Feine, das man ausschalten muß, um eine Frau zu gewinnen, braucht man nachher, um sie festzuhalten. Aber wie man eine Frau, die festzuhalten einmal gelungen ist, wieder loswerden kann – dafür gibt es keine Ratschläge ...

Biographie in Kleidern

(Die Dame, 1931)

Gleich nachdem sie die Spritze bekommen hatte, sank Renate in eine wolkige und leichte Annehmlichkeit ein, sie sank gleichsam hinauf, schwebte eine Zeitlang dicht unter der Zimmerdecke, vertieft in die zarten und deutlichen Ranken des Tapetenmusters; dann kehrte sie langsam in ihr Bett zurück und blieb zufrieden da liegen, während sie mit lächelnd geöffneten Lippen die Krankenschwester betrachtete, die am Fenster saß.

»Nun?« fragte die Schwester.

»Nun?« dachte Renate. »Sie sind hübsch und freundlich, Schwester, Sie gefallen mir mit Ihrem sauberen blauweißgestreiften Kleid. Ein solches Kleid trug ich auch einmal.« – Renate runzelte die Stirn, dachte nach, und während Zimmer und Schwester wieder verwischter und ungewisser wurden, begann eine Kette von unbeschreiblicher Deutlichkeit vor ihren geschlossenen Augen ins Gleiten zu kommen.

Ein solches Kleid trug ich auch einmal – dachte sie. Kretonne, weiß-blaugestreift und etwas gestärkt. Der Rock war in breiten Falten plissiert oder vielmehr gebügelt; es hatte einen Matrosenkragen aus weißem Pikee und drei Perlmutterknöpfchen an jeder Manschette. Die Ärmel bauschten oben ein wenig und auf dem rechten war ein Anker eingestickt. Es ist das erste Kleid, an das ich mich genau erinnere. Ich trug es an meinem dritten Geburtstag ...

In die Schule trat ich ein in einem Kleid aus dunkelrotem Wollkrepp, auf das ich so stolz war. Der Sattel aus schottischer Seide, der Rock hatte drei Säume und saß immer ein bißchen schief; dazu eine Schürze aus schwarzem Kloth mit kleinen Epauletten. Weiter: ein blauer Plüschmantel mit Eisvogelbesatz und ein Barett aus Eisvogel, so glatt-glänzend, so hübsch schattiert – das bin ich, der zwölfjährige Backfisch, dem ein dreizehnjähriger Hans die Schultasche trägt. Warte: das graue Homespunkostüm, fußfreier Rock und die Jacke mit Wertherkragen. Dazu die Bluse aus grauer Chinéseide und mit gezogenem Sattel: unvergeßliche Bluse, in der ich zum erstenmal geküßt wurde. Ich war sechzehn. Verlobung in einem Kleid aus einer weißen Seide, die Cristaline hieß. Man trug den Sattel bis über die Schultern gearbeitet und weite Ärmel. Einen Gürtel aus Goldband und mit Fischbein ausgesteift. Am Rock drei Volants. Ja, – und daß ich Abschied von Robert nahm, geschah in einem dunkelgrünen Samtmantel mit Naturfuchsbesatz, Prinzeßform – es war Frühwinter, und alles roch noch zart nach Kampfer. Meine Hochzeitsreise ist ein weißes Leinenkleid mit Irish-point-lace, dazu eine lange Jacke, mit lila Knöpfen garniert, dazu eine große flache lila Leinenkappe, mit einem weißen Schal festgebunden. Das schwarze Schneiderkleid mit breitem Seidenrevers und ganz auf Taille gearbeitet – ich trug es nach dem ersten Kind, als meine Figur so gut war. Solche Kleider aus schwarzem Tuch werden jetzt wieder modern. Wenn ich wieder gesund bin, will ich – – –

Ja, da ist dieses Tea-gown aus malvenfarbenem Chiffon, in dem ich meinem Mann zum erstenmal untreu wurde. Marie-Antoinette-Fichu und eine alte Amethystbrosche, Orchideen, Oscar Wilde. Scheidung in Schwarz, mit einem ganz diskreten weißen Streifen darin – Tennismuster hieß das damals. Dazu ein Dreispitz aus Zylindersamt, der hübscheste Hut, den ich je getragen habe. Die kleine Kokarde aus Vogelfedern an der Seite – witzig! Zum zweitenmal heiratete ich in rostbraunem Crêpe de Chine, Standesamt. Drei schwarze Pleureusen am Hut und eine schwarze Straußfedernboa, die leise zitterte. Der Rock in Tütenfalten und die Taille ganz kurz. Ach, wo kommen alle die Kleider her? Wo sind alle die Kleider hingegangen? Glück – das ist die Erinnerung an ein Kleid aus geblumtem Chiffon mit Kimonoschnitt und eng um die Hüften. Traurigkeit – ein brauner, karierter englischer Mantel über einem braunen Jerseykleid und Abschied und Bahnhof. Liebe? Liebe sind drei Kleider: Eines aus crème Spitzen mit Glockenrock und bloßen Schultern und Perlstickerei. Eines aus dunkelblauem Tuch mit kleinem Bolero, mattrot mit Leder eingefaßt und rote Lederknöpfchen an den engen Ärmeln und dann nur noch ein Tenniskleid, weißer Flanell und eine blaue Kette. Liebe – und der Rock ganz kurz ...

Renate öffnete die Augen und schaute in das Zimmer, aber sie sah nur Kleider. Leben – dachte sie: das sind Kleider, so viele Kleider und an jedes, jedes einzelne erinnere ich mich ganz genau.

Nun? fragte die Schwester.

Nun – dachte Renate, wenn ich wieder gesund bin, trage ich nicht mehr das Braune, in dem ich zum Arzt ging, es ist mir verleidet. Ich lasse mir ein Kleid aus schwarzem Samt machen, ziemlich lang, die Brust ein wenig herausgearbeitet, sehr knapp um die Hüften, von den Knien an glockig. Mit rundem Kragen und großen Stulpenmanschetten aus weißer Litze gearbeitet und eine kleine Mütze – aus schwarzem Samt – mit einem weißen – Lederstreifen – wenn – ich gesund – werde –

Drei Minuten später lag Renate in ihrem Bett und hatte den erhabenen Ausdruck und das friedvolle Lächeln aller Gestorbenen um den Mund. Sie trug bei dieser Gelegenheit ein Nachthemd aus zartrosa Crêpe de Chine, mit crème Spitzeneinsatz und in jener Prinzeßform geschnitten, die letzte Mode ist ...

Lippenstift, Parfüm und Spitzenwäsche in Sowjetrussland

(Die Dame, 1931)

»Bringen Sie meinen Schwestern Lippenstifte mit«, sagte mir ein russischer Freund, als ich nach Moskau fuhr. »Das ist es, was ihnen am meisten fehlt. Sie wissen: Russinnen – und keine Schminke! Und wenn es geht: Parfüm!«

Ich packte also Lippenstifte und Parfüm ein; man darf davon nach Rußland mitnehmen, so viel man für den eigenen Gebrauch benötigt; das ist ein dehnbarer Begriff und übrigens ist die Grenzkontrolle Ausländern gegenüber sehr höflich und gar nicht kleinlich. In Rußland fand ich dann, daß den Russinnen so ziemlich alles fehlte, aber Lippenstifte – die hatten sie! »Ich habe sechs Stück in meinem Haar eingeschmuggelt«, sagte mir eine kleine Chemiestudentin, die ein paar Schuljahre in Deutschland verlebt hatte. Auch Parfüm hatten sie, Parfüm war sogar eines der ganz wenigen Dinge, die man in Läden zum Verkauf bereit sah. Und geschminkt waren viele von ihnen. Gut geschnittenes Haar hatten die meisten, sie lobten ihre Frisöre, und die Aufschrift »Parruckmacherskaja« ist in russischen Lettern oft genug zu lesen. Bolschewikinnen strenger Observanz schienen mir dem langen Haar und aufgesteckten Knoten zuzuneigen (was übrigens schön zu den breiten, stillen Bauersfrauengesichtern steht, die in Ämtern und Fabriken zu finden sind), farblose Kleidung, strenge Haltung und schlichte Frisur kennzeichnen – so schien es mir – eine bestimmte proletarische Oberschicht, wie sie bei uns etwas charakterisieren, das man »Potsdamer Stil« nennen kann.

Es gibt keine elegante Frau mehr in Rußland; oder doch: eine einzige. Sie ist auch in den europäischen Hauptstädten bekannt: Frau Lunatscharski. Man nimmt es ihr übel genug. Es wäre in diesem Land voll Hunger und Elend auch schlechter Geschmack, sich elegant anzuziehen, selbst wenn es sich eine oder die andere Frau leisten könnte. Auf den Botschaften, diesen europäischen Inseln im uferlosen Moskau, trägt man sich einfach, Wollkleider, Wollstrümpfe. »Sie werden bald einsehen, daß man hier keine Seide trägt«, hörte ich eine Botschafterin zu einer jungen Attachésfrau sagen, die im einfachen schwarzen Seidenkleid zum Lunch gekommen war. Nebenbei: Es gab gekochtes Ochsenfleisch als Hauptgang, und der Botschafter sagte mir: »Wir sind stolz, eine solche Delikatesse aufgetrieben zu haben.«

Die Russin ist von Natur aus »très femme«, und man mag ihr so viel abstrakte Gedankenpanzer anziehen, das Allesgleichmachen bis auf das Geschlecht ausdehnen (gibt es doch für das Wort »Towarisch« = »Genosse« keine weibliche Form), die Frau kommt immer wieder zum Vorschein. Die Theater, in denen man keine angezogene Frau sieht, nur Genossinnen, die tragen, was sie eben haben, riechen nach Parfüm. Im »Prophylaktum«, einem Heim zur Besserung von Prostituierten, hatte ein Leiter die Offenheit, mir zu sagen: »Für ein paar Seidenstrümpfe prostituieren sich so viele!«

Wirklich fand ich, daß der Seidenstrumpf den jungen Russinnen fast als ein Symbol erscheint für alles, was sie entbehren. Und sie entbehren viel; denn die Liebe gehört mit zu den Dingen, die man dort abgeschafft hat. »Es gibt noch ein bißchen Bett; keine Liebe, nichts vorher, nichts nachher. Keine Blumen – –« sagte mir eine junge Frau, und es war eine Welt von Traurigkeit darin. Diese kleinen Arbeitsbienen, so farblos in ihren Kitteln und Strickkleidern – sie fangen zu zittern an, wenn sie ein Stückchen Seidenwäsche sehen oder gar verehrt bekommen. Als man vor der Revolutionsfeier ein paar Tage lang den Verkauf von Seidenblusen freigab, wurden ein paar Frauen totgedrückt, so schlimm ging es dabei zu ...

Im »Grand Hotel«, wo in einem pompösen Speisesaal im Stil der Achtzigerjahre die Ausländer zu essen bekommen, ist nachts Jazz (sonst in Rußland als bourgeois verboten) und Tanz. Man fühlt sich gespensterhaft, zwischen Palmen und Seidenlampen, als wäre man Schaustück in einem Museum. In Moskau wird viel gemunkelt von der Pracht und Eleganz dieses in Spiritus konservierten Stückchens Europa im Sowjetstaat. In Wirklichkeit sieht man ein paar Ingenieure und Trustleute, ein paar Ausländerinnen, die geschmackvoll genug sind, sich aufs einfachste anzuziehen, und dann noch hier und da eine Russin, die aus irgendeinem Ziel und Grund ins »Grand« gehen kann, ohne sich mißliebig zu machen. Diese Frauen haben alle das befangene Wesen von Menschen aus der äußersten Provinz; sie tragen ihr bestes Kleid, – auch im Theater tragen sie manchmal ihr bestes Kleid. Es ist von kleinen Schneiderinnen nach verschollenen Moden gemacht, aus irgendeiner Seide, die man erwischt und mit mehr als hundert Mark per Meter bezahlt hat. Ich wurde angefleht, eine Seite aus einem Modeblatt hinzuschicken, denn ganze europäische Zeitungen sind verboten, und sie wunderten sich sehr über unsre länger und knapper gewordenen Kleider. Übrigens haben sie eine Art Modenzeitung auch dort – aber die macht Frauen nicht glücklich. Ein rührendes kleines Requisit der Eitelkeit sah ich, als ich mit ihnen ins Dampfbad ging: den Büstenhalter. Sie haben da einen Schnitt – ich denke, ihre Modenzeitung lanciert ihn – und eine besondere Methode, aus alten Spitzengardinen etwas einigermaßen Pikantes zurechtzukriegen. Es ist etwas wie der Sieg der Weiblichkeit mitten im Bankrott der Weiblichkeit. Und ich muß sagen, diese kleinen Büstenhalter aus Vorhangtüll haben mir eben so viel Eindruck gemacht und mehr verraten als der »Rote Platz« mit den Hunderten von Menschen, die immer vor dem Grabmal Lenins warten ...

Makkaroni in der Dämmerung

(Die Dame, 1931)

Als ich ein Baby war, bekam ich viele Bilderbücher geschenkt; das hörte auf zwischen meinem fünften und sechsten Jahr, in der Zeit, da ich mit viel Kunst und Zähigkeit das Lesen erlernte. Aber neuerdings hat es wieder angefangen. Bilderbücher sind ein Geschenkartikel geworden, der sich auf dem Gabentisch des modernen Erwachsenen zu Haufen türmt. Das hängt erstens zusammen mit den Fortschritten der Fotografie und den Errungenschaften der Drucktechnik, habe ich mir sagen lassen. Und zweitens mit jenen infantilen Eigenschaften, die sich im Wesen des modernen Erwachsenen großgezüchtet haben: Ungeduld und Neugierde.

Wozu sich noch die Mühe machen, zu lesen? denkt dieser moderne Erwachsene, da man doch alles und jedes fotografieren kann! Ihm fliegen die gebratenen Resultate ins Gehirn, er braucht nicht mehr den Umweg des Denkens zu Hilfe zu nehmen. Tiere sehen uns an, Kinder sehen uns an, Dinge sehen uns an – und wir sehen sie an, mit einem ziemlich beschwerdelosen Vergnügen und ohne viel Kritik. Die Fotografen, diese Teufelskerle, kommen doch hinter alles. Sie zeigen uns: das Gesicht der Städte, das Antlitz der Zeit, Frauen von heute, den Mann von morgen. Sie entdecken Wolkenkratzer, Hände, die Staubfäden der Feuerlinie, Totenmasken, das Liebesspiel der Stichlinge, den Tanz der Maschinen und die Landschaft, die sich in einem Wassertropfen spiegelt. Sie knipsen, und wir brauchen überhaupt nichts mehr zu tun. Wir kriegen alle Eindrücke fertig belichtet und vorgekaut.

Es gibt da eine Art von Fotografien, die sehr überhandgenommen haben. Ich habe zu meiner inneren Erleichterung den Sammelnamen »Makkaroni in der Dämmerung«

dafür erfunden. Weiß man, was ich meine? Ich meine: Zweihundert Zwirnspulen auf einer Tischplatte, ein bißchen Lichtspielerei und ein bißchen Perspektivzauber. Ich meine: Achtzehn Paar Schuhe hintereinander aufgestellt, und so von schräg unten aufgenommen, daß sie wie eine Straße oder ein Turm aussehen. Marke: Sachliche Fotografie. Ich meine: Aus einem Jutesack (wunderbar wie das Material lebt! sagt der Kenner) fließen dreieinviertel Pfund geschälter Reis. Sieht das nicht wunderbar aus?

Ja, liebe Fotografen, das sieht wunderbar aus, wenn man es zum erstenmal sieht. Auch beim drittenmal noch macht es Eindruck und beim zehntenmal Vergnügen. Aber beim hundertstenmal fängt es an, langweilig zu werden. Wir sind langsam hinter eure Tricks gekommen, wir kennen euer ewiges Treppenhaus, von unten her zur Schnecke zusammengeschoben, eure kühn verkürzten Hausfassaden und eure Schornsteinsilhouetten. Ihr kommt noch immer, seit drei oder vier Jahren kommt ihr und wollt uns immer wieder mit der gleichen Sache überrumpeln. Aber wir wissen schon! Achthundert Teerfässer. Gut. Tausend Glasplatten. Schön. Zwölfhundert Holzlöffel. Ausgezeichnet. Zweitausend Allgäuer Käse. Prachtvoll. Viertausend Pfund Makkaroni. Wunderbar, wie das aussieht. Und so sachlich – nicht?

Bitte um Entschuldigung: Nein. Es ist nicht so sachlich und heutig und schlagwortmäßig einwandfrei, wie es beansprucht, zu sein. Es ist sehr viel Arrangement dabei, Jupiterlicht von links oben und eine spiegelnde Glasfläche darunter und ein Reflex, mit Silberpapier herausgekitzelt, und es ist viel Routine dabei, ein bißchen zuviel Routine. Es sind nicht Makkaroni schlechthin, sondern Makkaroni in der Dämmerung.

Das ging mir so durch den Kopf, als ich die Bilderbücher durchblätterte, die mir der liebe Weihnachtsmann gebracht hat, weil ich das Lesen verlernt habe wie sehr viele Zeitgenossen. Ich möchte die Namen der Bücher nicht nennen, die ich meine, es sind sehr gute Bücher und die besten Fotografen dabei, und es könnte aussehen wie bösartiges und unangebrachtes Meckern. Während es im Gegenteil eine Ermutigung sein soll:

Los von den Makkaroni, liebe und dankbar verehrte Fotografen, und auf zur Entdeckung neuer und bewegterer Dinge ...

Ich wundere mich

(Die Dame, 1931)

Unsere Mitarbeiterin Vicki Baum hat mit dem Bühnenstück »Menschen im Hotel« einen Welterfolg erzielt. Das Stück ist in Berlin, in Wien und in vielen deutschen Städten gegeben worden, ist jetzt das zugkräftigste Bühnenwerk in New York und wird demnächst auch in London und Paris aufgeführt werden. Vicki Baum erzählt hier, wie das Werk entstanden ist und wie die Gestalten in den verschiedenen Aufführungen auf sie wirken.

Romane schreiben, ist ein sauberes, schönes Handwerk; muß ich mich schämen, zu gestehen, daß ich verliebt in dieses Handwerk bin? Ich habe Romane geschrieben, so weit ich mich zurückerinnern kann. Der früheste von ihnen, mit Kinderschrift in ein blauliniertes Schulheft geschrieben, beginnt so: »›Danke, ich trage meine Geige am liebsten allein!‹ sagte Hans Helder; (Helder hieß der Held meines neunjährigen Herzens!) und schloß die Tür des Künstlerzimmers hinter sich zu.«

Ich kann diesen Romananfang noch heute nicht ohne Achtung und Vergnügen lesen. Ich denke gerührt der ungezählten Manuskripte, die ich ganz für mich, nur für meine Schublade, meinen Papierkorb, mein eigenes Manuskriptkrematorium geschrieben habe; und mit stiller Erwartung sehe ich den vielen Romanen entgegen, die ich als alte Dame schreiben werde, völlig außer Kurs gekommen, und nur für mich. Einfach aus der Freude am Handwerk des Schreibens und ohne jene hyänenhafte Gier des Geldverdienens, die man bei mir voraussetzt, seit meine Auflagen gestiegen sind. Aber ich wollte nicht von Romanen sprechen, sondern vom Theater. Ich habe das Romanschreiben nur des Kontrastes wegen erwähnt. Zum Theater kommen, am Theater aufgeführt werden – das ist nämlich so ein Gefühl, als käme man unter eine Dampfwalze. Eben war man noch gesund und hatte seine plastischen drei Dimensionen. Da wird man vom Theater erfaßt, zu Boden gedrückt, ausgewalzt. Man kommt vollkommen platt wieder heraus; alles, was man gedacht oder geschrieben hat, wird vollkommen platt. Und dann steht man da und wundert sich.

Ich muß, sehe ich, mit dem Ende anfangen, um meine Verwunderung zu erklären. Ich habe da zum Beispiel ein Theaterstück geschrieben: »Menschen im Hotel«, das ist so etwas wie ein Welterfolg geworden. Sie spielen es in New York, in London, in Paris und überall. Ich wundere mich, daß es von mir ist, ich wundere mich, daß sie es spielen, ich wundere mich, daß Leute hingehen, um diese Sache anzuschauen. Es ist nämlich gar kein Theaterstück, sondern ein Roman, den ich nach vielem Zureden recht und schlecht aus der epischen in die dramatische Form zurechtgequetscht habe. Es ging dabei zu, wie bei Aschenputtels Schwestern, denen der Schuh nicht paßte: »Da reichte ihr die Mutter ein Messer und sprach: Hau' ein Stück von der Ferse ab.« ... Ja, solche Bühnenfiguren sind unvollkommen und einfach wie Abziehbilder. Wenn ich sie auf dem Theater sehe, erkenne ich meine ältesten Gedankenfreunde nicht wieder. Mit manchen von ihnen war ich so intim, ich lebte Jahre meines Lebens mit ihnen. Da ist zum Beispiel einer, den ich gern hatte: Kringelein, ein kleiner, todkranker Beamter, der »das Leben« einfangen will. Mit Kringelein steht es so: Ich sah ihn, als ich vierzehn Jahre alt war und bei einem Gesangvereinskonzert in einer kleinen Stadt Niederösterreichs als Harfenspielerin mitwirkte. Es war ein kleiner, ältlicher, mickeriger Mann, wundrasiert, mit einer bös aussehenden Frau; er trat an einer bestimmten Stelle des Programms aus der Reihe und sang das Tenorsolo mit einer dünnen, hellen und zitternden Stimme. Dieser Mann, mit dem ich nie gesprochen habe, beschäftigte mich von meinem vierzehnten bis zu meinem vierzigsten Jahre. Ich habe über ihn nachgedacht, ich habe ihn ausspioniert, ich habe einen endlosen Roman über sein Leben geschrieben und weggeworfen. Ich habe zuletzt die Essenz dieser Gestalt zusammengepreßt in seine drei letzten Tage. Ich habe aus diesen drei Tagen den Roman »Menschen im Hotel« und aus dem Roman das Theaterstück »Menschen im Hotel« gemacht. Kein Wunder, daß ich mich nun wundere, wenn ich ihm auf der Bühne begegne, und er nicht sein Gesicht trägt und nicht mein Gesicht, sondern das Gesicht eines Schauspielers. Ich wundere mich, wenn dieser Mann in jeder Stadt anders aussieht: In Berlin bei dem jungen Kemp war er alt, zerzaust, kindlich; in Wien lieh ihm Edthofer seine müde Eleganz; in London, wo Ronald Squire ihn spielt, wird dieser arme Clerk (wie sie ihn dort nennen) sicher auch ein Bonvivant sein; in der Provinz spielten sogar Gymnasiasten das Stück. Da war er ein achtzehnjähriger Proletarier. In New York ist er ein junger Mensch aus dem Ghetto – da wundere ich mich. Ich weiß so viele

Geheimnisse dieses Menschen Kringelein, viel mehr, als ich je über ihn erzählt habe; auf der Bühne ist er eindeutig; er hat kein Geheimnis; was er weiß, das sagt er und damit Schluß.

Ich will damit nichts gegen das Theater gesagt haben, im Gegenteil; seine mathematischen Möglichkeiten sind vielfacher als die des Schachspiels. Aus einer Figur macht es hundert verschiedene Figuren. Aus einem Schauspieler macht es hundert verschiedene Menschen. Und manchmal wieder aus hundert verschiedenen Figuren immer wieder den einen großen Schauspieler: die Dorsch, Bassermann, Max Pallenberg.

Nein, nichts gegen das Theater! Als man mich zum erstenmal unter der Dampfwalze hervorzog, habe ich geschworen, feierlich und ernst: Nie wieder ein Stück zu schreiben. Es war ein Meineid, um es gleich zu sagen. Ich habe wieder eines geschrieben. Und ich kann den Augenblick nicht erwarten, wo ich zum zweiten Male unter die Dampfwalze kommen soll ...

Das kosmetische Zeitalter

(Der Freihafen, 1931)

Nicht, als ob es Kosmetik nicht immer gegeben hätte. Vom Raffinement der Ägypterin zu schweigen: die Geschichte von den Venezianerinnen der Renaissance, die auf den Hausdächern saßen und ihre blondgefärbten Haare trockneten, habe ich so oft gehört, daß ich mir Venezianerinnen der Renaissance ein für allemal nicht anders vorstellen kann, als auf Hausdächern und mit nassen, gefärbten Haaren. Es war ihre Methode, um jene Farbe herzustellen, der Tizian die Popularität seines Namens verdankt. Außerdem stand schon damals die Höhe der Kosmetik in Zusammenhang mit der Freiheit der Liebe. Unsere Mütter hingegen, bürgerlich wie sie waren, schworen auf Kaiser-Borax und Glyzerin. Frauen von nicht ganz einwandfreiem Ruf benutzten außerdem Benzöe zum Bleichen der Haut, und Lebedamen des 19. Jahrhunderts sollen ja sogar das Gesicht und die Schultern mit Milch abgewaschen haben.

Von solcher Einfachheit der Sitten sind wir weit entfernt. Wer Zeit dazu hat, kann Statistiken lesen, aus denen zu ersehen ist, welche Geldsummen die Kosmetik in Umsatz bringt, wieviele Menschen ohne sie nicht leben können – und wieviel Menschen von ihr leben. Doktorarbeiten könnte man darüber verfassen, wie dicht das heutige Leben von den Einflüssen der Kosmetik durchfasert ist. Die Frauen sind aktiv in der Kosmetik. Die Männer sind passiv. Sie wissen nicht, was ihnen geschieht. Sie haben keine Ahnung, daß dreiviertel ihrer Sympathien und Antipathien, ihrer seelischen Emotionen, ihrer Lebensentschließungen unter Mitwirkung der Kosmetik vor sich gehen. Wenn ein Mann Wahl und Entscheidung zwischen Frauen zu treffen hat, dann entscheidet er immer nach dem Aussehen – auch wenn er es nicht weiß. Und nicht nur in der Liebe. Für jede Frau, die Stellung sucht, ist ihr Friseur, ihre Pudersorte, ihr Parfum von schicksalhafter Bedeutung.

Dazu haben die Männer in ihrer Unschuld immer zu sagen: Wir mögen hergerichtete Frauen gar nicht. Wir lieben das Natürliche, das Schöne und so weiter. Leider nur ist Natur und Schönheit nicht immer ein Synonym. Was die Männer meinen, wenn sie sagen »nicht geschminkt«, das ist – jede Frau weiß es – »gut geschminkt«. So geschminkt, daß man es nicht merkt, so geschminkt, daß es gut aussieht, so geschminkt, daß man es glauben kann – aber um Gotteswillen nicht »nicht geschminkt«.

Kosmetik ist eine intensive und tröstliche Beschäftigung für Snobfrauen, Luxusfrauen, Frauen, die mit ihrer Zeit nichts anzufangen wissen. Aber sie ist zugleich erschütternd demokratisch. Crême und Puder sind Allgemeingut der Frauen geworden, Dame und Stubenmädchen, Generaldirektorsgattin, Sekretärin und Arbeiterin benutzen dieselbe, durch Reklame in ihr Bewußtsein gehämmerte Sorte, und vor der Schere des Friseurs sind alle Frauen gleich. In jedem Provinzwinkel kann man heute Schönheitsinstitute finden, in denen die ganze, geheimnisvolle Alchemie der Kosmetik beherrscht wird. »Man muß sich pflegen« ist eine so selbstverständliche These geworden wie »man muß essen« oder »man muß leben«.

Nun muß man nicht glauben, daß dieser kosmetische Rummel einfach so ohne Grund und Ziel dahergeflogen kam. Es ist, wie man vernimmt, seit dem Krieg eine gewisse Überzahl an Frauen in der kultivierten Welt. Das Angebot ist größer als die Nachfrage, um es nationalökonomisch auszudrücken. Die Frauen leben also unter ziemlich harten Bedingungen: in der Liebe, in der Erotik, in der Ehe, im Beruf. Und was die Frauen in den Zellen der Schönheitssalons suchen – und häufig auch finden –, was sie an sich boben, ondulieren, straffen, säubern, salben, pudern, paraffinpacken, abhungern und aufmalen, das ist mit einem Wort: Konkurrenzfähigkeit.

Das Resultat ist eindeutig. Man könnte cum grano salis sagen: jede Frau wird hübsch und keine Frau wird alt.

Eine besondere Erfindung, Entdeckung und Spezialität unseres kosmetischen Zeitalters sind die Frauen, die »noch immer« gut aussehen. Für die Noch-immer-Frauen ist der Kampf am härtesten und das Leben am schwersten. Es gilt keine Tortur, die sie nicht aushalten, kein Opfer, das sie nicht bringen, keinen Prospekt, dem sie nicht glauben würden – nur um dieses »noch immer« zu erreichen. Lächelt nicht zu sehr über sie, Ihr Lieben! Die Frauen, die heute »noch immer« gut aussehen, das sind die gleichen Frauen, denen Krieg und Inflation die zehn besten Jahre aus ihrem Leben wegeskamotiert haben. Es sind die Frauen, die damals nicht viel über zwanzig waren und die heute nicht viel unter vierzig sind. Sie laufen hinter ihrer nichtgelebten Jugend her, das ist es wohl in der Hauptsache. Gönnt den Noch-immer-Schönen den Trost der Hennafarbe, der Dauerwellen, Kinnbinden und radio- oder hormonhaltigen Zaubersalben. Es gibt wenig Dinge, die so anstrengend sind, wie dies: noch immer gut aussehen.

Es handelt sich dabei nicht nur um den Mann, wird behauptet; und das ist so sicher wahr, wie hunderttausend Frauen heut im Beruf schuften und sich behaupten müssen. Aber es handelt sich doch auch sehr um den Mann – wenn die ganze Wahrheit gesagt werden soll.

Weil es nun eine ewige Gerechtigkeit gibt, hat unsere Zeit den kampfbereiten und zu kurz gekommenen Noch-immer-Frauen einen Gegenspieler gesendet: den jungen Mann mit dem Mutterkomplex.

Dieser junge Mann war damals, als der Krieg begann und seine heutige Geliebte fünfundzwanzig war, vielleicht ein Schuljunge von 14 Jahren. Er hat in den Entwicklungsjahren zu wenig zu essen bekommen, den Vater entbehrt, er hat nachher wohl auch allerhand Umstellung und Zusammenbruch im Elternhaus erlebt, und zuletzt ist er etwas ratlos ins Leben hinausgestellt worden, ohne Ziel, innerlich schmächtig geraten wie er ist und ganz ohne Vertrauen in sich oder irgend ein Ding auf der Welt. Er ist prädestiniert dafür, der Freund von einer jener hartgeklopften, bewußten Frauen zu werden, die noch immer gut aussehen ...

Man sieht diese Paare in Kaffeehäusern und auf Standesämtern, sie halten sich nicht nur in Tanzdielen auf, sondern sie heiraten auch, und meistens geht es erstaunlich gut aus mit ihnen. Der junge Mann mit dem Mutterkomplex läßt sich verwöhnen und führen. Die Frau führt, lenkt, stellt sich als Puffer zwischen ihn und das Leben, sie arbeitet – und wenn sie ein bißchen freie Zeit hat, dann läuft sie der Kosmetik nach, dann sitzt sie vor den Spiegeln und starrt sich an und versucht ihre zehn Jahre Vorsprung wegzuzaubern, und jedes Mittel ist ihr recht dazu ...

Es kommt auf den Gesichtspunkt an. Man kann sagen: Kokette verblühte Frauen, die nicht genug kriegen können, und haltlose Gigolos, die sich soutenieren lassen.

Man kann auch sagen: Arme Teufel alle miteinander.

Man kann sagen: Kosmetik ist ein Schwindel, und weiter als mit dem Borax und Glyzerin und Benzöe unserer Mütter sind wir im Grund noch immer nicht gekommen – und alles andere ist Suggestion.

Aber man kann auch sagen: Gott segne Suggestion und Kosmetik. Denn es gibt Dinge in unserer Zeit, die ohne Schminke nicht auszuhalten wären.

Informationen über Lady Chatterley

(Vossische Zeitung, 1931)

Kennen Sie eigentlich Lady Chatterley? Sie werden verlegen? Weil Sie sie kennen? Weil Sie noch nie von ihr gehört haben? Beides kein Grund zur Verlegenheit. Lady Chatterley ist die verrufene Heldin eines berüchtigten und überall verbotenen Buches von D. H. Lawrence. Seit Lawrence dieses Buch geschrieben hat, war er tot für England, noch bevor er starb, Gras wächst über seinen Namen und die

Feindschaft vieler Gentlemen ruhte auf ihm. In Deutschland gibt es auf Subskription einige numerierte Exemplare dieses Buches, das Herlitschka reichlich plump übersetzt hat. Aber nun versuche einer einmal, dieses Buch fein zu übersetzen! Es vertritt nämlich das Recht – nein, die Pflicht – des Autors auf den Gebrauch obszöner Worte, auf die unverblümte Schilderung und Wiedergabe aller Dinge, die zwischen Liebenden vorgehen und gesprochen werden. Bekanntlich aber wirken Liebespaare auf Dritte immer etwas undelikat und lächerlich. Der Leser, der hier als Dritter gezwungen wird, alles und jedes über Lady Chatterley und ihren Liebhaber zu erfahren, hat ein reichlich unangenehmes Gefühl und blättert schließlich über jene Seiten weg, auf die der Dichter so stolz zu sein scheint. Auf der anderen Seite wäre zu sagen, daß hier zum erstenmal jene Dinge berührt werden, die in der Liebe wesentlich sind und die bisher immer bis zu Unerkennbarkeit in Worte aus himmelblauer Watte – »Liebesnacht« – oder »jauchzende Seligkeit« – oder – »leidenschaftliche Hingabe« – verpackt waren. Dem Roman hat Lawrence einen Essay folgen lassen »Apropos Lady Chatterley ...«, der jetzt in deutscher Übersetzung erschienen ist. Er meint darin treuherzig, daß man sich an den Gebrauch ungewohnt anstößiger Worte während des Lesens rasch gewöhnt. Das mag nun bei verschiedenen Leuten verschieden sein. Manche werden das Buch rasend unanständig finden – und dagegen wehrt sich Lawrence wie ein Löwe; andere werden es gar nicht unanständig finden, nur ein bißchen peinlich oder komisch oder überflüssig. Schließlich hat Boccaccio derartiges um so viel liebenswürdiger und natürlicher vorgebracht. Bei Boccaccio hat alles die Selbstverständlichkeit eines lebendigen Menschen. Bei Lawrence ist es das Justament eines dogmatischen und literarischen Kopfes. Er möchte die Welt retten, wahrhaftig, er glaubte, die Welt wäre zu retten durch den freien und offenen Gebrauch jenes erotischen Jargons, der nur in den heimlichsten Stunden zwischen Liebenden statthat. Die Welt retten – und wovor?

Vor dem Spannungsmangel zwischen den Geschlechtern, vor Kälte des Herzens, vor dem Eingeschlossensein in sich selbst, vor der Unfähigkeit, stark zu erleben, vor den Abgründen der Enttäuschung, Haß und Einsamkeit, in die eine unelementare Erotik die meisten Menschen heute treibt. Es ist Lawrence bitter ernst damit, man merkt es aus seinem Kommentar mehr als aus seinem Roman. Er hat recht – nicht mit jedem Satz, aber fast mit jedem zweiten. Er hat die kranke Stelle gefunden, er legt die Hand darauf. Bloß: Die Wunde schließt sich nicht. Lady Chatterleys Geschichte, mag sie nun Neid oder Abscheu erregen, bleibt ein Einzelfall. Hunderttausend Lady Chatterleys, die mit hunderttausend Förstern ein Verhältnis anfingen, würden nicht die Krankheiten unserer Zeit heilen. Und die »phallische Ehe«, die Lawrence fordert, ist leichter gepredigt als vollzogen.

Bei aller Freiheit und Revolution gegen das Hergebrachte war Lawrence viel englischer als er selber weiß. Der Skandal des Buches ist nicht der Ehebruch an sich, sondern, daß eine Lady sich mit einem Menschen der *»lower classes«* einläßt. Lawrence gibt ihr zwei Entschuldigungen dafür: der Förster, in den sie sich verliebt, hat es bis zum Oberleutnant gebracht und besitzt Bildung und Auftreten eines Gentleman. Der Gatte, dem sie durchbrennt, ist kriegsverstümmelt und gelähmt. Und sehr englisch ist es auch, daß Lawrence in seinem Kommentar sagt: dies sei keine Entschuldigung, sondern es müsse ihr im Gegenteil alle Antipathie eintragen, es bedeute eine Verschärfung, daß sie ihren kranken und eheunfähigen Mann verließe.

Es ist in diesem verrufenen Buch eine Menge Idealismus und eine Menge Ideologie – was zwei grundverschiedene Dinge sind. Und wenn Sie wieder von Lady Chatterley hören, dann verurteilen Sie sie nicht – ihr berühmter Autor ist geschmacklos gewesen, aber voll von gutem Wissen und gutem Willen.

Frau unter Frauen

(Vossische Zeitung, 1931)

Wenn man als Frau die tausendfache Verstrickheit, Zerspaltenheit, Bedrängtheit der Frauen kennt, die »den Paragraphen« übertreten, dann zweifelt man, ob irgendein Gesetz überhaupt vielfarbig, vieldeutig, ausziseliert genug sein kann, um dieser weiblichsten und menschlichsten aller Fragen gerecht zu werden.

Es ist ziemlich schwer, aufrichtig über diese Dinge zu sprechen und aufrichtige Auskunft zu erhalten. Aber jede Frau weiß aus ihrem eigenen Kreis mehr als genug Fälle, in denen das Gesetz übertreten wurde. Verheiratete und Ledige, Starke und Schwache, Gesunde und Kränkliche, Frauen auf dem Land, Frauen in der Stadt, Berufsfrauen und Luxusfrauen, Arme und Reiche. Wenn ich beispielsweise von meinen persönlichen Erfahrungen sprechen soll, von jenen Fällen, bei denen ich direkt ins Vertrauen gezogen wurde, so werden es rund 30 Frauen sein, von denen ich in den letzten Jahren erfuhr, daß sie eine Schwangerschaft gewaltsam unterbrachen – und es sind Frauen aller Schichten darunter. Soll ich weiter aufrichtig sein, dann haben nur etwa die Hälfte dieser Frauen und Mädchen in wirklicher Bedrängnis und Notlage gehandelt. Die andere Hälfte hat meiner Meinung nach recht leichtsinnig den Weg des geringsten Widerstandes gesucht und sich der Verantwortung für ein Kind entzogen.

Wenn ich sage »den Weg des geringsten Widerstandes«, so weiß ich wohl, was ich meine. Trotz des Paragraphen ist es heute den Frauen ziemlich bequem gemacht, ihn zu umgehen. Es ist heute viel leichter, ein keimendes Leben zu vernichten, als ein Kind zu bekommen und großzuziehen. Früher, noch vor 30, 40 Jahren war das anders. Selbstmord und Kindesmord lag näher als der Ausweg der Abtreibung, der heute leicht, allzu leicht gefunden wird. Man könnte sagen: um soviel das Gesetz zu scharf und schematisch ist, um so viel ist die Toleranz gegen seine Verletzung zu groß geworden. Wäre der Paragraph 218 vernünftiger, dann könnte seine Übertretung besser verhindert und bestraft werden. So, angesichts seiner Unzulänglichkeit, sind Ärzte, soziale Institutionen, ja sogar Krankenkassen und Krankenhäuser dazu übergegangen, beide Augen zuzudrücken, zu schweigen und zu dulden.

Es geschieht ja nicht selten, daß man Hausangestellte beim Arzt oder Krankenhaus abliefern muß, weil sie allerhand Manipulationen an sich vornehmen ließen und nun krank und gefährdet sind. Ich habe noch nie erlebt oder gehört, daß Krankenhäuser, Krankenkassen oder Ärzte eine Anzeige machten. Die Ursache des Übels wurde immer mit Schweigen übergangen. Mir sagte eine Hebamme einer größeren Provinzstadt, übrigens eine sehr gebildete und kluge Frau:

»Ich kenne keine einzige Frau in dieser Stadt, die nicht schon bei mir war, und mich bat, ihr ein Kind wegzunehmen.« Mir berichtete eine einfache Frau, die in einer Person Hebamme und Gemeindeschwester eines kleinen Fischerdorfes ist, das gleiche innerhalb ihres bäuerlichen Kreises. Mir erzählten Frauenärzte überall, daß die Bitte um Unterbrechnung einer Schwangerschaft das häufigste Ansinnen sei, das ihnen gestellt werde. Mir schrieben viele Studentinnen, nachdem ich in einem Buch »Helene Willfüer« den Leidensgang einer unehelichen Mutter von Arzt zu Arzt geschildert hatte. Was ein Teil von ihnen mir mitteilte, war zusammengefaßt und einmal sogar wörtlich ausgedrückt so:

»Dieser Roman ist unwahr, unzeitgemäß, romantisch verlogen und den Tatsachen nicht entsprechend. Jede Studentin weiß innerhalb weniger Stunden Mittel und Wege zu finden, um eine unerwünschte Schwangerschaft zu unterbrechen …«

Ich übertreibe nicht, ich zitiere. Ein großer Teil derjenigen jungen Frauen und Mädchengeneration stellt die gleiche Möglichkeit der Abtreibung ganz selbstverständlich in ihren Lebensplan, und verliert dadurch jedes Verantwortungsgefühl bei sexuellen Bindungen.

Dies ist die Lage: auf der einen Seite ein Gesetz, das, wie es scheint, durch seine Rücksichtslosigkeit gegen die gegenwärtige Struktur der Gesellschaft unerfüllbar geworden ist. Auf der anderen Seite eine allgemeine Übertretung, eine schweigende und vertuschende Toleranz, bei der ehrliche Not mit Leichtsinn und Frivolität in einen Topf geworfen wird. Das Schlimme aber dabei ist: Es werden viele Kinder nicht geboren, deren Mütter es sich leisten könnten, ein Kind, oder ein Kind mehr zu bekommen. Und es werden viele Kinder geboren, die nicht geboren werden sollten, weil ihre Mütter zu arm, zu elend, zu schwach, zu belastet sind. Jeder weiß, daß es so ist, es schreit zum Himmel, daß grade die Ärmsten am schwersten Mittel, Wege, Hilfe finden.

Das banalste Argument dagegen ist, daß man »für Geld alles haben könne«, auch beim Arzt, und ohne Geld verloren sei. Mir scheint, daß man damit der Gesamtheit der

Ärzte bitter Unrecht tut. Outsider hat jeder Beruf, und es wird immer vereinzelte Ärzte geben, die das Verhindern einer Geburt als Luxus ansehen und als Luxus bezahlen lassen. Aber was den Arzt im allgemeinen verhindert, der mittellosen unehelichen Mutter, der geburtsmüden Proletarierfrau zu helfen, ist die Angst vor dem Paragraphen, die Angst vor Verwicklungen, vor Schwierigkeiten, vor Tratsch vor allem. Es gibt viele Ärzte – mögen sie es auch offiziell leugnen –, die innerhalb ihrer bürgerlichen, ihnen bekannten Klientel Diagnosen stellen, die eine Unterbrechung der Schwangerschaft indizieren, und die das keineswegs hoch bezahlt kriegen. Die aber der Armen, Unbekannten, die von der Straße durch Zufall und Verzweiflung in ihre Sprechstunde geweht wird, diese Hilfe verweigern, einfach, weil sie sie nicht kennen und unerwartete Konsequenzen fürchten, wenn sie ihr helfen. Umgekehrt wird grade in Proletarierkreisen der Arzt oft als der natürliche Feind angesehen und die Frauen vertrauen sich lieber Hebammen und Kurpfuschern an. Wie man Schwangerschaft und Geburt verhindert, ist ja das ewige Frauengespräch aller Hinterhöfe, Treppenhäuser und Straßenecken der Arbeiterviertel.

Tatsächlich ist die Unterbrechung einer Schwangerschaft ein schwererer Eingriff, als die Gegner des § 218 wahr haben wollen – und das ist neben Gründen der sittlichen Veranwortlichkeit der wichtigste, der auf eine vernünftige Gesetzgebung drängen läßt, die zwischen unsozialer Härte und uferloser Duldung die Mitte hält. Mag der Eingriff an sich so leicht sein, daß er in der Hand des Arztes gefahrlos ist, so leicht, daß die operierte Frau zunächst nach kurzer Ruhe wieder fähig für Beruf und Haushalt ist – in Wirklichkeit wirkt er tief und lang im Organismus nach. Es ist immer eine biologische Gewaltsamkeit, wenn ein weiblicher Organismus, auf die Ausbildung eines Kindes eingestellt, plötzlich aus diesem Zustand herausgerissen wid. Es ist ein Schock, der lang im Körper und Nervensystem nachklingt, wie eine schwere Krankheit. Man erfährt davon selten, denn es liegt in den Verhältnissen, daß Frauen, bei denen eine Schwangerschaft unterbrochen wurde, nachher nicht zu klagen pflegen. Man sollte nicht vergessen, daß der Wunsch nach Kindern ein Urtrieb ist; kein Gesetz kann ihn abschwächen oder verstärken, so wenig, wie ein Gesetz hungrig oder satt machen kann. Die Sehnsucht nach dem Kind lebt in jeder gesunden Frau. Die Natur bestimmt mit ziemlicher Sicherheit, wieviele Menschen geboren werden sollen. Wo zuviel geboren wird, da sterben viele Kinder. Wo die Erde zu dicht bevölkert ist, da schafffen Auswanderungen, Katastrophen, Kriege Luft. Nach dem Krieg – wie fleißig und eifrig waren die Frauen in der ganzen Welt dabei, Kinder zu bekommen! Jetzt, da die Welt in einer wirtschaftlichen Krise steht, suchen die Menschen, nicht mehr Kinder in die Welt zu setzen, als sie ernähren können ... Instinkt und Natur bestimmt diese Kurven. Der Einfluß eines Paragraphen, der noch so wohlgemeinte Einfluß von Kirche und Staat kann, daran gemessen, nur kleinlich und unbedeutend sein.

Es ist zu hoffen, daß der Lärm um den § 218 nicht zur Ruhe kommt, bevor eine bessere Fassung gefunden worden ist. Nicht nur eine Abänderung des Paragraphen, wie ihn der neue Strafgesetzentwurf vorsieht, sondern eine tätige und praktische Neuordnung. A und O dieser Bewegung wäre eine vernünftige Geburtenregelung unter staatlicher Protektion und Aussicht. Vielleicht könnte jeder Frau, die eine Schwangerschaft zu unterbrechen wünscht, Gelegenheit gegeben werden, ihren Fall bei einer offiziell dazu berufenen Stelle vorzulegen. Vielleicht hätte ein Arzt das Medizinische, ein sozialer Helfer – am besten eine Frau – das Soziale, ein Psychologe die seelische und nervliche Struktur zu beraten. (Denn es ist nicht zu übersehen, daß die meisten Frauen in dieser Lage mit Selbstmord drohen und auch leichter zu Selbstmord bereit sind als in normalem Zustand). Lehnt diese Kommission den Wunsch der Frau mit guten Gründen ab und die Frau läßt dennoch abtreiben (und wird notabene dabei erwischt!), dann allerdings sollte man nicht so tolerant sein, wie man jetzt geworden ist.

Vielleicht könnte von einer bestimmten Kinderzahl an, von einer bestimmten unteren Grenze des Einkommens, des Wohnraumes, der körperlichen Kraft einer Mutter die Indikation von vornherein gegeben sein. Vielleicht könnten die Krankenhäuser in den ihnen zugewiesenen Fällen unentgeltlich Hilfe gewähren. Vielleicht könnte an die Stelle des jetzigen Zustandes, der verbietet und duldet zugleich, eine Ordnung treten, bei der das Notwendige erlaubt und das Überflüssige wirklich bestraft würde. Vielleicht wäre das ein Weg, bei dem die Richtigen Kinder kriegten und die Richtigen davor bewahrt blieben.

Ja, das sind so Ideen, die man sich macht, wenn man über die Paragraphengeschichte nachdenkt. Dilettantische Ideen – mag sein! Wir Frauen sind ja mehr oder weniger Dilettanten im Juristischen. Aber wir sind mehr oder weniger Fachleute in der Angelegenheit, die der § 218 bestraft.

Ein einfaches Butterbrot in der Sahara

(Die Dame, 1931)

»Ich möchte mit einem Kamel in die Wüste hinausreiten und draußen übernachten«, sagte ich zu meiner Hotelwirtin in Touggourt. – »Madame! Mit einem Kamel in die Wüste! Das ist unmöglich, Madame!« erwiderte die Wirtin mit allen Zeichen der Verstörung.

Touggourt – man muss es wissen – ist eine echte, lehmgebaute Wüstenstadt und liegt mitten in der Wüste.

Von Biskra aus, das auch schon in der Wüste liegt, fährt man mit dem niedlichen »train blanc«, je nach der Gunst des Wüstenwetters acht bis sechzehn Stunden nach Touggourt, immer durch Wüste, gelbe Dünen, zuweilen Heuschreckenwölkchen, südwärts. Der Sand der Sahara liegt in den Straßen Touggourts, die Fassaden seiner offiziellen Gebäude stehen zierlich den gelben Marktplätzen zugekehrt, aber ihre Rückseiten sehen direkt in die Wüste hinaus. Kamele lagern überall mit ihren Treibern, und alles und jedes Ding riecht nach Kamel. Ich hatte mir es eigentlich ganz einfach gedacht, eines dieser Kamele zu chartern und hinauszureiten. Aber es gab riesige Schwierigkeiten. Anfangs schienen sie unüberwindlich, aber im Lauf von stundenlangen Verhandlungen wurde es lichter. Es wurde mir klargemacht, was ich brauchte, um »comme dame« in die Wüste zu reiten, nämlich eine Karawane und einen Karawanenführer, den einzigen Führer Touggourts, den sein Mut und seine Kraft befähigten, eine solche Expedition zu leiten. Man schilderte mir erst die Gefahren, und hernach die Kosten. 600 Franken und ein Pourboire. Würde ich mich entschließen?

Ich entschloß mich.

Schon am nächsten Abend präsentierte sich mir der Chef der Karawane, ein neunzehnjähriger Araber. Er sah aus wie Valentino multipliziert mit Douglas Fairbanks, er nannte sich Mohammed, Sohn des Abi Kader Mustapha, er sprach ein nettes Französisch und gab sich den Anschein, als wäre er eigens von den höchsten Gipfeln des Atlas herbeigeeilt, um mir beizustehen. In weißem Haik und weißen Pluderhosen, mit den schönen roten arabischen Reitstiefeln und den seltsamen, handgeschmiedeten Sporen stand er vor mir, kühn und charmant, wie ein Filmstar und examinierte mich. Ob ich wüßte, daß vierzig Kilometer südlich schon die gefürchteten Tuaregs in der Wüste hausten? Ich wußte es. Ob ich in der Wüste zu Abend essen wollte? Ob kaltes oder warmes Essen? Ich bat, doch nur ja keine Umstände zu machen. Mohammed begann, die Expedition vorzubereiten; er klammerte sich finster an das Telefon in der Hotelhalle, ich hörte, wie er vierzig Flaschen Mineralwasser bestellte. Er machte einen aufgeregten, aber entschlossenen Eindruck, als ich ihn verließ. Am nächsten Tag schon wollte er bereit sein, mich in die Wüste zu bringen. Schön.

Am nächsten Tag um drei Uhr, die Stunde, da alles sich vor der Sonne verkriecht, ging es los. Wir kämen sonst zu spät zu einem sicheren Lagerplatz in der Wüste, wurde mir bedeutet. Gut, ich war, mit Leinenhosen und Tropenhut, bereit. Als ich vor das Hotel auf den kochenden Platz hinaustrat, machte es mir einigen Eindruck, zu sehen, was alles ich für meine hundert Mark gemietet hatte. Da waren also acht erwachsene Kamele und ein junges, das nur zum Vergnügen mitlief. Drei trugen Zelte, eines trug Wasser, eines Brennholz, eines Möbel (jawohl, Möbel!), eines Tragtaschen mit Proviant, eines trug mich. Mohammed ben Abi Kader Mustapha seinerseits hatte sich auf dem bezauberndsten, rosennüstrigen kleingebauten Araberhengstchen eingefunden, und sah hinreißend aus. Zu den neun Kamelen gehörten vier Erwachsene und acht Jungen. Als wir losritten, hatte ich den deutlichen Eindruck, zum Oberhaupt eines kompletten Beduinenstammes geworden zu sein.

Nach zwei Minuten waren wir aus der Stadt hinausgeschaukelt, dann ging es eine Viertelstunde lang an einer Palmenpflanzung vorbei, dann sah man noch eine Autospur in die Wüste hineinschneiden und sich verlaufen, dann trabte das Kamel über die erste Sanddüne, wiegend hinauf, stoßend hinunter – und dann war die Welt verschwunden, und alles nur hingewellte, leere, unsagbar stille Wüste. Ich war sehr glücklich. Es war mehr Romantik, als ich erwartet hatte, mehr Romantik, als man für 600 Franken und ein Pourboire beanspruchen konnte.

Aber ich vergaß, von Mabrouk zu erzählen. Mabrouk war mein Freund, ein bezauberndes Araberbürschchen, neun Jahre alt, klug, höflich, er hatte sich mir mit seinem sauberen Schulfranzösisch und allen seinen Kenntnissen für eine Woche angeschlossen als Dolmetsch, Führer und Stiefelputzer. Er sollte mitkommen in die Wüste, aber bei unserm Ausritt hatte er sich nicht eingefunden. Als wir jedoch etwa zwei Stunden geritten waren, hörte ich Rufe in der Stille, dann kam ein schwarzer Punkt sehr schnell durch das Gelbe heran, und als er nahe war, verdeutlichte er sich zu einem uralten Fahrrad, leidenschaftlich getreten von einem halbwüchsigen Negerbengel, und auf der Lenkstange kauerte Mabrouk. Er gab keine Erklärungen ab, sondern ließ sich von seinem Gefährten die nächste halbe Stunde schweigsam neben meinem Kamel her durch den Sand trampeln. Es mochte unfreundlich sein, aber mir störte dieses Fahrrad die romantische Situation. Es gefiel mir nicht, dass ich mit neun Kamelen ausritt, wenn ein kleiner Nigger auf einem vorweltlichen Fahrrad uns mitten in der Wüste einholen konnte. Wir kamen an eine Tränke, ich schickte den Neger samt Fahrrad zurück und ließ Mabrouk auf eines der Kamele zu den Beduinenkindern packen. Wir ritten und ritten, es ist eine verzauberte Sache, so durch die Wüste zu reiten, Mund und Nase voll Sand, aber so vollkommen ruhig und glücklich, wie man es in Europa nicht begreifen kann.

Kamelsättel sind wunderbar bequem, aber wenn man ein paar Stunden Dünen auf, Dünen ab geritten ist, wiegend den Paßgang hinauf, stoßenden Trab hinunter, bekommt man doch Reitschmerzen. Auch gab es rätselhafte kleine Episoden. Auf einer Düne stand schwarz in der langsam verschleiernden Luft ein Beduine und signalisierte mit den Armen. Etwa eine Stunde später trafen wir wieder auf die gleiche winkende Silhouette. In der Wüste sehen alle Dünen und alle Männer gleich aus, notierte ich in Gedanken. Auch gab es mitten in der Wüste – wir ritten schon über vier Stunden – eine rätselhafte Wellblechhütte, wie sie bei uns die Straßenreinigung aufbaut. Ganz allein und unerklärbar stand sie da, und es wurde schon dämmerig. Einmal kam es zu streitendem Geschrei zwischen Mohammed und einem der Treiber, dann preschte Mohammed davon in voller Karriere, wie ich nie einen Menschen reiten sah, er verschwand in der Wüste, unser Chef und Führer, und wir blieben allein. »Was ist los?« fragte ich Mabrouk. — »Er hat die Karbidlampe vergessen«, sagte Mabrouk einsilbig. (In Touggourt wird alles mit diesen scharfen Karbidlampen beleuchtet, es liegt schon außerhalb jener Kultur, die sich durch elektrische Beleuchtung dokumentiert.) Zehn Minuten später trommelte etwas durch die Wüste, und Mohammed war wieder da, das Pferd war naß, die Zügel blutig, es schnob blutigen Schaum bis auf seine Fesseln hinab. »Wir haben kein Licht mit?« fragte ich. Er gab keine Antwort. Wir ritten nur: fünf Stunden, sechs Stunden. Die Tragkamele waren uns vorangegangen, es dunkelte, wieder stand ein Beduine auf einer Düne, wieder sah er genau aus wie die vorigen, diesmal legte er die Hand an Stirn und Herz zum Gruß und führte mein Kamel in eine Senkung. Unten hatten sie großen Zauber gemacht, der Traum von Lagerzelt und Feuer wurde Wirklichkeit.

Ich übersah mein Gebiet. Ich war Herrin über vier Zelte, eine Herde von Kamelen – es waren noch ein paar dazugekommen – und eine ganze Dorfbevölkerung von Menschen, die aufbauten, absattelten, das Feuer bewachten, kochten, und alles in allem ungeheuer geschäftig waren. Zwei taten nichts als Teller wischen, einer goß Wasser aus den Behältern in Teekessel. Einer wurde mir als Koch präsentiert. Ich inspizierte die Zelte. In einem balgten sich Beduinenkinder. In einem stand Tisch und Stuhl. In dem dritten wurden eben ein Feldbett und ein Waschtisch aufgeschlagen. Das vierte war klein. Es enthielt, mit Verlaub zu sagen, das Klosett, vielmehr die Attrappe eines Klosetts. Ein hölzerner Sitz, mitten in die Wüste gestellt und von einem Zelt überdacht. Ich begriff, was es heißt, »comme dame« in die Wüste zu reiten.

Ob ich Tee wünschte, wurde ich gefragt. Ob ich im Zelt oder im Freien speisen wolle? Schon nach einer Dreiviertelstunde war der Tee fertig, der schwarze, süße, verteufelt scharfe und erfrischende Pfefferminztee der Araber. Man breitete einen Teppich in den Wüstensand und schleppte Stuhl und Tisch aus dem Zelt Nr. 2 – es war nur mitgekommen, falls ich drinnen hätte essen wollen. Man arbeitete, man kochte – vier Leute kochten schon seit mehr als einer Stunde mein Abendbrot. Ich wurde gebeten, noch ein wenig Geduld zu haben, ein wenig spazieren zu gehen. Ich ging spazieren, ich hatte steife Beine vom Sechs-Stundenritt, ich kehrte zum Lagerfeuer zurück. Die Kamele lagen mit gefesseltem Vorderbein und kauten geräuschvoll wieder, sie hatten sich indessen vollgefressen mit dem grünen Kraut, das die Araber Djnep nennen, und das in der Wüste wächst. Der Koch arbeitete im Feuerschein, Mohammed kommandierte, die Tellerwischer wischten Teller. Mabrouk lag neben dem jungen Kamel und schaute still mit dunklen Tieraugen in die seinen. Wie verzaubert die Welt war, wie fremd, wie unvorstellbar weit entfernt. Einer blies auf der kleinen Rohrflöte, die immergleichen fünf Töne aller arabischen Nächte ... Man bat mich zeremoniell zum Abendessen. Man servierte mir mit Verbeugungen: zwei harte Eier, eine Dose Sardinen, ein Stück Brot. Man zögerte, man wartete, ich spürte es, ich wußte nicht auf was. Es war halb elf Uhr nachts geworden, tiefbesternte, abgrundstille Nacht mitten in der Wüste. Plötzlich tauchte eine Gestalt im Feuerschein auf, eine atemlose, winzige Gestalt, ein Araberkind, vielleicht sechs Jahre alt, den kleinen blauen Haik hochgeschürzt. Es überreichte dem Chef der Karawane, Mohammed ben Abi Kader Mustapha – er lag malerisch auf seinem Sattel hingebaut zu meinen Füßen, die Flinte neben sich – ein rätselhaftes Paket.

»Was ist das?« fragte ich meinen Freund Mabrouk.

»Das ist die Butter, Madame«, sagte Mabrouk höflich.

»Mein Gott, welche Butter, Mabrouk?«

»Sie wäre nicht frisch geblieben, wenn wir sie mitgenommen hätten«, sagte Mabrouk.

»Ist das Kind deshalb mitten bei Nacht mitten durch die Wüste gekommen?« fragte ich entsetzt und verständnislos.

»Es ist ja nur zehn Minuten von Touggourt hierher, Madame«, sagte Mabrouk, höflich und überlegen, wie er immer mit mir sprach.

Ich erhob mich und verließ meinen Hofstaat. Ich setzte mich still abseits, neben das kleine Zelt mit dem diskreten Zweck. Die Nacht war herrlich und der Himmel über mir nah und voll mit fremden Sternen. Ich hatte lahme Beine, Nase, Mund und Augen voll von feinstem Sand. Ich dachte lange nach. Aber ich habe es bis heute nicht begriffen, warum ich wie ein Idiot sechs Stunden lang rund um Touggourt Karussell reiten musste, um »comme dame« in der Wüste zu übernachten ...

Angst vor Kitsch

(Uhu, 1931)

Was Kitsch ist, das hat noch kein Mensch definieren können, obwohl es ein ganzes Museum dafür gibt. Noch schwerer, zu sagen, was kein Kitsch ist. Der Durchschnittsmensch hat die trübe Erfahrung gemacht, daß Dinge, die ihm gefallen haben, Kitsch waren. Wenigstens stand es so in der Zeitung, oder ein klügerer hat ihn darüber aufgeklärt. Der Film, über den er weinte, das Theaterstück, das ihn erregte, die Musik, die ihm quer durchs Herz ging: Kitsch. Das Bild über seinem Bett, die Vase, die reizende, mit dem Rosenmuster, die er für teures Geld gekauft und verschenkt hat, das Buch, das ihn rührte, die Ansichtskarte, die er schrieb, das Mädchen, in das er verliebt war: Kitsch, mein Lieber, alles Kitsch.

Folglich, so sinnt der Durchschnittsmensch nicht ohne Logik, folglich ist alles, was mir gefällt: Kitsch. Was mir nicht gefällt, was mich sauer, bitter, scharf, verworren, übersalzen oder sonstwie scheußlich anmutet, – das ist kein Kitsch, sondern goldrichtig. Daraufhin verliert der Durchschnittsmensch alle Courage. Er mißtraut seinem Geschmack und Gefühl. Klein und häßlich sitzt er da und wagt es nicht, Vergnügen an irgend etwas zu finden. Oder doch nur mit dem Vorbehalt: Es ist natürlich Kitsch, aber –

Er hat einen Kitschkomplex gekriegt, der Durchschnittsmensch. (Komplex ist ungefähr dasselbe, was früher mal Einbildung hieß.) Das viele verdrängte Vergnügen an Dingen, die Kitsch sein könnten, steigt ihm zu Kopf. Angst vor Kitsch – das ist schlechtes Gewissen vor Dingen, die man schön findet.

Mein Stubenmädchen war krank, mußte zu Bett liegen, langweilte sich. Ich gab ihr Gottfried Keller zu lesen, »Die Leute von Seldwyla«.

»Na, war's schön, Marie?«

»O ja, danke. Ist ja natürlich Kitsch, aber mir hat's ganz gut gefallen.«

Oder: Im Berliner Staatstheater wird der »Don Carlos« in einer betont kalten, sehr verkürzten Aufführung gespielt.

»Ja«, sagte mir ein Primaner, der notabene Schauspieler werden will, »wenn so der ganze Kitsch aus dem Schiller rausgestrichen wird, dann kann man's wieder ganz gut vertragen.«

In meiner Diele hängt ein Bild, das nirgends anders in die Wohnung paßt – man wird gleich hören, warum.

»Schönen Kitsch hast du dir da hingebammelt«, sagt meine junge Freundin, die das Studium der Medizin etwas einseitig gemacht hat.

»Kind, es ist von Leonardo da Vinci, die heilige Anna selbdritt.«

»Na, wenn schon. So was von Schönheit hat die Welt nicht. Ist eben Kitsch.«

Ich habe mir ein kleines Verzeichnis dessen angelegt, was Kitsch ist. Also zum Beispiel: Hellblau ist Kitsch. Rosa ist Kitsch. Fliederfarbe auch. Veilchen sind Kitsch und rote Rosen. Orchideen sind heute noch kein Kitsch, werden es aber garantiert morgen sein. Locken sind Kitsch, schöne Augen sind Kitsch, zarte Haut ist Kitsch – aber schoolgirlcomplexion ist kein Kitsch. Sonnenuntergang ist Kitsch, Mondschein ist Kitsch, Meeresstrand ist Kitsch. Berggipfel ist Kitsch. Blond ist Kitsch. Armut ist Kitsch. Schwarz ist kein Kitsch – warum eigentlich nicht? Es gibt ganze Länder, die Kitsch sind, Italien durch und durch und Griechenland meistens. Ob Indien Kitsch ist, das weiß man noch nicht sicher. Wagner ist Kitsch. Nietzsche ist, so hab ich vernommen, auch Kitsch. Möglich. Daß aber Dostojewski Kitsch ist, las ich erst vor wenigen Tagen in einem Zeitungsartikel, der seinerseits auch Kitsch war. Kitsch ist jedes Gefühl, das man äußert, zeigt oder sonstwie betätigt. Nur wenn man's runterwürgt, daß keiner etwas davon merken kann, geht es bei den Leuten durch, die Angst vor Kitsch haben. Kitsch vor allem ist alles und jedes, was die Liebe betrifft.

»Du bist bezaubernd, ich bete dich an, ich werde nie aufhören, dich zu lieben –«

»Reden Sie keinen Kitsch, mein Lieber.«

Na ja – aber wenn es doch wahr ist ...

Alles, was gut ausgeht, ist eo ipso Kitsch. Das happy end hat Unheil, Mißverständnis und Verwirrung angerichtet ohne Ende. Weil viele wirkliche Kitschprodukte ein happy end haben, und weil dieses Schlagwort durch alle Blätter knallt, meint jetzt der Durchschnittsmensch: Alles, was gut ausgeht, ist Kitsch. Irrtum, liebe Leute und Zeitgenossen, Irrtum! Der Wunsch nach einer Versöhnung am Schluß, die Sehnsucht nach einem Ausklang (wenn ich schon so 'nen Kitsch höre wie »Sehnsucht«, Frollein) ist sehr menschlich, und tausende wirklicher und wahrhaftiger Kunstwerke haben dem Rechnung getragen, ebenso wie tausend Bilder und Statuen den Urwunsch nach Harmonie zu erfüllen suchen. (Na, da haben wir's ja: Harmonie!) Es gibt, Verzeihung, gab mal sogar so etwas wie Kategorien, die das happy end zur Bedingung hatten. Komödie, Lustspiel waren zum glücklichen Ausgang verpflichtet, und selbst für das Schauspiel war ein gemäßigtes happy end Bedingung. Was schlecht auslief, hieß ein für allemal Tragödie. Wer glaubt, daß aus einem Kitsch etwas Besseres wird, wenn es am Schluß übel ausgeht, der zahlt einen Taler und gehe in einen Film mit Ambitionen. »Wenn Sie heute ein Lustspiel schreiben wollen«, sagte mir unlängst ein guter, konjunkturkräftiger Lustspielschreiber, »dann müssen Sie vor allem darauf achten, daß es kein ›happy end‹ hat. Die Leute wollen keinen Kitsch. Sie möchten so etwas Unbefriedigendes mit nach Hause nehmen.«

Aha! Prost die Herrschaften. Und Minna von Barnhelm, du heiliger, kühler klarer Lessing? (»Mein edler Tellheim« – is ja zum Kotzen, is ja solcher Kitsch ...).

Im Ernst gesprochen: Kinder, nun habt euch doch nicht so. Miesmuscheln müssen Schalen haben und brauchen kein Gefühl. Aber Menschen dürfen schon mal eine weiche Stelle haben. Geniert euch doch nicht so elend voreinander. Wenn ihr heulen müßt, dann heult, wenn ihr liebt, dann zeigt es, wenn euch etwas gefällt, dann freut euch. Denn was euch schön vorkommt, das ist zwar manchmal wirklich Kitsch, aber ebenso oft ist es auch wirklich schön. Und Widerborstigkeit, Häßlichkeit oder Trübseligkeit an sich ist noch lange keine Qualität. Was den Geschmack anbetrifft, da kann man sich immer blamieren, so oder so. Aber was das Gefühl angeht: Wohl dem, der hat, und das ist meistens richtig.

Und dann, ihr Lieben: Macht euch nicht so wichtig. Kompliziert euch das Dasein nicht unnütz. Habt nur Courage. Spürt nur. Lebt nur.

Auf alles andere kommt es so gar nicht an.

Ein bißchen New York: Vom guten Aussehen

(Die Dame, 1931)

Wenn man in Europa ist, dann wundert man sich oft, was, zum Teufel, in Amerika mit unsern Filmstars angefangen wird, daß sie so verändert, um so viel hübscher gemacht sind, wenn sie zurückkommen. Wenn man in Amerika ist, dann wundert man sich noch mehr, zu sehen, daß Schönheit, ausgesprochene und auffallende Schönheit keineswegs das Privilegium der Filmstars ist. Der Durchschnitt hier sieht wundervoll aus; die kleinen Verkäuferinnen, die jungen Ladies, die Eiscreme servieren, das Mädchen mit der Taschenlampe im Kino. Zu schweigen von den Damen der Gesellschaft und von den Mädels von Bühne und Brettl. Sie sind unvorstellbar schlank, sie haben die klarste Haut, die glänzendsten Haare, die zierlichsten Gelenke, Füße, Hände, die man sich denken kann. Resultat der Rassenmischung hier, vielleicht. Als wenn ein sehr weiser Züchter lange experimentiert hätte, um diese reizvollen Resultate heraus zu bringen. Aber was für Mühe macht dieses Schön- und Gepflegtsein noch nebenbei! Man rechnet bei einer Amerikanerin der Mittelklasse drei Stunden für die tägliche Pflege. Noch die Negerin, die sauber macht – Reinmachefrau würde sie in Berlin heißen – hier ist sie letzter Paria, hat jeden Sonnabend ihren Nachmittag für Gesichtsmassage, Maniküre und alles Drum-Rum reserviert. Sie hat es mir selbst erzählt. Keep your weight! Save your skin! ist das stündliche Schlachtgeschrei. Sie essen unbegreiflich wenig, diese Amerikanerinnen; man muß sehen, mit welcher Selbstverständlichkeit sie Gang auf Gang vorbeigehen lassen und mit welcher Selbstverständlichkeit das respektiert wird. Zum Beispiel: Kaltes Büfett bei einer großen Gesellschaft. »Dieses Eis ist mit Milch gemacht, dieses nur mit Wasser«, flüstert der Butler jeder Lady zu. Klar, daß keine einzige Eiscreme mit Milch essen würde. Ich hatte hier einen Lunch mit dem Chef des größten Warenhauskonzerns. Bei uns würde so ein Mann ziemlich schwer, nicht jung, sehr autoritativ sein – ein Bauch- und Glatzenmann im Ganzen. In New York sind alle diese Häupter großer Unternehmungen jung, so eine Sorte von Boys, die einen mit Halloh! empfangen, sehr nett tanzen und viel Spaß machen. Der, von dem die Rede ist, aß ein bißchen Obstsalat, und dann tat er Sacharin in seine Tasse Kaffee. Save your weight! sagte er; niemand würde darüber lächeln. Ich hatte die Ehre, Mrs. Anne Vanderbilt zu Tisch zu führen (ich muß es so nennen, denn es war eine dieser ganz besonders netten Höflichkeiten der amerikanischen Gastfreundschaft, daß die alte Dame mich statt eines Tischherrn neben sich hatte) – nun, diese zierliche, weißhaarige Lady aß eine Scheibe Toast, eine halbe grape-fruit und rauchte dazu achtzehn Zigaretten während des Dinners. Wenn ich von mir sprechen darf: Ich wiege 98 Pfund und hielt das für akzeptabel. Aber nein: »Sie müssen etwas Diät halten«, sagte die Dame, der die Pflege meiner persönlichen Schönheit anvertraut ist, ernst zu mir. Zum allgemeinen Wohl gebe ich hier wieder, was Amerika etwas Diät nennt:

Morgens: Drei Glas kaltes Wasser.

Frühstück: Eine getrocknete Feige, eine leere Tasse Kaffee.

Vormittag: Saft von drei Apfelsinen.

Mittag: Eine halbe grape-fruit, zwei (zwei) Blätter grünen Salat.

Nachmittag: Ein ungeschälter Apfel.

Abends: Eine Tomate. Sechs Stangen Sellerie. Eine Tasse leere Bouillon. Zwei Teelöffel Erdbeeren oder Trauben.

Wie bitte? Jawohl, Schluß. Daß weder Brot noch Butter noch Öl, noch Zucker vorkommt, ist selbstverständlich. Aber auch Salz ist ausgeschaltet. Warum – nicht wegen Gerson, o nein. Aber Salz absorbiert Wasser und Wasser schwemmt auf.

Alles Fett aber, daß die Amerikanerin ihrem Körper entzieht, spendet sie überreichlich ihrer Haut. Save your skin bedeutet nicht nur cremes und oils zu jeder Tageszeit, nicht nur Gesichtsmassagen aller Systeme, Hitze, Eis und »treatments« jeder Art. Es bedeutet zum Beispiel, daß die Amerikanerin, so wie sie zu Hause und allein ist, ihr Gesicht in Fett badet, daß sie immer von Salben glänzt, wenn sie unbeobachtet ist, und daß sie außerdem in diesen unbewachten Momenten überall dort Pflaster kleben hat, wo sich der Ansatz zu einer Falte zeigt. Man hat cremes für jeden – ich bitte um Vergebung, wirklich für jeden – Körperteil. Öl, das in die Augen getropft wird (man braucht das hier wegen des Staubs und der Benzindämpfe), Öle für das Haar. In den beauty-parlors haben sie unbegreiflich viel Geduld, Pflegerinnen und Gepflegte. Zwei Stunden lang wird nichts getan, als stumm und andächtig Fett, Fett und wieder Fett in die Haut massiert. Und die Haut schluckt es, sie ist dankbar, sie braucht – so haben die Amerikaner herausgefunden – diese Fettzufuhr von außen, seit von innen kein Fett zugeführt wird.

Gut aussehen ist hier eine Verpflichtung. Als ich für die tönende Wochenschau zu reden hatte, wurde ich eine Stunde früher hingebracht »wegen des make up«. Well, ich steckte ganz naiv eine Puderdose und einen Lippenstift ein. Aber das war es nicht. Ich wurde in eine Garderobe gebracht und ein zünftiger Filmfrisör schminkte mir eine volle Stunde lang eine komplette Filmmaske über mein unzulängliches eigenes Gesicht. Weder mir noch der Öffentlichkeit würde man zumuten, daß ich ungeschminkt vorgestellt würde. Und Jimmy Walker oder Lindbergh oder sonst ein »hero« hat sich derselben Prozedur zu unterziehen, bevor er präsentiert wird.

In einem der elegantesten Restaurants an der Park Avenue hängt gleich neben dem Eingang unter Glas und Rahmen ein Zeitungsausschnitt:

Berühmter Doktor warnt Ladys zu viel abzunehmen! (reducing ist das Schlagwort hier.) Und dann kommt eine Geschichte über den Tod eines Jockeis infolge zu strenger Diät; und die Nachricht, daß eine größere Anzahl von Damen der Gesellschaft desselben Todes verstorben sei.

Was die Damen der Gesellschaft nicht hindert, in dem eleganten Restaurant mit etwas Tomatensaft und einer halben grape-fruit ihr Auskommen zu finden.

Aber noch etwas anderes las ich und es hat mir Eindruck gemacht. Drunten, draußen, an der Bowery, ist New York phantastisch häßlich, phantastisch arm. Man schleift dort slums, man sieht der Erde in die Eingeweide; und drunten in Röhren, Löchern, auf dem Asphalt, überall schlafen nachts die Arbeitslosen, die Obdachlosen, die Ärmsten von New York. Lange Polonäsen stehen vor den Obdachlosen-Asylen, vor den Stationen der Heilsarmee und anderer Wohltätigkeitsinstitutionen um Brot und Buttermilch an. In dieser Gegend kann man sich unentgeltlich rasieren lassen, wenn man sich als Opfer in eine der Schulen begibt, wo junge Barbiere rasieren lernen. Es steht auf dem Plakat: Unentgeltlich rasieren können Sie sich in der Rasierschule lassen.

Fünf Cent für reguläres Rasieren.

Aber wollen Sie gut aussehen?

Rasieren, Haareschneiden, Lotion und Gesichtsmassage! Sie müssen gut aussehen! Nur 35 Cent!

Und das hat mir viel von New York verständlich gemacht. Ich weiß jetzt, daß es hier wichtiger ist, Gesichtsmassage zu bekommen, als ein Nachtquartier zu besitzen. Ich weiß, warum noch jeder ärmste Neger wie aus dem Ei gepellt aussieht. Und ich weiß, warum ich den Butler Appelquist, dieses Prototyp des ernsthaften Butlers aus der englischen Komödie, dabei erwischte, wie er sich etwas Rouge auf sein altes, strenges Gesicht schminkte, bevor er hereinkam, um Cocktail zu servieren ...

Meine eigene kleine Geschichte

(»My Own Little Story«, Pictorial Review, 1931,
übersetzt von Martin Thomas Pesl)

Anmerkung des Redakteurs: Die international bekannte Verfasserin von »Grand Hotel« besucht zum ersten Mal die USA. Frau Baum ist nicht nur eine gefeierte Romanautorin und Dramatikerin, sondern vor allem auch Redakteurin bei Die Dame, *Deutschlands beliebtestem Frauenmagazin.*

Ich ärgere mich immer ein wenig, wenn Leute über sich selbst sprechen. Das ist eine gesellschaftliche Sünde, die ich mir selten zuschulden kommen lasse. Aber der Redakteur der *Pictorial Review* hat mich nun einmal angefleht, seinen Lesern etwas über mein Leben zu verraten, und so kommt es, dass ich nun doch über meine Karriere schreibe – eine Karriere, von der ich, um ehrlich zu sein, jede einzelne Minute interessant finde, obwohl sie von außen betrachtet eher ruhig und unspektakulär anmuten muss. Wenn Sie meine Darstellung also langweilg finden, geben Sie die Schuld bitte sehr nicht mir, sondern Ihrem Redakteur.

Ich wurde in Wien geboren – wann genau, das sage ich lieber nicht, aber es war zu einer Zeit, als der alte Kaiser Franz Joseph noch lebte und die Stadt so fröhlich war, wie sie jetzt trist ist. Ich war ein Einzelkind, mehr noch: ein einsames Kind. Die Familie, in die ich hineingeboren wurde, war so alt, dass sie allmählich schon dekadent wurde.

Von meiner Mutter erbte ich ein musikalisches Talent und eine Anfälligkeit für Kopfschmerzen, die so schlimm waren, dass sie Übelkeit verursachten. In der Schule sog ich Wissen begierig und mühelos auf. Mein Deutschlehrer versuchte verzweifelt, mich in Schach zu halten, wenn ich

Aufsätze schrieb, denn am liebsten wollte ich sechzig Seiten schreiben, wenn sechs erforderlich waren. Und doch, obwohl ich alles zu Lesende verschlang und ebenso gerne schrieb, waren meine Ambitionen damals noch keine literarischen.

Bis zu meinem zwölften Lebensjahr hoffte ich inständig, irgendwie noch in einen Buben verwandelt zu werden, um abzuhauen und in See stechen zu können, vorzugsweise auf einem Piratenschiff. Leider geschah nie irgendwas in dieser Art. Also widmete ich mich mit inbrünstigem Gehorsam dem Studium der Musik.

Mein Großvater hatte eine herausragende musikalische Gabe besessen, aber zu seiner Zeit war außer Frage gestanden, dass ein junger Mann aus gutem Hause professioneller Musiker wird. Die gleiche Situation wiederholte sich für meine Mutter. Ich hingegen wurde auf eine Musikakademie geschickt, um Harfe zu lernen, kaum hatte ich erste Anzeichen eines musikalischen Talents gezeigt. Dieses sentimentale Instrument war eine Schwäche meiner Mutter und in weiterer Folge auch des achtjährigen Knirpses, der ich war.

Sechs oder acht Stunden täglich saß ich und übte Harfe; und während meine Finger über die Saiten strichen, flanierten meine Gedanken auf eigenen Wegen durch romantische Phantasien. Damals legte ich wahrscheinlich den Grundstein für meine spätere Laufbahn als Schriftstellerin. Noch bevor ich sechzehn wurde, spielte ich oft bei Konzerten; ich war sogar ziemlich angesagt. Ich hatte Erfolg und verdiente manchmal sogar Geld. Doch selbst damals schrieb ich bereits: zuerst Märchen, später Gedichte und Kurzgeschichten. Wie das bei jungen Mädchen so ist, war ich in einen gewissen Komponisten verknallt, der aussah wie der *Fliegende Holländer* und mir Musiktheorie beibrachte.

Dieser profunde Kenner der vortrefflichsten Literatur trug einiges dazu bei, dass sich mein literarischer Stil verfeinerte. Über all meine Erfahrungen und Eindrücke hieß er mich Tagebuch führen und es ihm regelmäßig zeigen. Dieses Tagebuch war neben den zahlreichen nie abgeschickten Liebesbriefen an ihn wahrscheinlich meine einzige handwerkliche Vorbereitung auf den Schriftstellerberuf.

Unterdessen hatte sich das Ziel meiner Bestrebungen allmählich vom Piratenschiff aufs Theater verlagert. Ich wollte eine berühmte Sängerin werden, und zwar ungeachtet des unglücklichen Umstands, dass ich über keinerlei Singstimme verfügte. Die altehrwürdige »vierte Galerie« der Wiener Staatsoper, die alle Vertreter der jungen Generation versammelte, die sich ernsthaft für die Künste interessierten, diente mir damals als zweites Zuhause.

In dieser Gruppe traf ich auch meinen heutigen Ehemann, und obwohl ich mit ihm verheiratet bin, muss ich kurz unterbrechen, um ihm zu huldigen: Dieser hochgewachsene, schlanke, stille, blonde Junge und fanatische Idealist von damals ist heute einer von Deutschlands besten Musikern und Dirigent an der Berliner Staatsoper.

Zu dieser Ehe kam es allerdings erst über komplizierte Umwege. Zunächst, kaum achtzehn, heiratete ich, dumm wie ich war, einen jungen Schriftsteller. Er war ein Bohemien, wie er im Buch steht: talentiert, gewiss, doch völlig unfähig, sich zu konzentrieren. Während der drei Jahre, die ich mit ihm verheiratet war, schrieb ich unter seinem Namen all die Geschichten, die diverse Zeitschriften bei ihm bestellt hatten. So wurde ich Schriftstellerin aus dem einfachen Grund, um Geld zu verdienen.

Nach meiner Scheidung wollte ich natürlich weg aus Wien. Ich ging also als Harfenistin ins Orchester des kleinen, aber angesehenen Hoftheaters in Darmstadt. Mein heutiger Mann war dort Dirigent. Wir heirateten während des Krieges. Jetzt haben wir zwei große Buben: Peter, zehn Jahre alt, und Wolfgang, vierzehn.

Ja, und nebenbei schrieb ich also einfach weiter. Zuerst verbrannte ich das meiste, was ich verfasste. Später versteckte ich es in einer Schublade. Einmal zeigte ich einige meiner Geschichten einem Freund. Er schickte sie einem Verleger, und das Buch, in dem sie erschienen, wurde zu einer Art Bestseller: *Der Eingang zur Bühne* lautete der Titel dieses ersten Buches. Das ist jetzt über zehn Jahre her, und seitdem habe ich acht weitere Bücher geschrieben.

Den Roman *Menschen im Hotel,* die Vorlage für *Grand Hotel,* schrieb ich vor drei Jahren. Die Inspiration kam eines Abends, als ich die Pawlowa tanzen sah. Nachdem ich die Arbeit an dem Buch beendet hatte, arbeitete ich eine Zeit lang als Zimmermädchen im Hotel Bristol in Berlin, um sicherzustellen, dass ich die Atmosphäre richtig eingefangen hatte. Es war eine schwierige, aber faszinierende Erfahrung. In meinem Kopf hatte sich der Stoff schon lange eingenistet, aber für die konkrete Niederschrift brauchte ich weniger als drei Monate.

Als mir vorgeschlagen wurde, den Roman in ein Theaterstück umzuarbeiten, wehrte ich mich drei Monate lang. Weitere sechs Wochen später war die Dramatisierung fertig. Ich hatte gar nicht mitbekommen, dass das Stück in Amerika produziert werden sollte. Die Nachricht über seinen Erfolg in New York erreichte mich eines kalten, seltsamen, verschneiten Abends an der russischen Grenze – und die längste Zeit verstand ich nicht, was es bedeutet, in Amerika erfolgreich zu sein. Erst als ich hierherkam, die wunderbare Inszenierung sah und die amerikanische Gastfreundschaft kennenlernte, verstand ich, dass Erfolg etwas ist, was einen wahrlich glücklich machen kann.

Wenn ich heute auf mein Leben zurückblicke, merke ich, dass ich aus Geldmangel Schriftstellerin geworden bin. Damals herrschte Inflation in Deutschland, und ein belegtes Brot kostete mehrere Millionen Mark. Gerade hatte ich ein Manuskript fertiggeschrieben und meinem Verleger geschickt. Es war ausgemacht, dass ich in drei Raten bezahlt werde. Als ich den Vertrag unterschrieb, dachte ich mir: »Mit dem ganzen Geld kannst du dir ein Haus am Land kaufen!«

Die erste Rate reichte gerade einmal für die Möbel im Kinderzimmer. Mit der zweiten Rate konnte ich mir drei Pfund Butter kaufen. Als ich mit der dritten Rate loszog, um eine Bratpfanne anzuschaffen, musste ich umkehren, denn das Geld reichte nicht.

So beschloss ich, mir eine feste Stelle mit regelmäßigem Gehalt zu besorgen.

Ich hatte gehört, dass man im Modejournalismus gut verdienen könne, aber ich hatte nicht die geringste Vorstellung davon, was Modejournalismus war. Eine Bestandsaufnahme meiner Fähigkeiten ergab: Ich konnte Kleider nähen, obwohl ich nie in diesem Handwerk unterwiesen worden war. Ich konnte Sofakissen gestalten. Außerdem hatte ich eine gewisse Begabung, kleine Karikaturen zu zeichnen, um meine Freunde zu ärgern. Aber würde mir das helfen, Moderedakteurin zu werden?

Ich verfasste eine mehr als bescheidene Bewerbung an das Unternehmen, das meine Bücher veröffentlicht hatte und nebenbei der größte Zeitungs- und Zeitschriftenverlag Deutschlands war. Demütig fragte ich, ob es denn möglich sei, mich zur Moderedakteurin auszubilden. Ich sei bereit, zwei oder drei Jahre hart für diese Karriere zu arbeiten, wenn ich denn erwarten dürfte, dass mir das Türen für die Zukunft öffnet.

Am nächsten Tag erhielt ich in der Kleinstadt, in der ich wohnte, ein Telegramm aus Berlin: KOMMEN SIE SOFORT.

Du liebe Zeit, dachte ich mir, die meinen das ernst! Ich verbrachte die ganze Nacht am Reißbrett. Ich entwarf Kleider, Abendkleider, Nachmittagskleider, Kleidchen für Kinder, Sofakissen, Lampenschirme und sogar Babyjäckchen. Bis heute weiß ich nicht, warum all die Damen, die ich zeichnete, all die Tische und Lampen, nicht und nicht gerade stehen wollten. Sie taten es nicht – und das bereitete mir große Sorgen.

Dessen ungeachtet hielt ich meine Entwürfe für äußerst vielversprechend, also packte ich sie in eine Aktentasche und machte mich auf den Weg nach Berlin. Mit der Aktentasche unter dem Arm und heftig pochendem Herzen betrat ich einen Raum, wo sechs Direktoren in schweren Ledersesseln auf das Treffen mit mir warteten.

»Was um alles in der Welt hat Sie auf diese Idee gebracht?«, fragten die Herren ernst. »Sie gehören zu unseren talentiertesten Autoren und haben eine große Zukunft vor sich. Bleiben Sie doch lieber bei den Romanen, anstatt für Zeitschriften zu schreiben.«

Doch mein Entschluss stand unerschütterlich fest. Ich erzählte den Herren die Geschichte mit der Bratpfanne. Bescheiden legte ich dar, dass ich wusste, wie man eine Schreibmaschine bedient, und genug von Musik, Tanz und Theater verstand, um Kritiken zu verfassen. Nebenbei erwähnte ich mein noch zu entdeckendes Zeichentalent.

»Na gut«, sagten die Herren, »wenn Sie darauf bestehen! Natürlich heißen wir Sie mit Freuden in unserer Literaturredaktion willkommen. Wir fühlen uns geehrt – vorausgesetzt natürlich, Ihre Forderungen sind nicht überzogen. Die Moderedaktion kommt für Sie freilich überhaupt nicht infrage –«

Und in diesem Moment verschwand meine Aktentasche mit all den Damen, die nicht gerade stehen wollten, langsam und heimlich, aber endgültig. Ich blieb darauf sitzen. Niemand hat meine Entwürfe seither gesehen. Ich lehnte mich in meinem Stuhl zurück, setzte die würdevollste Miene auf, die ich in diesem Moment zusammenbrachte, und ging näher auf das interessante Thema des Gehalts ein, das ich beziehen sollte.

»Gibt es noch etwas, das ich wissen sollte?«, fragte ich.

»Nichts«, antworteten sie. »Alles, was Sie über Journalismus wissen müssen, lernen Sie binnen zwei Wochen. Was Ihnen aber kein Lehrer beibringen kann, ist der Instinkt, der sie zu einer guten Redakteurin macht. Als Redakteurin wird man geboren; man kann niemals zu einer werden.«

Da hatten sie recht. Man braucht Ideen, Ideen und noch mehr Ideen. Man braucht ein Gespür für die Dinge, die morgen und übermorgen passieren werden. Ein Redakteur muss seinen Lesern immer ein paar Monate voraus sein. Wenn Sie Weihnachten feiern, bereitet der Redakteur die Osterausgabe vor. Während Sie sich noch mit dem Kaminfeuer herumschlagen, muss er schon Artikel für den Hochsommer planen und sich über die unerträgliche Hitze beklagen.

Der Redakteur muss im Frühling erahnen, dass Spinatgrün nächsten Herbst der letzte Schrei sein wird, und er muss im August schon wissen, dass die Wintersaison im Theater ein paar köstliche Komödien bringt. Er muss eine Chorsängerin in der dritten Reihe entdecken und wissen, dass sie in zwei Jahren ein großer Star sein wird. Er muss spüren, dass einem angesagten Maler langsam die Ideen ausgehen, obwohl er gerade auf der Erfolgswelle schwimmt, und seinen Niedergang vorhersagen. Daneben muss er Diskretion wahren. Sie können sich gar nicht vorstellen, was ein Journalist alles weiß und niemals weitergeben darf! Er darf sich weder Freunde noch Feinde erlauben, denn in seiner Eigenschaft darf er nicht seinem Wunsch nachgeben, jemanden zu bevorzugen oder ihn zu verletzen. Ein Redakteur, der nicht vollkommen neutral und dem sein »Blatt« nicht die wichtigste Sache der Welt ist, begeht Verrat an seinen Beruf.

Bei uns im Büro gibt es eine Redewendung, die einer unserer gescheitesten und geistreichsten Redakteure geprägt hat: »Ein guter Redakteur hat stets ein zerrüttetes Familienleben.« Wie jedes Bonmot ist das natürlich stark übertrieben – meine eigene Familie ist keineswegs zerrüttet –, aber es bedeutet, dass man den lieben langen Tag im Büro verbringt. Niemand kann sich erlauben zu ruhen, solange noch Ideen für das Blatt benötigt werden. Niemand ist Herr seiner eigenen Zeit; jede Minute gehört dem Job, dem Blatt stets zu Diensten. Kaum beginnt die Redaktionskonferenz, hat man jeden privaten Gedanken beiseitezuschieben und sich auf seine Aufgabe zu konzentrieren. Der Redakteur muss leben wie ein Jäger, stets auf der Lauer, allen Spuren nachschnüffelnd, die ihn zu Neuigkeiten führen können. Stets am Puls der Zeit muss er vorwegnehmen, was der Leser wollen wird, und alles erfassen, was das Leben an neuen Ideen und frischen Eindrücken bringen kann.

Wie Sie sehen, ist es ein anspruchsvoller Beruf, für den man sich jedoch bereitwillig aufopfert. Das haben alle schönen Berufe gemeinsam: Sie fordern alles, was ein Mensch ihnen geben kann. Ob ich meinen Beruf mag? Das werde ich oft gefragt. Ja, ich mag ihn. Ich bin darin sozusagen zu Hause. Warum ich meine Stelle immer noch behalte, obwohl die Bratpfannenzeit vorbei ist und ich etwas mehr Geld zur Verfügung habe? Auch das fragen mich viele.

Aber für mich ist das keine Frage des Geldes. In Deutschland werden Redakteure auch nicht sonderlich gut bezahlt.

Teilweise liegt es daran, dass ich immer »dazugehören«, mitten im Geschehen sein möchte. Dass ich mit meinen Kollegen Schritt halten möchte, unter denen ich so viele Freunde habe. Und dass ich die Atmosphäre in der Redaktion liebe, den Geruch des Raumes, in dem etwas entsteht – die Hast, die Aufregung, die ständige Spannung. Ich mag die Photographienstapel auf meinem Schreibtisch; das neue Material, das täglich durch meine Hände geht; die interessanten Besucher, die in mein Büro kommen; die klugen, geistreichen, zynischen Gespräche bei den Redaktionssitzungen. Ich liebe unsere Atmosphäre, unseren Jargon und unsere Arbeit.

Letztens entdeckte ich in einer Druckerei in New York genau die gleiche Presse, die wir auch in Berlin für den Vierfarbendruck unserer Zeitungsseiten verwenden. Da wurde ich gleich ziemlich sentimental. Wenn man so eine Maschine umarmen könnte, ich hätte es bestimmt getan. Ich bin gerne in Amerika, wirklich sehr gerne. Aber wenn ich Heimweh bekomme, dann habe ich Heimweh nach meinem Büro ebenso wie, sagen wir, nach meinen Kindern.

Das Vier-Dollar-Paradies

(Die Dame, 1931)

Ich möchte nichts über Wolkenkratzer erzählen. Nicht einmal über das Empire State Building, »das Höchste der Welt«, das unlängst fertig geworden ist und das mit seinen schimmernden Metallfassaden wirklich ein wunderbares Stück Architektur ist. Aber ich möchte prophezeien, wo vielleicht in einem halben Jahr oder vielleicht in zwei Jahren ein Wolkenkratzer stehen wird.

Das ist an der Ecke von Union Square und der 14. Straße, wo die Stadt anfängt, recht schäbig zu werden. Dort steht jetzt ein kleines, ebenso schäbiges Haus, das jeder New-Yorker kennt und mit Lächeln nennt. Da hat nämlich ein Mann ein Geschäft und eine Idee; eine von jener Sorte Ideen, aus denen die Woolworth Buildings wachsen. Das Haus ist voll mit Kleidern. Die Kleider sind im Preis von 3 Dollar 90 bis zu 25 Dollar, und in jeder Größe. Sie hängen da, Tausende, Tausende, Tausende von Kleidern, Mänteln, Straßenkleidern, Abendtoiletten. Sie hängen da, nach Farbe, Gattung, Größe, Preis sortiert. Außerdem erzählen Lautsprecher im ganzen Haus, wo man was und wie man es finden kann.

Das Geheimnis und die Idee dieses Geschäftes nämlich ist: Man wird nicht bedient.

Darin liegt mehr Kenntnis der weiblichen Seele als in einem dreibändigen Roman voll Psychologie. Es bedeutet eine Art Paradies für die kaufende Frau. Es bedeutet, daß man in das Geschäft geht, daß man so viele Kleider ansehen kann als man Lust hat, hundert, fünfhundert, tausend. Man kann so viel Kleider probieren, wie man will. Niemand kümmert sich darum. Was man nicht akzeptiert, läßt man einfach in den Anproberäumen hängen. Aber noch mehr: Tafeln in allen möglichen Sprachen (sogar hebräisch ist darunter) zeigen an, daß man innerhalb von fünf Tagen für jedes retournierte Kleid anstandslos das Geld zurückbekommt, wenn nur eine kleine Plombe daran unversehrt geblieben ist. Ich habe das der Wissenschaft halber ausprobiert – und wahrhaftig, man bekommt das Geld wieder. Anstandslos. Das ist großartig. Wer jemals aus Reue über ein Kleid, das beim Einkaufen so gut stand und zu Hause so scheußlich aussah, geweint hat, der weiß, was ich meine, wenn ich von einem Paradies spreche ...

Stellt euch vor, liebe Damen, liebe, eitle Schwestern, daß ihr in ein Geschäft kommt, wo es alles, einfach alles gibt, auch Brautkleider, auch Ledermäntel, auch Abendpyjamas, auch Kleider für Damen Nr. 50; und daß ihr nun so zwanzig, dreißig Kleider heraussucht – Preis und Größe steht daran – und nun zur engeren Wahl schreiten könnt, ohne von einer Direktrice und einem Mannequin mit Ratschlägen und Komplimenten überhäuft zu werden. Daß ihr die dreißig Kleider ablehnen und andere fünfzig probieren könnt. Daß ihr am Morgen in das Geschäft kommen und bis Abend drinnen bleiben könnt. Daß ihr keinen Augenblick das verflucht unangenehme Gefühl haben müßt: Wie komme ich hier wieder fort, ohne etwas zu kaufen?

Oder gibt es eine Frau, die noch nie aus purer Angst vor der Verkäuferin etwas gekauft hat, das sie gar nicht wollte?

Dann aber kommt die andere Seite, die unbegreifliche: Der Preis. Ich schwöre, daß in dem ganzen Haus kein Kleid ist, das weniger wert wäre als hundert Mark, und daß viele drei- und vierhundert Mark wert sind, kostbare Modelle, Mäntel mit echten, hochwertigen Pelzen. Nun, all diese Kleider werden verschleudert. Tausende sind immer zu einem Einheitspreis von 3 Dollar 90 da, und viele davon sind das Zwanzigfache wert. Wer sich aber zu dem Luxuspreis von etwa 15 Dollar versteigt, der kann in Schränken wühlen, die mit Modellen angefüllt sind, deren jedes in der Fifth Avenue 150 Dollar kostet.

Ich habe mich erkundigt, wie die merkwürdige Organisation dieses Geschäftes arbeitet. Nun, sie kaufen alle Modelle der großen Häuser auf, alles was von Mannequins vorgeführt und durch den zwei-, dreimaligen Gebrauch bei Modevorführungen entwertet ist. Sie kaufen die Bankrottmassen eleganter Geschäfte auf – und die hüllenlose Anzeige »Wegen Bankrott geschlossen« ist hier an vielen Läden zu lesen! –, sie lassen besonders erfolgreiche Modelle durch lächerlich schlecht bezahlte Heimarbeiterinnen kopieren. Und vor allem: sie haben einen Massenumsatz, der unvorstellbar ist, und begnügen sich beim einzelnen Kleid mit einem Gewinn von ein paar Cents. Was sie nicht leicht loswerden können, verschleudern sie um jeden Preis – das Geschäft lohnt es, und ein Kleid, das 3 Monate alt ist, gilt in dem schnellen New York für unmodern. Ich begreife jetzt, warum ich bei Studien, die ich machen mußte, vergeblich versuchte, dem Chef und den Angestellten eines Warenhauses klar zu machen, was Ladenhüter sind. Sie haben das Wort nicht, sie haben die Sache nicht. Sie verkaufen um jeden Preis. Das Geschäft am Union Square ist ein Symptom dafür.

Das Publikum ist das schlechteste. Alle Vorstädte, alle Slums, die jiddischen, spanischen, syrischen, italienischen, auch die deutschen »sections« schicken ihre Frauen hin; sogar Negerinnen kaufen da, und das ist schlimm für New-Yorker Begriffe. Aber dazwischen schleichen vermummt auch elegante New-Yorkerinnen in diesen Laden, um der angenehmen Sensation willen, nicht bedient zu werden. Policemänner stehen an den Ausgängen, hundert Ventilatoren spielen, die Luft ist wie sie sein kann, wenn zehntausend Frauen zehntausend Kleider probieren, und morgens steht eine Stunde vor Geschäftsbeginn schon eine Schlange wartender Kundschaft an der Ecke der 14. Straße. Ich bin neugierig, wie lange es dauert, daß aus dem dunklen Paradies dieser vier Stockwerke, das vorläufig zugleich eine Hölle ist, ein eleganter Wolkenkratzer mit 60 »floors« sich entwickeln wird?

Die Grillen von Hollywood

(Die Dame, 1931)

Es sind nicht jene Grillen gemeint, mit denen altmodische Schriftsteller Sorgen, trübe Gedanken oder verdrehte Einbildungen bezeichneten. Obwohl auch diese Sorte von Grillen in Hollywood nicht selten vorkommt, seit Worte wie Depression, Krisis, Problem des Sprechfilms dunkel wie Wolken über den Dächern der diversen Studios kreisen.

Nein, gemeint sind die Grillen, die wirklichen, lieben Grillen, die alle Hollywooder Nächte mit ihrer Musik anfüllen und für diesen Ort charakteristischer sind als Charlie Chaplin x Greta Garbo. Die Hollywooder Grillen verhalten sich, was Körpergröße und Lautstärke anbetrifft, zu den europäischen Grillen, wie – na, wie eben kalifornische Pfirsiche zu europäischen. Und daß ich mich getrieben fühle, von ihnen zu erzählen, ist, weil diese Grillenmusik für mich einen großen Teil des Begriffes Hollywood umschließt; ein Hollywood, von dem man selten erfährt. Wußten Sie, daß in Hollywood, in einer Stadt, zu deren Durchquerung man im Auto bei schnellster Fahrt 1 ½ Stunden braucht – einer Stadt, die mit Los Angeles zusammen den größten Stadtkomplex der Welt darstellt – wußten Sie, daß in dieser Riesenstadt abends tausend Grillen zirpen? Wußten Sie, daß Hollywood in die herrlichste Berglandschaft eingebettet liegt, in Hügel, die zwanzigmal schöner sind als die um Florenz? Wenn man in diesen »hills« wohnt, dann kann man fünf Minuten vom Haus entfernt in die jungfräulichste Gebirgswelt eindringen, in Matten und Halden, die in tiefster Stille daliegen, mit Blicken über Täler und Berge, ein Zug von Bergen hinter dem andern, bis zur Sierra hin, die jeden Abend klar aus dem Dunst hervorwächst. Das Trinkwasser kommt vom Arrow-Head-Lake, einem See, der in Tannenwäldern liegt, so hoch wie St. Moritz. An den Hängen von Hollywood wachsen wilde Sonnenblumen, Geranien, man kann auch Hügel treffen, auf denen verlassen und verwildert Weinstöcke mit riesigen Trauben wuchern – kein Mensch kommt dahin, niemand kümmert sich darum – nur die Grillen zirpen. Die Erdhörnchen springen zu Hunderten herum, kleine graue Geisterchen, verwandt unsern Eichhörnchen, aber in Erdlöchern hausend; Kaninchen turnen über die asphaltierten Straßen, die sich von Haus zu Haus ins Gebirge hineinwinden. Unwahrscheinliche Vögel, edelsteinblau oder kolibriartig schwirren in der lehmbraunen, heißen Landschaft. Und wenn man Pech hat, begegnet man unter Eukalyptusbäumen einer jungen Klapperschlange, die mit ärgerlichen Kastagnettentönen meldet, daß sie Ruhe haben möchte. Das alles ist Hollywood, ohne Übergang ein Teil der sausenden, menschenvollen, mit hunderttausend Lichtern illuminierten Großstadt. Wissen Sie etwa, was die Hollywooder Bowl ist? Sie gehört – so scheint mir – eng zu den Grillen und nicht nur, weil die Grillen so laut in die Konzerte hineinzirpen, die viermal in der Woche in der Bowl gegeben werden. Da ist etwas, das war noch vor kurzem die Cahuenga-Schlucht; heut heißt es der Cahuenga-Boulevard, eine breite, wichtige Asphaltstraße, die den Hauptgeschäftsteil Hollywoods mit dem großen Aufnahmegelände der Universal verbindet. Universal City ist sozusagen ein Ort für sich – und einer der seltsamsten der Welt –, und der Cahuenga-Boulevard erreicht diesen Ort, indem er sich aus der Stadt heraus und in die Berge hineinwühlt. In diesen Hügeln am Cahuenga-Boulevard nun liegt – so versteckt, daß man sie ohne Wegweiser nie finden könnte – die Bowl.

Die Bowl ist so etwas wie ein ungeheurer Natur-Konzertsaal. Eine Art Amphitheater, in eine Bergmulde gelegt und mit einem Fassungsraum für 35 000 Menschen. Ja, und nun kommt das, was man in Hollywood so wenig erwarten würde wie Grillen und Einsamkeit. Viermal wöchentlich strömen abends Menschen zur Bowl, wenn nicht immer 35 000, so doch zumindest 25 000 Menschen, sie setzen sich auf die harten Holzbänke, unter den blanken Nachthimmel und hören Musik an. Es ist einer der ganz großen Eindrücke, so ein Konzert in der Bowl. Das Orchester ist außerordentlich, die Akustik zauberhaft gut, unbegreiflich gut, die besten Dirigenten der Welt sind zu Gast, die Programme sind so wie die Programme der Berliner Philharmoniker; die Preise sind etwas höher als Theaterpreise im Durchschnitt, aber es gibt auch Eintrittskarten für 50 Cents. Und da horchen viermal in der Woche 30 000 Menschen, 30 000 bis 35 000 Amerikaner hören zu, wie man ihnen Bach und Händel, Beethoven und Strauß vorspielt. Und wie sie zuhören! Kein Husten, kein Bewegen, kein Atemzug; nicht einmal zwischen den Sätzen einer Sinfonie regt sich dieses Publikum. Man hört nur die Grillen zirpen, und der Mond kommt über die Bergwand herauf und löst die Musik in blaues Silber auf.

Ich denke anders über Hollywood, seit ich seine Grillen kenne; und ich denke anders über die Amerikaner, seit ich in der Bowl die Grillen in das Adagio einer Beethovenschen Sinfonie zirpen hörte ...

Bewegungsfreude

(Die Dame, 1932)

»Kinder sind ideale Tänzer«, sagte der berühmte Ballettmeister zu mir (ich möchte seinen Namen nicht nennen, er ist zu berühmt), »alles, was man tun muß, ist, die latente Bewegungsfreude, die im kindlichen Körper wohnt, aufzuwecken. Spielbetrieb plus Phantasie, plus Bewegungsfreude – da haben Sie das Ideal des Tänzers, wie er heute noch bei den Eingeborenenstämmen Ostafrikas –.«

Na, und so weiter. Man kennt ja das Vokabularium, mit dem der moderne Tanz zelebriert wird. Indessen hatten sich etwa zwanzig Pawlowas und Wigmans in Miniatur eingefunden und in allen Schattierungen von purer Unschuld bis zu perfidester fünfjähriger Ballettkoketterie in der Ballettschule gruppiert.

»Nun passen Sie mal auf«, sagte der berühmte Ballettmeister. »Kinder, nun wollen wir mal ein Märchen spielen, Dornröschen zum Beispiel«, sagte er. »Jeder kann spielen, was er will, aber richtig spielen und hüpfen und laufen, versteht ihr. Also da ist mal der Prinz und die Prinzessin, und da brauche ich Rosen für die Hecke – ihr müßt dann den Prinzen nicht durchlassen, wißt ihr, ihr müßt euch so richtig verstricken – und dann brauche ich die bösen Feen, die schreiten herein, schreiten, versteht ihr, nicht latschen, und die Küchenjungen, die können springen, und –«

Man sieht, weshalb der berühmte Mann berühmt war; er machte es wirklich reizend. Er trichterte Bewegungsfreude, plus Spieltrieb in die kleinen Mädchen, bis sie ganz voll davon waren. Die Klavierspielerin, die aufrecht und gereizt wie eine Brillenschlange am Pianino saß, improvisierte ein wenig Musik, der Meister schlug den Gong, was ein Schauspiel für sich war, und die Ballerinchen begannen zu schreiten, zu hüpfen, zu verstricken und was sonst ihnen nahegelegt wurde.

Mich interessierte etwas Kleines, sechsjähriges Rundliches, das sich sogleich beim ersten Ausbruch der Bewegungsfreude zur Wand gedreht hatte, Arme und Beine gespreizt, das kleine Bäuchlein platt an die Mauer geklebt und das sich nun nicht mehr rührte und regte. Ich schlich mich in die Ecke zu der Kleinen, während die Tanzimprovisation sich dem dramatischen Punkt mit der Spindel der bösen Fee zu nähern schien. Die Kleine tat mir leid. Ihr Rücken sah so gekränkt aus. »Warum tanzt du denn nicht mit?« flüsterte ich vorsichtig, als ich mich an sie herangepirscht hatte. Sie drehte mir ihre Augen zu, ohne sich zu bewegen. Runde, schwarze Augen mit dem stumpfen Glanz reifer Brombeeren; ein üppiger kleiner Mund, faul, wie bei einem satten Säugling.

»Ich?« flüsterte sie zurück. »Laß mich doch. Ich mache doch die Fliege, die an der Wand einschläft –«

»... hat man aber erst die Bewegungsfreude im Kind geweckt, dann wächst sie bis zu dämonischer Eindruckskraft empor«, sagte der berühmte Ballettmeister ...

Ein Tag für die Schönheit

(Die Dame, 1932)

Ich habe den Rat von einem Ziegfeldgirl, und weil er mir gut scheint, will ich ihn weitergeben, zu allgemeinem Nutz und Frommen.

»Sehen Sie«, sagte das Girl, »wir sind nicht einen Cent mehr wert, als wir aussehen, jede einzelne von uns; ich meine nicht nur von uns Girls, ich meine jede Frau. Sie bekommt so viel vom Leben, wie ihr Aussehen wert ist. (Das Girl selber, nebenbei gesagt, sah aus »like a million dollars«, wie man drüben sagt, strahlend und glänzend, mit diesem Schimmer einer jungen Frucht, den die Amerikanerinnen sich anzupflegen verstehen.) »Man muß sich etwas Mühe geben, sicher!« sagte mein Ziegfeldgirl. »Aber es ist gar nicht so schlimm – und es macht sich bezahlt. Ich zum Beispiel, und viele von uns, wir haben einen Tag in der Woche nur für die Schönheit reserviert. Wie das gemeint ist? Nun ganz einfach.

Erstens wird an diesem Tag unter allen Umständen genug geschlafen, es wird soviel Schlaf nachgeholt, als man in der Woche versäumt hat. Dann wird an diesem Tag eine

Diät gehalten. Nur Milch oder nur Obst, – etwas, womit man das Gewicht reguliert und die Haut klarbekommt. Dann soll man an diesem Tag keine überflüssigen Menschen sehen, keine Besuche machen oder bekommen, so wenig reden wie möglich, sich ganz bestimmt jeden Ärger fernhalten. Und dann fängt es morgens an mit sehr viel Öl auf die Kopfhaut und sehr viel Fett fürs Gesicht. Während ich das wirken lasse, mache ich die kleinen Dinge, die auch zur Schönheit gehören: Strümpfe, Wäsche, Handschuhe nachsehen, Bändchen einziehen, Knöpfe annähen. Dann Gymnastik und Massage. Manikur und Pedikur. Wenn man Geld genug hat, läßt man's machen, wenn nichts – man kann's selber sehr gut. Wissen Sie, ich habe einmal in einem Buch gelesen: ›ihre Fußnägel glichen kleinen, rosigen Südseemuscheln‹. Das hat mir Eindruck gemacht. Sie glauben nicht, wie gut gelaunt und selbstbewußt man wird, wenn man so hübschen roten Lack auf den Fußnägeln hat. Niemand sieht es, und man fühlt sich all right; man geht über die Straße, das Wetter ist miserabel – aber man hat heimlicherweise ›rosige Südseemuscheln‹ in den Schuhen – – na, also ich erzähle Unsinn. Pedikur jedenfalls ist eine sehr empfehlenswerte, ernste Spielerei. Dann alles rund um die Augen. Fett, Fett und wieder Fett. Ein Augenbad – man bekommt da bestimmte Öle oder Lotions zu kaufen. Wimpern fetten und bürsten. Brauen zupfen – um Gottes willen nicht rasieren. Und selber zupfen – niemand anders kann die Linie, die das Gesicht braucht, so gut heraustifteln. So – nun kommt das Kopfwaschen; ohne Hetzjagd, ohne Nervosität. Man hat sein Rendezvous mit dem Frisör festgelegt und nimmt sich viel Zeit. Die Stunden beim Frisör sind heilig, nur um Gottes willen da nicht in Eile sein. Bleichen, Färben, Wellen oder was eben nötig ist. Vorher natürlich eine große ausführliche Gesichtsmassage, eine Behandlung mit allem, was die Haut braucht, bei einem wirklich guten Spezialisten. Teuer? Aber mein Gott – man ißt doch an diesem Tag nichts, man braucht keinen Cent sonst auszugeben, – nein, aber soviel Geld muß jedes Mädel aufbringen, um einmal in der Woche zum Frisör zu kommen. Ich – nein, ich bin noch sehr arm, aber ich werde später einmal eine Menge Geld haben, das verspreche ich Ihnen – ich, zum Beispiel, wasche mir jedes Stückchen Wäsche allein, zu Hause – da spare ich an Wäscherei so viel, wie meine Pflege kostet. Und dann kein make up den ganzen Tag. Damit die Haut Ruhe hat. Wir Girls natürlich müssen abends ja doch auf die Bühne mit einer Wagenladung Schminke im Gesicht – aber, die Damen, die nichts zu tun haben, die können wirklich vierundzwanzig Stunden an ihre Schönheit hängen – – Wie meinen Sie? Was Frauen tun sollen, die den ganzen Tag im Beruf stehen? Ob die auch? – Natürlich – die erst recht. Die brauchen ihr Aussehen am dringendsten – und die sündigen die Woche hindurch am meisten gegen ihre Schönheit. Keine Zeit? Na, wieso denn? Da ist doch das Weekend?«

»Ja«, sagte das Ziegfeldgirl, als ich Einwände murmelte, wenn die Mädels sich lieber amüsieren wollen, statt sich zu pflegen, ja, was soll dann Großes aus ihnen werden? Ohne Opfer gibt es keine Schönheit. Und ohne Schönheit gibt's keine Karriere. Und wenn ich Karriere sage, dann meine ich nicht nur Geld, o nein, sondern das andere: Liebe. Heirat und so weiter.«

Hier wurden die Girlsaugen träumerisch und sie stützte ihr Gesicht – es war eines von den dreieckigen Stiefmütterchengesichtern mit dem Augenaufschlag – in die Hände, die ihrerseits aus zart goldfarbiger Seide angefertigt schienen (Höhensonne!) und mit jenen rotlackierten Nägeln verziert waren, die so gut für die Stimmung sein sollten. »Ich bin kein Philosoph«, sagte das Ziegfeldgirl. »Ich bin nicht euer berühmter Herr Professor Einstein. Ich bin nur ein Ziegfeldgirl – aber ich weiß, was ich weiß. Disziplin muß sein. Und ein Tag in der Woche ist das wenigste, das eine Frau für ihre Schönheit hergeben muß, wenn sie es zu etwas bringen will.«

Unglücklich in Hollywood! Das Leben der großen und kleinen Sterne

(Uhu, 1932)

Mich haben die Dattelpalmen in Hollywood interessiert. Man hat sie von irgendwo hintransportiert, eingepflanzt, ganz Hollywood ist voll von hohen, schönen Dattelpalmen. Sie wachsen, sie blühen, sie tragen Früchte, große gelbe Büschel von Früchten. Nur hat es eine sonderbare Bewandtnis mit diesen Früchten: sie werden niemals reif. Niemals! Warum? Achselzucken. Das Klima von Hollywood – Sie verstehen? Es ist gut, um Datteln blühen zu lassen – aber nicht gut genug, um sie auszureifen. Datteln – und andere Dinge auch.

Hollywood ist ein Schlachtfeld, das im Paradies liegt. Kein Tag ohne Kampf. Kein Tag, ohne daß so und so viele fallen. Es gibt sehr viele Erfolglose. Es gibt sehr wenig Erfolgreiche. Und ob die Erfolgreichen glücklich sind – dazu mache ich ein großes Fragezeichen. Dumme, gedankenlose Menschen haben selten Erfolg, auch nicht beim Film. Kluge aber, die sich Gedanken machen, die fühlen sich nicht leicht glücklich – auch nicht beim Film. Wenn Greta Garbo glücklich wäre, so strahlend glücklich wie diese schönste und erfolgreichste Frau es sein müßte, dann hätte sie nicht diese nervöse Menschenscheu. Ich war vier Monate in Hollywood, sie sollte die Hauptrolle im »Grand Hotel« spielen – aber ich konnte sie nicht kennenlernen. Einmal hatte ich auf einer Bühne etwas zu tun, wo sie probierte. Nach einer halben Minute hatte mich ein Mann hinauskomplimentiert: »Sie wissen, Miß Garbo verträgt niemanden auf ihrer Probe.« Wie sensitiv diese Nerven sind, wie einsam und um Leid wissend der Blick dieser schönsten Augen ...

Marlene Dietrich, eine der feinsten Frauen, die ich kenne – warum sollte sie glücklich sein nach all dem Skandallärm, der rund um sie gemacht wurde? Hollywood hat auch sie scheu gemacht. In Berlin sah ich sie strahlend, vergnügt, tanzend, sich und ihre Freunde unterhaltend. In Hollywood: »Nein – ich gehe nirgends hin«, sagte sie. »Keine Gesellschaften, bitte. Ja – ich habe ein bißchen Heimweh. Hier – die Arbeit, o ja. Erfolg, gewiß. Aber wenn ich nicht mein Kind bei mir hätte –.« Ein Lächeln beendet den Satz. »Natürlich, ich habe es bei mir, und das macht mich glücklich.« Pola Negri – eine stille, eine still gewordene Frau draußen in Santa Monica. »Hollywood«, sagt sie, »es liegt eine leidenschaftliche Vergiftetheit über diesem Ort, die alles verdirbt ...« Ann Harding – ganz isoliert hoch oben auf einer Bergkuppe steht ihr Haus. »Glücklich? Ja – wenn ich mit meinem Aeroplan fliege, hoch hinauf, weit weg von allem. Übrigens werde ich eines Tages ganz plötzlich aufhören zu filmen.« Chevalier, enfant terrible der Leinwand: ein ernsthafter strenger Mensch, der arbeitet und Disziplin hält und keinen Tropfen trinkt. Lionel Barrymore – der dunkelste Pessimist, den ich je sah. Sogar dieser urgesunde, kleine Jackie Cooper hat schon seine Gedanken über Hollywood: »Mir bezahlen sie eine Menge Geld für das bißchen Spielen und Unsinn machen – und die Strandwächter mit dem Rettungsboot draußen an der beach, die so schwere Arbeit machen, kriegen ganz wenig, ich habe sie gefragt. Da ist doch irgendwas nicht richtig –«, sagt er nachdenklich. »Wie macht man Jackie weinen, so herzbrechend weinen, wie er in seinen Filmen weint?« frage ich seine Mutter. »Oh Jackie weint so leicht – ein Nichts genügt, um ihn weinen zu machen –«, ist die Antwort. Das ist es. Schon dieser kleinste der Stars hat die empfindliche Seele, hat die Bereitschaft zu leiden. Denn, liebes Publikum: nur wer selber weinen kann, wird euch weinen machen – und lachen auch …

Das sind die Erfolgreichen, ihnen gehört die Gegenwart. Hinter ihnen liegen die Schmerzen des Aufstiegs, vor ihnen liegen die Schmerzen des Abstiegs – denn der Abstieg kommt für jeden. Sie haben den heutigen Tag, den Erfolg. Und Erfolg heißt Kampf um den nächsten und den übernächsten Erfolg. Nun aber die andern, die Erfolglosen, die Mittelmäßigen, die Enttäuschten! Es ist eine Armee. Ich weiß nicht, ob es an irgendeinem Platz so viel Herzweh gibt wie unter dem blaßblauseidenen Himmel Hollywoods.

»Das Mädchen sieht aus, als wenn sie hungerte –«, sagte mir am ersten Tag meines Hollywooder Aufenthalts einer der Agenten, mit dem ich zum Lunch ging. Wir passierten ein Mädchen mit rötlichem Haar, das vor der Tür des Vermittlers herumlungerte. »Wie kommen Sie darauf?« fragte ich, als er ohne Zögern vorbeiging. »Das lernt man hier bald erkennen. Man sieht es zu oft«, sagte er.

»Kann man nicht helfen?«

»Helfen – nein.« Achselzucken. Eine Handbewegung, die die Allzuvielen, die Gestrandeten abtat.

Man hat jetzt in Hollywood den »relief fund«, um der ärgsten Not zu helfen. Wer verdient, gibt einen Prozentsatz ab für die stellungslosen, hungernden Kollegen. Die Vertrauensdamen, denen die Untersuchung der Fälle obliegt, erzählen von erschütternden Dingen. Es ist ein Platz der äußersten Extreme, Hollywood. Aber zwischen dem Erfolg und der Riesengage und dem Gegensatz, der zu Hunger und Prostitution führt, liegen so viele Stufen. Da sind die, die warten, warten, warten. Jeden Nachmittag um eine bestimmte Stunde sitzen tausend von »Extras« in ihren Zimmern und warten auf einen Anruf des Zentral-Besetzungs-Büros, der ihnen eine Rolle um sieben Dollar fünfzig bringen soll. Es ist eine Hölle, dieses Warten. Warten auf die Rolle, warten auf die Chance, warten auf den großen Augenblick, warten auf eine Karriere – die in neunzig von hundert Fällen niemals kommt. Ach, ihr tausend armen kleinen Schönheitsköniginnen, gekrönt und ausgewählt an irgendeinem Ort der Welt, mit wieviel Hoffnungen kommt ihr in Hollywood angereist – um zu sehen, daß Schönheit dort billiger ist als Brombeeren!

Wenn man Heimweh nach Pfunden wiegen könnte – man kann es nicht, so schwer es auch im Herzen drückt – tausend Tonnenladungen von Heimweh werden von lächelnden Platinumblonden, von Apollos mit kleinen koketten Schnurrbärtchen über die Boulevards von Hollywood geschleppt, ohne daß jemand etwas merkt. Man hat die Heimat verlassen und ist nun so jämmerlich und allein in der Fremde, wie ein verirrter Hund. Man hat nicht Geld genug, um heimzukehren. Oder man ist zu stolz dazu. Man schreibt Lügenbriefe. »Liebe Mutter – mir geht es großartig. Hollywood ist ein Paradies. Nächste Woche soll eine Probeaufnahme von mir gemacht werden – ich habe einen Direktorial-Assistenten von Phönix Studio kennengelernt – er hat mir versprochen –.« Fragt die Post, wieviele solcher Briefe von Hollywood hinausgeschickt werden. Das also sind die »Extras«, die warten, die hoffen, die von unten nach oben wollen ... Noch schlimmer steht es um die, die von oben nach unten rutschen. Sie wehren sich wie Helden, den Schritt vom Schauspieler zum »Extra« (Statisten) zu tun. Sie wissen, daß es nur schwer ein Zurück gibt, ein Wieder-Hinauf. Sie hungern sich durch, sie sehen voll Angst die abgestoßenen Ränder ihrer Anzüge, die durchgetretenen Schuhsohlen, ihr letztes Kapital geht dahin: das gute Aussehen. Aber sie lehnen die Statistenrolle ab, die man ihnen mitleidig bietet. Nur diesen Schritt nicht tun! Sie halten sich eine Zeitlang in der Schwebe, wie man sich von einem Berg abstürzend an einem Strauch festhalten würde –, bis sie sich selber aufgeben und hinunterfallen. Glücklich diejenigen, die sich in einen anderen Beruf retten. Sie alle wollten auf die Leinwand: meine Sekretärin, meine Maniküre, das Mädchen, das beim Reinigungsinstitut meine Sachen in Empfang nimmt, die Kellnerin bei Henrys, das kleine Mädchen, das ein Glas Eiswasser an meinen Wagen bringt. Aber auch der Schofför, der wie der Apoll von Belvedere aussieht und nicht fahren kann, der Mann, der meinem bootlegger die riskanten Geschäfte abnimmt, der Mann, der mit geschmuggeltem Parfüm hausieren kommt. Sie alle waren Douglas Fairbanks plus Clark Gable, als sie anfingen – und sie sehen manchmal noch immer so aus.

Eine Klasse für sich sind diejenigen, die der Tonfilm aus dem Gleise geworfen hat. Ich brauche die Namen der Stars nicht zu nennen, die unsichtbar geworden sind, weil sie stumm sind. Man erinnert sich ihrer – oder hat man sie schon vergessen? Manche von ihnen haben sich lächelnd und resignierend in ein Privatland jenseits der Filmwelt zurückgezogen. Andere kämpfen noch, sie kämpfen Tag und Nacht. Um eine Rolle. Gegen eine Schwäche: gegen die eigene Stimme, die eigene Sprache, irgend etwas im

Ton, irgend etwas im Akzent, das sie unmöglich macht. Ich erinnere mich einer tragikomischen Hollywooder Figur – ich möchte den Namen nicht nennen. Ein Mann, der im stummen Film ein guter Schauspieler war. Er kommt aus irgendeinem kleinen Land – sagen wir Böhmen, er spricht eine Sprache, die niemand brauchen kann, und die nie mehr zu verbessern sein wird. Aber er hat den eisernen Dickkopf des Tschechen nebst seinem unmöglichen Akzent: er nimmt keine Statistenrolle an. Statt dessen hängt er in den Ateliers herum und bietet kleines Backwerk an, das er in der Tasche bei sich trägt. Ausgezeichnetes Backwerk, böhmisches Backwerk. Seine Frau backt es. Wenn man das Backwerk lobt, erfährt man, daß man es kaufen kann. Und so gibt es auf einem großen Prozentsatz von Hollywooder Gesellschaften das Backwerk zu essen, das die Frau des Mannes bäckt, der keine Statistenrolle annehmen will. Jeder Mensch in Hollywood kennt diese Sorte von »Powidlbuchteln« und »Apfelstrudel«, und wenn man sie dreimal in der Woche vorgesetzt bekommt, dann weiß man lächelnd: Hier hat der Stolz eines untergehenden Schauspielers durch die Hilfsbereitschaft seiner früheren Kollegen ein Rezept gefunden, nach dem sich existieren läßt.

Es ist eines von den hundert helleren Lichtern auf dem dunklen Hintergrund der Hollywooder Schicksale.

Und daß keiner sich sicher fühlt vor dem Morgen, das macht jeden hilfsbereit im Heute. Denn wenn ich sage, daß Hollywood der Platz ist, an dem ich am meisten Enttäuschung, am meisten Heimweh gefunden habe – so ist es auch der Ort, an dem am meisten Güte und Kollegialität inmitten der härtesten Konkurrenz zu treffen ist.

Ich entdecke Amerika

(»I Discover America«, Good Housekeeping, 1932,
übersetzt von Martin Thomas Pesl)

Ich konnte diese Leute noch nie ertragen, die in ein fremdes Land kommen, es in großer Eile durchreisen und dann in ebenso großer Eile ein Buch darüber schreiben. So entstehen, fürchte ich, fünfzig Prozent aller Reisebücher. Und die falschen Vorstellungen, die eine Nation über eine andere hegt, gehen größtenteils auf diese Reiseberichte zurück.

Vergangenes Jahr habe ich acht Monate in Amerika verbracht und bin dann nach Deutschland zurückgekehrt. Jetzt bin ich wieder hier, diesseits des Atlantiks, und bleibe auch hier, wenn es sich einrichten lässt. Warum? Das ist eine andere Geschichte. Aber einigen wir uns auf so viel: Ich tue es, weil ich Amerika liebe.

Einer der besten jungen Autoren Deutschlands, Manfred Hausmann, hat Amerika besucht, ein hübsches, kleines Buch über seine Reisen verfasst und es *Kleine Liebe zu Amerika* genannt. Ich hingegen, wie schon gesagt, habe nicht die geringste Absicht, ein Buch über Amerika zu schreiben. Alles, was ich in Amerika bisher kenne, sind New York und Los Angeles, die Bahn, die Betriebsbahnhöfe und der Blick aus den Fenstern der Züge, in denen ich zweimal von Küste zu Küste gereist bin. Das – und Menschen. Mir kommt wirklich vor, dass ich schon sehr viele Menschen in Amerika kenne. Und ich finde – Sie nicht? –, dass Menschen unendlich viel interessanter sind als alle Niagarafälle, Yellowstone-Parks und Sightseeing-Touren zusammen.

Es mag sein, dass man ein neu entdecktes Land viel aufmerksamer betrachtet als eines, in dem man viele Jahre verbracht hat. Gewiss auch bringt man einem Land, das man in reiferen Jahren zu seinem Zuhause erwählt hat, einen anderen und schärferen Blick entgegen als jenem, in dem mangeboren ist. Deshalb hat Columbus mir keinerlei Arbeit abgenommen: Ich muss Amerika selbst für mich neu entdecken, mit meinen eigenen Augen, die noch an Europa gewöhnt sind.

Wenn ich Amerika sage, meine ich stets mein bisher eingeschränktes Blickfeld: Ich meine New York und ein wenig Chicago und Los Angeles. Hollywood lasse ich außen vor. Hollywood ist internationales Terrain. Es ist nicht Amerika, obwohl es nirgendwo anders als auf amerikanischem Boden hätte entstehen können.

New York also. Nun, der erste Eindruck, den New York auf einen Menschen aus Übersee macht, ist ein Überfluss an Leben. Egal, wo ich mich befinde – auf der Straße, vor einem Schaufenster, in irgendeinem kleinen, billigen Café – dieser Ausdruck und der damit verbundene Gedanke drängen sich mir stets auf: ein Überfluss an Leben.

»Depression!«, werden mir jetzt alle entgegenschreien. »Wir erleben doch eine Depression! Pleiten, Sorgen, Arbeitslosigkeit, Not!«

Und so muss ich antworten: »Kinder, Kinder, seid nur hübsch still! Ihr könnt euch ja gar nicht vorstellen, wie viel Glück ihr habt. Ihr durchlauft gerade eine Depression und denkt, es sei die schlimmste Depression der Welt. Aber was ihr erlebt, ist nur ein kleines bisschen Stagnation – Kinderkrankheiten, dic wieder vergehen und die für die wunderbare gesellschaftliche Entwicklung dieses Landes womöglich genauso wichtig sind wie die Tage des Wohlstands.«

Ihnen ist bestimmt aufgefallen, dass Menschen, die stets gediehen und nie ein Ungemach erleiden mussten, ein bisschen platt und dumm werden und nicht immer besonders sympathisch sind? Das Gleiche gilt für Länder, für Nationen. Der amerikanische Charakter wird tiefer und milder werden in diesen Jahren der Sorge – er hat schon damit angefangen. Ich komme aus einem Land, das Jahrhunderte des Leidens durchlebt und in Zeiten schlimmsten Elends die größten Persönlichkeiten hervorgebracht hat.

Wenn man von dort drüben, aus diesem alten Land, nach Amerika kommt, fällt einem als Erstes auf, wie hoch der amerikanische Lebensstandard ist. Alle sind gut angezogen. Man sieht Frauen aus der Mittelklasse Juwelen tragen, die sich in Europa nur Millionärsgattinnen leisten könnten. Mit Pelz verbrämte Mäntel sind Mode, also trägt jede Frau Pelz. Die Preise für Silberfuchs fallen, und prompt hängt eine Flut von Silberfüchsen von den Schultern junger Damen, deren Schwestern in Europa sich nicht einmal Kaninchenhaut leisten können. Seit dem letzten Winter tragen die Leute in Deutschland keinen Pelz mehr. Selbst die Frau, die schon einen Pelzmantel besaß, vermied beflissen, ihn zur Schau zu stellen. Es ist nicht unbedingt angenehm, mit Karakul oder auch getrocknetem Katzenfell auf den Schultern an Reihen verhungernder Menschen vorbeizuschreiten.

Hier habe ich die kleinen Verkäuferinnen beobachtet, wenn sie ihre Läden verlassen, um auszugehen und Spaß zu haben. Alle haben sie ihr hübsches kleines Abendkleid, keiner einzigen muss es peinlich sein, auf eine Dinnerparty eingeladen zu werden. In Deutschland sind wir von so einer Situation weit entfernt. Letzten Winter ging nicht einmal mehr die modische Dame in Abendgarderobe aus – schon gar nicht die modische Dame. Und was unsere kleine Arbeiterin betrifft, hat sie die Bedeutung von derlei Luxusgütern sowieso nie gekannt. Wenn es gut läuft, hat sie etwas Seidenes im Schrank, das ihr bis zum Knie reicht. Das muss dann für alle Gelegenheiten passen.

An dieser Stelle darf ich eine kleine Geschichte erzählen, die mich schwer beeindruckt hat, weil sie mir so typisch amerikanisch erscheint. Bei einer Versammlung amerikanischer Männer – die alle Karriere gemacht hatten: wichtige Geschäftsmänner, Industrielle, Erfolgsmenschen – wurde jeder einzelne gebeten, die kläglichste Stunde seines Lebens zu beschreiben. Wir hörten viel Interessantes. Einer war auf einer Nordpolexpedition im Eis steckengeblieben, ein anderer konnte die Nacht nicht vergessen, in der seine Mutter starb, ein Dritter berichtete von siebenunddreißig Stunden ununterbrochenen Ackerns an einer Maschine, die für die Arbeit, die er vorgenommen hatte, dringend notwendig, beim Transport aber in einem Sumpf steckengeblieben war. Einer aber, der heute einem Großkonzern vorsteht, sagte Folgendes:

»Die schlimmste Stunde meines Lebens hatte ich, während ich Arbeit suchte, nachdem ich einen Zusammenbruch erlitten hatte. Ich hatte mehrere Monate lang gesucht, und eines Tages, als ich zum zehnten Mal einem einflussreichen Mann gegenübersaß, der mir ein Vorstellungsgespräch gewährt hatte, bemerkte ich plötzlich den abgenutzten Saum meiner Ärmel. Das war die schlimmste halbe Stunde meines Lebens. Diese halbe Stunde hindurch vermochte ich an nichts anderes zu denken als daran, diese ausgefransten Ärmelsäume zu verstecken. Ich bekam die Stelle nicht, und bis heute gebe ich den Ärmeln die Schuld. Danach aß ich zwei Monate lang nicht zu Mittag und fuhr nicht mit der Straßenbahn, sondern ging jeden Tag meilenweit zu Fuß, bis ich genug gespart hatte, um mir einen neuen Anzug zu kaufen. Dann, wie Sie sehen, bekam ich einen Job.«

So eine Geschichte kann man nur in einem Land erzählen, in dem der allgemeine Lebensstandard selbst den weniger Wohlhabenden gute Bekleidung vorschreibt – vorschreibt und ermöglicht. Ich weiß, dass heute viele Tausende Menschen in Amerika auf der Suche nach Arbeit umherstreifen, ohne Mittagessen und mit zerfransten Ärmelsäumen. Aber sie verstecken diese Säume. Sie sehen ordentlich aus. Das ist der Unterschied. In Europa tragen die Männer ihre neuen Anzüge sonntags. Wenn der Saum zu zerfransen beginnt, tragen sie den Anzug noch weitere fünf Jahre unter der Woche. Es gilt als völlig selbstverständlich, dass Angestellte in abgewetzten Anzügen herumlaufen.

Der Amerikaner besitzt ein großes Geschick, seinen Alltag angenehm und praktisch zu gestalten, ohne dabei übermäßig viel Geld auszugeben. Die Schuhputzsalons, die Läden, in denen Hüte gereinigt und Krawatten gebügelt werden, die Billigreinigungen, die Wäschereien – all das hilft dem Amerikaner, reinlich auszusehen, ohne viel dafür bezahlen oder sich anstrengen zu müssen. Drüben muss das alles die Hausfrau erledigen. Der Waschtag gilt im deutschen Haushalt immer noch als Tag des Schreckens.

Einmal bin ich mit einem Amerikaner von Bremen nach Berlin gereist. Er konnte nicht fassen, dass alles so sauber aussah in einem Land, von dessen Armut er so viel gehört hatte. Ich schaffte es nicht, ihm begreiflich zu machen, wie viel Arbeit es inmitten der größten Not erforderte, damit die Straßen, die Häuser und die kleinen Gärten so aussahen, wie sie aussahen. In Deutschland sieht man schäbig gekleidete Menschen zwischen gut gepflegten Häusern. Hier – jedenfalls in den ärmeren Gegenden – ist es genau umgekehrt. Mein Amerikaner hielt es für extrem komisch, dass hinter jedem Haus die Wäsche auf der Leine flatterte.

»Sie *haben* eben nur zwei Hemden«, erklärte ich, »zwei Bettlaken, zwei Tischtücher.«

Ich wusste natürlich, dass der geringe Wäschebestand, den der ärmliche deutsche Haushalt besaß, von der Dame des Hauses gewaschen und getrocknet und gebügelt und dann wieder gewaschen und geflickt und weiterverwendet wird.

Hier hingegen fällt mir immer wieder auf, wie hübsch die billigen Sachen aussehen. Es hat sich zu einer großen Leidenschaft von mir entwickelt, mein Mittagessen an der Theke der nächstbesten Drogerie einzunehmen. Ich bin hingerissen von der Schönheit der Sandwiches, die der Mann hinter der Theke so geschickt herbeizaubert. Wie prächtig mir die Cafés erscheinen, habe ich schon erwähnt. Alles ist so anziehend eingerichtet, dass es ein Fest für die Augen ist. Childs ist für mich Luxus, Schrafft's überhaupt der Höhepunkt der Eleganz auf dem Gebiet der Lebenskunst.

In Berlin gibt es nur ein Restaurant amerikanischen Stils: Roberts. Es gilt als ultimativ *chic,* dort an der Theke einen schnellen Happen einzuwerfen – gerne auch einen schnellen Drink übrigens –, und es kostet so viel wie eine Mahlzeit in New Yorks elegantestem und exklusivstem Speiselokal.

In Amerika habe ich noch kein einziges Haus gesehen, das völlig frei von gutem Geschmack wäre. Teilweise liegt das wohl daran, dass es schwierig ist, in den Läden hässliche Dinge zu kaufen. Der Geschmacksstandard bewegt sich auf ziemlich hohem Niveau. In Europa sind wir ja Individualisten, daher findet man in unseren Läden Dinge für jeden Geschmack, den guten wie den schlechten. So lassen sich in Europa Wohnungen finden, die mit höchster Vollkommenheit eingerichtet sind – vorausgesetzt, die Bewohner haben einen guten Geschmack. Gleichzeitig findet man auch Abscheulichkeiten, weil die Läden es einem leichtmachen, von ganzem Herzen dem schlechten Geschmack zu frönen. Manchmal hatte ich dort drüben den Eindruck, dass die billigen Gegenstände absichtlich so hässlich hergestellt werden, damit die Leute gezwungen sind, die teureren zu kaufen.

Hier ist es umgekehrt. Es dauert nicht lange, bis teure Gegenstände zu günstigeren Preisen kopiert werden. Sie bestehen dann freilich aus weniger hochwertigen Materialien, aber sie haben immer noch etwas vom guten Geschmack des Originals. Das gilt für Kleidung, Möbel, Geschirr und Wandbehang – für die Tausenden von Gegenständen des Alltagsgebrauchs. Irgendein großer Geist entwirft eine Robe, ein Möbelstück, ein Kaffeeservice für ein Mitglied der oberen Gesellschaftsschicht. Zwei Monate später kaufen es Tausende von Menschen für ein Zehntel des Preises. Sechs Monate später bekommt man es schon für ein paar Dollar oder Cent. Vergangenes Jahr habe ich beobachtet, wie die Mode der zart gefärbten Trinkgläser aus den Häusern der Millionäre in die Woolworth-Läden sickerte. Es geschah mit verblüffend hoher Geschwindigkeit. Ein solches System hat zwei Vorteile: Wer nur über bescheidene Mittel verfügt, kann trotzdem hübsche Dinge kaufen. Und der Reiche wirft sie weg, sobald sie kopiert und der allgemeinen Verwendung überschrieben wurden, worauf die Industrie etwas Neues entwerfen und verkaufen kann.

Das erste, was einem in diesem Land also ins Auge sticht, ist die Freundlichkeit des täglichen Lebens. Die Leute sehen besser aus, ziehen sich besser an, essen vernünftiger. Gewiss leben sie in teils unglaublich abstoßenden Straßen, ihre Zimmer jedoch sind mit Geschick und praktischer Überlegung eingerichtet. Ein Badezimmer, eine Nähmaschine, ein Kühlschrank – alles Dinge, von denen Millionen von Familien in Deutschland träumen, ohne Chance, sie jemals zu erlangen. Das Nachziehen von Kohlesäcken, das Spülen des Geschirrs, das Schleppen von Einkaufskörben wird niemals ein Ende nehmen. Schon ein Telephon ist ein Luxusgut. Vieles, was dort Luxus ist, gilt hier – zumindest dem Städter – als selbstverständlich.

Wenn man mich jetzt aber fragt, ob all diese Bequemlichkeit die Menschen glücklicher macht als drüben, dann muss ich wohl in aller Offenheit antworten: Nein, ich denke nicht. Fast könnte ich sagen: Im Gegenteil. Ich glaube, die Dinge, die wir zum Glück brauchen, sind in Amerika schwerer zu finden als in Europa. Und da spreche ich nicht vom Vergnügen. In Amerika, keine Frage, gibt es Spaß und Vergnügungen zuhauf. Nein, ich spreche vom Glück.

Eines der wenigen Dinge in Amerika, die wirklich glücklich machen, ist der Kamin. Friedlich und ruhig um den Ofen sitzen und entspannt den brennenden Holzscheiten zuzusehen – das ist eine der größten Freuden im Leben. Aber da wären wir schon! Wo flackert in Amerika schon ein brennendes Scheit im Ofen? Nur bei den Reichen. Ein Holzfeuer ist teuer – und in der durchschnittlichen Großstadtwohnung ist die Heizung für Gas oder Strom oder was weiß ich was ausgelegt, nur nicht für echtes brennendes, rauchendes Holz. Die Bequemlichkeit hat das Glück verdrängt. Die armen Schwarzen auf den fernen Plantagen im Süden haben keinen Strom in ihren Hütten, aber sie haben Holzfeuer, und ich könnte wetten, sie sind glücklicher als die meisten anderen.

Ich habe mich oft gefragt, was Liebende in Amerika tun, um glücklich zu sein. In meinem Heimatland suchen Verliebte vor allem nach Zweisamkeit. Sie fahren in den nächsten Wald, der nie weit weg ist, und spazieren dort stundenlang herum. Es gibt Wiesen, Lichtungen und diese reizenden Stellen, wo das Waldgebiet in eine Hecke mündet, wo Wildrosen im Sonnenlicht wachsen und Walderdbeeren sich im Schatten ihrer Blätter verstecken, es gibt Seen und Flüsse und blumenübersäte Flussufer, es gibt unberührte Natur, und die Erde ist ganz nah.

In Amerika sind Stille und Zweisamkeit nahezu unbezahlbar. Ich fürchte, man müsste Millionär sein und einen eigenen privaten Park besitzen, um sich der Möglichkeit zu erfreuen, alleine oder nur in Gesellschaft geliebter Menschen zu sein. Und selbst dann hätte man wohl nur einen schnöden Park, etwas Angebautes, Künstliches, nichts, was von alleine gewachsen wäre. Der Städter in Amerika muss sich durch Mauern von Hässlichkeit kämpfen und unzählige Meilen zurücklegen, bevor er eine ländliche Gegend erreicht. Und auch die hat stets noch etwas Künstliches an sich: Asphaltgehsteige, Werbetafeln, Tankstellen. All das ist nützlich, ja, aber glücklich macht es nicht.

Ich meine mich zu erinnern, in einer Statistik gelesen zu haben, dass auf jeden fünften Amerikaner ein Automobil abfällt. Großartig! Prachtvoll! Aber dann sollte ich Ihnen jetzt mal etwas über Berlin erzählen: Berlin ist kein Dorf. Es ist eine Stadt mit viereinhalb Millionen Einwohnern und »die amerikanischste Stadt« auf dem alten Kontinent. Und jetzt kommt's: In Berlin fällt auf zweieinhalb Einwohner ein Baum ab! Die Bäume in New York – na ja, das ist eine andere Geschichte.

Ich trete an mein Fenster und schaue hinunter auf den Central Park. Ein wunderbarer Anblick. Ich liebe diesen Blick und werde nie müde, ihn zu bewundern. Wenn ich aber genau hinschaue, sehe ich künstliche Steine, künstliche Teiche, frisch angepflanzte Bäume, die beherzt um ihr Leben kämpfen. Man hat mir erklärt, alle alten Bäume im Park seien abgestorben – getötet von der Untergrundbahn oder den ätzenden Dämpfen der Stadt. Das hat mich sehr traurig gemacht.

Ein Baum ist mein ganz besonderer Freund, und immer, wenn ich ihn sehe, bin ich gleichzeitig gerührt und verwirrt. Es ist ein winziger Baum, ein Nichts von einem Baum, und er steht mutterseelenallein auf dem Union Square und bildet ein Blatt nach dem anderen aus, verliert zwei wieder und produziert dann müde, aber tapfer das nächste. Er sieht aus wie der letzte aus einer Gruppe von Bäumen, die jemand um den Union Square pflanzen wollte, die aber alle eingegangen sind. Auch dieser wird bald sterben, und ich werde trauern wie beim Tod eines Freundes. Denn Bäume *sind* Freunde – ich weiß nicht, ob das die Leute in Amerika verstehen oder ob sie mich auslachen würden, wenn sie das hören.

Vor etwa einem Jahr las ich eine Story im *New Yorker,* die mir ganz amüsant vorkam. Es ging darum, dass irgendwo, ich glaube, zwischen der Lexington und der Madison Avenue, zwei Bäume vor einem Haus gepflanzt wurden und wie schön diese doch aussähen. Und dann stand da im *New Yorker,* der sich grundsätzlich immer gerne über alles lustig macht – vielleicht ernst gemeint, vielleicht ironisch –, Folgendes:

»Man kann natürlich nicht erwarten, dass die Stadtregierung Bäume pflanzt. Aber vielleicht tut es ja der private Bürger.«

Nun ja, ob das wie gesagt jetzt ernst oder ironisch zu verstehen war, warum in Gottes Namen kann man von der Stadtregierung bitte nicht erwarten, dass sie Bäume pflanzt? In Deutschland, Österreich und Holland pflanzen die Stadtregierungen ganze Alleen von Bäumen in jede Straße. Selbst die ärmsten Arbeiterbezirke sind stolz auf ihre grünen Baumkronen, vor den Fenstern singen die Vögel, und die Kinder spielen im Schatten. Bäume pflanzen auf Straßen, das wäre doch keine ganz schlechte Methode, Arbeitslose zu beschäftigen, will mir scheinen. Vielleicht ist im Augenblick kein Geld dafür da, aber jahrelang gab es Geld und Wohlstand an jeder Ecke.

Ich finde, jeder sollte eine kleine Sparbüchse haben, auf der steht: »Für Dinge, die glücklich machen«. Dabei ist ja gerade das Lustige an der ganzen Sache, dass die Dinge, die dem Glück zuträglich sind, weder hergestellt noch gekauft noch mit Geld beschafft werden können.

Es heißt, im Moment schrecken alle davor zurück, Geld auszugeben – selbst wenn es verfügbar ist. Für jemanden, der aus Europa kommt, ist es dennoch faszinierend zu sehen, wie ungezwungen das Geld in Amerika immer noch fließt. Was drüben als »sparsam« und somit als eine Tugend bezeichnet würde, die Generationen von Eltern Generationen von Kindern beizubringen versuchen, das würde man hier »knausrig« nennen und als abscheuliches Versagen bewerten. Amerika hat den rasanten, kraftstrotzenden Kreislauf eines gesunden, jungen Organismus – immer noch, trotz allem.

Nicht nur das Geld bewegt sich frei, auch die Menschen. Sie wechseln ihre Stadt, ihre Wohnung, ihr Betätigungsfeld, ihren Beruf leichter als Europäer. Es macht mir große Freude, Amerikanern zuzuhören, wenn sie über ihre Berufe reden. Kaum einer hatte nicht schon hier und dort seine Finger drin. Alle sind sie für mehrere Berufe ausgebildet, besitzen die vielfältigsten Fähigkeiten. Das macht Amerikaner interessant. Ich fand immer, dass nichts auf der Welt packender ist, als einen Mann über seine Arbeit sprechen zu hören. Wenn ich auf einer Dinnerparty neben einem Fremden lande, der sich bemüht, höflich zu sein und mich in ein Gespräch über Literatur zu verwickeln, platzt aus mir immer die Frage hervor:

»Was arbeiten Sie? Erzählen Sie davon.«

Nun sollten Sie diesen Mann sehen, der gerade noch schrecklich gelangweilt war und plötzlich elektrisiert ist, und Sie sollten hören, wie unterhaltsam er über Kohle oder Nähmaschinen reden kann oder über Abgase oder Bankgeschäfte oder was immer seine Arbeit eben ausmacht. Ich finde es interessanter und vergnüglicher, einem Installateur zuzuhören, der mein Badezimmer repariert und über das Entkalken von Wasserhähnen redet, als dem ach so kultivierten Generaldirektor der ach so wichtigen Firma, der mir seine Gedanken zu Schopenhauer oder *Trauer muss Elektra tragen* mitteilt.

Was Gespräche mit Amerikanern ganz allgemein betrifft, so sind diese gerade deshalb so unterhaltsam und anregend, weil es im Leben des oben erwähnten Mannes – heute Chef einer großen Firma – mit hoher Wahrscheinlichkeit eine Zeit gegeben hat, in der auch er Badewannen reparierte. Ich will sagen: Der Einzelne hier vereint in sich die Erfahrung von fünf oder sechs verschiedenen Menschen, verschiedenen Leben, verschiedenen Berufungen. Und deshalb ist er vielfältig und bunt und hat sein Leben im Griff.

In Europa wird man lange und sorgfältig in einem einzigen Gewerbe unterwiesen. Ein Mann, der aus seinem Berufsstand geworfen wurde, muss sich auch als Mensch deklassiert fühlen, und es wäre ihm nahezu unmöglich, in einen neuen einzutreten. Er würde diese Arbeit schlecht ausführen, und überhaupt würde ihn sowieso keiner nehmen. Ich spreche vom Durchschnitt, Ausnahmen bestätigen die Regel. Der Europäer lernt viel und nur für seinen Beruf. Der Amerikaner lernt weniger, aber er lernt fürs Leben. Der Europäer ist wie eine schwerfällige Eisenbahn, die gezwungen ist, sich auf den für sie vorgesehenen Schienen vorwärtszubewegen. Der Amerikaner ist wie ein kleines, wendiges Auto, das auf jeder Straße fahren und an jeder Ecke abbiegen kann.

Doch diese amerikanische Beweglichkeit zeigt sich auch in einem anderen, vielbesprochenen Aspekt: Der Amerikaner wechselt nicht nur nach Belieben seinen Beruf und seinen Wohnort, sondern auch seine Ehe. Nirgendwo auf der Welt habe ich so viel Gezeter über das Problem der Scheidungen vernommen wie in Amerika. Ehrlich gesagt glaube ich, das Gezeter ist größer als das Problem.

Die Statistiken kenne ich nicht. Ich kann nur meinem Eindruck folgen, und der ist, dass es unterm Strich in Amerika nicht mehr Scheidungen gibt als in Deutschland. Hier spreche ich nicht von den skandinavischen Ländern, die von allen auf dem alten Kontinent die freizügigste Moralanschauung an den Tag legen, auch nicht von Russland, wo ein Ehepartner eine Scheidung bewirken kann, ohne dass der andere davon erfährt. Die Institution der Ehe ist nur in den katholischen Ländern eine ernst zu nehmende Größe, wo der Einfluss der Kirche stark und eine Wiederverheiratung unmöglich ist.

In Deutschland also wird viel geschieden, aber nicht viel darüber geredet. Deshalb haben mich in Amerika die Scheidungskolumnen in den Zeitungen besonders überrascht. Ich muss immer noch schmunzeln und den Kopf schütteln, wenn ich über so eine Liste von Meldungen stolpere. Wen, frage ich mich dann immer, kümmert es, dass Mr. und Mrs. Smith sich haben scheiden lassen, und wen geht es etwas an? Diesen Aspekt des amerikanischen Lebens habe ich bis heute nicht begriffen: dieses brennende Interesse am Privatleben des Nachbarn. Ihr erzählt mir unablässig, wie eilig ihr es nicht habt und wie schwer das Leben ist und wie fürchterlich viel ihr zu tun hat. Ja bitte, und woher nehmt ihr dann die Zeit, euch mit den Scheidungsangelegenheiten von Leuten zu beschäftigen, die ihr überhaupt nicht kennt?

Für die große Zahl an Scheidungen in Amerika gibt es meiner Ansicht nach einen ganz einfachen Grund: die große Zahl an Hochzeiten. Die Leute heiraten hier schon so schrecklich jung und so leicht und so oft. Mir scheint, in Amerika sind alle verheiratet. Das ist eine gänzlich neue Erfahrung für mich: Du triffst diese hübschen, reizenden jungen Mädchen, die meisten von ihnen sind berufstätig, und plötzlich sagen sie aus dem Nichts: »Mein Mann würde Sie gerne kennenlernen« oder etwas in der Art. Und auch die jungen Männer, diese sehr jungen Männer mit ihren Gesichtern und Manieren wie Schuljungen ziehen plötzlich eine Gemahlin aus dem Hut wie ein Zauberer das Kaninchen und stolzieren als Ehemänner und Familienoberhäupter einher. Niemand erwartet, dass eine Jugendliebe ein ganzes Leben anhält. Warum sollten diese Jugendehen halten? Es mag paradox klingen, aber ich glaube, die vielen Scheidungen sind hauptsächlich eine Folge der strengen Moralvorstellungen.

Jahrtausendelang hat das weise alte Europa über diese Frage gegrübelt: Soll die Liebe zwischen unverheirateten Menschen verboten werden? Oder geduldet? Oder erlaubt? Oder gefördert?

Der skandinavische Autor Arne Garborg hat gesagt: »Die freie Liebe gehört verboten, denn dadurch wird sie schöner und wertvoller. Gleichzeitig gehört geduldet, dass es sie gibt.«

Amerika ist weit entfernt von dieser Art von Toleranz. Wer sich hier verliebt, muss heiraten, sonst muss er gegen zu viele Schwierigkeiten ankämpfen. Die Ehe ist für Verliebte der praktischste und bequemste Weg, also heiraten sie. Aber die Frage bleibt: Kann Liebe in Praktikabilität und Bequemlichkeit erblühen oder verwelkt sie in einer solchen Atmosphäre wie ein Blumenstrauß, dem zu viel Wärme oder Wasser zugeführt wird?

In Russland ist seit der Revolution die freie Liebe erlaubt. Und was ist passiert? In Russland gibt es die Liebe kaum noch, also nichts, was wirklich den Namen Liebe oder Romantik verdienen würde. In Amerika, wo die freie Liebe kaum möglich ist, wird sie schnell und einfach durch eine dieser übereilten Eheschließungen beglaubigt. Und die Folge? Auch hier endet die Liebe, weil sie nichts mehr hat, gegen das sie sich durchsetzen müsste, und es folgt die Scheidung.

Russinnen haben zu mir gesagt: »Unser Leben ist so eintönig. Es hat weder Poesie noch Romantik.«

Und mit Schrecken habe ich von jungen Amerikanern genau die gleichen Klagen vernommen: Keine Romantik! Täglich bekomme ich das zu hören (denn Schriftsteller sind nun einmal dazu geboren, zwangsläufig von den Liebesgeheimnissen der anderen beglückt zu werden).

Wenn aber der einzige Zweck der Ehe darin besteht, eine verbotene Affäre in etwas Rechtmäßiges umzuwandeln, dann darf nicht erwartet werden, dass diese Ehen länger andauern als die Liebe. Hinzu kommt ganz nebenbei, dass der junge Amerikaner nicht unbedingt ein Romantiker ist. Er mag seine Frau, aber verliebt ist er in sein Geschäft. In seiner Arbeit sucht und findet er die Aufregung, die Spannung und den Kick, den er vom Leben verlangt.

Der junge Amerikaner ist seiner Frau in der Regel treu, der junge Europäer in der Regel nicht. Aber es ist für eine Frau viel einfacher, eine andere Frau zu besiegen, die ihre Rivalin ist, als eine Schuhcreme oder eine Lebensversicherung oder einen Autoreifen oder was immer es auch ist, womit ihr Mann die süßeste, aufregendste und großartigste Zeit seines Lebens verbringt.

Und so verblühen meiner Meinung nach die jungen amerikanischen Ehen sehr bald. Diese jungen Leute treten mit hohen Erwartungen und den allerbesten Absichten in die Ehe ein und werden dann ganz schnell schwer enttäuscht. Sie verlieben sich ein zweites Mal, ein drittes und ein viertes Mal. In Amerika tun sie daraufhin das unter den Umständen denkbar Anständigste und Ehrlichste: Sie betrügen einander nicht, sie sagen die Wahrheit, trennen sich und legitimieren die neue Liebesaffäre mit einer neuen Heirat. Ich verwende hier bewusst das Wort »Liebesaffäre«. Denn hier handelt es sich um Liebesaffären, die in anderen Ländern unter Verschluss gehalten und strikt vertraulich behandelt würden, während das strenge Amerika sie mit allem Pomp und Trara einer Hochzeit und einer Scheidung zelebriert. Man sollte für diese Art von Ehe einen neuen Namen erfinden, um ihn von der echten Ehe zu unterscheiden.

Denn die echte Ehe ist natürlich etwas ganz Anderes. An ihrer Tür prangt in großen Lettern das Wort »Opferbereitschaft«. Die Bereitschaft, Opfer zu bringen, ist die Grundlage jeder echten Ehe, und keine Ehe ist erträglich ohne Opfer auf beiden Seiten. Damit meine ich nicht die täglichen kleinen Opfer, sondern die großen, herzzerreißenden, dieses Alltagsheldentum, das die Ehe uns abverlangt. Ich bin überzeugt, dass es in Amerika Millionen dieser guten Ehen gibt. Aber über die wird nicht gesprochen. Gesprochen wird über die Scheidungen.

Während viele Aspekte der Ehe hier eher schulterzuckend betrachtet werden, scheint mir das amerikanische Heim, die amerikanische Familie verhältnismäßig fest verwurzelt. Ich war überrascht zu entdecken, wie stark, wie selbstverständlich die Bindung zwischen Eltern und Kindern hier ist. In Europa klafft ein oft unüberbrückbarer Graben zwischen den Älteren und der Jugend der Nachkriegsgeneration. Es wird auch nicht versucht, Brücken zu bauen.

Dazu muss ich sagen, dass die junge Generation in Amerika und jene in Europa sich nur geringfügig voneinander unterscheiden. Der Krieg hat das Gesicht der Jugend weltweit mit dem gleichen Gepräge versehen. Zwischen einem jungen Amerikaner und einem jungen Europäer gibt es weit weniger Unterschiede als zwischen einem jungen Europäer und seinen Eltern. Meine Generation ist zwar nicht alt, wurde aber dennoch nach den Vorstellungen und Begriffen der Vorkriegszeit geschult. Ich habe zwei Söhne, der ältere ist gerade fünfzehn geworden. Mein Eindruck war, dass meine Buben Amerikaner waren, bevor ich Amerika überhaupt kannte. Ich würde es nicht wagen, sie hierher zu verfrachten, wenn ich nicht überzeugt wäre, dass sie sich hier zu Hause fühlen würden, ohne sich stark verändern zu müssen.

Wenn ich noch etwas mehr Zeit in Amerika verbracht haben werde, werde ich wohl mehr über all das wissen. Im Moment kann ich nur die flüchtigen Beobachtungen eines Ankömmlings in einer neuen Welt wiedergeben. Man schaut sich um, man beobachtet, man untersucht die Tugenden und Fehler der neuen Heimat. Denn natürlich hat sie auch Fehler, und ihnen gegenüber verschließe ich keineswegs die Augen. Doch letztlich sind es Fehler, die ich liebe – wie die Fehler meiner besten Freunde.

Balanceakt

(National-Zeitung, 1932)

Variété. Musik. Bum. Kssssss. Kladerak, Kladerak, Pauke, Pikkolo und Xylophon. Ein gelber Vorhang geht in die Höhe. Ein Scheinwerfer faucht wie eine gereizte Brillenschlange und wirft blaues Mondlicht auf die Bühne.

Auf der Bühne ist ein geheimnisvolles Ding zu sehen, eine enorme Acht aus Nickel, die mit ihrer Achse an einem Drahtseil befestigt ist und in der Luft hängt, schwebt, pendelt; oder vielleicht keine Acht, sondern, da sie liegt, besser ein Unendlichkeitszeichen genannt, mit einem Wort, eine kompliziert konstruierte und höchst unverläßlich anmutende Einrichtung, an der sofort zwei Menschen sich produzieren werden, Lo und Jo, die berühmtesten Balancekünstler.

Siehe, da sind sie schon, und beinahe erschreckend gibt die Musik ihr Toben und ihr Kladerak auf, schmilzt hin und spielt ganz leise die Valse bleue, während das Scheinwerferlicht sich langsam aufhellt und rosig wird. Lo sieht aus, wie alle Männer am Variété aussehen, hübsch und unternehmend, die Stirn ist niedrig, aber die Linie von den Hüften, Schenkeln bis zum Knie ist von beglückender Schmalheit und Rasse. Das scheint Lo nicht zu wissen, er zieht nachlässig einen Automantel aus, Handschuhe, Sportschal, wirft alles einem Boy zu, der in der Kulisse verschwindet, und wendet sich dann in seinem netten Tennisdreß zu Jo. Auch Jo entledigt sich nun ihres Mantels und kommt zum Vorschein. Jo ist in jenem Alter zwischen 30 und 40, in dem eine Frau von einigem Geschmack gut und gern fünfundzwanzig Jahre verbleiben kann. Sie hat breite mütterliche Hüften, zu starke Beine unter ihrem kurzen Flanellrock, aber einen hübschen aufrechten Hals. Lo und Jo führen eine kleine einleitende Pantomime von ein paar lässigen und einladenden Bewegungen auf. Lo weist auf die Acht, auf diesen verwickelten und unzuverlässigen Apparat. Ist Jo bereit, ihm die Hand zu reichen und sich hinaufzubemühen? – und Jo ziert sich ein wenig, lächelt, wobei man zwei Goldplomben erblickt, und mit einem Mal hat sie in einer Schlinge dieser Acht oder dieses Unendlichkeitszeichens Platz genommen. Lo federt ein bißchen in den Knien und – juppla – ist er mit einem Aufschwung in der anderen Schlinge; der Apparat schwankt von dem Elan, mit dem Lo sich an seine Arbeit begibt, und die Musik wird noch leiser.

Aber Jo, die Frau, stellt sich in ihrer Schlinge auf, sie macht ein paar ganz kleine Bewegungen, schiebt ein Knie vor, eine Schulter zurück, greift mit der Hand in den Nikkelring und spreizt die Schenkel – und nun schwankt der Apparat nicht mehr.

Jetzt hat die Sache Balance.

Lo macht nun jene Dinge, welche Männer beim Variété gewöhnlich machen. Er macht Aufschwünge, Wellen, Riesenwellen, Felgen und Saltos; er steht bald auf den Füßen und bald auf den Händen, manchmal auch auf dem Kopf. Er hängt bald oben und bald unten in seiner Schlinge, in jenem Teil des Unendlichen, der ihm zugewiesen ist. Er rollt sich zu einer Kugel zusammen und rodelt in den Rundungen herum; er hält sich mit den Beinen fest und hängt mit dem Oberkörper abwärts in der Luft; er hält sich überhaupt nicht mehr fest und fällt dennoch nicht, es ist eine Art Hexerei. Er macht einen Salto und steht wieder kerzengerade in seiner Schlinge da mit seinen hübschen rassigen Schenkeln und mit dem gutmütigen Lächeln. Man applaudiert sehr. Nun, am Ende macht Lo nichts Besonderes. Man kennt diese Kunststükke, man hat sie von hundert Parterre- oder Reckakrobaten gesehen. Aber das Gefährliche und Bezaubernde an dieser Nummer ist, daß sie so ganz und gar in der Luft hängt. Diese Acht steht ja nicht fest, sie wiegt sich, sie schwankt. Sie sieht unheimlich aus, und bei der kleinsten ungeschickten Bewegung könnte dieser unverläßliche Apparat sich überschlagen und seine Insassen abwerfen, tothauen oder schwer verletzen. Die Musik spielt ihre Valse bleue, das Publikum atmet gar nicht, und Lo macht seine Kunststücke, wobei man sein Zwerchfell stark und taktgleich Luft pumpen sieht.

Was aber macht Jo inzwischen? Ach, sie macht wenig, beinahe nichts. Sie steht in ihrer Schlinge und starrt den Mann an, und manchmal bewegt sie ganz behutsam, ganz vorsichtig ein Glied. Manchmal macht sie sich klein und manchmal groß, sie biegt einen Arm und streckt ihn später wieder, einmal kutet sie in ihrer Schlinge hin und hört auf, zu atmen – das ist bei dem Hexenstück, wo Lo ganz frei herabhängt – und dann wieder hebt sie eines ihrer zu starken Beine auf und stemmt es gegen die Nickelrundung, höher, immer höher, bis die Sohle fast neben ihrem Gesicht steht: das sieht verzerrt und unschön aus. Und dann steht sie mit ganz auseinandergespreizten Knien und ganz ausgestreckten Armen in ihrer Schlinge, das ist einfach unästhetisch, so, als zerfiele ihr Körper in vier hölzerne, derbe Radspeichen. Und diese Speichen zittern ein wenig vor Anspannung, und es rinnen kleine, glänzende Schweißtropfen daran entlang.

Jo hält die Balance. Etwas anderes tut sie eigentlich nicht. Es ist nicht viel Ruhm damit zu holen. Sie starrt den Mann an und hält die Balance.

Auf einmal hört die Musik auf, es wird knallend hell auf der Bühne, und die Acht beginnt wahnsinnig zu werden. Sie dreht sich, dreht sich um ihre Achse, erst langsam, dann schneller, schneller, schneller. Bald sieht man nur ein Vorübersurren wie von einem bewegten Propeller hoch oben im Raum, und die Lichter spielen blau und rot und grün dazu. Lo, der Mann, und Jo, die Frau, wirbeln herum, herum, auf eine atemberaubende und lebensgefährliche Manier. Wenn Jo mit ihrer Drehung am Höhepunkt des Kreises ankommt, macht sie einen kleinen Schwung mit dem Knie und dann saust es abwärts, kopfunter hängen sie in der Schlinge, kopfüber, kopfunter, ein Wirbel, ein Schwindligsein, eine Angst.

Aber Jo hält die Balance.

»Ab!« schreit Lo, der wie eine Statue in seiner Schlinge steht, ein Entzücken für die Damen im Publikum. Und Jo macht mitten im Wirbel eine kleine Bewegung, sie hat ihre kleinen Kniffe, mitten im Taumel, und nun geht es langsamer, langsamer, schwankt noch, bleibt stehen, ist friedlich; beinahe gemütlich ist der Apparat anzuschauen, wenn er zur Ruhe kommt. Bum. Ksssss. Kladerak, Kladerak, macht die Musik. Lo und Jo springen ab, lächeln, verbeugen sich, die Kapelle spielt Tusch, das Publikum applaudiert, der gelbe Vorhang schließt sich. »Donnerwetter! Das war schwer!« sagt ein Herr in der dritten Reihe, ein hübscher junger Mann, der aussieht, als verstände er etwas davon. Lo und Jo erscheinen noch einmal vor dem Vorhang, sie sind einig und vergnügt, sie halten einander bei den Händen und lächeln; Lo ist entschieden ein Prachtkerl, man sieht ihm nichts von den Anstrengungen an, und er hat viel Applaus. Jo schwitzt noch immer, sie ist, wie gesagt, nicht ganz jung und lächelt etwas erzwungen, aber sie quittiert den Beifall auch, obwohl sie nur die Balance gehalten hat ...

»Mein Gott – schwer?« sagt nachher die Dame in der dritten Reihe zu dem Herrn – und man hört es ganz deutlich, weil plötzlich die Musik verstummt ist. »Mein Gott – schwer? Es ist genau das, was jede Frau in der Ehe können muß ...«

Zwangsarbeit in Hollywood

(Pariser Tageszeitung, 1936)

Vicky Baum ist nach einer Europa-Reise wieder auf dem Rückweg nach Hollywood. Einem Redakteur des Esti-Kurier hat sie das Leben der Film-Autoren in den folgenden Ausführungen geschildert.

Während meiner Europareise habe ich festgestellt, dass man sich meist eine ziemlich ungenaue Vorstellung von dem Leben macht, das der von einer Filmfirma nach Amerika engagierte Schriftsteller führt. Wie gross sein Talent und sein Ruf auch sein mögen, sobald er engagiert ist, wird er zum Lohnempfänger, ebenso gut wie jeder Maschinist, und hat sein Arbeitspensum zu leisten, ob er nun in Stimmung ist oder nicht.

Bei den grossen Firmen sind an die hundert Schriftsteller angestellt, in einem Sondergebäude untergebracht, wo sie in Sonderzellen, den »boxes«, mit einer Sekretärin in der Abgeschiedenheit arbeiten.

Während seiner Arbeitsstunden verbleibt der Schriftsteller in seinem Lederfauteuil, die Beine meist auf dem Tisch, den Kopf nach rückwärts gelehnt: so drückt er sein Hirn wie eine Zitrone, aus der eine Idee hervorspritzen soll. Ihm gegenüber sitzt die Sekretärin, den Steno-Block in der Hand, die jede Zuckung ihres Meisters wie ein Spürhund überwacht und sein leisestes Stammeln notiert, alles, alles, alles.

Diese Arbeit dauert vom Morgen bis zum Abend. Dann geht der Schriftsteller befreit nach Hause, und hat das Recht, sich nach Einnahme von Aspirin schlafen zu legen, ohne die Möglichkeit zu haben, die feenhafte Landschaft zu bewundern, ein Schicksal, das er übrigens mit allen Sklaven des Kinos teilt. An Flucht ist nicht zu denken. Sobald der Käfig einmal geöffnet ist, muss man aus Gründen der Gewissenhaftigkeit alle Filmvorführungen besuchen, und namentlich die der Konkurrenzfirmen.

Kann man unter diesen Umständen ein geistiges oder künstlerisches Resultat erwarten? Ich wage dies nicht zu entscheiden. Immerhin scheint diese Methode für die Fabriken, die uns beschäftigen, rationeller zu sein, als die, welche wir anwenden würden, wenn man uns in Freiheit liesse.

Der Schriftsteller findet seine Arbeit immer vollständig vorbereitet; sie ist durch zahlreiche Stadien hindurchgegangen, ehe sie zu ihm gelangt: vor allem ist die Wahl des Stoffes der Gegenstand zahlreicher verbissener Diskussionen gewesen. Meist entstammt er einem Theaterstück oder einem erfolgreichen Roman – fast nie ist er für das Kino erfunden worden – und man versteht, dass es oft epischer Verfolgungsszenen bedurfte, um ihn zu erwischen, die denen in den alten Cowboyfilmen nichts nachgeben. Ist der Stoff endgültig festgelegt, so werden die Hausautoren der Firma zusammengerufen und der Producer in eigener Person gibt ihnen kategorisch seine Meinung kund. Er besteht darauf, dass dem Stoff alle Gags eingefügt werden, die jemals Erfolg gehabt haben, was in seiner Vorstellung die Garantie eines Zusatz-Erfolges bedeutet. Wenn so das Thema vom Standpunkt des »big business« erledigt ist, kommen die Schriftsteller an die Reihe, die nunmehr ihre Meinung sagen dürfen. Schliesslich wird das Thema einem von ihnen anvertraut, wie man einer Konfektionsarbeiterin den zugeschnittenen Stoff aushändigt, mit dem er sich nun in die box zurückzieht, in Begleitung der Sekretärin.

Nach viel Schweiss und Mühe ist das Scenario aufgebaut, das der Schriftsteller nun der Konferenz vorlegt. Man liest es, kritisiert, findet, dass der Autor sich nicht um die Anweisungen gekümmert hat und gibt es ihm zurück. Vor den Kopf geschlagen, fängt der Schriftsteller an, seine Arbeit wiederzukauen, schreibt eine neue Fassung und legt nunmehr diese vor. Wiederum ist kein Mensch zufrieden: Der Schriftsteller reisst sich die Haare aus, schlägt sich an die Stirn, ändert nochmals und wenn diese neue Version schliesslich gutgeheissen wird, ist er, für einige Zeit wenigstens, der glücklichste Mensch der Welt.

Von dem ursprünglichen Entwurf ist natürlich so gut wie nichts übrig geblieben. Dies ist aber auch noch zu viel, denn jetzt tritt der Regisseur auf den Schauplatz, der bald alles auf seine Art in Ordnung bringen wird.

Die Alte-Socken-Lektion

(»The Lesson of the Old Sock«, Reader's Digest, 1941, übersetzt von Martin Thomas Pesl)

Als ich fünf war, wollte ich schwimmen lernen, aber das Seil, an dem ich mich festhielt, um über Wasser zu bleiben, riss. Vor Angst gelähmt sank ich auf den Boden des Beckens. Ich wurde schließlich herausgezogen, aber noch Jahre später raste mein Herz, versteiften sich all meine Muskeln und verschlug es mir jedes Mal den Atem, wenn ich versuchte zu schwimmen.

»Entspann dich! Lass dich tragen!«, riefen mir die Leute zu. Aber niemand verriet mir, wie man sich entspannt, also lernte ich auch nicht schwimmen.

Mit neun spielte ich Harfe, und eigentlich sehr gut, aber nur bis ich eine Konzertbühne betrat. Da packte mich das Lampenfieber, meine Finger wurden steif, und mein Instrument klang rau und stumpf. Mein Lehrer stand auf der Seitenbühne, schnitt Grimassen und zischte mich an: »Die Finger lockern! Entspannen!« Aber ich wusste nicht, *wie* man sich entspannt.

Damals fütterte immer ein kleiner alter Mann in skurril altmodischen Kleidern die Vögel in dem Park, in dem wir Kinder spielten. Stundenlang saß er auf einer Bank und sah uns zu, machte Witze, die wir köstlich fanden, und warf uns mit erstaunlichem Geschick den Ball zurück, wenn er auf ihn zugerollt war. Er sagte, wir sollten ihn Onkel Pieter nennen. Als wir erfuhren, dass er einmal ein berühmter Zirkusclown gewesen war, fanden wir ihn noch faszinierender und drängten uns begierig um ihn.

Eines Tages stolperte ich und fiel hin. Onkel Pieter half mir auf, meine Knie bluteten, und mein Handgelenk war verstaucht.

»Du hast dir wehgetan, weil du nicht richtig hingefallen bist«, sagte er. »Das ist das Erste, was du im Leben lernen musst: zu fallen, ohne dir wehzutun. Egal, ob von einem Stuhl, einem Pferd oder von einem Rang des Erfolgs. Als ich so alt war wie du, bin ich schon so oft hingefallen, dass ich mir fast jeden Knochen einmal gebrochen habe. Dann lernte ich zu fallen, ohne mir etwas zu brechen. Ich zeige es dir.«

In diesem Sommer brachte mir Onkel Pieter die ersten Tricks bei, die Zirkuskinder lernen: Spagat, Flickflack und Salti. Die waren nur machbar, wenn man entspannt war, aber Onkel Pieter brüllte nicht »Entspannen!« wie die anderen davor. Er zeigte mir, wie ich es machen sollte.

»Du bist einfach ein weicher, zerknüllter alter Socken«, erklärte er. »Verstehst du? Als alter Socken kannst du hinfallen und spürst es nicht. Alte Socken können sich nicht verletzen und nicht zerbrechen. Das ist das ganze Geheimnis. So, und jetzt spiel einen alten Socken. Leiste keinen Widerstand. Ist dein ganzer Körper weich und schlapp? Kein steifer Muskel weit und breit?« Damit hob er mich vom Boden auf und ließ mich fallen. Und ich tat mir nicht weh. So lernte ich meine Lektion.

Es war eine der wichtigsten, die ich je gelernt hatte. Später sollte sie zu einer nicht nur körperlichen, sondern auch geistigen Disziplin werden.

Die meisten Menschen versuchen sich nur zu entspannen, wenn sie ruhen, aber ich habe gelernt, dass man auch besonders gut arbeitet, wenn man entspannt ist. Wenn ich beim Schreiben einer Geschichte nicht weiterkomme oder etwas vergessen habe, verwandle ich mich im Geiste in einen alten Socken, und alles löst sich. Wenn mir irgendein Martyrium zu viel wird – ein allzu dichter Terminplan, ein Verlust, eine Gefahr, ein Schmerz –, dann wende ich die Alte-Socken-Technik an und kann sie besser ertragen.

Als ich 15 war, musste meine Mutter operiert werden, und die Ärzte im Krankenhaus gaben wenig Anlass zur Hoffnung. Angespannt wartete ich während der Operation in ihrem Zimmer. Ich zitterte, meine Hände waren kalt und klamm, jeder Nerv meines Körpers verkrampfte sich schmerzhaft. Dann fiel mir Onkel Pieter ein. Ich konnte beinahe seine Stimme wieder hören, die mir zuredete, ich solle mich in einen alten Socken verwandeln. Und so entspannte ich mich. Ich befreite mich gänzlich von jeder Sorge und lockerte mich. Meine Hände wurden wieder warm, die Angstlähmung löste sich, und neue Gedanken strömten in meinen Kopf, wie um die entstandene Leere zu füllen. Ich bat die Schwester um Papier und Bleistift und begann, eine Geschichte zu schreiben.

Während ich schrieb, vergaß ich Zeit und Raum, bis sie meine Mutter vom Operationstisch hereinbrachten. Das Martyrium war vorbei. Ich saß an ihrer Bettkante, während sie noch bewusstlos war, und arbeitete seelenruhig weiter. Nie wieder flossen die Worte so leicht aus mir wie in diesen grauenvollen Stunden.

Später sollte meine Geschichte dann den ersten Preis in einem wichtigen Wettbewerb gewinnen und das erste Sprungbrett für meine Karriere als Schriftstellerin werden.

Vollständige Entspannung ist nicht nur in Krisen lebensrettend. Wir brauchen sie jeden Tag. Wenn Sie einen guten Eindruck machen wollen, entspannen Sie sich. Egozentrische Menschen sind selten entspannt, und so fühlen sich auch andere in ihrer Umgebung nicht wohl. Der Zustand eines alten Sockens macht Sie empfänglicher für anderer Leute Freud und Leid, und dafür werden sie Sie mögen. Wenn Sie sich für eine Stelle bewerben, Gäste eingeladen haben, Auto fahren oder Ihr Kind unterrichten, dann entspannen Sie sich bitte. Seien Sie ein alter Sockens und entspannen Sie sich. Wenn wir angespannt sind, kriegen wir nichts wirklich gut hin. Fragen Sie Tänzer, Sänger, Künstler, Sportler, Kämpfer, Flieger, Kreative jeder Branche, und sie alle werden Ihnen bestätigen, wie wichtig es ist, Entspannung zu lernen.

Sie können es sich selbst beibringen. Der erste Schritt besteht darin, Kontrolle über sich selbst zu erlangen, sich jede Versteifung Ihres Körpers bewusst zu machen und gleichzeitig in der Lage zu sein, sie zu lösen. Ziehen Sie sich Ihren Pyjama an und legen Sie sich auf den Boden. Lockern Sie Arme und Beine. Jetzt machen Sie die kleinen Muskeln ausfindig, die immer noch angespannt sind. Während Sie sie lösen, wird sich Ihr Atem verlangsamen, Sie werden sich völlig leer fühlen, und Ihre Nerven werden sich beruhigen. Mit etwas Übung können Sie sich jederzeit und überall entspannen.

Die Alte-Socken-Technik, da bin ich überzeugt, kann uns sogar die schwierigste Aufgabe erleichtern, die uns allen bevorsteht. Ich sehe mich schon in meiner letzten Stunde friedlich und entspannt sagen: »Ich bin nur ein alter Socken, Herr. Nimm mich mit.«

Vicki Baum war bereits eine bekannte Schriftstellerin in Wien, als sie 1931 Grand Hotel *herausbrachte. Im Zuge dieses Erfolgs kam sie in die Vereinigten Staaten von Amerika, deren Staatsbürgerin sie mittlerweile ist. Seit 1932 schreibt sie Drehbücher, Theaterstücke und Romane.*

Anhang

Bibliographische Nachweise und Erläuterungen

Viki Baum [= Vicki Baum]: Diskretion. In: Die Muskete 5, 121, 23.1.1908, S. 134.
Dichter Der Text beruht auf einer autobiographischen Begebenheit. Vicki Baum schildert in ihren Memoiren *Es war alles ganz anders* ein Zusammentreffen mit dem Schriftsteller Felix Dörmann, »einer Wiener Version von Oscar Wilde«, aus der sie eine »freche kleine« Geschichte für die Satirezeitschrift *Muskete* machte.

V. B. [= Vicki Baum]: Mahler-Probe. In: Ton und Wort 2, 5, 15. März 1912, S. 5–7.
Wiener Erstaufführung der achten Mahler-Sinfonie Die Wiener Erstaufführung von Mahlers 8. Symphonie, an der Vicki Baum als Harfenistin selbst mitwirkte, fand am 14.3.1912 im Großen Saal des Wiener Musikvereins statt.
Sitze zu 50 K 50 Kronen für eine Konzertkarte sind als durchaus hoch zu veranschlagen – für die teuerste Kategorie im Großen Saal des Musikvereins waren üblicherweise um die 20 Kronen zu bezahlen – und wohl auf das externe Unternehmen zurückzuführen, das als Veranstalter dieses Konzertes fungierte.
»beim Weigl« Veranstaltungsgelände im Dreherpark im 12. Wiener Gemeindebezirk (Schönbrunner Straße 307), betrieben vom Heurigenwirt Johann Weigl.
Walter Bruno Walter, eig. Bruno Walter Schlesinger (1876–1962): deutsch-österreichisch-amerikanischer Dirigent und Komponist. Schüler und Assistent von Gustav Mahler, von dem er an die Wiener Hofoper berufen wurde und dort bis 1912 Erster Kapellmeister war, in der Folge Leitung zahlreicher weiterer Opern- und Konzerthäuser (z. B. München, Berlin, Leipzig). Bedeutender Mozart-Dirigent, setzte sich für das Werk Hans Pfitzners, Anton Bruckners und Gustav Mahlers ein.

Viki Baum [= Vicki Baum]: Kapellmeister und Dirigenten. In: Ton und Wort 2, 6, 31. März 1912, S. 1–4.

Jean-Baptiste Lully (1633–1687): französischer Komponist italienischer Herkunft. Setzte als Orchestererzieher, Gesangspädagoge, Regisseur und Choreograph neue Standards und bestimmte entscheidend Aufführungsstil und Erfolg der Oper mit. Bei der Aufführung seines *Te Deum* (anlässlich der Genesung des Königs) zog er sich mit dem zum Taktstampfen dienenden Stab am Fuß eine Verletzung zu, an deren Folgen er starb.

24 violons du roi Fünfstimmig besetztes Streichorchester am französischen Königshof zwischen 1626 und 1761.

Weber Carl Maria von Weber (1786–1826): deutscher Komponist, Dirigent und Pianist. U.a. Opernkapellmeister in Prag und Hofkapellmeister in Dresden. Komponist des *Freischütz*, der ersten großen deutschen romantischen Oper, die 1821 in Berlin uraufgeführt wurde.

Mendelssohn Felix Mendelssohn Bartholdy (1809–1847): deutscher Komponist, Dirigent, Pianist und Organist. Gilt als einer der bedeutendsten Musiker der Romantik und setzte als Dirigent neue Standards. Er gründete das erste Konservatorium in Deutschland und setzte sich für die Aufführung der Werke von Georg Friedrich Händel und Johann Sebastian Bach ein.

Schumann Robert Schumann (1810–1856): deutscher Komponist und Musikschriftsteller. Begründete 1834 die *Neue Zeitschrift für Musik*, setzte sich als Schriftsteller u. a. für Frédéric Chopin und Johannes Brahms ein.

Mahler Gustav Mahler (1860–1911): österreichischer Dirigent, Komponist und vielfacher Operndirektor, u.a. von 1897 bis 1907 erster Kapellmeister und Direktor der Wiener Hofoper. Setzte als Dirgigent neue Maßstäbe und war ein bedeutender Reformer des Musiktheaters.

Richter Hans Richter, eig. János Richter (1843–1916): österreichisch-ungarischer Dirigent. U.a. erster Kapellmeister an der Wiener Hofoper, prägte die Bayreuther Festspiele, setzte sich in Wien und später in England sehr für Richard Wagners Werke ein sowie für Anton Bruckner, Johannes Brahms und Edward Elgar.

Nedbal Oskar Nedbal (1874–1930): böhmischer Komponist und Dirigent. Dirigent der Böhmischen (heute Tschechischen) Philharmonie in Prag und im Slowakischen Nationaltheater in Pressburg, gründete 1907 das Orchester des Vereins *Wiener Tonkünstler*, das er bis 1919 leitete und mit dem er u. a. Werke von Franz Schreker uraufführte. Veranstaltete in Wien regelmäßig populäre Konzerte und war selbst ein gefeierter Operettenkomponist (z. B. *Polenblut*, UA Carltheater 1913).
embarras de richesse frz. für zu viel des Guten.
Franz Schalk (1863–1931): österreichischer Geiger, Dirigent und langjähriger Direktor der Wiener Staatsoper (1918–1929). Er initiierte die Gastspielreisen des Opernensembles, unternahm Konzertreisen mit den Wiener Philharmonikern und war wesentlich bei der Gründung der Salzburger Festspiele beteiligt. Ferner wirkte er als Dirigent an der Wiener Hofburgkapelle und bei Arbeiter-Sinfoniekonzerten. Er setzte sich besonders für das Werk Anton Bruckners ein und pflegte enge Verbindungen zu zeitgenössischen Musikern.
Weingartner Felix Weingartner (1863–1942): österreichischer Dirigent, Komponist und Musikschriftsteller. Stand u. a. 1908–1927 den Wiener Philharmonikern vor und führte das Orchester auf erfolgreichen Tourneen rund um die Welt. Berühmt für seine Schlagtechnik, widmete er sich als Dirigent dem klassischen Repertoire.
tout Vienne frz. für ganz Wien.
Ferdinand Löwe (1863–1925): österreichischer Dirigent und Pianist, Schüler Anton Bruckners. Kapellmeister an der Wiener Hofoper, 1900 Mitbegründer und bis 1925 Chefdirigent des Wiener Concertverein (der späteren Wiener Symphoniker), dem auch Vicki Baum als Harfenistin kurzzeitig angehörte. Leiter des Kaim-Orchester (jetzt Konzertvereinsorchester in München) und der Wiener Musikakademie.
Walter Bruno Walter, s. *Mahler-Probe*.
Gregor Fitelberg eig. Grzegorz Fitelberg (1879–1953): polnischer Komponist, Dirigent, Pianist und Pädagoge. Dirigent der Warschauer Philharmonie, 1912/1913 Dirigent an der Wiener Hofoper, 1921 Dirigent bei Serge Diaghilews *Ballets Russes*. 1924–1934 Direktor der

Warschauer Philharmonie, 1934–1939 Leiter des Polnischen Rundfunkorchesters.

Vicki Baum: Orchestermusiker. In: Ton und Wort 2, 9, 15. Mai 1912, S. 1–4.
Bittners »Musikant« Oper *Der Musikant* von Julius Bittner (uraufgeführt 1909 an der k. u. k. Hofoper Wien durch Bruno Walter).
Bratlgeiger Musiker, der als Gage ein Abendessen (Braten) bekam; meist despektierlich gebrauchte Bezeichnung.

Vicki Baum: Der Spiegel. In: Die Dame 51, 7, Mitte Januar 1924, S. 9f.

Vicky Baum [= Vicki Baum]: Das Auto im Film. In: Die Dame 54, 3, Drittes Oktoberheft 1926, S. 32, 34, 38.
Rabitz-Schlucht Rabitz ist Drahtputz, der aus einer tragenden Unterkonstruktion aus Metall, dem Rabitzgitter, auf das der Mörtel aufgetragen wird, besteht. Vom Berliner Bautechniker Carl Rabitz entwickelt und 1878 zum Patent angemeldet.

Vicki Baum: Entlarvte Liebe. Die Chemie der Gefühle. In: Uhu 3, 2, November 1926, S. 86–91.
Bölsche Wilhelm Bölsche (1861–1939): deutscher Schriftsteller und Naturforscher, der naturwissenschaftliche Themen populär aufbereitete. Mit seinem Buch *Das Liebesleben in der Natur* (1898) begründete er die Gattung des modernen Sachbuches.

Vicki Baum: Ballettstunde. Bilder aus der Schule der Berliner Staatsoper. In: Berliner Illustrirte Zeitung 35, 47, 21.11.1926, S. 1587–1589.
Pawlowa Anna Pawlowna Pawlowa (1881–1931): russische Meistertänzerin des klassischen Balletts. Berühmt für das eigens von Michail Fokine für sie kreierte Solo *Der sterbende Schwan*, tanzte u. a. bei Serge Diaghilews *Ballets Russes*, zahlreiche Tourneen führten sie als Solistin rund um die Welt. Sie hielt beharrlich an alten Traditionen und dem klassischen Ballett fest und lehnte moderne und experimentelle Tanzformen ab.

Labanschüler Rudolf von Laban (1879–1958): ungarischer Tänzer, Choreograph und Tanztheoretiker. Begründer der nach ihm benannten Labanotation, einem System zur Analyse und Aufzeichnung menschlicher Bewegung.
Terpis Max Terpis, eig. Max Pfister (1889–1958): Schweizer Tänzer, Choreograph, Regisseur und Psychologe (1950er-Jahre). Lernte als Schüler von Mary Wigman Harald Kreutzberg kennen, mit dem er viele Jahre zusammenarbeitete. 1924–1930 Leiter des Balletts der Berliner Staatsoper.
Frau Grube Elisabeth Grube-Aravantinos (Wirkungsdaten 1914–1950): Tänzerin, Ballettmeisterin, auch an der Berliner Staatsoper tätig.
Kreutzberg Harald Kreutzberg (1902–1968): deutscher Tänzer und Choreograph, einer der wichtigsten Vertreter des Ausdruckstanzes in Deutschland und einer der bekanntesten Schüler von Mary Wigman. Ab 1924 gemeinsam mit Max Terpis an der Berliner Staatsoper, wo er von Max Reinhardt entdeckt und 1926 für die Salzburger Festspiele verpflichtet wurde. Zahlreiche Gastspiele in den USA machten Kreutzberg als Galionsfigur des *German Dance* weltberühmt.

Mix [= Vicki Baum]: Kinder beim Photographen. In: Die Dame 54, Zweites Dezemberheft 1926, S. 4–6, 32.

Mix [= Vicki Baum]: Die singende Frau. In: Die Dame 54, 10, Erstes Februarheft 1927, S. 13, 15f., 32.

Vicki Baum: Der Herr im andern Auto. Eine Frühlingsgeschichte. In: Die Dame 54, 15, Zweites Aprilheft 1927, S. 2, 4–7.
meskine von frz. mesquin,-e = armselig, kleinlich, schäbig.
Catleyas eig. Cattleya, Orchideengattung aus dem tropischen Amerika. Benannt nach dem britischen Orchideenzüchter William Cattley.

Vicki Baum: Kinder irren umher. In: Ullsteins Blatt der Hausfrau 42, 17, Erstes Maiheft 1927, S. 2f.

Mix [= Vicki Baum]: Das richtige Adjektiv. In: Die Dame 54, 16, Erstes Maiheft 1927, Beilage: Die losen Blätter, S. 255f.

Mix [= Vicki Baum]: Kleine Geschichten von der Eifersucht. In: Die Dame 54, 17, Zweites Maiheft 1927, Beilage: Die losen Blätter, S. 271f.

Balzac, der diese hübsche Geschichte erzählt Der vorhergehende Abschnitt ist ein wörtliches Zitat aus Balzacs Eheratgeber *Physiologie du mariage* (1829, dt. *Physiologie der Ehe* 1842).

Mix [= Vicki Baum]: Das Strandbad. In: Die Dame 54, 18, Erstes Juniheft 1927, S. 4f., 35–37.

mensendieckt Bezeichnung für Leibesübungen nach dem System von Bess M. Mensendieck (1864–1957), einer niederländisch-amerikanischen Ärztin und Gymnastiklehrerin, die als eine der wichtigsten Begründerinnen der frühen Atem- und Leibpädagogik in Europa und Amerika gilt.

Vicki Baum: Kleid einer Schauspielerin. In: Die Dame 54, 18, Erstes Juniheft 1927, Beilage: Die losen Blätter, S. 286f.

Mix [= Vicki Baum]: Suche nach dem Sommer. In: Die Dame 54, 19, Zweites Juniheft 1927, S. 2, 4–6, 28.

Thoma Hans Thoma (1839–1924): deutscher Graphiker und Maler, berühmt für seine Landschaftsbilder und (Selbst-)Porträts.

Vicki Baum: O, diese Eltern. Die Kluft zwischen den Generationen. In: Berliner Illustrirte Zeitung 36, 35, 28.8.1927, S. 1389f.

Mix [= Vicki Baum]: Der schöne Hut. Eine Frauenfrage. In: Uhu 3, 12. September 1927, S. 74–80.

Lukas Cranach korr. Lucas Cranach.

»Zurück zu Methusalam« Theaterstück *Back to Methuselah* (1921) von Bernhard Shaw, eig. deutscher Titel *Zurück zu Methusalem*.

Charlotte Corday (1768–1793): ermordete während der Französischen Revolution den radikalen Journalisten und Jakobiner Jean Paul Marat.
Kapotthütchen Im 19. Jahrhundert und um 1900 modischer, unter dem Kinn gebundener kleiner, hoch sitzender Damenhut.

Mix [= Vicki Baum]: Der kleine Bekannte. In: Die Dame 55, 2, Zweites Oktoberheft 1927, S. 5–7.
Amaranth Populäres romantisches Epos *Amaranth* (1849; 42. Auflage 1898) des aus Mittelfranken stammenden Schriftstellers Oskar von Redwitz (1823–1891).
Frissons (Wonne)schauer.

Vicki Baum: Erfahrungen mit der Verjüngung. Ein Rundgang durch die Laboratorien einer neuen Wissenschaft. In: Uhu 4, 3, Dezember 1927, S. 32–41.
neuen Roman 1928 erschien im Berliner Ullstein Verlag Baums Roman *stud. chem. Helene Willfüer*. Im Zentrum des Geschehens steht eine junge Chemiestudentin, die mithilfe der Erfindung eines Verjüngungsmittels berufliche Karriere macht und auch ihr privates Glück findet. S. auch *Frau unter Frauen*.
Mulford und Shaw haben zuerst gegen diese Unsitte des kurzen Lebens, der schnellen Abnutzung unseres Motors gemurrt Der irirische Dramatiker George Bernhard Shaw (1856–1950) vertritt in der Einleitung zu seinem Drama *Back to Methuselah* (1921, dt. *Zurück zu Methusalem*) die These, dass der Mensch ein zu kurzes Leben habe. Ein Lebensalter von 70 oder 80 Jahren sei nicht ausreichend, sich den Schwierigkeiten des Daseins anzupassen. Um die menschliche Intelligenz einigermaßen zu entwickeln, müsse ein Lebensalter von etwa 300 Jahren erreicht werden. Der amerikanische Philosoph und Schriftsteller Prentice Mulford (1834–1891), einer der bedeutendsten Vertreter der Neugeist-Bewegung, führt in seinem Buch *Thoughts Are Things* (1889, dt. *Gedanken sind real*) aus, wie Jugend (auch körperliche) durch spirituelle und religiöse Praktiken erhalten werden kann.

Steinach Eugen Steinach (1861–1944): österreichischer Physiologe und Pionier der Sexualforschung. Entwickelte auf dem Gebiet der Reaktivierungsforschung eine umstrittene Methode mittels der Verpflanzung von Hoden oder der Unterbindung der Samenleiter. 1912 gründete er in Wien die von ihm bis 1932 geleitete Physiologische Abteilung an der »Biologischen Versuchsanstalt«, die als Zentrum der Verjüngungsforschung galt.
Voronoff Serge Voronoff (1866–1951): französischer Chirurg russischer Herkunft, Pionier auf dem Gebiet der Xenotransplantation, der Übertragung von lebens- und funktionstüchtigen Zellen oder Zellverbänden (einschließlich ganzer Organe oder Körperteile) zwischen verschiedenen Spezies. Er wollte die Revitalisierung mit Hodentransplantationen erreichen und arbeitete in den 1920er-Jahren mit Affenhoden-Implantaten, deren vermeintliche Erfolge er 1926 unter dem Titel *The Study of Old Age and my Method of Rejuvenation* publizierte. In Österreich arbeitete Eugen Steinach an einer Variante von Voronoffs Transplantationen.
Vasoligatur Unterbindung von Blutgefäßen.
Dr. Peter Schmidt (Berlin) (1892–1930): deutscher Arzt, regelmäßiger Redner auf Magnus Hirschfelds Sexualreform-Kongressen. Publikationen zu Steinachs und Voronoffs Methoden, wie z.B. *Theorie und Praxis der Steinach'schen Operation* (1922), *Das überwundene Alter* (1928).
Dr. Benjamin (New York) Harry Benjamin (1885–1986): deutsch-amerikanischer Endokrinologe und Sexualwissenschaftler. Leiter der amerikanischen Sektion von Magnus Hirschfelds »Weltliga für Sexualreform«, gründete in New York das *Life Extension Institute*, zahlreiche Publikationen zur Verjüngung.
Dr. Zikel Heinz Zikel (1875–1931): Berliner Chirurg und Gynäkologe, der auf der Verjüngungswelle der 1920er-Jahre ritt. Zahlreiche eher dubiose Behandlungen und populärere Publikationen in Frauenmagazinen.
Prof. Holländer Eugen Holländer (1867–1932): Berliner Chirurg, einer der Pioniere der ästhetischen Chirurgie (Hautstraffungen). Begründer der medizinischen Kunstgeschichte in Deutschland.

Mix [= Vicki Baum]: Theater im Parkett. Ein Monolog. In: Die Dame 55, 10, Erstes Februarheft 1928, S. 16f., 28.

Mix [= Vicki Baum]: Variationen der Liebe. In: Die Dame 55, 12, Erstes Märzheft 1928, S. 2, 4f.

Chamfort Nicolas Chamfort (1741–1794): französischer Schriftsteller. Erfolge als Dramatiker und als Verfasser akademischer Preisreden, ihm werden zahlreiche Sprichwörter und Parolen (während der Französischen Revolution) zugeschrieben.

Vicki Baum: Mein schönstes Reiseerlebnis. In: Berliner Illustrirte Zeitung 37, 28, 8.7.1928, S. 1193.

Brennerstraße Landesstraße (B 182) in Österreich im Bundesland Tirol, die von Innsbruck zum Brennerpass führt.

Goethe auf dem Stieler-Bildnis Joseph Karl Stieler (1781–1858): deutscher Maler. Schuf hauptsächlich Porträts, die sich durch hohes technisches Können und eine deutlich idealisierende Tendenz auszeichnen. Bekannt sind seine Porträts von Johann Wolfgang von Goethe, Alexander von Humboldt oder Ludwig van Beethoven.

Mix [= Vicki Baum]: Ein Brief an Harald Paulsen. In: Die Dame 55, 22, Zweites Juliheft 1928, S. 16.

Harald Paulsen (1895–1954): deutscher Theater- und Filmschauspieler, Regisseur. Ab 1919 in Berlin am Deutschen Theater engagiert.

Mix Baum zeichnete zahlreiche ihrer Texte in der *Dame*, im *Uhu* und der *Vossischen Zeitung* mit dem Pseudonym »Mix«.

Mix [= Vicki Baum]: Der Schwan Friedrich. In: Die Dame 55, 23, Erstes Augustheft 1928, S. 6, 46–48.

Friederich: Der Titel hat die Schreibweise »Friedrich«, im Text steht hingegen durchgängig »Friederich«, was beibehalten wurde.

Pawlowa Anna Pawlowa, s. *Ballettstunde.*

Vicki Baum: Die langweilige Erotik. In: Die Dame 55, 24, Zweites Augustheft 1928, Beilage: Die losen Blätter, S. 383f. wieder in: Wiener Allgemeine Zeitung, 19.9.1928, S. 5.

Van de Velde, »Vollkommene Ehe« Theodoor Hendrik van de Velde (1873–1937): niederländischer Gynäkologe, dessen 1926 erschienenes Buch *Het volkomen huwelijk* (dt. *Die vollkommene Ehe. Eine Studie über ihre Physiologie und Technik*) ihn international bekannt machte. In seinem Aufklärungsbuch, das 1932 in der 42. Auflage erschien und von der römisch-katholischen Kirche verboten wurde, tritt er für Wissen und Sinnlichkeit in der Erotik ein. Weitere Bände: *Die Abneigung in der Ehe. Eine Studie über ihre Entstehung und Bekämpfung* (1928), *Die Erotik in der Ehe. Ihre ausschlaggebende Bedeutung* (1928).

Otto Flake, »Die erotische Freiheit« (1880–1963): deutscher Schriftsteller. In *Die erotische Freiheit* (1928) verhandelt er die Emanzipation sexueller Beziehungen. Erotische Freiheit sieht er als Freiheit von normativen Zwängen, als Freiheit zur Verantwortung gegenüber dem Partner und der Gesellschaft an.

Mix [= Vicki Baum]: Dirigenten. In: Die Dame 56, 2, Zweites Oktoberheft 1928, S. 8f.

Tilden Bill Tilden (1893–1953): dominierender Tennisspieler in den 1920er-Jahren, gilt als einer der besten Tennisspieler aller Zeiten.

Froitzheim Otto Froitzheim (1884–1962): einer der besten deutschen Tennisspieler am Beginn des 20. Jahrhunderts.

Konrad Veidt (1893–1943): deutscher Schauspieler, der 1920 in der Rolle des Cesare im Filmklassiker *Das Cabinet des Dr. Caligari* berühmt wurde.

Nikisch Arthur Nikisch (1855–1922): ungarischer Dirigent, dessen internationale Karriere (USA, Ungarn, Deutschland) vorbildhaft für nachfolgende Generationen wirkte. Leitete von 1895 bis zu seinem Tod das Gewandhausorchester in Leipzig, unternahm ausgedehnte Gastspielreisen in Europa und den USA. Er galt als suggestiver Orchesterleiter, seine Schwerpunkte waren die romantische Musik sowie Werke seiner Zeitgenossen.

Furtwängler Wilhelm Furtwängler (1886–1954): deutscher Dirigent und Komponist. U.a. Konzertdirektor der Gesellschaft der Musikfreunde in Wien, Leiter von Konzerten der Wiener Philharmoniker sowie der Berliner Philharmoniker. Leitende Funktionen in Bayreuth, bei den Salzburger Festspielen und an der Staatsoper in Berlin. Trotz seiner allgemein kritisierten Stellung im »Dritten Reich« nahm er großen Einfluss auf das Musikleben und zählt zu den profiliertesten Dirigenten des 20. Jahrhunderts.
Weingartner Felix Weingartner, s. *Kapellmeister und Dirigenten.*
Kleiber Erich Kleiber (1890–1956): österreichischer Dirigent, u.a. 1923–1935 Dirigent an der Berliner Staatsoper, Exil in Buenos Aires. Als Höhepunkt seiner Karriere gilt die Uraufführung von Alban Bergs *Wozzeck* 1925 in Berlin.
Avus Erste ausschließliche Autostraße und erste Autobahn der Welt, die 1921 eröffnet wurde. Sie liegt im Südwesten Berlins und ist das nördliche Teilstück der Autobahn A 115.
Walter Bruno Walter, s. *Mahler-Probe.*

Mix [= Vicki Baum]: Hier kann geparkt werden. In: Die Dame 56, 2, Zweites Oktoberheft 1928, S. 13, 28.

Mix [= Vicki Baum]: Worauf die Leute immer wieder hereinfallen ... Gespräch mit einem Hochstapler. In: Uhu 5, 2, November 1928, S. 80–83.

Vicki Baum: Die Mütter von morgen – die Backfische von heute. In: Uhu 5, 5, Februar 1929, S. 46–53.
pimplich von pimpelig, pimpelich = weichlich, schlaff, leicht kränkelnd.

Mix [= Vicki Baum]: Wie denken Sie über die Herrenmode? In: Uhu 5, 9, Juni 1929, S. 20–28. auch als: Gefällt Ihnen die Herrenmode? Der rückständige Mann. In: Vossische Zeitung (Morgen-Ausgabe) 30.5.1929, Beilage: Das Unterhaltungsblatt.

Vicki Baum: Vergessenes Parfüm. Eine ungeschriebene Novelle. In: Die Dame 57, 23, Erstes Augustheft 1929, S. 15f., 30, 32, 34, 36, 38.
Mohammedanerin umgangssprachlich veraltete Bezeichnung für Moslemin.

Mix [= Vicki Baum]: Kosmetik für Herren. In: Uhu 5, 12, September 1929, S. 88–92.
damit sie nicht so »schprede« ist, wie die des sächsischen Königs in der berühmten Anekdote Der dem Alkohol nicht abgeneigte König Friedrich August III. von Sachsen soll beim Rasieren von seinem ebenso trunksüchtigen Barbier geschnitten worden sein. Der König meinte, diese Ungeschicklichkeit rühre vom Alkoholabusus her, worauf der Barbier antwortete, dass es der Alkohol sei, der die Haut so spröde mache.

Vicki Baum: Protest gegen die Mode. In: Vossische Zeitung, 15.9.1929, Beilage: Das Unterhaltungsblatt.
wer noch? Auf Vicki Baums Aufruf folgten viele zustimmende Zuschriften, aus denen eine Auswahl eine Woche später, am 22.9.1929, im Unterhaltungsblatt der *Vossischen Zeitung* abgedruckt wurde.

Mix [= Vicki Baum]: Hemmungen. In: Die Dame 57, 1, Erstes Oktoberheft 1929, Beilage: Die losen Blätter, S. 16.

Mix [= Vicki Baum]: Bedarf an Männern. In: Die Dame, 57, 5, Erstes Dezemberheft 1929, S. 16.

Vicki Baum: Geschenke für Mama. In: Die Dame 57, 6, Zweites Dezemberheft 1929, S. 6, 43f., 47f. wieder leicht gekürzt als: Geschenke für die Mutter. In: Karin Michaelis (Hg.): Das Antlitz des Kindes. Neufeld & Henius: Berlin 1931, S. 90, 99–103 sowie als Meine Mutter. In: Neues Wiener Journal, 23.11.1933, S. 3f.
Stilstichsticken auch Stielstich. Zierstich, der von links nach rechts gearbeitet wird und bei mehreren Stichen eine einem Stiel ähnliche Linie ergibt.

Milieu zierende (Tisch)decke.
Defregger Franz Defregger (1835–1921): österreichischer Genre- und Historienmaler.
Kriehuber Josef Kriehuber (1800–1876): österreichischer Lithograph und Maler, der gesuchteste und bestbezahlte Porträtist des Wiener Biedermeier.
»Herzblättchens Zeitvertreib« zeitgenössische Kinderzeitschrift, Untertitel: *Unterhaltungen für kleine Knaben und Mädchen zur Herzensbildung und Entwickelung der Begriffe.*

Mix [= Vicki Baum]: Die Frau, die Berge versetzen kann. Ein Monolog. In: Die Dame 57, 7, Drittes Dezemberheft 1929, S. 20, 40.
Coatch Für diese fehlerhafte Schreibweise von »Couch« wurden keine Belege gefunden (belegt ist diese Schreibweise nur bis zum 18. Jahrhundert für das in diesem Kontext keinen Sinn ergebende engl. coach = Wagen, Trainer).

Vicki Baum: Apropos Alter ... In: Die Dame 57, 11, Zweites Februarheft 1930, S. 18. wieder in: Prager Tagblatt, 23.2.1930, Beilage: Der Sonntag.
Novelle einer alternden Frau Letztgültig konnte die Novelle, wenn sie denn auf eine reale verweist, nicht ermittelt werden. Dem Publikationsverlauf und den inhaltlichen Verweisen entsprechen würde noch am ehesten Baums Novelle *Tanzpause*, die im Jänner 1925 in *Velhagen & Klasings Monatsheften* (Jg. 39, Nr. 5, S. 535–551) erschien und im Jahr darauf als eigenständiger Band (Stuttgart: Fleischhauer & Sohn 1926) publiziert wurde.

Mix [= Vicki Baum]: Sehnsucht nach Lila. In: Die Dame 57, 12, Erstes Märzheft 1930, S. 6.

Mix [= Vicki Baum]: Diskretion. In: Die Dame 57, 13, Zweites Märzheft 1930, S. 9.

Mix [= Vicki Baum]: Ein Wort wird gesucht. In: Die Dame 57, 15, Zweites Aprilheft 1930, S. 9.

Mix [= Vicki Baum]: Kleine Ansprüche an die Frau 1930. In: Die Dame 57, 21, Erstes Juliheft 1930, S. 18f.

Vicki Baum: Aus der Sahara mitgebracht. In: Die Dame 57, 21, Erstes Juliheft 1930, S. 19.

Ich kaufte ihn Im Frühjahr 1929 unternahm Baum eine Reise nach Nordafrika (s. auch *Ein einfaches Butterbrot in der Sahara*), von der sie den Wüstenfuchs Joujou mit nach Hause brachte. Dieser verstarb jedoch trotz umsichtigster Betreuung ein Jahr später an einer Gehirnstaupe.

Touggourt Oasenstadt im Nordosten von Algerien.

Negerjungen Neger ist eine veraltete, heute als stark diskriminierend geltende Bezeichnung für Personen mit dunkler Hautfarbe.

Brehm Alfred Brehm (1829–1884): deutscher Zoologe und Schriftsteller, Verfasser des populärwissenschaftlichen zoologischen Nachschlagewerks *Brehms Tierleben* (1863–1869).

Mix [= Vicki Baum]: Ankunft im Gebirge. In: Die Dame 57, 21, Erstes Juliheft 1930, S. 60f.

Mix [= Vicki Baum]: Von Tanz und Tänzern. In: Die Dame 58, 1, Erstes Oktoberheft 1930, S. 10–12. wieder als: Tänzer. In: Neues Wiener Tagblatt, 25.10.1930, S. 2.

Raden Mas Jodjana (1893–1972): javanischer Tänzer, der die Tanzkultur seiner Heimat in Europa als Künstler und Pädagoge sehr erfolgreich weitervermittelte.

Neger Benga Féral (eig. François) Benga (1906–1957): senegalesischer Tänzer, ab Mitte der 1920er-Jahre gemeinsame Shows mit Josephine Baker in Paris.

Ted Shawn eig. Edwin Myers Shawn (1891–1972): amerikanischer

Tänzer, Pädagoge und Choreograph. Einer der ersten männlichen Pioniere des amerikanischen *Modern Dance*, Begründer der Tanztruppe *Ted Shawn and His Men Dancers*, Engagement für die gesellschaftliche Anerkennung des männlichen Tänzers sowie spezifisch »männlicher« Tanzbewegungen und Choreographien.

Serge Lifar (1905–1986): französischer Balletttänzer und Choreograph ukrainischer Abstammung, einer der berühmtesten Balletttänzer der ersten Hälfte des 20. Jahrhunderts. Langjähriger Ballettmeister der Pariser Oper.

Diaghilew Serge Pawlowitsch Diaghilew (1872–1929): russischer Impresario und Ballettdirektor. Begründer des Ensembles *Ballets Russes*, das choreographisch und szenisch völlig neue Aufführungsformen darstellte und in dem TänzerInnen wie Anna Pawlowa oder Waslaw Nijinsky zu internationalen Stars anvancierten.

Harald Kreutzberg s. *Ballettstunde.*

Reinhardt Max Reinhardt, ursprünglich Maximilian Goldmann (1873–1943): österreichischer Regisseur und Intendant. Gründer und Leiter zahlreicher Bühnen in Wien und Berlin, wo er mit den Reinhardt-Bühnen ein regelrechtes Theater-Imperium aufbaute, (Mit-) Begründer der Salzburger Festspiele sowie mehrerer Schauspielschulen. Mit seinen Inszenierungen setzte Reinhardt innovative und breitenwirksame Impulse zur Erneuerung der Theaterkunst.

Jens Keith Pseudonym für Otto Precht (1898–1958): deutscher Tänzer und Choreograph.

Walter Junck korr. Walter Junk (1902–?): österreichischer Tänzer und Ballettmeister. Solotänzer an vielen großen Opernhäusern, wie z.B. der Berliner Staatsoper. Begründer des Studiengangs Tanz am Konservatorium Wien.

Edgar Frank Lebensdaten nicht ermittelt. Deutscher Tänzer, einer der frühesten Laban-Schüler, Solist an der Berliner Staatsoper, emigrierte 1937 nach Schweden.

Georg Grocke korr. Georg Groke (1904–1999): deutscher Tänzer, Wigman-Schüler. Solotänzer an der Berliner Staatsoper. Auch zahlreiche Solotanzveranstaltungen, v. a. gemeinsam mit Ruth Abramowitsch.

Tairow Alexander Jakowlewitsch Tairow (1885–1950): russisch-sowjetischer Regisseur und Theatertheoretiker, Begründer des Moskauer Kammertheaters. Für seine Schauspieler galten Pantomime, Clownerie und Revue als Vorbild, seine Gastspiele in Europa zwischen 1925 und 1930 erregten großes Aufsehen.

Rumniew vermutlich Aleksandr Rumnyov (Alexander Rumniew) (1899–1965): russischer Tänzer und Schauspieler, spielte bei Tairow, später (1940er-Jahre) auch Filmrollen.

Leontjew Sascha Leontjew (1897–1942): russischer Tänzer und Choreograph, Ballettmeister der Wiener Staatsoper (1928–1930).

Sacharow Alexander Sacharow, eig. Alexander Zuckermann (1886–1963): russischer Tänzer und Choreograph. Entwickelte gemeinsam mit seiner Partnerin und Ehefrau Clotilde von Derp seine persönliche *Modern Dance*-Variante, die er als »abstrakte Pantomime« bezeichnete.

Romanow Boris Georgjewitsch Romanow (1891–1957): russisch-amerikanischer Tänzer und Choreograph. Begründete gemeinsam mit Elsa Krüger das *Russische Romantische Ballett*.

Droste Sebastian Droste, eig. Willy Knobloch (1898–1927): deutscher Tänzer, Schauspieler und Lyriker. Erarbeitete gemeinsam mit seiner (vermutlichen) Ehefrau, der modernen Tänzerin Anita Berber, die skandalträchtige Bühnenshow *Die Tänze des Lasters, des Grauens und der Ekstase*, in der Gedichte vorgetragen und Tanzszenen gezeigt wurden. Zur Revue wurde auch ein Buch gleichen Titels herausgegeben, das zahlreiche Gedichte Drostes enthielt.

Nijinsky Waslaw Nijinsky (1888/9(?)–1950): russischer, aus Polen stammender Balletttänzer und Choreograph. Ensemblemitglied in Diaghilews *Ballets Russes*. Berühmt für seine scheinbar schwerelosen, in der Luft angehaltenen Sprünge. Beendete wegen psychischer Probleme 1919 seine künstlerische Karriere und verbrachte den Großteil seines restlichen Lebens in diversen psychiatrischen Kliniken.

Van Düren Ernst van Düren (?–1930): deutscher Tänzer und (Film) schauspieler, Variété-Auftritte gemeinsam mit Edmonde Guy im Berliner Variété *Wintergarten.*

Vicki Baum: Welche Frau ist am begehrtesten? In: Uhu 7, 1, Oktober 1930, S. 64–74.

Mix [= Vicki Baum]: Quartett unter der Verkehrsampel. In: Die Dame 58, 3, Erstes Novemberheft 1930, S. 6–8.

Panne Seidensamtstoff.

Juchten Kurz für Juchtenleder. Speziell gegerbtes, wasserdichtes Leder, das mit Birkenteeröl oder Seehundstran eingerieben wird und daher einen eigentümlichen Geruch aufweist.

Mix [= Vicki Baum]: Wie will die Frau gewonnen werden ...? In: Uhu 7, 3, Dezember 1930, S. 23–26.

Mix [= Vicki Baum]: Biographie in Kleidern. In: Die Dame 58, 8, Erstes Januarheft 1931, S. 16f., 30, 32.

Kretonne Gröberes Baumwollgewebe.

Sattel Auf- oder angesetzter Stoffteil als oberer Abschluss bei sportlicher Oberbekleidung, z.B. der obere Schulter-/Rückenteil bei einem Sportsakko oder einer Bluse.

Kloth von engl. cloth = Tuch, Stoff. Leichter, glänzender Futterstoff aus Baumwolle oder Halbwolle.

Homespunkostüm Kostüm aus tweedähnlichem Wollstoff.

Jacke mit Wertherkragen Breiter Umlegekragen mit spitzen Revers, wie ihn Goethe für den Anzug seines Titelhelden aus *Die Leiden des jungen Werthers* (1774) schildert.

Chinéseide Leichter Seidenstoff.

Prinzeßform In der Taille durchgehend, nur mit Längsnähten auf Taille gearbeitetes Kleid, 1864 kreiert, u.a. in den 1930er-Jahren wieder in Mode.

Irish-point-lace Irische Spitze, typischerweise mit floralen Motiven.
Tea-gown Teekleid, in der Taille etwas weiter gehaltenes Prinzeßkleid.
Marie-Antoinette-Fichu Großes, dreieckiges Brust- oder Schultertuch der Frau, dessen stark verlängerte Zipfel entweder in den Ausschnitt gesteckt oder gekreuzt und im Rücken gebunden wurden. War um 1800, in der Zeit Marie Antoinettes, allgemein in Mode.
Pleureusen am Hut Straußenfeder als Hutschmuck.
englischer Mantel Trenchcoat, Regenmantel der englischen Soldaten im Ersten Weltkrieg.
Litze Schmale, flache, geflochtene oder gedrehte Schnur als Besatz, zur Einfassung, als Rangabzeichen an Uniformen.

Vicki Baum: Lippenstift, Parfüm und Spitzenwäsche in Sowjetrussland. In: Die Dame 58, 9, Zweites Januarheft 1931, S. 21. wieder gekürzt als: anonym: Vicki Baum in Moscow. In: The Living Age 340, 4375, April 1931, S. 211.
Frau Lunatscharski Natalja Alexandrowna Rosenel (1900–1962): sowjetische Schauspielerin der Stummfilmzeit. 1922–1933 mit Anatoli Lunatscharski, dem damaligen russischen Volkskomissar für Bildungswesen, verheiratet.

Mix [= Vicki Baum]: Makkaroni in der Dämmerung. In: Die Dame 58, 9, Zweites Januarheft 1931, Beilage: Die losen Blätter, S. 139.
Jupiterlicht Sehr starke elektrische Bogenlampe für Film- und Fernsehaufnahmen.

Vicki Baum: Ich wundere mich. In: Die Dame 58, 10, Erstes Februarheft 1931, S. 8–10.
Menschen im Hotel 1929 erschien Baums wohl bekanntester Roman *Menschen im Hotel*. Dem betriebswirtschaftlichen Kalkül und der multimedial ausgerichteten Marketingstrategie des Ullstein Verlages zufolge war der Roman schon kurz vor der Buchpublikation in Fortsetzungen in der verlagseigenen *Berliner Illustrirten Zeitung* (31.3.–29.6.1929) erschienen. Als die ersten Rezensionen in der Presse veröffentlicht

wurden, arbeitete Baum bereits an einer Bühnenfassung von *Menschen im Hotel*, die Anfang Jänner 1930 in der Regie von Gustav Gründgens am Berliner Theater am Nollendorfplatz Premiere hatte und auch an zahlreichen weiteren Bühnen aufgeführt wurde. Die englische Version *Grand Hotel* folgte im November 1930 am Broadway, auch hierüber wurde in den verlagseigenen Blättern wieder ausführlichst berichtet – der vorliegende Text ist Teil dieser Kampagne. 1932 schließlich wurde der Roman in Starbesetzung mit Greta Garbo (Grusinskaja), Joan Crawford (Flämmchen), Wallace Beery (Direktor Preysing), John und Lionel Barrymore (Baron von Gaigern, Otto Kringelein) und Lewis Stone (Dr. Otternschlag) unter der Regie von Edmund Goulding verfilmt. *Grand Hotel* war der erfolgreichste Film des Jahres 1932 und erhielt den Oscar als bester Film. Zahlreiche weitere Bearbeitungen für Bühne, Film und Rundfunk folgten.
Kemp Paul Kemp (1896–1953): deutscher Schauspieler.
Edthofer Alfred Edthofer (1883–1971): österreichischer Schauspieler.
Ronald Squire (1886–1958): britischer Schauspieler.
Dorsch Käthe Dorsch (1890–1957): deutsche Schauspielerin, auch Engagements in Wien.
Bassermann Albert Bassermann (1867–1952): deutscher Schauspieler, Träger des Iffland-Rings.
Max Pallenberg (1877–1934): österreichischer Sänger, Schauspieler und Komiker.

Vicki Baum: Das kosmetische Zeitalter. In: Der Freihafen. Blätter der Kammerspiele im Lustspielhaus 13, 15, 1931, S. 114–116.
boben Wortschöpfung nach der Bezeichnung für die in den 1920er-Jahren im Trend liegende Kurzhaarfrisur »Bob«.

Vicki Baum: Informationen über Lady Chatterley. In: Vossische Zeitung, 4.3.1931, Beilage: Das Unterhaltungsblatt.
Buches von D. H. Lawrence D. H. Lawrences *Lady Chatterley's Lover* (dt. *Lady Chatterleys Liebhaber*) erschien 1928 in Großbritannien zu-

nächst als Privatdruck. Verbot und Skandal um das Buch, das sehr explizit die leidenschaftliche außereheliche Liebesbeziehung einer verheirateten Frau schildert, ließen sich jedoch nicht verhindern. Neben dem Vorwurf der Pornographie war auch der soziale Standesunterschied des illegitimen Liebespaares (die Ehefrau ist aus der aristokratischen Upper Class, der Liebhaber aus der Arbeiterschicht) höchst anstößig, in Großbritannien war das Buch bis 1960 verboten. Auf deutsch erschien der Roman 1930 beim Verlag E. P. Tal, die Publikation erfolgte hier auf dem Weg der Subskription, um Beschlagnahmungen zu vermeiden.
Herlitschka Herberth E. Herlitschka (1893–1970): österreichischer Übersetzer aus dem Englischen ins Deutsche. Bekannt für zahlreiche Übersetzungen von Romanen von Aldous Huxley und Thornton Wilder.
»Apropos Lady Chatterley ...« In seinem 1930 veröffentlichten Essay *A Propos of Lady Chatterley's Lover* stellt Lawrence klar, dass der Roman nicht pornographisch zu lesen sei, sondern als Plädoyer für eine Balance zwischen Geist und Körper, womit er sich gegen die Vergeistigung und Leibfeindlichkeit vieler zeitgenössischer Autoren wandte.
Boccaccio Giovanni Boccaccio (1313–1375): italienischer Schriftsteller. Sein Meisterwerk *Decamerone* porträtiert mit bis dahin unbekanntem Realismus und Witz die facettenreiche Gesellschaft des 14. Jahrhunderts und stellt sexuelle Freizügigkeit häufig über die christliche Sittenlehre.

Vicki Baum: Frau unter Frauen. In: Vossische Zeitung 5.4.1931, Vierte Beilage.
»den Paragraphen« Nach Paragraph 218 StGB wurde der Abbruch einer Schwangerschaft mit einer Zuchthaus- oder Gefängnisstrafe bestraft, die sowohl die schwangere Frau als auch den die Abtreibung durchführenden Arzt traf. Im Laufe der 1920er-Jahre gab es mehrfach Bestrebungen, den Paragraphen zu modifizieren.
»Helene Willfüer« In ihrem 1928 erschienenen Erfolgsroman *stud. chem. Helene Willfüer* schildert Baum das Schicksal einer jungen Che-

miestudentin, die schwanger wird und einen Schwangerschaftsabbruch in Erwägung zieht. Ihre Besuche bei verschiedenen Stellen (gewissenloser Kurpfuscher, teure Privatklinik, sozial engagierte Gynäkologin, emeritierte Hebamme) stehen stellvertretend für die damals je nach sozialem und finanziellem Hintergrund zu Verfügung stehenden Möglichkeiten, eine Abtreibung durchzuführen. Nach einem missglückten Abtreibungsversuch und einer daraus resultierenden Gefängnisstrafe entscheidet sich Helene dann für das Kind, ihr gelingt es letztendlich als Alleinerzieherin, Mutterschaft und berufliche Karriere zu vereinen. Wegen des brisanten Themas und des doch relativ idealisierenden Ausgangs verursachte der Roman heftige Kontroversen innerhalb der zeitgenössischen Leserschaft.
der neue Strafgesetzentwurf Im Mai 1926 trat eine Reform des § 218 StGB in Kraft, derzufolge die approbierte Ärzteschaft das Recht erhielt, bei einer medizinischen Indikation (Gefahr für das Leben der schwangeren Frau) einen Schwangerschaftsabbruch straffrei durchzuführen. Das brisante Thema wurde auf literarischer Ebene auch von anderen Autoren verhandelt, nach der Verhaftung zweier Ärzte (einer davon war Friedrich Wolf, der sich in seinem Drama *Cyankali* (1929) vehement gegen das Abtreibungsverbot einsetzte) kam es 1931 unter der Führung der KPD zu einer regelrechten sozialen Massenbewegung gegen den § 218, in dessen Kontext auch Baums Artikel steht.

Vicki Baum: Ein einfaches Butterbrot in der Sahara. In: Die Dame 58, 16, Erstes Maiheft 1931, S. 2–4, 28, 30.
sagte ich Vicki Baum unternahm im Frühjahr 1929 eine Reise nach Nordafrika. S. auch *Aus der Sahara mitgebracht.*
Touggourt s. *Aus der Sahara mitgebracht.*
Biskra Oasenstadt im Osten von Algerien.
Pourboire frz. für Trinkgeld.
Valentino Rodolfo Valentino (1895–1926): italienischer Schauspielstar der Stummfilmära.

Douglas Fairbanks (1883–1939): amerikanischer Schauspielstar der Stummfilmära.
Haik Arabischer Umhang für beide Geschlechter aus Wollstoff, je nach Land und Stamm verschieden, meist über den Kopf gelegt und gefibelt oder geknotet.
Tuareg Ein zu den Berbern zählendes Volk in Afrika, dessen Siedlungsgebiet sich über die Wüste Sahara und den Sahel erstreckt.
Neger/Nigger s. *Aus der Sahara mitgebracht.*

Vicki Baum: Angst vor Kitsch. In: Uhu 7, 10, Juli 1931, S. 104, 106.
hingebammelt umgangssprachlich für hin- und herbewegen.
schoolgirl-complexion engl. für Schulmädchenteint.

Vicki Baum: Ein bißchen New York: Vom guten Aussehen. In: Die Dame 58, 23, Erstes Augustheft 1931, S. 2, 28. wieder gekürzt als: Gut aussehen! In: Prager Tagblatt, 9.8.1931, S. 2.
Brettl Kleinkunstbühne.
Negerin s. *Aus der Sahara mitgebracht.*
Anne Vanderbilt geb. Anne Harriman (1861–1940): wohlhabende amerikanische Gesellschaftsdame, in dritter Ehe mit dem aus der Unternehmerfamilie Vanderbilt stammenden William Kissam Vanderbilt verheiratet.
Gerson Max Gerson (1881–1959): deutscher Arzt, der verschiedene Diätempfehlungen zur Therapie von Krankheiten wie Migräne, Tuberkulose oder Krebs entwickelte.
beauty-parlors engl. für Schönheitssalons.
Jimmy Walker (1881–1946): amerikanischer Politiker und 1926–1932 Bürgermeister von New York City.
Lindbergh Charles Lindbergh (1902–1974): Ihm gelang am 20./21.5.1927 der Nonstopflug von New York nach Paris und damit die erste Alleinüberquerung des Atlantiks.
Bowery Slum-Viertel im Süden des New Yorker Stadtteils Manhattan.

Vicki Baum: My Own Little Story [Meine eigene kleine Geschichte]. In: Pictorial Review 32, September 1931, S. 2, 73.

einen gewissen Komponisten Baums erste große Liebe war der österreichische Komponist, Pianist, Musikpädagoge und Chorleiter Carl Lafite (1872–1944), mit dem sie von 1904–1907 eine rein platonische Affäre hatte. Mit dem anderweitig verlobten, jedoch als Herzensbrecher berüchtigten Lafite konnte die damals 16-Jährige ihre Idealvorstellung einer romantischen, unerfüllten Liebe ausleben. Abseits des amourösen Verhältnisses fungierte Lafite mit seinem feinen Gespür für Talente aber auch als Baums Mentor auf schriftstellerischem und musikalischem Gebiet, so vermittelte er ihr ihre ersten Engagements als Harfenistin.

meinen heutigen Ehemann Baums zweiter Ehemann war der Dirigent Richard Lert (1885–1980). Als Zweiter Kappellmeister am Darmstädter Hoftheater lud er die Harfenistin Baum in der Saison 1912/13 zu einem Gastspiel ein, woraus zunächst ein dreijähriges Engagement im Orchester und ab 1916 eine lebenslange Ehe resultierten. Als Dirigent war Lert höchst erfolgreich, nach zahlreichen Engagements in ganz Deutschland wurde er in Mannheim Generalmusikdirektor – eine Position, die es vor ihm dort nicht gab – und ab 1928 Erster Kapellmeister an der Berliner Staatsoper. Nach der Emigration in die USA übernahm er 1939 schließlich das Pasadena Symphony Orchestra als ständiger Dirigent und war in der Dirigentenausbildung tätig. Er setzte sich sehr für das Oratorien- und Opernwerk Georg Friedrich Händels ein und in den USA für die Übermittlung europäischer Musikkultur.

einen jungen Schriftsteller Baums erster Ehemann war der Journalist und Schriftsteller Max Prels (1878–1926). Seine Schreibblockade wurde die Chance für Baum, ihr schriftstellerisches Talent zu erproben: Sie bot ihm ihre Geschichten an, die dieser unter seinem Namen veröffentlichte. In der Folge erschienen regelmäßig von Baum verfasste Texte unter dem Namen »Max Prels«, auch für die von ihm gegründete Zeitschrift *Ton und Wort* schrieb Baum den Großteil der Artikel. Die Ehe von Prels und Baum bestand zumindest auf dem Papier von (März) 1909

bis (März) 1913, die von Baum hier genannten drei Jahre beziehen sich wohl auf die schon viel früher stattgefundene Zerrüttung.
Grand Hotel Verfilmung von *Menschen im Hotel*, s. *Ich wundere mich.*
Pawlova Anna Pawlowa, s. *Ballettstunde.*
das Unternehmen, das meine Bücher veröffentlicht hatte Ullstein Verlag in Berlin, bei dem Baum von 1920 bis 1932 ihre Romane publizierte und von 1926 bis 1931 als Zeitschriftenredakteurin unter Vertrag stand.

Vicki Baum: Das Vier-Dollar-Paradies. In: Die Dame 58, 26, Zweites Septemberheft 1931, S. 2. wieder in: Pariser Tageblatt, 3, 433, 18.2.1935, S. 4.
Negerinnen s. *Aus der Sahara mitgebracht.*

Vicki Baum: Die Grillen von Hollywood. In: Die Dame 59, 3, Erstes Novemberheft 1931, S. 14–17.

Mix [= Vicki Baum]: Bewegungsfreude. In: Die Dame 59, 10, Erstes Februarheft 1932, S. 4f.
der berühmte Ballettmeister Max Terpis, s. *Ballettstunde.*
Pawlowa Anna Pawlowa, s. *Ballettstunde.*
Wigman Mary Wigman (1886–1973): deutsche Tänzerin, Choreographin und Tanzpädagogin. Eine der einflussreichsten Wegbereiterinnen des rhythmisch-expressiven Ausdruckstanzes, den sie als *New German Dance* international bekannt machte.

Vicki Baum: Ein Tag für die Schönheit. In: Die Dame 59, 14, Erstes Aprilheft 1932, S. 8f.
Ziegfeldgirl Nach ihrem Produzenten Florenz Ziegfeld Jr. benannte Revue am Broadway, deren Hauptbestandteil uniforme Girls waren, die synchrone Figuren tanzten. Unter dem Titel *Ziegfeld Follies* nahm die Jahresrevue (1907–1957) insbesondere zwischen 1910 und 1930 prägenden Einfluss auf die Showszene.
heraustifteln tifteln ist eine Nebenform von tüfteln.

Vicki Baum: Unglücklich in Hollywood! Das Leben der großen und kleinen Sterne. In: Uhu 8, 8, Mai 1932, S. 105–108.

Grand Hotel Verfilmung von *Menschen im Hotel*, s. *Ich wundere mich.*

Chevalier Maurice Chevalier (1888–1972): französischer Schauspieler und Chansonsänger. Als Filmschauspieler meistens in der Rolle des eleganten Gentlemans zu sehen.

»relief fund« Motion Picture & Television Fund (MPTF). 1921 von Charlie Chaplin, Mary Pickford, Douglas Fairbanks senior und David W. Griffith als Motion Picture Relief Fund (MPRF) gegründet mit dem Ziel, hilfsbedürftige Angehörige der Filmwirtschaft zu unterstützen. Der Wechsel vom Stumm- zum Tonfilm in den späten 1920er-Jahren stürzte viele Filmschaffende in existenzielle Schwierigkeiten, der MPRF initiierte zahlreiche Benefizveranstaltungen, Sammelaktionen sowie das Payroll Pledge Programm, nach dem alle, die in Hollywood mehr als 200 Dollar pro Woche verdienten, 0,5 Prozent ihres Einkommens dem MPRF zukommen ließen.

bootlegger engl. für Schwarzhändler.

Vicki Baum: I Discover America [Ich entdecke Amerika]. In: Good Housekeeping 95, 1, Juli 1932, S. 30–32, 196–199.

Karakul Karakulschaf, das Fell des Lammes liefert den Persianerpelz.

Childs Eine der ersten Restaurantketten in den USA, die in ihrer Blütezeit in den 1920er- und 1930er-Jahren an die 125 Lokale an unterschiedlichen Standorten unterhielt. Nicht nur Vorreiter in den Bereichen des Service, der sanitären Anlagen und der Arbeitsbedingungen, sondern auch im Design der einzelnen Lokale, das von namhaften Architekten in schlicht-elegantem Stil gestaltet wurde.

Schrafft's Restaurantkette in New York, die viele Frauen als Angestellte und in leitenden Positionen beschäftigte und sich vor allem an ein weibliches Zielpublikum richtete. Die Lokale waren in guter Lage (meist in der Nähe von Geschäften) angesiedelt, elegant (z.B. mit Tischtüchern) gestaltet und boten in den 1920er- und 1930er-

Jahren Menüs mit vielen vegetarischen Gerichten und einer großen Auswahl an Desserts an.
Roberts 1928 am Kurfürstendamm 26a eröffnetes Lokal, das als Schnellrestaurant im amerikanischem Stil mit Berlins erster Salatbar warb.

Vicki Baum: Balanceakt. In: National-Zeitung 91, 190, 26.4.1933 (Morgenblatt), S. 2.
kutet schweizerisch für sausen.

Vicki Baum: Zwangsarbeit in Hollywood. In: Pariser Tageszeitung 1, 174, 2.12.1936, S. 3.
Esti-Kurier Esti Kurir: Ungarische Tageszeitung, die von Karoly Rassay in Budapest herausgegeben wurde.

Vicki Baum: The Lesson of the Old Sock [Die Alte-Socken-Lektion]. In: Reader's Digest 39, 233, September 1941, S. 37–39.
Später sollte meine Geschichte dann den ersten Preis in einem wichtigen Wettbewerb gewinnen Für ihre Novelle *Der Weg* (1925) erhielt Baum den ersten Preis eines Kurzgeschichtenwettbewerbs der *Kölnischen Zeitung*, einer der Juroren war Thomas Mann.
Grand Hotel Verfilmung von *Menschen im Hotel*, s. *Ich wundere mich.*
Staatsbürgerin 1938 erhielt Vicki Baum die amerikanische Staatsbürgerschaft.

Zeittafel Vicki Baum

1888	Am 24.1. wird Vicki (Hedwig) Baum in Wien geboren.
1901–1904	Harfenstudium am Konservatorium in Wien, anschließend Engagements als Harfenistin (z.B. im renommierten Wiener Concertverein, dem Vorgängerorchester der heutigen Wiener Symphoniker) sowie Solokonzerte und Unterrichtstätigkeit.
1908	Erste Publikationen in den Wiener Zeitschriften *Die Muskete* und *Erdgeist*. In den folgenden Jahren zahlreiche Veröffentlichungen (auch unter Pseudonymen) in österreichischen und deutschen Zeitungen und (Musik-)Zeitschriften (*Ost und West*, *Jugend*, *Ton und Wort*).
1909–1913	Ehe mit dem Journalisten und Schriftsteller Max Prels.
1912–1916	Engagement als Harfenistin am Hoftheater in Darmstadt.
1914	Ihre erste Romanpublikation *Frühe Schatten. Das Ende einer Kindheit* erscheint im Berliner Verlag Erich Reiß.
1916	Heirat mit dem Dirigenten Richard Lert (zwei Söhne: Wolfgang *1917 und Peter *1921), dessen Engagements die Familie nach Kiel, Hannover und Mannheim führen.
1920:	*Der Eingang zur Bühne* erscheint im Berliner Ullstein Verlag, weitere Romanpublikationen (auch bei der Deutschen Verlagsanstalt) folgen sowie Veröffentlichungen in österreichischen und deutschen Zeitungen und Zeitschriften (z.B. *Arbeiter-Zeitung*, *Die Bühne*, *Bergstadt*, *Velhagen & Klasings Monatshefte*).
1925	Ihre Novelle *Der Weg* gewinnt den Kurzgeschichtenwettbewerb der *Kölnischen Zeitung*.
1926–1931	Zeitschriftenredakteurin in Berlin beim Ull-

stein Verlag, Romanerfolge mit *stud. chem Helene Willfüer* (1928) und *Menschen im Hotel. Ein Kolportageroman mit Hintergründen* (1929). Regelmäßige Publikationen in den Ullstein-Medien *Dame, Uhu, Berliner Illustrirte Zeitung, Vossische Zeitung, Ullsteins Blatt der Hausfrau* und *Grüne Post.* Außerdem Veröffentlichungen in Wiener Tageszeitungen und Zeitschriften (z. B. *Wiener Allgemeine Zeitung, Neue Freie Presse, Neues Wiener Journal*), amerikanischen Magazinen (z. B. *The Living Age, Pictorial Review*) und der deutschsprachigen Presse im Ausland (z. B. *Prager Tagblatt*).

1931 USA-Reise anlässlich der Verfilmung von *Grand Hotel.*

1932 Emigration mit ihrer Familie in die USA, 1933 werden ihre Bücher vom NS-Regime in Deutschland verboten.

1932–1946 Drehbuchautorin für verschiedene Filmstudios in Hollywood, schreibt weiterhin Romane (ab 1940 verfasst sie diese auf Englisch) sowie kleine Prosa, die sie in amerikanischen Blättern (z. B. *Saturday Evening Post, The Reader's Digest, The Magazine of Short Story, Los Angeles Times, Woman's Home Companion*) und der Exilpresse (z. B. *Pariser Tageszeitung*, Basler *National-Zeitung*) veröffentlicht. Ihre Romane erscheinen auf Deutsch im Amsterdamer Exilverlag Querido sowie in den USA bei Doubleday in New York. Ihre größten Romanerfolge feiert sie mit *Liebe und Tod auf Bali* (1937), *Hotel Shanghai* (1939), *The Weeping Wood* (1943, dt. *Kautschuk/Cahuchu. Strom der Tränen*) sowie *Theme for Ballet* (1958, dt. *Die goldenen Schuhe*).

1960 Am 29.8. stirbt Vicki Baum in Hollywood.

Editorische Notiz:
Die vorliegenden Fassungen der Texte von Vicki Baum beruhen auf dem jeweils vollständigsten ermittelten Erstabdruck. Altertümliche Schreibweisen, vom heutigen Gebrauch abweichende Getrennt- und Zusammenschreibung sowie Bindestrich- und Kommasetzung wurden ebenso beibehalten wie die mitunter eigenwillige Schreibung bestimmter Wörter (z.B. Coatch). Inkonsistenzen in der Schreibung (z.B. ss-/ß, Bankerott/Bankrott, Friseur/Frisör) sind den unterschiedlichen Vorlagen geschuldet. Lediglich offensichtliche Druckfehler (darunter auch die fehlerhafte Schreibung von Orts- und Eigennamen sowie fremdsprachigen Passagen) wurden korrigiert sowie aus Verständnisgründen die Setzung der Anführungszeichen bei der direkten Rede vereinheitlicht. Hervorgehobener Text im Original wurde einheitlich durch Kursivsetzung wiedergegeben.

Erste Auflage

www.editionatelier.at
Cover & Illustration: Jorghi Poll
Satz: Sarah Legler
Druck: Grafički zavod Hrvatske d.o.o., Zagreb
ISBN 978-3-903005-39-6

Dieses Buch entstand im Zuge des vom Jubiläumsfonds der Österreichischen Nationalbank geförderten Projektes »Vicki Baums Beiträge für Zeitungen und Zeitschriften – Bibliographie und Edition« (Nr. 16090).

Mit freundlicher Unterstützung der Kunstförderung des Bundeskanzleramtes Österreich, des Literaturreferats der Stadt Wien (MA7) und des Zukunftsfonds der Republik Österreich.

ZukunftsFonds der Republik Österreich
BUNDESKANZLERAMT ÖSTERREICH KUNST
WIEN KULTUR